還生鏢師

환생표사 3

1판 1쇄 발행 | 2022년 12월 30일

펴낸이 | 권태완 우천제
펴낸곳 | (주)케이더블유북스
편집자 | 한준만, 박병권, 이다혜
디자인 | 정예현

출판등록 | 2015-5-4 제25100-2015-43호
KFN | 제3-11호

주소 | 서울시 구로구 디지털로31길 38-9, 401호
전화 | 070-8892-7937 **팩스** | 02-866-4627 **E-mail** | fantasy@kwbooks.co.kr

ISBN 979-11-404-1040-8 04810
979-11-404-1037-8 (set)

3

환생표사

신갈나무 신무협 장편소설

차례

1장 명표를 만나다(2) 007
2장 백 명의 호송단 031
3장 마침내 남궁세가로 138
4장 문파를 옮겨라 256
5장 붕정만리 337

1장
명표를 만나다(2)

"스물두 번째 표국에서 온 책임자께서는 자리에서 일어나 본인과 참여할 표사들을 소개해 주시기 바랍니다."

마침내 내 차례가 되었다. 길게 숨을 한번 들이쉰 다음 자리에서 일어났다.

소개도 하기 전에 벌써부터 여기저기에서 피식피식 방귀 뀌는 소리가 들려왔다.

"항주의 천룡표국에서 온 이정룡입니다. 직위는 각주이고 직책은 표사입니다. 경력은 이제 1년째이고요. 함께 온 두 분은 무림인으로 활동한 경력이 합쳐서 15년 이상 된 객원표사들로 제가 이번 표행을 위해 특별히 모신 분들입니다."

"와하하!"

말이 끝나기 무섭게 왁자지껄한 웃음보가 터졌다. 구경을 하러 온 무림맹의 무사들은 물론이고, 입찰에 참여한 표사들까지 죽겠다며 배를 잡고 웃어댔다.

그러나 나는 흔들리지 않고 말을 이어갔다.

"이력서에도 썼지만. 지금까지 총 9회의 표행을 했고 그중 가장 최근 것은 백발노성이라는 마두를 무림맹으로 호송하는 것이었습니다. 싸움은 매회 있었으며 장기로는……."

"아홉 번의 표행 중 호송은 몇 번이었소?"

사마옥이 갑자기 말을 끊으며 물었다.

"두 번입니다."

"그중 성공한 것은?"

"한 번입니다."

"수고했소."

"끝입니까?"

"나머진 이력서를 보도록 하겠소."

또 왁자지껄 웃음보가 터졌다.

슬쩍 고개를 돌려보니 남궁소소와 호리독사마저도 부끄러운지 고개를 숙이고는 딴청을 피웠다.

"스물세 번째 표국에서 온 책임자께서는 자리에서 일어나 본인과 참여할 표사들을 소개해 주시기 바랍니다."

위맹관의 지명에 나의 다음 사람이 일어났다.

나는 혀로 입술을 핥으며 자리에 앉았다.

이후로도 계속해서 소개와 자신들을 피력하는 시간이 이어졌다.

모든 표국의 소개가 끝났을 때는 해가 벌써 중천이었다.

"한 식경만 쉬었다가 하겠습니다."

표사들이 우르를 자리에서 일어났다. 뙤약볕에서 벗어나 물도 마시며 잠시 휴식을 취하고 돌아오려는 것이다.

"저도 어디 좀 다녀올게요."

남궁소소도 잽싸게 도망쳤다.

나와 호리독사는 꾸어다 놓은 보릿자루처럼 앉아 있었다.

역시 지나치게 짧은 경력이 문제다. 이런 단점을 메꿔줄 장기를 찾아야 한다. 한데 경력이 짧으니 피력할 장기도 없다.

"할 만한가?"

갑작스러운 목소리에 돌아보니 설인탁이 서 있었다.

나는 얼른 자리에서 일어났다. 그토록 만나보길 소원했던 명표가 눈앞에 있다. 한데도 마냥 기쁘지가 않았다.

"자네가 그동안 했던 표행들에 대해 잘 알고 있네. 화조신옹에게 잡혀갔다가 탈출한 일과 백백곡의 살수들로부터 진왕과 공주를 지켜낸 일도."

"……?"

"열일곱 살 때였나. 선배들을 따라 첫 표행을 나갔지. 그리고 복우산에서 신참 산적을 상대로 입표식을 치렀다네. 주먹을 귀신같이 쓰는 자였는데, 단 여덟 초식만에 내 코뼈를 부러뜨리더군."

"혹시 그자는 죽었습니까?"

"아닐세. 지금은 녹림맹주의 다섯 의제 중 한 명이 되어 있다네. 녹림맹 서열 세 번째라고 하던가. 가끔은 날 찾아와 술을 사달라고 윽박지르기도 하지."

"파산신권(破山神拳) 종추악."

"조급해하지 말게. 범도 송곳니가 날카로워지기 전에는 노련한 늑대를 이길 수 없는 법이라네."

그러더니 조용히 자리를 떴다.

뭐지? 사람 약 올리려고 왔나?

잠시 후, 남궁소소가 잰걸음으로 돌아왔다.

"어딜 갔다 온 거요?"

"군사부에요."

"거긴 왜?"

"오후에는 어떤 질문을 하실 것 같은지 좀 알아보려고요. 아직 제가 아는 사람들이 꽤 있거든요. 위맹관 군사님도 그렇고."

"그건 물어봐서 뭐 하려고?"

"첫 번째 심사를 망쳤으니 어떻게든 역전의 발판을 마련해야죠. 이대로 포기할 순 없잖아요."

"그래서 소득이 있었소."

"전혀요. 대신 재밌는 이야기를 들었어요."

"무슨 얘길 들었길래?"

"원래 서류 심사가 있었다고 해요. 총군사께서 이력이 너무 짧다는 이유로 우리를 탈락시키려고 했는데, 설인탁 대협이 통과시켜 주자고 했나 봐요."

"왜?"

"용기가 너무 가상하지 않냐고요. 각오나 한번 들어보자고요."

"……!"

나는 저만치 사람들 사이로 사라져 가는 설인탁의 뒷모습을 보았다. 그는 나에게 어떻게든 피력할 기회라도 주고 싶었던 것이다.

하지만 나는 기회를 살리지 못했다. 적어도 지금까지는.

"가서 무림맹에서 호송하려고 하는 물건을 어디에 숨겨두었는지 알아봐 주시오."

"그건 왜요?"

"설명은 나중에."

"호송하려는 물건이 무엇인지는 모르지만, 어디에 숨겨두었는지는 알아요. 집법당 내의 비고(祕庫)에 숨겨져 있다고 들었어요."

"잘됐군. 덕분에 시간을 훨씬 단축할 수 있게 되었소. 혹시 아직도 무림맹 경내의 이곳저곳을 돌아다닐 수 있소?"

"제약이 전혀 없지는 않지만, 오늘 온 표사들보다야 훨씬 자유롭죠. 이번엔 또 무슨 일을 꾸미려고요?"

"집법당은 어떻소?"

"설마, 훔치려는 건 아니죠?"

"누군가 다녀갔다는 흔적만 남기고 나올 거요."

"왜요?"

"그 정도는 해야 판을 흔들 수 있소."

"무림맹은 그렇게 허술한 곳이 아니에요. 들키는 날엔 어떤 변명도 통하지 않을 거라고요. 설사 하늘이 도와 성공한다고 해도 약이 될지 독이 될지 알 수 없고요."

"원래 약과 독은 둘이 아니오."

"가끔 보면 미친 거 같아요."

"할 수 있겠소?"

"몰라요. 잡혀 죽든지 말든지."

"도와줄 줄 알았소."

나는 다시 호리독사를 돌아보며 물었다.

"집법당의 비고 안으로 들어가서 귀하가 훔친 전낭들을 놓아두고 와야 하오. 방법이 있겠소?"

"뭘 훔쳐 나오는 거라면 모를까, 단지 전낭을 놓아두기만 할 거라면야 굳이 안으로 들어갈 필요도 없습니다."

"어떻게?"

"모든 건물엔 최소 세 개 이상의 외부와 이어지는 구멍이 있습니다. 출입문, 창문, 천장의 통풍구. 출입문은 당연히 고수들이 지킬 것이고, 비고라면 창문이 없을 수도 있습니다. 하지만 천장의 통풍구는 작더라도 반드시 있죠. 안 그러면 건물 내부가 썩기 때문입니다."

"통풍구를 통해 전낭을 던져 넣는다?"

"그렇습니다."

"아주 잠깐 지붕만 올라갔다 내려오면 되겠군."

호리독사는 공령신투의 진전을 이은 제자였다. 귀신같은 그의 영사신법(靈蛇身法)이라면 충분히 해볼 만했다.

"장담컨대 비고의 지붕을 올라가는 것보다 비고까지 가는 것이 훨씬 어려울 겁니다."

그때 남궁소소의 착 가라앉은 목소리가 들려왔다.

"잠깐만요. 훔친 전낭이 무슨 말이죠?"

호리독사가 창백해진 얼굴로 나를 보았다.

나는 속으로 움찔했지만, 최대한 아무렇지 않은 표정으로 남궁소소를 돌아보며 말했다.

“내가 말 안 했나?”

“깜빡한 척하지 말아요.”

“실은 입찰이 시작되기 전에 호리독사를 시켜 무림맹 무사들의 전낭을 몇 개 훔쳤소.”

“뭐라고요?”

“놀라지 마시오. 모두 돌려줄 것이오.”

“대체 왜?”

“소저도 봐서 알겠지만 정상적인 방법으로는 다른 표국들을 이길 수가 없소. 그래서 만약의 경우를 대비해 다른 계획을 준비해 두었소.”

“준비가 아주 철저하군요.”

“처음부터 입찰에 뛰어들지 않았다면 모를까, 기왕에 하기로 했다면야 목숨을 걸어야지 않겠소?”

“그래서 내 전낭도 훔치라고 했나요?”

“음?”

“또 모르는 척한다. 날 객원표사로 끌어들이기 위해 전낭을 훔치게 한 거잖아요. 그 틈을 타 노잣돈을 주는 척하면서 은근슬쩍 계약금으로 코를 꿴 거고요.”

“맹세코 그건 내가 시키지 않았소.”

“훔치긴 훔쳤군요.”

“그건 나도 모르는 일이오.”

“호리독사, 당신이 말해봐요. 이정룡 공자가 시켜서 어쩔 수 없이 훔친 거예요? 아니면 간이 배 밖으로 나와서 자발적으로 훔친 거예요?"

"질문을 그렇게 하면 안 되지?"

"왜요?"

"그건 아예 내가 시켰다고 하지 않으면 재미없을 줄 알라고 협박하는 거잖소. 이때다 싶어 내 약점을 잡고 싶은 모양인데, 맹세코 나는 시킨 적이 없소."

"저는 훔치지 않았습니다."

불쑥 끼어든 사람은 호리독사였다. 그는 더없이 진지한 음성으로 말을 이었다.

"증거도 없이 어떻게 사람을 도둑으로……. 제가 아무리 삼룡채의 수적 출신이지만, 함부로 남의 전낭을 훔치고 그러진 않습니다. 섭섭합니다."

"억울한 척하지 마세요. 한 번이라도 훔치면 평생 도둑인 거예요. 그리고 아까 말하는 걸 보면 단순한 수적 같지도 않더만."

"……!"

"일단 증거도 없이 사람을 의심한 건 제 잘못이 맞아요. 사과드리겠어요. 하지만 만에 하나 두 사람 중 누구라도 날 속였다는 것이 밝혀지는 날엔 각오하는 게 좋을 거예요."

그러면서 남궁소소는 나를 향해 억지로 무서운 표정을 지었다.

아무래도 겁을 주고 싶은 모양인데 그 모습이 웃을 때와는 또 다르게 귀여우면서도 예뻤다.

한편 그 틈을 타 그녀의 뒤쪽에 있던 호리독사가 나를 향해 눈을 찡긋해 보였다.

순간, 숟가락으로 그의 눈알을 파버리고 싶은 충동을 느꼈다.

나는 남궁소소를 속일 의도가 전혀 없었다. 다만 호리독사가 훔친 전낭을 다른 일과 엮어서 해결하려다 보니 이 지경까지 왔을 뿐.

이번 무림맹 호송 건이 끝나고 나면 솔직하게 말한 다음 양해를 구해볼까? 그때그때의 상황을 진실하게 이야기하면 그녀도 충분히 이해…… 는 개뿔 약점만 잡힐 것이다.

자고로 가까운 사람과는 약점을 나누는 법이 아니라고 했다. 적이 되는 순간 그 약점으로 내 숨통을 조여올 것이기 때문이다.

그때쯤 볼일을 보러 갔던 표사들이 하나둘씩 돌아왔다.

시간이 벌써 일각 이상은 흘렀을 것이다.

"아무래도 두 사람만 다녀와야겠소."

"우리 둘만요?"

"시간이 너무 지체되었소. 곧 심사가 다시 시작될 텐데 그때 나까지 없으면 모두가 이상하게 생각할 것이오."

"한 가지만 물어볼게요. 지금 귀하가 하려는 일이 무슨 일인지는 확실히 알고 있는 거죠?"

"물론이오."

"좋아요. 그럼 믿고 가겠어요."

두 사람이 조용히 일어나 사라졌다.

한 식경이 지나 심사가 다시 시작되었다. 그때까지도 남궁소소와 호리독사는 돌아오지 않았다.

그나마 다행인 것은 표사들을 배제한 채 심사가 재개되었다는 점이다. 오전에 경력을 발표할 때 동행할 표사들의 면면은 충분히 보았으니 오후부터는 수장들만 앉혀놓고 더욱 밀도 있는 심사를 하려는 것 같았다.

"여러분들께서는 모두 오랜 경력의 표사들이시니 만금백산로(萬金百散路)에 대해 누구보다 잘 알 것입니다. 그때 표행을 실패한 원인에 대한 여러분의 고견을 듣고 싶습니다."

천년고도 장안에 만금산장(萬金山莊)이란 곳이 있었다.

도시 한복판에 있으면서도 산장이라는 이름이 붙은 것은 작은 산 하나를 통째 장원으로 썼기 때문이다.

욕심이 끝없었던 만금산장의 장주는 섬서성 제일의 부자로는 만족을 못 했다. 그는 더 큰 부자가 되기 위해서는 더 큰 권력과 가까운 곳에 살아야 한다고 생각했다.

그리고 어느 날 문득, 장안을 떠나 황제가 사는 북경으로 이사를 하겠다고 선언했다.

8대에 걸쳐 살아온 가문의 거점을 통째로 옮기는 대역사가 시작되었다.

가산을 정리하는 데만 3년이 걸렸다. 아홉 개 표국에서 구백여 명의 표사와 천오백여 명의 쟁자수가 동원되었다. 오백 대의 표마차와 천이백 필의 말도 동원되었다. 그야말로 전례가 없던 대표행이었다.

이른 봄에 장안을 떠난 표행은 가을이 되어서야 겨우 북경에 도착할 수 있었다.

그러나 고작 열 대의 표마차에 불과했다.

원인은 비적들의 습격이었다. 총장 삼천 리에 달하는 길을 가는 동안 있었던 비적 떼의 습격은 무려 127회. 하루에 각기 다른 비적이 세 번이나 습격해 온 적도 있었다.

그 많던 재산은 비적들에 의해 백방으로 흩어졌다.

가세가 기울자 수백을 헤아리던 가노들도 모두 도망치고 고작 열 명만 남았다. 만금산장주는 사실상 거지나 다름없는 신세가 되어 북경에 도착했다.

그때 오백 대의 표마차가 지나간 길을 일컬어 강호인들은 만금백산로라 불렀다.

망한 것은 만금산장뿐만이 아니었다. 죽은 표사들과 잃어버린 표물에 대한 보상금을 감당하지 못한 표국 아홉 곳이 전부 간판을 내려야 했다.

녹림맹이 배후에 있었다더라. 무림의 초절정 고수들이 관여했다더라. 북경의 유력 가문들이 사주했다더라 등등. 수많은 괴소문이 뒤따른 이 사건은 지금으로부터도 20년 전에 일어났다. 그러나 표국사에 있어 워낙 큰 사건이었기 때문에 표국업에 종사하는 사람이라면 모르는 이가 없었다.

"실패한 원인이야 많겠지만 첫 번째를 꼽으라면 소문을 관리하지 못한 탓이 가장 큽니다. 그때 만금산장에서 운송의 편리를 위해 가산을 모두 은원보로 바꾸어 마차에 싣고 간다는 소문이 파다하게 퍼졌습니다. 이 때문에 중원 전역에 있는 비적단이 몰려들었던 것이고요."

"만금산장의 표행이 실패한 첫 번째 이유는 내부 단속을 하지 못했기 때문입니다. 평소 장주의 일족으로부터 천대받고 멸시당했던 가노들이 이 기회에 한몫 잡아 도망치고자 비적들과 결탁했다는 것이 훗날 밝혀졌지요."

표행에 청춘을 바친 사람들인 만큼 하는 말마다 버릴 게 하나도 없었다. 그러나 사마옥의 표정을 밝게 만드는 결정적인 식견은 나오지 않았다. 설인탁 역시 굳게 다문 입술로 사람들의 의견을 청취만 할 뿐이었다.

만약 누군가 깊이 있는 식견을 피력했더라면 대번에 두 사람의 눈동자가 빛날 것이다. 그리고 반드시 추가적인 질문을 할 것이다.

이윽고 용문표국의 차례가 되었다.

"모두 같은 얘기들입니다. 또한 그것들은 전부 예견을 했어야 하는 것이지요. 보다 근본적인 문제는 서로 경쟁 관계에 있던 아홉 개의 표국이 각자의 주장만을 내세우느라 단결하지 못했다는 것입니다."

"하면 어떻게 했어야 하오?"

사마옥이 물었다. 처음으로 나온 질문이었다.

내가 볼 땐 엽천문의 대답도 그다지 신통치 않았다. 그럼에도 불구하고 질문을 한 것은 오전의 활약으로 관심이 있어서 그런 게 아닐까?

"이해관계로 모인 사람들은 절대 단결할 수가 없습니다. 다만 복종을 시켜 단결하는 것과 같은 힘을 내게 할 뿐이지요. 그러려면 모두가 두려워하는 사람으로 총표두를 세워 전권을 맡겼어야 합니다."

"혹시 귀하도 그 표행에 참여했소이까?"

이번엔 설인탁의 질문이었다.

"그렇습니다."

"그때의 직급은?"

"산서성 남쪽의 지리에 밝은 신입표사였습니다. 물론 그때 몸담았던 곳은 용문표국이 아니었고요."

"어떻게 생존했소이까?"

"태행산맥(太行山脈)을 지나던 중 기습을 해온 비적단 연합 세 곳과 전투를 치렀습니다. 그때 화살을 맞고 표국으로 호송되었습니다."

"화살을 맞은 곳이 눈이었소?"

"그렇습니다."

장내에 술렁거림이 파도처럼 번져갔다. 모두가 만금백산로의 실패 원인을 설명하는 데에만 급급했다. 한데 엽천문은 식견이 깊고 얕음은 둘째치고 직접 참여한 경험까지 피력했다.

세상에 경험만큼 좋은 이력은 없다. 이견이 없는 한 남은 두 자리 중 하나는 용문표국의 차지가 될 것 같았다.

"천룡표국은 어떤 고견이 있으신지요?"

마침내 내 차례가 되었다. 그때까지도 남궁소소와 호리독사는 나타날 기미를 보이지 않았다. 두 사람이 나타나 성공했는지 여부를 가르쳐 주어야 나도 다음 작전을 진행할 수가 있었다.

"이정룡 표사?"

위맹관이 다시 한번 나를 가만히 불렀다. 남궁소소와 잘 아는 사이라고 하더니 일단 말투부터가 부드럽다.

나는 일단 자리에서 일어났다.

"표행은 수많은 돌발 상황이 곧 일상인 여정입니다. 모든 걸 다 예견할 수도 없고, 예견한다고 막을 수도 없지요. 중요한 건……."

한참 말을 하는 도중에 갑자기 장검을 찬 십여 명의 무사들이 장내로 뛰어들었다.

그중 수장으로 보이는 한 사람이 사마옥에게 달려가 무언가를 귓속말로 전했다.

사마옥의 눈매가 매의 그것처럼 날카로워졌다. 그러더니 갑자기 나를 노려보며 사자후를 내질렀다.

"저놈을 잡아라!"

채채채채챙!

십여 자루의 칼날이 뽑히더니 순식간에 날아와 내 목 주변에 꽃받침처럼 붙었다. 이어 누군가 칼날 사이로 쑥 들어와서는 손을 뒤로 꺾고 밧줄을 묶기 시작했다.

'들켰구나!'

어차피 도망갈 생각도 없었기에 나는 순순히 오라를 받았다.

갑작스러운 사태에 표사들과 구경꾼들은 전쟁이라도 난 것처럼 웅성대기 시작했다. 구경꾼들 속에 섞여 있던 두소부, 양조광, 당군백도 놀란 표정을 감추지 못했다.

"끌고 가라!"

쇠창살로 만든 뇌옥엔 남궁소소와 호리독사가 먼저 들어와 있었다. 일단 얼굴이 멀쩡한 걸로 보아 싸움이 벌어지진 않은 모양이었다. 그건 천만다행이었다.

"어떻게 된 거요?"

"들켰습니다."

"그건 말 안 해도 아오."

"통풍구 속으로 전낭 다섯 개를 소리 나지 않게 무사히 던져 넣고 내려오는데 머릿속에서 갑자기 '성공하셨는가?' 하며 천둥 같은 소리가 울리지 않겠습니까?"

"머릿속에서 소리가 울려요?"

"깜짝 놀라서 사방을 둘러보니 저 멀리 보이는 전각의 오 층 창문 너머에서 웬 은발 노인이 뒷짐을 쥐고는 저를 물끄러미 바라보고 있더라고요."

"예에?"

"눈이 딱 마주치는 순간 거미줄에 걸린 파리가 된 기분이었습니다. 사지가 마비라도 된 것처럼 옴짝달싹할 수가 없더라고요. 살다 살다 그렇게 강렬한 기도를 뿜어내는 고수는 처음 봤습니다."

"그래서요?"

"그때 머릿속에서 다시 목소리가 울렸습니다. '방금 던져 넣은 것들을 다시 빼낼 수도 있으신가?'라고요."

"그래서요."

"시키는 대로 안 하면 죽을 것 같더라고요. 해서 다시 기어 올라가서는 다섯 개 전부 다시 빼냈습니다. 다른 장원 건물의 통풍구와 달리 도둑이 드나들지 못하도록 쇠창살을 박아놓아 조금 힘들긴 했지만요."

"그래서요?"

"머릿속에서 '대단하군. 정말 대단해'라는 소리가 울리더라고요. 그리고 다시 '멀리서 온 손님 같은데 식사나 하고 가시게'라고 울렸습니다."

"그래서요?"

"그제야 노인이 창문에서 사라지는가 싶더니 제 목덜미에 칼 두 자루가 와서 붙더라고요. 돌아보니 십여 명의 무인들이 어느새 지붕으로 올라와 뒤에서 저를 포위하고 있었습니다."

누군지 모르지만 엄청난 고수가 창밖을 구경하다 우연히 호리독사를 발견한 모양이었다. 이걸 재수가 없다고 해야 할지, 역시 고수들이 우글거리는 무림맹이라고 해야 할지 모르겠다.

"이미 던져 넣은 전낭은 대체 어떻게 다시 빼낸 거요?"

"저기 있는 걸로다가."

그러면서 호리독사가 뇌옥 밖 탁자 위에 가지런히 놓여 있는 물건들을 가리켰다. 탁자 위에는 누르스름한 실을 잔뜩 감아놓은 머리빗, 작은 갈고리, 정체를 알 수 없는 엽전, 그리고 코를 천 번 정도 풀어서 뭉쳐놓은 듯한 정체불명의 덩어리가 놓여 있었다.

"저게 다 뭐요?"

"백 근은 들어 올릴 수 있는 천잠사와 그 끝에 매다는 삼(三) 종의 추입니다. 각각 갈고리, 지남철 그리고 끈적끈적한 대왕거미줄 뭉치입니다."

나는 그만 입이 딱 벌어졌다. 이것만 있으면 웬만한 것들은 창문 밖에서 다 채갈 수 있을 것 같았다.

무언가 따끔거리는 것 같아서 옆을 돌아보니 남궁소소가 가자미눈을 뜨고 나를 노려보는 중이었다.

"이래도 평범한 수적이라고 할래요?"

"난 그렇게 말한 적 없소."

"됐고요. 다음 계획이나 말해봐요."

"당황할 것 없소. 어느 정도는 예상했던 일이니까."

"뇌옥에 갇힐 걸 예상했다고요?"

"호리독사가 성공하면 어차피 내 입으로 다 얘기할 생각이었소. 하면 무림맹의 입장에선 당연히 일단 우리를 가둬놓고 심문하려 했을 것이오."

"말도 안 돼."

"그리고 망한 것치고는 일이 잘 풀렸소."

"망했는데 잘 풀렸다고요?"

"일단 전낭을 던져 넣고 나오다 걸렸으니 우리에게 훔칠 의도가 없었다는 건 증명이 될 것이오. 거기다 다시 올라가서 전낭을 빼내는 시연까지 했으니 마음만 먹으면 얼마든지 비고 안에 있는 물건을 훔칠 수 있다는 것도 증명한 셈이 됐소. 아마, 은발 노인도 그걸 보고 싶었을 것이오."

"중요한 건 우리가 집법당의 뇌옥에 갇혀 있다는 거예요. 제가 아는 한 이곳에 갇혔다가 제 발로 걸어서 나간 사람은 없어요."

"제 발로 걸어 나가지 않으면?"

"기어서 나가거나, 들것에 실려 나가거나."

나도 모르게 똥꼬에 살짝 힘이 들어간다.

무림맹을 만만하게 본 적은 없다. 다만 덮어놓고 사람을 두들겨 패거나 불구로 만들지 않을 거라는 믿음은 있다.

"한데 은발 노인이 누군 줄 아시오?"

"호리독사의 진짜 정체부터 말해줘요."

그때 전각의 철문이 벌컥 열리면서 일단의 무리가 안으로 들어왔다. 사마옥과 설인탁이 집법당 무사들의 안내를 받으며 나타난 것이다.

잠시 후, 쇠창살을 사이에 두고 마주하자 내가 먼저 말문을 열었다.

"짐작하시겠지만, 모두 제가 꾸미고 지시한 일입니다. 그러니 저를 벌하시고 두 사람은 선처를 부탁드립니다."

"본인이 무슨 짓을 저질렀는지는 알고 있나?"

"감히 무림맹의 비고를 살펴본 것에 대해서는 달게 벌을 받을 것입니다. 그러나 이런 방법이 아니면 반드시 저희여야만 하는 이유를 설명할 길이 없었습니다."

"이렇게 사로잡히는 것으로 말인가?"

"비록 사로잡혔지만 무림맹의 경계에 빈틈이 있음은 확실히 증명했습니다. 이것은 총군사님께서도 부정하지 못하실 겁니다."

"자네 생각은 어떤가?"

사마옥이 함께 온 젊은 검사를 돌아보며 물었다. 강인한 인상의 그는 잔뜩 골이 나 있었는데, 아무래도 비고의 경계를 책임진 사람인 것 같았다.

"맹의 경내인지라 방심한 측면이 있었습니다."

내가 얼른 다시 끼어들었다.

"호송 중에는 방심할 상황과 이유가 훨씬 더 많을 것입니다. 설마, 물건을 잃어버린 후에도 표사들에게 지금처럼 너그러우시진 않겠지요?"

사마옥의 눈동자가 살짝 흔들렸다.

됐다. 일단 그의 관심을 끄는 데는 성공했다.

나는 여세를 몰아 심사장에서 미처 하지 못한 말들을 쏟아내기 시작했다.

"싸움을 잘하는 표국, 길을 잘 아는 표국, 비적들을 상대한 경험이 많은 표국은 얼마든지 있습니다. 그러나 물건을 훔치려는 자들의 수법과 심리를 우리보다 잘 아는 표국은 없을 것입니다. 도둑 하나를 막는 데 열 명의 포졸로도 모자란다고 했습니다. 하지만 도둑을 도둑으로 막으면 한 명으로도 족할 수 있습니다. 저의 객원표사 중에 그런 실력을 지닌 자가 한 명 있습니다. 그는 공령신투의 제자입니다."

"하종도라고 합니다. 강호의 형제들은 호리독사라는 별호를 주었지요. 지금은 천룡표국의 객원표사로 일하고 있습니다."

호리독사가 눈치 빠르게도 얼른 포권지례를 올렸다.

공령신투의 제자라는 말에 남궁소소의 눈이 휘둥그레졌다. 함께 온 집법당의 무사들 역시 매우 놀라는 눈치였다.

지독한 술꾼에다 삼룡채에 신변을 의탁하고 있어서 그렇지, 공령신투의 제자라면 흑도들 사이에서는 제법 거물이었다.

그러나 사마옥과 설인탁은 전혀 놀라지 않았다. 사건이 벌어지고 난 후 두소부를 불러 호리독사의 내력에 대해 자세히 물어본 모양이다.

이건 좋은 징조다. 우리에게 단순히 처벌을 넘어선 어떤 관심이 있다는 거니까.

"후기지수들의 전낭은 왜 훔친 거지?"

"제가 시켰습니다."

"어째서?"

"어떻게든 실력을 보여주어야 한다는 생각에 과욕을 부린 것 같습니다. 굳이 그럴 필요가 없었는데. 외람됩니다만, 후기지수들에게 사과의 말을 전해주십시오."

비고에 던져 넣는 것은 굳이 후기지수들의 전낭일 필요가 없었다. 그럼에도 그걸 던져 넣은 이유는, 전낭이 없어진 걸 후기지수들이 곧 알게 될 텐데 그러면 호리독사를 의심할 게 뻔했기 때문이다. 해서 어떻게든 이번 일과 엮어 처리를 해보려 했다.

과연 사마옥은 이런 허술한 수에 속아 넘어갈까?

“도둑을 막기 위해 표사들을 불렀더니 진짜 도둑들이 왔군. 그나마 이렇게 잡았으니 다행이라고 해야 하나?”

나로선 천만다행이다. 일단은 넘어간 것 같다.

사마옥은 이어 남궁소소를 돌아보며 물었다.

“네가 이럴 줄은 몰랐구나.”

“벌을 달게 받겠습니다.”

“무슨 벌을 내릴 줄 알고.”

“……!”

“……!”

“……!”

별다른 말을 한 것도 아닌데, 이상하게 가슴이 철렁 내려앉는다.

사마옥은 고개를 절레절레 흔들고는 밖으로 나가 버렸다.

설인탁과 집법당의 무사들이 뒤를 따랐다.

“너무 염려 마시오. 이렇게 뇌옥까지 찾아와 심사를 하시는 걸 보면 덮어놓고 죄를 물을 생각은 아닌 것 같소.”

“심사라고요? 심문이 아니고요?”

“여긴 무림맹의 집법당에서 관리하는 뇌옥이오. 심문을 할 생각이었다면 외부인인 설인탁 대협까지 대동할 필요가 없었을 것이오.”

“하지만 설 대협께선 아무것도 묻지 않으셨잖아요.”

“그게 나도 좀 걸리긴 하는데…….”

"뭐예요."

"그건 그렇고. 이제 수십 장 밖에서 호리독사를 옴짝달싹 못 하게 했다는 그 정체불명의 은발 노인이 누군지 말해주시오."

늦은 밤, 맹주부로 불려온 사람은 모두 세 명이었다. 왼쪽부터 총군사 사마옥, 집법당주 좌공문 그리고 유성표국의 대표두 설인탁까지.

"면목이 없습니다."

"모두 속하의 책입니다."

사마옥과 좌공문이 차례로 머리를 조아렸다.

"어처구니없는 녀석들 때문에 다들 체면이 말이 아니게 생겼습니다. 빈노도 그렇고 말입니다. 껄껄껄."

은발의 머리카락이 흡사 햇살에 비친 설봉처럼 신령한 분위기를 자아내는 노인이 말했다.

올해 여든 살을 바라보는 이 노인이 바로 뇌검 남궁유룡과 함께 천하십검의 수좌 자리를 다툰다는 설산신검 장초풍이었다. 그리고 현 무림맹의 맹주였다.

"일벌백계로 다스리겠습니다."

"우리가 흑도도 아닌데 기분 나쁘다고 아무 벌이나 내릴 수야 있나요. 집법당주께서는 어떻게 생각하십니까?"

"적용할 맹법이 마땅치가 않습니다. 훔친 게 없으니 절도죄를 물을 수도 없고, 비고로 들어가지 않았으니 침입죄를 물을 수도 없고, 누굴 때려 다치게 하지 않았으니 상해죄를 물을 수도 없습니다. 하다못해 비고가 있는 경내까지 들어온 것도 경계 무사들의 검문을 거쳤습니다."

"세상에 이렇게 치밀한 놈들이 있을 줄이야. 껄껄껄. 그래도 뭐라도 벌은 주어야지 않겠습니까?"

"단지 자신들의 실력을 증명하기 위해 접근이 금지된 비고의 지붕을 올랐으니 무림맹을 능욕한 죄를 물을 수 있습니다. 이런 경우 저나 총군사님 혹은 맹주님께서 임의로 징벌의 수위를 정하실 수가 있습니다."

"공령신투가 소림사의 장경각으로 들어가 낯 뜨거운 화첩을 꽂아놓고 나온 걸 알았을 때 방장 대사의 심정이 어땠을지 이제야 좀 이해가 가는군요."

장초풍은 다시 사마옥을 돌아보며 물었다.

"놈의 자질은 어땠습니까? 듣자 하니 향시와 회시에 연달아 장원급제를 한 기재라고 하던데."

"위맹관을 직접 항주로 보내 표왕에게 편지를 한 통 전할 생각입니다. 그에게는 자식이 많으니 한 명쯤은 무림맹으로 보내 대의에 동참하시고 강호의 경험도 쌓게 하는 것이 어떻냐고요. 만약 표왕이 순순히 내준다면 군사부에서 쓰고 싶습니다."

"어지간히도 마음에 드셨나 봅니다."

"비상한 머리에 무공이 뛰어난 후기지수들은 많습니다. 그러나 이렇게 대범하기까지 한 놈을 만나기란 쉬운 일이 아니지요. 언젠가 큰일을 낼 녀석입니다."

"하면 호송하는 일에도 제법 쓸모가 있겠군요?"

"그건 풍운표검에게 하문하시는 것이 어떨는지요. 그는 맹도가 아니니 우리와 달리 오로지 실력으로만 평가할 수 있을 겁니다."

장초풍의 시선이 자연스럽게 설인탁에게로 향했다.

설인탁이 조심스럽게 입을 열었다.

"표물을 노리는 비적이나 도적들의 생각을 읽는 것은 마치 관천망기를 보는 것과도 같습니다. 그때그때의 상황에 따라 변화무쌍할뿐더러 아무리 표행 경험이 많아도 평소 하늘을 보던 습관과 눈이 없으면 알 수가 없지요."

"그 말씀은?"

"소생에게 서른다섯 개 표국 중 두 곳을 꼽으라시면 용문표국과 천룡표국을 꼽겠습니다. 그러나 하나만 꼽으려면 단연코 천룡표국입니다."

"그 정도입니까?"

"우리가 가장 필요로 하는 장기를 가졌습니다. 더 기가 막힌 건 천룡표국의 젊은 표두가 그걸 정확히 간파하고 있다는 점이고요."

"더 고민할 필요가 없을 것 같군요. 맹주의 권한으로 감히 무림맹을 욕보인 후기지수들에게 곤장 스무 대씩의 징벌을 내리겠습니다. 단, 집행은 호송이 끝난 후로 미루도록 하지요."

"존명!"

"존명!"

"존명!"

"그리고 군사부주께서는 저의 편지도 함께 표왕에게 보내시기 바랍니다. 시절도 점점 수상해지고, 표왕에게 다시 한번 입맹을 권유해 보아야겠습니다."

"그는 이미 맹주님의 권유를 두 차례나 거절했습니다. 이제 와서 과연 입맹을 할까요?"

"유비도 삼고초려 끝에 제갈량을 얻었다고 하지 않습니까. 저는 편지만 보낼 뿐이니 표왕의 마음을 얻지는 못하겠지만, 대신 미안한 마음이 들게 하면 총군사의 편지가 조금이라도 더 힘을 발휘하지 않을까요?"

"그것참 좋은 생각이군요."

2장
백 명의 호송단

호송이 시작되었다.

이번 일을 위해 무림맹이 동원한 전력은 총군사 사마옥을 필두로 혈검대(血劍隊)의 고수 칠십이었다. 여기에 용봉지회의 후기지수 열 명과 삼개 표국에서 온 표사 열아홉 명이 더해지니 똑 떨어지는 백 명이었다.

중무장한 무인이 백 명이나 되었음에도 불구하고 보급을 위한 수레조차 없었다. 여정에 필요한 물건들은 각자의 말안장에 최소한의 양만 묶어 갈 뿐이었다. 덕분에 기동성만큼은 원정을 떠나는 기마대 수준이었다.

한데 이것은 호송을 하는 물건이 매우 작다는 것을 보여주는 대목이었다. 그러나 그 물건이 무엇인지, 지금 누구의 수중에 있었는지도 몰랐다. 심지어 대략의 방향만 말해줄 뿐, 최종 목적지가 어디인지도 알려주지 않았다.

비록 아무것도 모르는 용병에 불과했지만, 무림맹의 중요한 호송 건에 당당하게 이름을 올린 나는 감개가 무량했다.

오후에 설인탁으로부터 백 장 정도 앞서가며 척후를 살피라는 명령까지 받고 보니 더욱 실감이 났다.

"그건 귀하 생각이고요."

"음?"

"일이 끝나면 두당 곤장 스무 대씩을 맞아야 하는 우리는 지금 억장이 무너진다고요."

"옳습니다!"

"게다가 우린 정규표사도 아니고 임시로 고용된 객원표사에 불과해요. 내 사문도 아니고, 남의 표국을 위해 목숨까지 걸고 일할 수는 없어요."

"옳습니다!"

"무슨 목숨까지나."

"그건 귀하가 무림맹 집법당의 물 곤장을 안 맞아봐서 그래요. 세 대면 살갗이 터지고, 다섯 대부터는 피가 튀기 시작해요. 열 대쯤 되면 아무리 독종이라도 죽겠다는 소리가 절로 나오죠. 그걸 우리더러 스무 대씩이나 맞으라고 하는 게 말이 된다고 생각하세요?"

"옳습니다!"

"그 점에 대해서는 미안하게 생각하오."

"사과하지 말고 돈으로 줘요."

"음?"

"저울에 달지도 못하는 사과는 받아서 뭐 해요. 어차피 맞아야 할 곤장이라면 돈이라도 챙길래요. 돈으로 줘요."

"현실적이군."

"누구랑 어울리다 보니."

"얼마나 원하오?"

"한 대당 금전 한 냥씩 쳐줘요."

"무슨 그런 터무니없는!"

"저도 안 받고 안 맞고 싶어요."

남궁소소와 호리독사는 나란히 서서 결연한 표정으로 나를 노려보았다. 무슨 일이 있어도 요구를 관철하겠다는 의지가 엿보였다.

"둘은 언제부터 한편을 먹은 거요?"

"작은 이치는 큰 이치에 복종하는 법이죠."

작은 손해 정도는 큰 이득 앞에서 눈을 감는 거겠지.

"알았소. 그렇게 하겠소."

남궁소소와 호리독사의 굳게 다문 입술이 쩍 벌어졌다. 한바탕 설전을 각오했다가 흔쾌히 주겠다고 하자 당황한 모양이었다.

"정말요?"

"그렇소."

"금전 스무 냥씩을 주겠다고요?"

"어떻게든 보상은 할 생각이었소. 처음부터 내가 고집을 피워서 이렇게 된 것이고, 두 사람이 그것까지 감당해야 할 이유는 없으니까."

"그 금전 나도 좀 주면 안 되나?"

갑작스러운 목소리와 함께 십여 장 앞 너럭바위 뒤에서 한 사람이 쑤욱 일어섰다. 한쪽 눈에 동전으로 만든 안대를 붙이고 허리에는 대도를 찼는데, 그 모습이 거대한 체구와 어울리어 흉성이 대단해 보였다.

그를 시작으로 산비탈의 여기저기에서 병장기를 꼬나 쥔 인간들이 우수수 쏟아져 나왔다. 하나같이 산짐승 같은 용모와 기세를 풍기는 자들이었는데, 그 숫자가 무려 서른 명이나 되었다.

상황이 상황이니만큼 나는 바싹 긴장했다.

너럭바위 뒤에서 나타난 외눈박이 거인이 지척까지 다가왔다. 그는 여유로움을 보여주려는 듯 마른 풀까지 꺾어 입에 물고 있었다.

"안녕들 하시오. 난 독안귀도(獨眼鬼刀)라고 하오."

남궁소소를 돌아보았다. 들어본 별호인지 묻는 것이다. 그녀는 조용히 고개를 가로저었다.

"원하는 게 무엇이오?"

"몇 가지 부탁 좀 하려고."

"부탁?"

"하나, 말에서 그대로 내린다. 둘, 전낭을 사타구니에 숨겨놓은 것까지 전부 꺼낸다. 셋, 전낭과 말과 행낭을 놔두고 조용히 떠난다. 어떻소? 들어주겠소?"

"그냥 산적들 같은데요."

"벌써?"

"원래 개봉을 둘러싼 산의 고개마다 전부 산채가 있어요. 무림맹이 가까운 만큼 이렇게까지 탈탈 털진 않는데 이상하군요. 한탕씩 하고 자리를 옮기는 뜨내기들인가?"

그러면서 남궁소소는 손가락 끝으로 죽립을 살짝 들어 올렸다. 그러자 서늘한 눈매와 함께 아름다운 용모가 백일하에 드러났다.

독안귀도를 비롯해 서른 명의 산적들이 그 자리에서 얼어붙어 버렸다.

한참이 지난 후 독안귀도가 퍼뜩 정신을 차렸다.

그는 입에 물고 있던 풀잎을 '퉤!' 뱉고는 말했다.

"생각이 바뀌었다. 여자도 놔두고 가라."

"그건 좀 곤란하오만."

"이것 봐 젊은 친구. 호위무사까지 거느린 걸 보면 돈푼깨나 있는 집 자식 같은데, 마누라는 언제든지 새로 얻을 수 있다고. 하지만 그것도 목숨이 붙어 있을 때 얘기겠지?"

"……!"

"……!"

슬쩍 돌아보니 남궁소소와 내가 나란히 가고, 그 뒤를 호리독사가 따라오고 있었다. 게다가 나와 남궁소소는 도검을 안장 뒤쪽의 행낭 아래에 꽂아놓아 잘 보이지 않는 반면 호리독사는 등에 가로질러 멘 상태였다.

남궁소소는 얼어붙은 채로 얼굴이 벌게졌다. 그러다 내 시선을 느끼고는 도로 죽립을 내려 썼다.

"뭣들 하느냐! 전부 말에서 끌어 내려라!"

명령이 떨어지기 무섭게 서른 명의 산적들이 우르르 몰려왔다.

그러다 갑자기 뚝 멈추더니 노래진 얼굴로 뒷걸음질 쳤다. 백여 명에 달하는 무림맹 본대가 산모퉁이에서 나타났기 때문이다. 얼마나 놀랐는지 독안귀도는 안대까지 옆으로 제치고 다시 한번 앞쪽을 살폈다.

어처구니없게도 그의 안대 안쪽엔 멀쩡한 눈이 숨겨져 있었다. 인상을 강하게 보이려고 애꾸눈 행세를 한 모양이었다.

"저, 저건 또 뭐야?"

"무림맹의 타격대요."

"뭐?"

"소개가 늦었소. 나는 천룡표국의 이정룡이라고 하오. 방금 귀하가 끌고 가려고 한 아가씨는 남궁세가의 가주께서 금지옥엽으로 아끼시는 손녀이고. 참고로 우리는 지금 무림맹 타격대의 길잡이가 되어 척후를 살피며 가는 길이오."

독안귀도는 사색이 된 얼굴로 나와 남궁소소와 산모퉁이에서 말을 타고 오는 백여 기의 인마를 번갈아 보았다. 그러다 뒤늦게 상황을 알아차리고는 냅다 뒤돌아 도망치기 시작했다.

"호리독사!"

"존명!"

나와 남궁소소 사이로 무언가 휙 하고 날아갔다.

퍽!

"크헉!"

영사신법에 이은 회심의 등판 찍기. 독안귀도는 그 자리에서 고꾸라졌다.

그때부터 호리독사의 본격적인 구타가 시작되었다.

퍽! 퍽퍽! 퍽!

두령이 두들겨 맞고 있는데 수하들이 나 몰라라 하고 도망칠 수가 있나. 서른 명의 산적들은 이러지도 저러지도 못하고 엉거주춤 서 있기만 했다.

그사이 독안귀도의 사지는 골병이 들어갔다.

보다 못한 남궁소소가 말했다.

"적당히 해요."

무림맹을 떠난 지 사흘째 되는 날 오후 호송단은 작은 강 마을에 도착했다.

강폭은 좁지만 수심이 깊어 배를 타야만 건널 수 있었다. 하지만 말을 싣고 갈 만큼 큰 배가 없었다.

마을 사람들 말을 들으니 원래는 두 척이 있었단다. 한데 오늘 아침 소 떼를 몰고 온 상단이 오십 리 아래의 포구까지 운송을 부탁해 떠나는 바람에 내일 오후나 되어야 돌아올 거라고 했다.

갑작스러운 사태에 사마옥이 수뇌부 회의를 소집했다.

사마옥을 필두로 혈검대주 팽문룡, 용봉지회 후기지수들의 조장인 황보중악, 유성표국의 설인탁, 용문표국의 엽천문, 그리고 천룡표국의 대표로 내가 참석했다.

"표국들은 이 길이 막히면 보통 어디로 가오?"

사마옥이 물었다.

설인탁은 지도 위에서 검게 칠한 지점을 가리키며 말했다.

"천중산(天中山)입니다."

"예상되는 문제는?"

"누군가 일부러 손을 쓴 것이라면, 우리가 천중산으로 향할 걸 예상하겠지요. 천중산은 숲이 울창한 데다 바위가 많고 능선이 널을 뛰어

대낮에도 적들이 매복을 하고 기다리기에 최적의 장소입니다."
"다른 길은?"
"천중산을 끼고 왼쪽으로 돌아가는 길이 있습니다. 하지만 오늘 중으로 작은 강을 두 번이나 더 건너야 합니다."
"발목을 계속 잡히겠군."
사마옥과 설인탁은 배가 없어진 것이 우연이 아니라고 생각하는 것 같았다.
두 사람이 그렇다면 그런 것이다. 보이지 않는 적의 등장에 사람들은 긴장한 기색이 역력했다.
그때 지도 위로 엽천문의 손가락이 불쑥 올라왔다. 그리고 현 위치에서 쭉 미끄러지다 천중산을 삼 대 일의 비율로 가르며 구불구불 이어지는 선 위에서 뚝 멈췄다.
"칠량(七樑) 협곡입니다. 협곡으로 들어가면 천중산을 넘는 것보다야 늦춰지겠지만, 다시 본래의 길로 접어들 수 있습니다."
"협곡이면 물이 흐를 터인데."
"7년 전 겨울, 두 달 동안 비가 오지 않았을 때 칠량 협곡을 따라간 적이 있습니다. 협곡이 바닥을 드러내 충분히 통과할 수 있었습니다. 조금 전 마을 노인들 얘길 들으니 두 달 넘게 비가 오지 않은 상태라고 하더군요."
사마옥이 설인탁을 돌아보며 물었다.
"어떻게 생각하시오?"
"엽 표두의 말이 맞습니다. 칠량 협곡은 겨울 가뭄이 심해지면 건천(乾川)으로 변하는 곳입니다. 덧붙여 비탈이 가팔라 나무가 자라지 못

합니다. 적들은 매복을 할 수 없는 반면 우리는 좌우의 지형을 훤히 살피며 갈 수 있죠."

"게다가 앞뒤가 모두 트였으니 울창한 산으로 들어가는 것보다 낫겠군. 설사 적들이 뒤를 따라오더라도 곡을 막고 싸우면 지리도 얻을 수 있고."

"문제는 지금부터 서둘러 가더라도 협곡의 중간에서 밤을 맞을 거라는 점입니다. 하면 비탈 전체가 암흑으로 변하면서 낮에는 유리했던 지형이 오히려 사지로 돌변할 수도 있습니다."

"낮에 적들이 매복하고 기다리는 산으로 들어가느냐, 밤에 협곡에서 진을 치고 야습해 오는 적들을 맞느냐의 문제로군."

사마옥이 팽문룡과 황보중악을 차례로 돌아보며 눈빛으로 의견을 물었다.

두 사람은 전혀 입을 떼지 못했다. 아무리 생각해도 뾰족한 수가 없는 모양이었다.

사마옥은 그나마 내게는 눈빛으로도 묻지 않았다. 다른 사람들은 일대의 지리에 대해 어느 정도라도 알지만, 나는 전혀 모를 거라고 생각했기 때문인 것 같았다. 사실 그게 맞기도 하고.

"칠량 협곡의 길이가 얼마나 됩니까?"

"이십 리쯤 된다고 들었네."

갑작스러운 내 질문에 뜻밖에도 황보중악이 불쑥 대답했다. 그는 뭐라도 아는 척을 할 수 있게 되어 내심 기쁜 모양이었다.

"그렇다면 이동 시간을 반 시진 정도만 더 늘이는 것으로 충분히 협곡을 빠져나갈 수 있을 것 같습니다만."

"깜깜한 밤에 횃불을 밝힌 채 길도 없는 협곡을 반 시진이나 이동하자고? 아예 화살 비를 퍼부어 달라고 하지 그래."

"어두워지기 전에 협곡을 빠져나간다는 얘기입니다. 간단히 말해 저녁을 반 시진 정도 늦출지언정 협곡을 나간 후에 먹자는 것이죠."

표국의 금언 중에는 해뜨기 반 시진 전에 일어나고 해지기 반 시진 전에 이동을 멈추라는 말이 있다. 해지기 반 시진 전에는 이동을 멈춰야 야영지 주변을 돌아다니며 지형을 충분히 숙지할 수가 있기 때문이다. 그래야 매복이 있는지도 확인하고, 혹시나 있을지 모르는 야습을 대비해 요소요소에 경계병도 세울 수 있다.

해가 진 후에야 이동을 멈추면 금방 칠흑 같은 밤이 되어버려 주변의 지형을 충분히 살필 수가 없다. 이는 만약 표물을 노리는 자들이 있다면 매우 위험한 일이었다.

지난 이틀 동안에도 설인탁은 이런 규칙을 반드시 지켰다. 그리고 이 정도는 굳이 노련한 표사가 아니어도 웬만큼 강호의 경험이 있는 무인이라면 충분히 알고 있는 지식들이었다.

"협곡을 빠져나가자고 야영 시간을 반 시진이나 늦출 수는 없지. 그건 또 다른 위험을 야기할 뿐이야."

"척후병들이 먼저 협곡의 출구에 도착해 적당한 장소를 골라 주변 지형도 살피고 요소요소에 경계병도 세우면서 본대를 기다리면 어떻습니까? 하면 본대는 해가 지기 직전까지도 이동을 할 수가 있습니다."

"해가 지기 전 협곡의 끝에 도착할 수 있다면 처음부터 본대가 함께 가지 왜 구태여 늦게 간단 말인가."

황보중악의 지적은 촌철살인이라는 말이 아깝지 않을 만큼 정곡을 찔렀다.

팽문룡과 엽천문의 입가에 미세하게 어리는 것은 분명 조소일 것이다. 사마옥과 설인탁도 비웃지는 않았지만 의아해하는 기색이 역력했다.

이번엔 내 손가락이 지도 위의 현 위치를 짚었다. 이어 천중산을 그대로 쭉 가로지른 후 칠량 협곡의 출구쯤에서 뚝 멈추었다.

"우리 중 일부가 천중산을 가로질러 가면 놈들은 당연히 척후를 살피는 별동대라 여기고 매복을 들키지 않기 위해 조용히 보내줄 것입니다. 천중산은 지름길이니 반 시진 정도는 일찍 칠량 협곡의 출구에 도착할 수 있을 듯싶은데, 아닌가요?"

사마옥, 설인탁, 엽천문, 팽문룡, 황보중악이 그대로 얼어붙어 버렸다. 그 와중에 나를 바보 취급하며 몰아붙였던 황보중악은 혈색까지 창백해졌다.

쥐 죽은 듯한 침묵이 흐르길 잠시, 사마옥이 설인탁을 바라보며 물었다.

"어떻게 생각하시오?"

"별동대가 유인책 역할까지 할 겁니다. 놈들이 속았다는 걸 알아차렸을 때는 이미 본대가 칠량 협곡을 절반이나 지나간 후가 되겠지요."

"하면?"

"묘수입니다."

비로소 사마옥의 굳었던 얼굴이 펴졌다. 그가 황보중악을 향해 말했다.

"후기지수들과 함께 천중산을 건너라."

"존명!"

사마옥은 이어 나를 돌아보며 말했다.

"자네가 별동대를 이끌게."

"예?"

"용봉지회의 후기지수 열 명이면 야영지를 살피고 만들기 위한 인원으로는 충분할 걸세. 아, 공령신투의 제자는 두고 가게. 내가 따로 쓸 일이 있으니."

"존명!"

슬쩍 돌아보니 황보중악의 눈까풀이 파르르 떨리고 있었다. 졸지에 내 명령을 들을 생각하니 지금쯤 머릿속이 하얘질 것이다.

천중산은 과연 울창한 숲에 복잡한 능선을 거느리고 있었다. 특히 크고 작은 바위들이 산면마다 가득해서 매복지로서는 최고였다.

그러나 산을 넘는 동안 사람의 그림자라곤 코빼기도 보이지 않았다.

보이지 않는다고 해서 없는 것은 아니다. 설인탁의 예상대로라면 놈들은 어딘가에 숨어서 우릴 지켜보고 있을 것이다.

"내게 할 말이 있지 않나?"

황보중악이 내게 물었다. 전낭을 훔쳐 간 걸 두고 하는 말인 것 같았다.

불행 중 다행으로 이번 호송에 참여한 후기지수들 중에는 호리독사에게 전낭을 도둑맞은 사람이 없었다. 그래도 잘못한 건 잘못한 거다.

"그렇지 않아도 호리독사가 당사자들을 찾아뵙고 사과를 했습니다."

"조장인 내게도 해야 하지 않을까?"

슬쩍 고개를 돌려보니 두소부, 양조광, 당군백의 표정이 좋지 않았다. 남궁소소는 순번에 따라 가장 뒤쪽에서 척후를 살피며 오느라 아무것도 모르고 있었다.

두소부가 참견할 생각에 말을 조금 빨리 몰아 앞으로 오려고 했다.

나는 조용히 한 손을 뻗어 그를 제지했다. 이어 황보중악을 향해 정중하게 포권지례를 올리며 말했다.

"선배님 말씀이 맞습니다. 불문곡직하고 저의 객원표사가 용봉지회의 무인들에게 저지른 잘못에 대해 사과드리겠습니다."

"공령신투의 제자라지?"

"그런 것으로 압니다."

"도둑을 표사로 고용하다니 이걸 기발하다고 해야 하나, 어처구니없다고 해야 하나."

"앞으론 불미스러운 일 없을 겁니다."

내가 순순히 사과를 하자 황보중악도 더는 시비를 걸지 못했다. 오히려 나의 기를 꺾어놓았다는 생각에선지 의기양양한 기색까지 보였다.

그러더니 갑자기 앞으로 치고 나가며 말했다.

"사과는 받아두도록 하지."

그때부턴 황보중악이 별동대를 이끄는 모양새가 되었다. 나는 주장이 누구인지 하는 것 따위에는 하등의 관심이 없었으므로 그대로 놔두었다.

나의 관심은 온통 어딘가에서 지켜볼지도 모를 적들에게 쏠려 있었다. 황보중악 역시도 바보는 아니어서 가는 동안 신경을 바짝 곤두세

웠다.

크고 작은 능선을 다섯 개쯤 넘었을 때였다. 깊은 골짜기로 들어가자 우마차가 올라올 수 있을 정도로 넓은 길이 보였다. 화전(火佃)도 없는데 왜 이렇게 넓은 길이 있는지 모를 일이었다. 어쨌든 천중산을 거의 넘어 반대편 평지가 얼마 남지 않은 것만은 분명했다.

어느 순간 조그만 계곡이 나타났다. 겨울 가뭄에 바짝 마른 계곡은 가까스로 한줄기 맑은 물줄기를 흘려보내고 있었다.

"잠시 쉬었다 간다."

황보중악이 한 말이었다.

그러더니 말에서 훌쩍 뛰어내려서는 계곡으로 다가가 물을 손으로 떠 마셨다. 황보중악을 따르는 후기지수들도 보란 듯이 같은 행동을 했다.

잠시 후에는 말까지 끌어다 물을 먹이기 시작했다.

두소부, 양조광, 당군백 등이 나를 바라보았다. 어찌할지를 묻는 것이다. 그들은 사마옥이 내게 별동대를 이끌라고 지시했음을 잘 알고 있었다. 따라서 내가 쉬라고 하지 않으면 쉬어선 안 되는 것이다.

나는 잠시 계곡을 살피다 무언가를 발견하고는 황보중악에게 말했다.

"마시지 않는 게 좋겠습니다."

"여기 와본 적 있나?"

"없습니다."

"나는 한번 와본 적 있지. 너무 걱정하지 말라고. 해 지기 반 시진 전에는 칠량 협곡의 출구에 도착할 테니까."

"그때도 이 계곡물을 마셨습니까?"

"그건 왜 묻는 거지?"

"물고기가 한 마리도 보이지 않아서요. 본래 가뭄이 든 겨울 산중 계곡엔 소(沼)마다 작은 물고기들이 우글거리는 법이거든요."

"뭣!"

황보중악이 놀라서 벌떡 일어났다. 그를 따라 물을 벌컥벌컥 마시던 후기지수들이 후다닥 물러났다. 물을 쭉쭉 빨아 마시던 말들도 앞다투어 뒤로 잡아당겼다.

사람들은 너 나 할 것 없이 계곡의 위쪽과 아래쪽의 작은 소들을 살피기 시작했다. 어떤 건 황소가 한 마리 통째로 잠기고도 남을 만큼 큰 탕이었지만, 역시 물고기는 한 마리도 없었다.

"혹시 적들이 독을 풀었을까요?"

남궁소소가 잔뜩 긴장한 얼굴로 내게 물었다. 독이라는 말에 황보중악과 그를 따르는 후기지수들의 얼굴이 노래졌다.

"그건 아닌 것 같소."

"어째서요?"

"독을 풀었다면 물고기 사체가 사방에 가득했을 것이오. 게다가 본대가 아직 오지도 않았고, 오더라도 이 작은 개울에서 백여 기의 인마가 대기하며 물을 마실 거라고는 생각지 않을 것이오."

"하면 왜 물고기가 한 마리도 보이지 않는 거죠?"

"원래부터 물고기가 살 수 없는 물인 것 같소만."

"세상에 그런 계곡도 있나요?"

"약수가 있으면 독수도 있지 않겠소?"

그때 당군백이 말에서 훌쩍 내려 물가로 갔다. 이어 품속에서 은잔을 꺼내 물을 약간 떠서는 잠시 변색을 살폈다. 그러자 은잔에 꺼멓게 얼룩이 지기 시작했다.

사람들은 너 나 할 것 없이 화들짝 놀랐다. 특히 황보중악과 그를 따르는 후기지수들은 아연실색했다.

이쯤 되자 나도 표정이 굳었다.

"군백, 무슨 일이야?"

두소부가 다급한 목소리로 물었다.

당군백은 대답을 하지 않고 갑자기 허리춤에 차고 있던 협봉검을 뽑았다. 이어 물이 고여 있는 소로 다가가 바닥을 칼끝으로 휘저었다. 그러자 노란 가루들이 뿌옇게 일어나기 시작했다.

"저게 다 뭐지?"

"사황(死黃)이에요."

"사황?"

"맹독성 광물의 일종이에요. 오래된 광산 아래의 개천에서 가끔 발견되는데, 왜 이런 곳에 사황이 있는지 모르겠군요."

"천중산 기슭에 한때 석탄을 캐던 광산이 있었는데, 수맥을 건드리는 바람에 못 쓰게 되었다는 말을 들은 적 있습니다. 아무래도 그 폐광에서 흘러나온 물이 섞인 듯합니다."

황보중악을 따르는 후기지수들 중 한 명이 불쑥 말했다. 눈치를 보니 근방의 지리를 조금 아는 것 같았다.

어쩐지 길이 넓게 닦여 있더라니.

"독성은 어느 정도나 되지?"

"중독되면 처음엔 머리카락이 빠지다가 점차 눈이 멀고 몸에서 핏기가 사라지면서 끝내 목숨을 잃게 되죠."

"그 정도야?"

"최소한 석 달 정도는 장복을 했을 때 얘기예요. 그러나 장복하면 반드시 중독되고, 한번 중독되면 백약이 무효라 맹독으로 분류되고요."

"물을 마신 사람들은?"

"그 정도 양으로는 별일 없을 거예요. 하지만 물속에서 일 년 내내 사는 물고기는 다르겠죠."

황보중악과 그를 따르는 후기지수들은 그제야 안도의 한숨을 내쉬었다. 몇몇 후기지수들은 가죽으로 만든 물통에 물까지 채웠다가 서둘러 버렸다.

남궁소소가 나를 돌아보며 물었다.

"이런 건 어떻게 알았어요?"

"경험 많은 표사들에게 배웠소. 산중의 물이라고 모두 마실 수 있는 것이 아니니 항상 물고기가 있는지, 물고기가 살 수 없을 만큼 좁은 상류라면 낙엽을 들추어 물벼룩이라도 사는지 살피라고."

"총군사께서 표사들을 길잡이로 고용한 이유를 조금은 알겠군요. 덕분에 좋은 공부 했어요."

"무슨 공부까지나."

"이제 어떡하죠?"

"다 마셨으면 가야지."

나는 말을 몰아 천천히 앞으로 나아갔다. 두소부, 양조광, 당군백, 남궁소소가 뒤를 따랐다.

그때까지도 계곡 가장자리에 서서 천국과 지옥을 오가던 황보중악과 후기지수들은 그야말로 벌레 씹은 얼굴이었다.

남궁소소가 악도광을 지나치며 툭 내뱉었다.

"다음부턴 아무 물이나 마시지 마라. 그러다 대머리 되는 수가 있다."

해가 한 뼘 정도 남았을 때 칠량 협곡의 출구에 도착했다.

반대편에서 볼 때야 출구지만 이쪽에서 보면 다시 입구다. 협곡이 갑자기 사라지면서 완만한 경사를 이룬 산기슭은 수백 명이 한꺼번에 야영을 해도 될 만큼 넓었다.

"남자들은 전부 흩어져 땔감을 모아 오십시오. 백여 명이 추위를 견디려면 모닥불을 열 개는 피워야 할 겁니다. 해가 반 뼘 정도 남으면 다른 더 중요한 일들이 있으니 무조건 이 자리에 집결하시고요."

"너는 무얼 할 거지?"

황보중악이었다. 그가 정확히 묻고 싶은 건 '너는 여자들과 무얼 할 거지?'였을 것이다. 여자들 속에는 당연히 그가 좋아하는 남궁소소가 있었고.

"개울 가장자리에 물이 많이 고여 있는 소를 찾아 새 물이 유입되지 않도록 흙을 퍼다 웅덩이를 만들 겁니다."

"그건 왜?"

질문은 황보중악이 했지만 모두가 잔뜩 궁금한 표정을 지었다. 심지어 두소부 일행마저도 땔감을 구하러 가려다 말고 멈춰 서서는 나를 돌아보았다.

"보시다시피 가뭄으로 협곡에서 흘러나오는 물이 개울 수준입니다. 밤에 적들이 상류에서 독이라도 풀면 문제가 심각해집니다. 해서 미리 웅덩이를 만들어놓는 것이지요. 하면 내일 아침까지도 안심하고 물을 마실 수 있습니다."

여기까지 말을 했을 때 사람들은 이미 표정이 굳어버렸다.

"사람도 사람이지만 말이 더 문제입니다. 사람이 한 되의 물을 마실 때 말은 한 말의 물을 마십니다. 사람은 말린 육포나 과일 같은 건량으로도 견디지만, 사람을 태우고 수백 리를 가야 하는 말은 조석으로 반드시 충분한 양의 콩을 물에 불리거나 걸쭉하게 삶아주어야 합니다. 우린 그런 말이 백 필이나 되고요."

사람들은 한동안 말이 없었다. 그러면서도 시선들은 전부 내게 박혀서 떠나질 않았다. 말은 않지만 다들 속으로 크게 감탄하고 있음을 느낄 수 있었다.

무림인들은 많아야 십여 명 정도가 함께 이동을 한다. 설사 이렇게 대규모로 이동을 한다고 해도 적들에게 쫓기는 상황인 경우는 거의 없을 것이다. 반면 표국의 표행단은 대규모로 이동하는 일이 많고, 거의 언제나 호시탐탐 표물을 노리는 자들이 있다.

비적들이 가장 잘하는 수법 중에 하나가 식수로 쓸 개울에 독을 풀거나 인분 등으로 오염시켜 설사를 유발하는 것이다. 말과 사람들이 온종일 폭풍 설사를 하며 가다 보면 저녁쯤 되어 축 늘어지는 것이 털어먹기 딱 좋은 상태가 된다.

한참 만에야 두소부가 입을 열었다.

"아까 천중산에서의 일로 적들이 개울에 독을 탈 수도 있다는 우려는 나도 했었네. 하지만 고작 물통에 물이나 채우고, 말에게도 서둘러

물을 마시게 해야겠다고만 생각했지 그런 수가 있는 줄은 몰랐군."

양조광도 덧붙였다.

"역시 총군사님이시군요. 우리 중 가장 어린 정룡에게 별동대의 수장 자리를 맡겼을 때는 다 그만한 이유가 있으셨던 겁니다."

다분히 황보중악과 그를 따르는 후기지수들을 염두에 두고 하는 말이었다. 당군백은 가만히 고개를 끄떡였고, 남궁소소는 제가 칭찬을 받은 것도 아닌데 어깨에 힘이 잔뜩 들어갔다.

두소부가 황보중악을 돌아보며 말했다.

"웅덩이 만드는 건 여자들에게 맡기고 우린 땔감을 구하러 가는 게 좋을 것 같은데, 어떻게 생각하나?"

황보중악은 두말 않고 조용히 따라나섰다.

다들 고수들이다 보니 모든 면에서 보통 사람들의 움직임과는 달랐다. 남자들은 숲에서 쓰러진 나무를 통째로 끌고 왔는데, 한 식경쯤 지나자 땔감이 가득 쌓였다.

나와 여자들도 멀지 않은 개울가에서 크고 넓은 웅덩이를 찾아 물막이 작업을 끝냈다. 흙탕물이 조금 번지긴 했지만, 시간이 지날수록 가라앉을 테니 큰 문제는 없었다.

어느새 해가 반 뼘 정도 남았다. 그때부터 나는 직접 주변 지형을 살피며 매복을 점검했다. 이어 적이 기습해 올 만한 길목들을 찾아 요소요소에 경계병을 심어두었다.

말이 좋아 경계병이지 실제로는 매복조였다. 이렇게 해두었다가 본대가 도착하면 인원을 보강하거나 교대를 해주어야 한다. 그러면 밝을 때부터 야영지 주변 수백 장을 우리가 먼저 장악한 채로 밤을 보내게 되는 것이다.

마침내 모든 준비를 끝마쳤을 때 해가 서산을 꼴깍 넘어갔다.

때를 맞춰 저만치 보이는 협곡의 출구로부터 본대의 선두가 모습을 드러냈다.

"훌륭하군."

"과찬이십니다."

"솔직히 물웅덩이까지는 기대를 안 했네."

"선배 표사들께 배웠습니다."

"매복조를 심은 위치도 모두 자네의 생각이었다지? 솜씨가 예사롭지 않더군. 이건 선배 표사들에게 몇 마디 들은 정도로 할 수 있는 일이 아니네만."

"좋게 보아주셔서 감사합니다."

"질문을 잘도 피해가는군."

"딱히 말씀드릴 게 없다 보니."

"다그치려는 게 아닐세. 신통해서 물어본 것일 뿐. 어쨌든 수고했네."

"감사합니다."

설인탁과 함께 야영지 주변 지형을 돌아보고 온 사마옥이 내게 해준 말들이었다. 설인탁도 옆에서 나를 향해 고개를 끄덕여 주었다.

애초 나를 선발대로 보냈던 사람에게 칭찬을 들으니 그제야 임무를 제대로 완수했다는 게 실감 났다.

두 사람이 돌아가자 나는 남궁소소와 다시 만난 독사를 데리고 저녁을 준비했다.

혈검대는 일곱 개의 조로 나뉘었고, 용봉지회의 후기지수들은 또 그들끼리 모여 식사를 준비했다. 여기에 유성표국과 용문표국의 표사들도 각자가 모닥불을 피우니 야영장 주변은 어느새 군병들의 작은 주둔지를 방불케 했다.

"또 요리를 하려고요?"

돌덩어리 몇 개를 붙여 만든 화덕에 특수 제작한 쇠솥을 척 걸자 남궁소소가 한 말이었다.

"무슨 요리씩이나."

"다들 육포에 건량으로 간단하게 때우는데, 우리만 저녁마다 김이 모락모락 나는 밥을 지어 먹으니까 하는 말이죠. 그것도 매일 조금씩 다른 밥을."

"난 육포 쪼가리 같은 거 먹고는 못 간다고 했잖소."

"이상하게 이런 건 또 까다롭단 말이야."

"그래서 싫소?"

"그럴 리가요. 천룡표국의 객원표사가 되길 잘했다는 생각이 드는 유일한 시간인걸요. 오늘은 또 무슨 밥이에요?"

"오곡일포칠채보양식이오."

"듣기만 해도 살이 찔 것 같네요."

"바싹 말린 오곡에 소고기 육포와 일곱 가지 건채를 잘게 잘라 넣어 만든 특식이오. 물론 물만 넣고 끓이면 끝이고."

호리독사가 물을 길어다 쇠솥에 채우자 뜰 놈은 뜨고 가라앉을 놈은 가라앉았다.

가라앉는 건 오곡과 육포 덩어리고 뜨는 건 건채 조각들이었다. 그걸 보면서 더 넣을 것들과 그만 넣을 것들의 비율을 조절했다.

마지막으로 광목으로 만든 작은 포대에서 붉은 대추를 한 줌 집어 쇠솥에 던져 넣었다.

"대추는 또 왜요?"

"오곡밥에 대추를 보태면 영지초보다 낫다고 했소."

"차라리 육포나 좀 더 넣지."

"염려 마시오. 육포와 건채가 칠 대 삼이오."

"왜요?"

"우린 아무리 몸에 좋아도 맛이 없으면 못 먹소."

"잘하셨어요."

모닥불의 화력이 좋더라니 잠깐 사이에 솥의 물이 보글보글 끓기 시작했다. 그러자 맛있는 냄새가 야영지 전역으로 퍼져갔다.

며칠째 반복된 상황에 여기저기서 이쪽으로 고개를 쭉 빼고 군침을 흘렸다. 누군 딱딱한 건량으로 끼니를 때우는데 한쪽에선 따뜻한 밥을 지어 먹고 있으니 회가 동할밖에.

밥이 익기를 기다리며 나는 남궁소소에게 작은 소리로 물었다.

"그나저나 우리가 호송하고 있는 물건 말이오."

"뭔지 알아냈어요?"

"내가 지금 그걸 물어보려고 했소."

"난 또 뭐라도 알아낸 줄 알았네."

"역시 소저도 모르는구려."

"짐작 가는 거라도 없어요?"

"내가 또 지금 그걸 물어보려고 했는데."

"저는 아무것도 몰라요."

"한때 용봉지회의 후기지수였고 지금도 맹도이긴 하니 나보단 나을 거 아니오."

"이렇게 꽁꽁 숨길 정도로 중요한 물건을 고작 용봉지회의 후기지수였던 제가 어떻게 알겠어요. 두소부 선배도 전혀 모르는 눈치더라고요."

"목적지가 어딘지는 아시오?"

"이번엔 내가 그걸 막 물어보려던 참이었는데."

"두 분 궁합이 찰떡같습니다."

불쑥 끼어든 사람은 호리독사였다.

남궁소소가 도끼눈을 뜨고 노려보자 호리독사는 얼른 화덕에 장작을 집어넣으며 딴청을 피웠다.

내가 이번엔 호리독사에게 물었다.

"총군사님께서는 왜 귀하를 남아 있으라고 한 거요?"

"절더러 물건을 하나 훔쳐보라고 하더라고요."

"무슨 물건을?"

"지금 호송하고 있는 물건 말입니다."

"그걸 왜?"

"빈틈이 있는지 점검하려는 것이겠지요."

짐작이 간다.

호리독사로 하여금 물건을 훔치라고 해놓고도 자신들은 최선을 다해 지킬 것이다.

그러다 호리독사가 훔치기라도 하면 취약점을 보강하고, 설사 훔치지 못하더라도 그가 접근해 온 방향과 방식을 보는 것만으로도 지키는 입장에서는 좋은 참고가 될 것이다. 무려 공령신투의 제자가 아닌가.

호리독사를 이렇게 깨알같이 써먹다니, 과연 무림맹의 총군사라는 생각이 들었다.

"물건이 무엇인지는 아시오?"

"당연히 모르지요."

"어디에 있는지는?"

"그것도 모르고요."

"물건의 위치를 찾는 것부터 시작하라는 말씀이로군."

"그런 것 같습니다."

"비록 돈을 받고 내게 고용된 처지지만, 귀찮다고 생각 말고 최선을 다해주기 바라오. 그래야 나도 낯이 서질 않겠소?"

"염려 마십시오. 반드시 훔치고 말 겁니다."

"고맙소."

"성공하면 저는 곤장을 전부 면제해 주겠다고 하셨거든요."

"뭐요!"

"뭐라고요!"

나와 남궁소소의 목소리가 좀 컸나 보다. 야영지 전역에 흩어져 있던 사람들이 놀란 얼굴로 우리를 바라보았다.

나는 잠시 흥분을 가라앉힌 후 다시 물었다.

"그게 정말이오?"

"그렇습니다."

"스무 대 전부?"

"그렇습니다."

"귀하만?"

"그렇습니다."

"만약 성공하면 곤장 한 대당 금전 한 냥씩 보상해 주기로 했었던 건 없었던 일이 되는 것이오. 그건 알고 있소?"

"물론이죠."

"금전 스무 냥이면 결코 적은 돈이 아닐 텐데."

"전 원래 돈 욕심이 별로 없습니다. 그리고 무림맹 집법당의 물 곤장은 흑도들 사이에서도 살인 곤장으로 유명합니다. 생각만 해도 몸서리가 칩니다."

사실 호리독사가 곤장을 면제받는다고 해도 나나 남궁소소가 손해 볼 건 아무것도 없다. 원래대로 스무 대를 맞을 뿐이다. 한데 이상하게 약이 오른다. 꼭 벌이 두 배로 늘어난 것 같고.

"밥이 다 된 것 같습니다만."

"어, 그렇군."

뚜껑을 열자 하얀 김 폭탄과 함께 맛있는 냄새가 진동했다.

김이 걷히면서 채소와 고기가 뒤섞인 채 고슬고슬하게 지어진 오곡밥이 모습을 드러냈다.

대나무 주걱으로 윗부분부터 살살 긁어가며 세 그릇을 퍼 담았다.

"저는 왜 고기가 적습니까?"

"그럴 리가."

"딱 봐도 공자님 것보다 훨씬 적은데요?"

육포도 그렇고 건채도 그렇고, 콩알만큼 작은 조각들이 삶으면 밤톨만큼 커진다. 때문에 많고 적음이 확연히 보였다.

"내 손이 저울도 아닌데 어찌 똑같이 나눈단 말이오. 내일은 더 신경 써줄 테니 오늘은 그냥 드시오."

그냥 주는 대로 먹을 것이지, 이 인간이 오늘따라 왜 밥투정을 하고 그러는지 모르겠다. 내 밥그릇의 고기가 많았던 게 어제오늘 일도 아니고.

이미 간까지 맞춘 밥인지라 반찬 따윈 필요 없었다. 젓가락으로 퍼먹는 순간 고기와 채소가 어우러진 맛이 일품이었다.

"성공할 자신은 있소?"

"세상에 훔치지 못할 물건은 없습니다."

"너무 자신만만한 것 아니오?"

"언젠가 사부님께서 제게 말씀해 주셨지요. 물건의 정확한 위치를 알아내면 오(五) 할을 간 것이고, 완벽한 계획까지 세우면 팔(八) 할까지 간 것이니 남은 것은 이(二) 할의 투술이다…… 라고요."

"투술이 고작 이 할이라고요?"

"공자님께는 쉬운 사서삼경이 저에게는 죽었다 깨어나는 것만큼이나 어려운 것과 같은 이치입니다."

"그럴 수도 있겠군."

"그런데 지금은 한 가지 제약이 더 있습니다."

"그게 무엇이오?"

"시간입니다."

"시간?"

"진짜 도적들이 있지 않습니까? 그놈들이 나타나 물건을 약탈해 가기 전에 제가 먼저 훔치는 것이 관건이죠. 그러려면 역시……."

"조력자가 필요하죠."

불쑥 끼어든 사람은 남궁소소였다. 그녀는 얼른 덧붙였다.

"저는 이번 호송에 참여한 무림맹의 무인들 대부분을 알고 있어요. 누구와도 자연스럽게 이야기를 나눌 수 있죠. 같은 이야기를 나누어도 무림맹 사정에 밝기 때문에 더 많은 걸 알아낼 수 있고요."

"무슨 말씀이신지?"

"귀하가 물건의 위치를 알아내고 계획을 세울 수 있도록 최대한 돕겠어요. 대신 팔 할까지는 저도 함께 가요."

나는 눈을 동그랗게 뜨고 물었다.

"소저도 물건을 훔칠 생각이오?"

"훔치는 게 아니라 문제를 푸는 거예요."

"소저에게 준 문제가 아니잖소."

"누가 문제를 풀든 무슨 상관이에요. 총군사님께서 하 표사를 특정해 말씀하신 건 이 방면으로는 그의 재주가 가장 뛰어나다고 생각하셨기 때문이지, 꼭 그여야만 하는 건 아니지 않겠어요?"

남궁소소는 다시 호리독사를 돌아보며 물었다.

"할래요? 말래요?"

"이후에는요?"

"선의의 경쟁을 하는 거죠. 두 사람 모두 구제받을 수는 없잖아요. 왜요, 제가 먼저 문제를 풀까 봐 겁나나요?"

아니, 손을 잡으려면 나랑 잡아야지 호리독사랑 잡는다고? 다른 건 몰라도 훔치는 거라면 나는 호리독사에게 안 된다 이건가?

남궁소소의 빠른 상황 파악에 이은 과감한 결단에 나는 속으로 혀를 내둘렀다.

사실 돈이 궁하지 않기로는 호리독사보다 남궁소소가 더할 것이다. 남궁세가의 영애인 그녀가 무엇이 아쉽겠나.

나는 더 말할 것도 없다.

심지어 나는 두 사람과 달리 곤장을 맞더라도 금전이 생기지 않는다. 엉덩이만 작살난다. 한 달 동안은 말도 탈 수 없을 것이다.

'가만 말? 안장?'

며칠 전 호리독사가 안장이 낡아서 엉덩이가 자꾸 배긴다고 투덜대던 게 떠올랐다.

"안장을 나랑 바꿉시다."

"……!"

"……!"

"내가 앉아가는 말안장은 항주 제일의 마구장에게 부탁해 만든 것으로, 가볍고 부드러운 데다 푹신하기까지 해서 장거리 여행에도 전혀 피로하지가 않소. 한번 앉아보면 그 진가를 알 것이오."

"내게서 훔쳐 간 전낭에 대해 영원히 눈감아주겠어요. 안 훔쳤다는 말은 하지 말아요. 이미 다 알고 있으니까."

위기감을 느낀 남궁소소가 급기야 전낭 훔친 일까지 끌고 들어왔다.

단지 나도 좀 묻어가자는 얘기였는데 이렇게 나온다면.

"그냥 말을 통째로 바꿉시다. 한혈보마까지는 아니지만, 총군사님께서 타시는 말에 필적할 만큼 좋은 말이라고 자부하오."

"말과 안장 받고요."

"……!"

"……!"

"다음부턴 제가 밥을 푸겠습니다."

"밥?"

"싫으십니까?"

"천만에. 그렇게 하시오."

"오늘 누룽지는 제가 다 먹고요."

"얼마든지."

"고맙습니다."

"그럼 나와 손을 잡는 것이오?"

"물론이지요."

나는 비로소 안도의 한숨을 내쉬었다.

반면 남궁소소는 얼굴이 시뻘게졌다. 입술을 꽉 깨물며 눈을 내리까는데 작은 콧구멍에서 하얀 김이 펑펑 뿜어져 나왔다.

호리독사가 말했다.

"소저께는 그냥 가르쳐 드리겠습니다."

"정말요?"

"그렇습니다."

"왜요?"

"같은 객원표사니까요."

"그건 그렇죠."

"누룽지 좀 드시겠습니까?"

"내가 긁어줄까요?"

"좋죠."

그러더니 남궁소소가 자리에서 일어나 가자미눈을 뜨고 나를 노려보았다. 이어 주걱을 홱 낚아채서는 직접 솥뚜껑을 열고 바닥을 박박 긁기 시작했다.

일이 이상하게 돌아가고 있다.

야영지를 한 바퀴 돌고 왔을 때는 묘(卯)시를 훌쩍 넘긴 시각이었다.

아슬아슬하게 남아 있는 모닥불 옆에서 남궁소소는 새우처럼 웅크린 채 잠들어 있었다.

'고생이 많군.'

어쩌다 보니 나와 엮여 정말 고생이 많다.

내 자리에 있던 양털 침낭을 가져다가 가만히 덮어주었다.

모닥불의 반대편에서는 호리독사가 코를 드렁드렁 골아대는 중이었다.

언제는 적들이 오기 전에 물건을 훔쳐야 한다더니.

'혹시 사기 친 거 아냐?'

모닥불 속에 굵은 장작을 몇 개 집어넣었다. 이어 가부좌를 틀고 앉아 운기행공을 시작했다.

내 몸속에서 일어나는 변화들을 조용히 관조했다.

얼마나 흘렀을까? 단전에서 깨어난 용은 십이경락을 타고 팔맥을 두드리며 힘차게 달리고 있었다. 삼백육십오 개의 혈도가 일제히 공명했다.

십이경락은 강하(江河)와 같고 기경팔맥은 호택(湖澤)과 같다고 했다. 호수와 못을 채운 용의 기운은 하단전, 중단전, 상단전까지 차례대로 뜨겁게 달구었다. 그러다 백회혈을 뻥 뚫더니 마침내 오색찬란한 꽃을 피운 후 조용히 산화했다.

수없이 운기행공을 했지만, 백회혈에서 꽃이 피는 걸 본 건 오늘이 처음이었다.

나는 벅찬 희열을 느끼며 눈을 떴다.

"후우……!"

마침내 천무진경의 여섯 번째 벽을 뚫었다. 총표두 곽석산이 조석으로 매달려도 십 년은 수련해야 볼 수 있을 거라는 육성의 경지를 고작 몇 달 만에 밟은 것이다.

실로 감개가 무량했다. 더 놀라운 건 내게는 이미 꽉 찬 육십 년의 공력이 있다는 점이었다.

그런데도 하루가 다르게 공력이 쌓여가는 게 느껴졌다. 천무진경의 육성 벽을 이렇게 빨리 뚫을 수 있었던 것도 무시무시한 속도로 쌓여가는 이 공력 때문일 것이다.

하늘을 올려다보니 달이 어느새 두 뼘이나 서쪽으로 옮겨간 상태였다. 대략 한 시진 정도 운기행공을 한 것 같았다.

천룡표국이 번을 설 차례가 되려면 아직 두 시진 정도는 남아 있었다. 운기행공을 했더니 몸도 날아갈 듯 가벼워서 잠은 한 시진만 자도 충분할 것 같았다.

나는 다시 정신을 집중했다.

육십 년의 공력은 천무진경의 성취만 높여준 것이 아니었다.

얼마 전 백발노성에게 배운 망혼소의 성취가 심상치 않았다. 그때도 일 년은 걸릴 거라고 했던 이명을 내가 그 자리에서 듣는 걸 보고 백발노성이 기겁을 했었다. 한데 열흘도 지나지 않은 어제, 나는 마침내 망혼소의 휘파람을 부는 데 성공했다.

"후우……."

길게 숨을 들이쉰 후 인간의 귀에는 들리지 않는 미지의 휘파람을 불려는 순간.

"헛!"

나는 자리에서 벌떡 일어나서는 모닥불의 이쪽저쪽을 살폈다. 남궁소소는 그대로 잠들어 있는데 호리독사만 감쪽같이 사라지고 없었다.

"이 인간이 그러면 그렇지."

망혼소고 뭐고 냅다 신형을 쏘았다.

장장 이십 리나 이어진 협곡의 기세는 쉽게 사라지지 않았다.

야영지 주변은 좌우의 깎아지른 비탈만 없을 뿐, 곳곳에 크고 작은 바위들이 널려 있었다.

나는 일단 혈검대주와 사마옥의 막사가 나란히 마주하고 있는 쪽으로 잠행술을 펼쳤다. 잠행술이라고 해봐야 짐승처럼 네 발로 조용히 걷는 게 고작이었다.

'은신술도 더 익혀야 할 텐데.'

일단 내 목적은 호리독사를 발견해서 그의 움직임을 살피는 것이었다. 만약 그가 물건을 찾는 데 성공한다면, 어디에서 어떤 표정으로 나타나는지만 보아도 위치 정도는 짐작할 수 있을 것이다.

은신의 첫 번째는 어깨선을 감추는 것이고, 두 번째는 머리통을 감추는 것이다.

두 개의 막사가 어슴푸레 보이는 곳까지 도착한 나는 요강단지만 한 돌덩어리 옆에 머리를 붙이고 납작 엎드렸다.

이제 호리독사가 나타나기만 기다리면 된다.

반 각쯤 흘렀을까? 대여섯 장 앞의 땅거죽이 갑자기 스멀스멀 움직이는 듯한 느낌이 들었다.

'뭐지?'

내공을 있는 대로 끌어 올려 안력(眼力)을 높였다.

그리고 하마터면 소리를 지르고 일어날 뻔했다.

뭔 시커먼 것이 땅바닥에 찰싹 붙어서는 막사 쪽을 향해 천천히 이동 중인 게 아닌가. 그 모습이 흡사 거대한 도마뱀 같기도 하고, 장강에서 가끔 잡힌다는 악어 같기도 했다.

분명한 건 호리독사는 아니었다. 일단 그는 키가 저렇게 크지가 않다. 게다가 저기서 저런 모습으로 나타날 리도 없고.

어느 순간, 괴인이 움직임을 멈추고 바닥에 척 붙었다. 그러자 다시 땅거죽이 되어버려 전혀 알아볼 수가 없었다.

'상승의 은신술!'

왜 갑자기 이동을 멈췄을까?

누구인지 모르지만 분명 아군은 아니다. 이제라도 벌떡 일어나 소리를 지르려는 순간, 머릿속으로 천둥 같은 전음이 울렸다.

[호흡을 멈추게!]

설인탁이었다.

나는 이유를 따져볼 겨를도 없이 일단 호흡부터 멈추고 기척을 숨겼다. 그리고 눈알을 열심히 굴리며 설인탁이 숨어 있을 만한 곳을 찾았다.

그때 또다시 울리는 전음.

[바위 아래에 앉아 있네.]

나는 조금 전 괴인을 발견했을 때보다 더 놀랐다.

주변에 있는 바위라곤 괴인이 엎드려 있는 바로 옆의 크고 작은 세 개가 전부였다. 하지만 그 바위 아래 어디에도 사람의 형체는 찾아볼 수 없었다. 설인탁이 거짓말을 하는 게 아니라면 그야말로 완벽한 은신술이었다.

내가 숨을 멈추고 기척을 숨기자 괴인은 다시 조금씩 움직이기 시작했다. 이제 보니 도마뱀이나 악어가 아니라 이무기 같았다.

[한 식경 전에 야영장으로 저런 것이 다섯 마리가 들어왔네. 나머지는 유성표국의 표사들이 추적 중일세. 저건 두령 같은데 총군사님의 막사로 향하고 있군.]

이중 삼중의 경계망을 뚫고 다섯 명이나 침투해 온 것도 놀랍지만, 무려 한 식경이나 되었다는 게 더 놀랍다.

그러나 가장 놀라운 건 설인탁과 유성표국의 표사들이 처음부터 그걸 눈치채고 추적 중이라는 사실이었다.

[왜 잡지 않는 것입니까?]

[접촉하거나 돕는 자가 있는지 보려고.]

[그건 왜요?]

[그자가 간자일 테니까.]

[간자가 있다고요?]

[지난 사흘 동안 정체를 알 수 없는 자들이 우리가 가는 길을 정확히 한나절 앞서가고 있는 정황을 포착했네. 그리고 오늘 그들이 내부의 누군가와 내통하고 있음을 확신했지.]

사마옥은 마지막 목적지가 어딘지 말해주진 않았다. 그러나 그날그날 이동해야 할 거리와 장소는 알려주었다.

오늘 아침부터 시작해 강까지 오는 동안 최소 십여 차례 이상의 갈림길을 만났다. 한데 놈들은 우리가 그 열 번의 선택을 거쳐 포구 마을에 도착할 거라는 걸 한나절이나 앞서 정확히 알고 있었던 것이다. 확실히 간자가 있음을 의심할 만한 대목이었다.

한데 설인탁은 지난 사흘 동안이나 정체 모를 무리가 한나절 정도 앞서가고 있음을 대체 어떻게 알았을까? 게다가 조용히 때를 기다렸다가 이렇게 적을 역이용해 간자를 색출해 내려는 주도면밀함까지. 나로서는 상상도 못 할 경지에 그만 입이 쩍 벌어졌다.

'이것이 명표!'

그러다 문득 떠오른 생각이 있었다.

[혹시 저도 의심한 겁니까?]

[반 각 전까지는 그랬지.]

반 각 전이면 호리독사를 찾기 위해 네발로 기어올 때부터 지켜보았다는 말이 된다. 맙소사. 나라도 의심을 할 수밖에 없었을 것 같았다.

[한데 왜?]

[소리를 지르려는 걸 보고 알아차렸지.]

[아무리 그래도 저처럼 신분이 확실한 사람을.]

[그래서 방심하기 더욱 좋지.]

[그것도 그렇군요.]

[자넨 왜 그곳에서 매복을 하고 있었나?]

[그건…….]

그때였다.

툭!

작은 나뭇가지가 부러지는 소리에 재빨리 눈알을 굴려 옆을 보았다. 그러자 삼 장 정도 떨어진 곳에서 무언가 네 발로 슬금슬금 기어오고 있었다.

'남궁소소?'

눈에서 불이 나오는 걸 보니 나와 호리독사가 없어진 걸 뒤늦게 알고 화가 잔뜩 난 모양이었다.

갑작스러운 사람의 등장에 깜짝 놀란 괴인은 또다시 바닥에 찰싹 붙었다. 그런데 하필 남궁소소가 기어가는 방향에 그가 위치해 있었다.

'혼란하다. 혼란해.'

괴인의 자세가 갑자기 변했다. 두 팔을 당겨 바닥을 짚고, 고개는 가만히 들어 남궁소소를 노려보았다. 입에는 언제 뽑았는지 단도 한 자루가 물려 있었다. 그 모습이 흡사 먹잇감이 다가오기를 기다리는 독사 같았다.

무언가 이상한 낌새를 알아차린 남궁소소가 불과 일 장의 거리를 남겨두고 뚝 멈췄다.

순간, 괴인의 신형이 벼락처럼 솟구쳐 올랐다. 그와 동시에 바위 아래로부터 칼 한 자루가 튀어나와 괴인의 허리를 아래에서 위로 두 번이나 베어갔다.

싹! 싹!

괴인의 신법은 실로 경이로웠다. 그 찰나의 순간에 허공에서 몸을 팽그르르 뒤집으며 설인탁의 칼을 두 번이나 피했다.

아니다. 설인탁이 일부러 헛칼질을 하며 괴인을 내 쪽으로 몬 것이었다.

삼 장 앞에서 착지를 한 괴인은 바닥을 박차며 도망치기 시작했다.

그때까지 넙치처럼 땅바닥에 찰싹 붙어 있던 나는 벌떡 솟구치며 괴인의 발목을 덥석 잡았다. 그러고는 구성의 공력으로 괴인을 허공에서 한 바퀴 힘차게 돌린 후 땅바닥에다 거꾸로 패대기쳤다.

빽!

귀신도 예측 못 했을 불의의 기습에 괴인은 속절없이 당했다.

보다 완벽한 제압을 위해 나는 놈의 머리통을 다시 한번 걷어찼다.

빼억!

그 소리를 시작으로 야영장 이곳저곳에서 비슷한 소리들이 연이어 터져 나오기 시작했다.

짧은 비명과 타격음이 요란하게 이어지길 잠시, 세상은 한순간 다시 고요해졌다.

그때부터는 또 다른 소리들이 잠든 야영지를 깨웠다. 모닥불가에서 잠을 자고 있던 사람들 전부가 도검을 꼬나쥐고 벌 떼처럼 일어난 것이다.

"적이다!"

"어디야!"

"몇이야!"

백여 명에 달하는 사람들이 무장을 갖추고 주변을 살피는 데는 촌각의 시간도 걸리지 않았다.

나와 호리독사를 찾으러 나왔다가 난데없는 상황을 맞은 남궁소소는 어벙벙한 얼굴이 되었다.

잠시 후, 유성표국의 표사들이 사로잡은 괴인들을 끌고 나와 설인탁이 있는 곳으로 끌고 왔다.

그때쯤엔 사마옥도 무장을 갖추고 나타났다.

격전 끝에 잡혀 와 무릎을 꿇은 자들은 모두 다섯이었다.

강렬한 인상도 인상이지만 전신에서 뿜어져 나오는 기도 또한 예사롭지가 않았다.

"어찌 된 것이오?"

"한 식경 전 야영장으로 침투해 온 자들입니다."

"한 식경?"

"내부 순찰하는 사람들에게 들키지 않기 위해 바위와 그늘을 찾아다니며 극도로 천천히 움직였습니다. 하나같이 고도의 은신술을 익힌 자들입니다."

사마옥의 질문에 설인탁이 한 대답들이었다.

한 식경이나 참을성 있게 움직인 놈들도 대단하긴 하다. 그러나 그들에게 들키지 않고 숨어서 지켜본 설인탁과 유성표국의 표사들이 나는 더욱 대단해 보였다.

"어째서 한 식경이나 기다린 것이오?"

"놈들의 목적을 알아내기 위해서입니다."

"소득이 있었소?"

"한 명이 총군사님의 막사를 노리고 가는 중이었습니다. 나머지는 야영지 여러 곳에 매복해 있었는데, 거사 중 또는 후에 일어날지 모르는 돌발 상황을 염두에 둔 지원조인 듯합니다."

"거사?"

"셋 중 하나로 짐작됩니다. 총군사님을 제거하는 것, 호송 중인 물건을 훔치는 것, 우리의 경계 태세를 점검하는 것."

설인탁은 간자에 대해서는 언급은 하지 않았다. 갑작스러운 소란에 몰려든 사람들이 워낙 많으니 신중한 것이다.

그러나 말하지 않아도 사마옥은 분명 알고 있을 것이다.

사마옥이 사로잡힌 자들 중 두령으로 짐작되는 자에게 물었다.

"정체가 무엇이냐?"

"말할 리가 없잖소."

"임무는?"

"차라리 죽이시오."

사마옥이 옆을 돌아보며 말했다.

"놈의 왼쪽 소맷자락을 어깨까지 찢어라."

혈검대의 무인들이 달려들어 놈을 잡고는 시키는 대로 했다. 그러자 어깨 아래에 작은 문신 같은 것이 모습을 드러냈다.

하지만 너무 어두워서 잘 보이지가 않았다.

그때 혈검대의 무사 하나가 횃불을 들고 왔다. 모닥불은 횃불보다 몇십 배나 크지만, 땅바닥에 찰싹 붙어 있기 때문에 고작 일 장 정도의 반경을 비출 뿐이다. 반면에 상대적으로 높은 위치에 있는 횃불은 모닥불보다 훨씬 작아도 삼 장까지 비출 수 있다.

횃불이 다가오자 문신이 선명하게 드러났다. 그건 불타는 태양을 향해 날아가는 거대한 괴조(怪鳥)였다.

"천마성교(天魔聖教)!"

남궁소소가 조용히 목구멍을 쥐어짰다.

그녀의 떨리는 목소리를 듣는 순간 나는 내가 헛것을 본 게 아니라는 걸 확실히 알았다.

번개가 온몸을 관통하고 지나가는 듯한 충격을 느꼈다. 이미 수십 년 전에 역사의 뒤안길로 사라진 옛 마교의 문장이 왜 지금 갑자기 나타난단 말인가.

주위를 둘러보니 놀란 건 남궁소소와 나만이 아니었다. 혈검대의 고수들도, 후기지수들도, 유성표국의 표사들도 모두 아연실색했다. 심지어 사마옥이 모든 걸 의논하고 있다는 설인탁조차도 까맣게 몰랐던 눈치였다. 유일하게 두 사람, 혈검대주 팽문룡과 총군사 사마옥만이 마침내 올 것이 왔다는 듯한 표정이었다.

모두가 당황해하는 사이 마교도의 어깨를 비추었던 횃불이 다소 부자연스럽게 사마옥의 얼굴 쪽으로 향했다.

순간, 나는 표행 중 해선 안 될 것에 대한 오랜 금언 한 가지가 생각났다. 그리고 똑같은 생각을 한 사람이 한 명 더 있었다.

나와 설인탁은 거의 동시에 움직였다.

먼저, 나는 사마옥을 향해 다짜고짜 좌장을 힘차게 뻗었다. 대경실색한 사마옥은 찰나의 순간에도 허리를 틀며 우장으로 맞섰다.

뻐엉!

접장의 순간, 고막이 얼얼해지는 굉음과 함께 사마옥과 나는 각각

일 장씩 뒤로 밀려간 끝에서야 멈추었다.

내가 사마옥을 공격하는 사이 설인탁은 칼을 뽑아 혈검대의 무사가 들고 있는 횃불의 모가지를 뎅겅 쳐서 날려 버렸다.

그와 동시에 조금 떨어진 바위에서는 번갯불 같은 불꽃이 튀었다. 이 모든 게 그야말로 찰나의 순간에 일어났다.

그리고 모든 일이 끝났을 때 나와 설인탁의 목에는 각각 대여섯 자루의 칼끝이 붙었다. 혈검대의 무사들이 우리를 에워싼 것이다.

팽문룡이 진노해 내게 소리쳤다.

"무슨 짓이냐!"

"상황이 다급해서 일단 손부터 쓴 것입니다."

"대주, 왼쪽에 있는 바위 사이를 보십시오."

마지막 말은 설인탁이 한 것이었다.

팽문룡도 바보가 아닌 다음에야 조금 전 바위에서 번갯불이 튀는 걸 보았을 것이다.

그는 설인탁이 떨어뜨린 횃불 뭉치를 발로 툭 차서 왼쪽에 있는 바위 쪽으로 날렸다. 그러자 놀랍게도 바위를 뚫고 들어가 박힌 화살 한 자루가 모습을 드러냈다.

한데 화살의 모양이 이상했다. 보통의 화살보다 훨씬 가늘고 거무튀튀한 색깔에 어찌 된 영문인지 깃이 없었다.

"무성추명전(無聲墜命電)!"

팽문룡이 목구멍을 쥐어짰다.

한때 천마성교의 특무조가 사용했다는 철전의 일종으로 소리가 거의 없는 것이 특징이었다. 나도 전생에서 긴긴 여름밤 표사들이 별을 보고 누워 잠들기 전에 하는 이야기를 들었을 뿐, 실제로 본 것은 오늘이 처음이었다.

철전의 깃 없는 꼬리는 조금 전 사마옥이 서 있던 자리를 정확히 가리키고 있었다. 예사롭지 않은 화살과 궁술에 사람들은 너 나 할 것 없이 모두 경악했다.

"칼을 거둬라!"

나와 설인탁의 목에 붙어 있던 칼들이 모두 사라졌다.

그와 동시에 설인탁이 유성표국의 표사들을 향해 고개를 끄덕였다. 그러자 다섯 명의 표사들이 철전이 날아온 방향으로 쏜살처럼 사라졌다.

팽문룡이 내게 말했다.

"내가 오해를 했군."

"대주님께선 당연한 일을 하신 겁니다."

"이해해 줘서 고맙네."

이번엔 사마옥이 내게 말했다.

"대체 어떻게 알았나?"

"밤중에 호위의 대상에게 횃불을 비추는 것은 표행의 오랜 금기입니다. 암중에서 목숨을 노리는 적들이 있다면 곧장 표적이 되기 때문이지요. 조금 더 일찍 알아차렸어야 했는데, 죄송합니다."

"애초부터 내가 호위의 대상이 아니었으니 방심할밖에. 아니, 오히려 그 반대로군. 자네가 철저하게 주변을 살폈기에 내가 화를 면할 수 있었네."

"운이 좋아 제가 먼저 보았을 뿐입니다. 그리고 제가 비록 먼저 손을 썼다지만, 설 대협께서 횃불을 쳐서 떨어뜨리지 않았다면 화살은 결코 한 발로 그치지 않았을 것입니다."

"당연히 그랬겠지."

사마옥이 설인탁에게도 묵례를 했다. 설인탁은 대수롭지 않은 일인 듯 담담하게 받아들였다.

나는 이어 설인탁에게 서둘러 전음을 보냈다.

[아무래도 찾으시던 자가 나타난 것 같습니다.]

설인탁의 눈동자가 별처럼 반짝였다.

그는 단번에 내 말을 알아듣고는 조금 전 횃불을 들었던 혈검대의 무사를 힐끗 바라보았다.

그리고 내게 전음을 보냈다.

[확실한가?]

[너무나 공교롭지 않습니까?]

[신중해야 하네. 만약 헛다리를 짚은 것이라면 아군들끼리 불신만 조장하게 되네. 적과 대치한 상황에서 내분은 자멸을 이끌 수도 있네.]

[불신이 간자를 그냥 놔두는 것보다 더 위험하겠습니까? 만약 제 짐작이 맞다면 우린 턱밑에 칼을 붙이고 싸우는 꼴이 될 것입니다.]

[좋아. 내가 감당해 보지. 일단 자넨 나서지 말게.]

설인탁이 팽문룡에게 말했다.

"방금 횃불을 든 수하를 확인해 주십시오."

"무슨 뜻입니까?"

"호송단에 간자가 잠입해 있음은 대주께서도 잘 아실 겁니다. 방금 그의 동작은 매우 수상한 것이었습니다."

"이보십시오. 설 대협. 그는 나와 십 년 넘게 동고동락한 사이입니다. 간자일 리가 없습니다."

"호송단으로 참여한 사람들 중 신분이 확실하지 않은 이는 단 한 명도 없습니다. 그러나 우리 중 간자가 있는 것도 분명한 사실입니다."

"유성표국의 표사일 수도 있습니다."

"돌아오는 즉시 모두 확인시켜 드리지요."

"설 대협!"

"확인시켜 드리게."

사마옥이 나직하게 말했다. 그가 덧붙였다.

"이미 의혹이 제기된 이상 시원하게 해소하지 못하면 역효과만 날 걸세. 그리고 우린 지금 맹의 일을 집행하고 있는 중이네."

팽문룡도 더는 고집을 피우지 못했다.

"어떻게 확인시켜 드리면 되겠습니까?"

"천마성교의 교도들은 언제 어디서든 서로를 확인하기 위해 몸 어딘가에 반드시 교를 상징하는 문신을 새겼습니다."

팽문룡이 조금 전 횃불 든 수하를 돌아보며 말했다.

"옷을 전부 벗어라."

"존명!"

기강이 엄한 타격대의 무사답게 사내는 거침없이 옷을 벗기 시작했다.

남궁소소와 당군백이 잠깐 고개를 돌리는 사이 그는 전라가 되었다. 하지만 어디에도 문신 따위는 없었다.

팽문룡이 설인탁에게 말했다.

"이제 됐습니까?"

"머리카락을 밀어보십시오."

"그건 너무 심하지……."

말을 하던 팽문룡의 표정이 갑자기 굳었다. 수하의 눈동자가 미세하게 흔들리는 걸 보았기 때문이다.

팽문룡과 시선이 마주치자 혈검대의 무사는 더욱 동요하는 기색을 보였다.

"엽호, 그게 아니잖아. 네가 지금 당황해하면 안 되지."

순간, 혈검대의 사내가 질풍처럼 신형을 쏘았다.

하지만 불과 일 장도 달아나지 못해서 이미 준비를 하고 있던 다른 혈검대의 무사들에게 잡혔다.

팽문룡은 제압당한 수하에게로 다가가더니 품속에서 비도를 뽑아 놈의 상투를 툭 잘라 버렸다. 이어 산발이 된 그의 머리를 면도하듯 사정없이 밀기 시작했다.

그러자 조금 전 사로잡았던 자들과 똑같은 태양과 괴조의 문신이 빽빽한 머리카락 속에서 모습을 드러냈다.

"네가 어떻게……!"

한순간 모두가 할 말을 잃었다.

정작 간자를 골라낸 나도 어안이 벙벙했다.

마교가 아무리 끈질기고 철두철미하다지만 무림맹에까지 잔당을 침투시켜 놓았을 줄은 몰랐다. 그것도 무려 십 년 전부터.

그러나 사마옥은 의외로 담담했다.

그가 설인탁에게 말했다.

"설 표두의 통찰이 놀랍구려."

“제가 알아낸 것이 아닙니다.”

“하면?”

“이 표사의 생각이었습니다. 만약 아닐 경우를 생각해 제가 나선 것입니다. 그편이 혈검대의 무사들을 설득하기가 쉬울 것 같아서요.”

혈검대의 무사들과 후기지수들의 시선이 또다시 나를 향했다. 모두가 놀라고 감탄하는 기색이 역력했다.

남궁소소조차도 이번엔 어안이 벙벙한 얼굴이었다.

사마옥이 내게 말했다.

“오늘은 여러 번 놀라게 하는군.”

“소생이 의심이 많다 보니.”

“본래 같은 식구의 눈에는 보이지 않는 것들이 타인에게는 보이는 법이지. 거듭 수고했네. 덕분에 큰 가시 하나를 뽑았네.”

“혹시 예상을 하신 겁니까?”

“맹에 간자가 있었던 걸 말하는 거라면 충분히 예상을 했던 일이네. 천마성교가 건재했을 때 우리도 많은 간자들을 침투시켰으니까. 중요한 건 그가 어떤 직책을 차지하고 앉았느냐 하는 것이지.”

나도 모르게 마른침이 꿀꺽 넘어간다.

더불어 사마옥이 대수롭지 않은 일처럼 여기니 한편으로는 살짝 안심도 되었다.

“아무래도 오늘 밤 큰 싸움이 있을 것 같네. 천룡표국은 이미 충분히 제 몫을 했네. 만약 표사로서의 임무와 본인의 안전을 놓고 선택해야 할 시간이 온다면 자신을 먼저 돌보시게.”

“……!”

잠시 후, 척후를 살피러 갔던 유성표국의 표사들이 다급한 걸음으로 돌아왔다. 어쩐 일인지 표정이 잔뜩 굳어 있었다.

"전방에서 적들이 오고 있습니다."

"숫자는?"

"세 배쯤 되는 것 같습니다."

오늘 들은 것 중 가장 충격적인 말이었다.

"경계병들을 포함해 모두를 소환시키고 검진을 펼치게."

휘이익!

사마옥의 명령에 팽문룡이 내공을 담아 길게 휘파람을 불었다.

야영지의 외곽에서 매복해 있던 용문표국의 표사들과 장내의 순찰을 돌던 후기지수들 그리고 혈검대의 무사들이 전부 한곳으로 집결했다. 이어 팽문룡의 지도에 따라 각각의 방위를 점하며 검진을 펼치기 시작했다.

나와 남궁소소도 다시 모닥불가로 달려가서 활과 화살을 비롯해 필요한 무장들을 갖추고 돌아왔다.

사람들이 각각의 방위를 잡는 사이 남궁소소가 내게 전음을 보냈다.

[호리독사는 어딨어요?]

[나도 모르겠소.]

[같이 간 거 아니었어요?]

[그를 찾으러 나섰다가 아까 그 사달이 난 거요.]

[그럼 어딜 간 거죠?]

[그걸 모르겠소. 이 난리가 났는데도 설마 물건을 훔치고 있을 리도 없고.]

[도망간 게 아닐까요?]

[……!]

그때쯤 전방에서 말발굽 소리가 천천히 들리기 시작했다.

소리는 점점 많아지고 커지더니 이내 달빛 아래로 말을 탄 사람들이 흐릿하게 모습을 드러냈다.

괴인들은 이십여 장의 거리를 남겨두고 접근을 멈추었다. 이어 대여섯 장 간격마다 하나씩 횃불이 밝혀지기 시작했다.

조금 전 횃불을 이용해 상대의 수장을 저격하려 했으면서도 전혀 거리낌이 없었다. 자신만만한 것이다.

잠시 후, 횃불 아래 드러난 괴인들의 숫자는 무려 삼백여 명. 제각각의 복색에 도검창은 물론 판부, 유성추, 낭아봉, 다절곤 등의 병기들로 무장하고 있었다. 한 명 한 명의 전신에서 뿜어져 나오는 기세 또한 예사롭지 않았다.

짐작대로라면 저들은 천마성교의 재건을 위해 모인 잔당들이었다. 말이 잔당이지 지금 이 순간 이곳에서만큼은 무림맹의 호송단 일백을 가볍게 압도하는 전력이었다.

전생에서 수많은 싸움을 보고 겪었지만, 오늘처럼 큰 싸움판에 끼어든 적은 없었다. 나도 모르게 심장이 쿵쾅거렸다.

"내 곁에 꼭 붙어 있으시오."

"어디 갈 데도 없어요."

"따라온 걸 후회하오?"

"데려온 걸 후회해요?"

"나야 그럴 입장이 아니고."

"그럼 됐어요."

"거듭 말하지만 내게서 떨어지지 마시오."

"귀하도요."

내가 남궁소소와 대화를 나누는 사이 적 진영으로부터 누군가 말을 탄 채 앞으로 나왔다. 곰을 연상시키는 거대한 체구에 등에는 두 자루 판부를 가로질러 멘 장년이었다.

그가 사마옥을 향해 말했다.

"선물은 잘 받으셨습니까?"

"누가 보냈는지도 모르는 물건을 함부로 받을 수는 없지 않겠소?"

"후후, 아직 숨이 붙어 계신 걸 보니 제대로 전달이 안 된 모양이군요. 이를 어쩐다, 상대가 선물을 받아야 나도 달라고 청할 수가 있을 터인데."

"천마성교의 잔당 중에 흑산적웅(黑山赤熊)이라는 역사가 있어 두 자루 판부를 귀신같이 다룬다고 하더니만. 오늘 보니 과연 기도가 출중하구려."

"백도무림의 지낭이라는 만박노군께서 이리 미천한 것의 이름까지 알고 계시니 몸 둘 바를 모르겠습니다."

"그만한 용력과 무공을 지니고도 스스로 미천하다고 하는 걸 보면 천마성교에서의 대접이 시원찮은 모양이오. 차라리 무림맹에 신변을 의탁해 보는 것은 어떻겠소? 내 좋은 자리를 마련해 보리다."

"소생이 숨통을 끊어놓은 백도무림인들의 수가 백 명이 넘사온데, 그래도 무림맹의 맹도가 될 수 있겠는지요?"

"내 말을 오해했구려. 귀하가 있을 곳은 맹도의 자리가 아니라 사철

햇빛이 들지 않는 지하 뇌옥이외다."

"하하하! 과연 듣던 대로 강단이 대단하시군요. 아무렴. 무림맹의 총군사라면 백척간두의 상황에서도 기개를 잃지 말아야지요."

"근자에 사이한 무리가 천마성교의 후예들을 자처하며 세를 불리고 있다는 소문은 들었소. 한데 이렇게 무림맹에 정면으로 도전을 해올 정도로 간담이 커진 줄은 몰랐소이다."

"아직 뿌리도 내리지 못하고 떠도는 처지에 저희가 어찌 감히 무림맹에 맞서겠습니까? 하지만 귀맹에서 본교의 성물을 운송 중이라고 하니 교도 된 도리로서 두려움을 무릅쓰고라도 나설 수밖에요."

"아주 오래전부터 수많은 마도 종파들이 자신들의 성물이라고 주장했었지. 이 몸이 보기엔 천마성교 역시 그런 무리 중 하나일 뿐이외다."

"역시 선물이 제대로 전달되지 않으니 대화가 어렵군요. 그래도 이 몸은 총군사님께서 주시는 선물을 꼭 받아서 돌아가야겠습니다만. 순순히 내주실 생각은 정녕 없으신 건지요."

"말귀를 못 알아들을 뿐만 아니라 새겨듣지도 않는군. 하긴 그러니 되지도 않을 마교 재건에 허송세월하고 있는 거겠지만."

사마옥이 옆을 돌아보며 고개를 끄덕였다.

팽문룡이 허리춤에 차고 있던 두 자 길이의 대나무 통을 풀어 바닥에 힘차게 찍었다.

휘우우우우웅……!

대나무 통 속에서 신호용 폭죽이 솟구쳤다.

크기부터 범상치 않더라니, 폭죽은 수백 장 높이까지 솟구치다가 '빠버벙!' 소리를 내며 터졌다.

밤하늘에 한순간 거대한 민들레 홀씨가 만들어졌다가 사라졌다.

그리고 약간의 시차를 두고 저 멀리 사방의 산꼭대기들로부터 화답하듯 작은 폭죽들이 솟구쳤다가 빵빵 터져댔다. 그 숫자가 무려 일곱 개나 되었다.

난데없는 상황에 적아를 구분할 것 없이 모두가 웅성거렸다.

사마옥의 불호령 같은 말이 이어졌다.

"본 맹의 맹주께서 오백의 고수들을 이끌고 십 리 밖으로부터 천라지망을 좁혀 오시는 중이오. 예상되는 시간은 한 식경, 이게 내가 준비한 선물이오."

"와아아!"

무림맹 쪽 진영에서 함성이 터져 나왔다.

여기서 뼈를 묻어야 하나 보다고 생각했다가 갑자기 전세가 역전되자 흥분을 감추지 못한 것이다.

"우리를 유인한 것입니까?"

"세상 곳곳에 숨어 있는 마교 잔당들을 끌어내 한곳에 모으려면 이 방법밖에 없었소. 삼백 명이면 생각했던 보다 숫자가 적구려. 대신 범털이라도 몇 명 섞여 있었으면 좋으련만."

나는 망치로 머리를 얻어맞는 것 같았다.

마차도 필요 없을 정도로 작은 물건을 옮기면서 호송단을 백여 명씩이나 꾸린 이유를 이제야 알았다. 하남성의 표국들을 죄다 불러다 대대적으로 입찰을 한 것도 적들이 찾아올 수 있도록 시간을 벌어주기 위한 계획이었을 것이다.

어쩐지 몸을 사리라고 하더라니.

가만, 호송도 가짜 아냐?

그건 아닌 것 같다. 무림맹 내부에 어떤 간자들이 있을지 모르니, 적들을 속이려면 호송도 물건도 진짜여야만 했을 것이다.

그때였다.

"이 몸 정도면 어떻소이까?"

음산한 목소리와 함께 적 진영이 쩍 갈라지며 사인교가 횃불 아래로 모습을 드러냈다.

건장한 가마꾼들이 멘 사인교 위에는 백발에 쭈글쭈글한 노인이 앉아 있었다. 이는 죄다 빠졌는지 합죽이가 따로 없고, 불그죽죽한 얼굴에선 생기가 사라진 지 오래였다. 하지만 눈빛만은 펄펄 살아 있었다.

그를 본 사마옥의 낯빛이 노래졌다.

"삼뇌(三腦)!"

전생에서 들었던 바에 의하면 천마성교가 멸문지화를 당하기 직전 세 명의 군사(軍師)가 있었다고 한다. 삼뇌는 그중 세 번째인 뇌천자(雷天子)의 또 다른 별칭이었다. 그는 사실상 천마성교의 마지막 군사였다.

이건 범 털 정도가 아니라 범 대가리급이었다. 전생에서도 전설로만 들었던 노마 중의 노마를 직접 보게 될 줄이야.

"잘 있었소이까?"

"이미 관 속에 들어간 사람도 불러내는 걸 보니 마공의 세계가 가히 넓긴 넓은가 봅니다."

사마옥이 말을 하는 동안 설인탁이 등 뒤로 주먹을 쥐었다 펴는 것이 보였다. 모든 표국의 표사들이 공통으로 주고받는 수신호의 일종이었다.

'활을 잡아라?'

혈검대의 뒤쪽에 있던 유성표국과 용문표국의 표사들이 가만히 도검을 거두고 강궁을 잡아갔다. 나와 남궁소소도 활을 잡고 화살을 재었다.

"노사의 솜씨도 여전하외다. 본래 천중산이나 칠량 협곡에서 만날 거라 생각했건만. 덕분에 고생을 좀 했소이다."

"그건 제가 아니라 후학들이 한 일입니다. 장강의 뒷 물결이 앞 물결을 밀어낸다고 하더니만 머지않아 저도 초야로 돌아가야 할 것 같습니다. 노 선배께선 언제 저승으로 가실는지요?"

"회포를 풀고 싶은 마음은 굴뚝같으나, 귀 맹의 맹주께서 천라지망을 좁혀오시니 더 늦기 전에 이만 본교의 성물을 챙겨 가야겠소이다."

말이 끝나기 무섭게 적 진영이 또 갈라지며 울긋불긋 요사스러운 복장을 한 아홉 명의 사내가 반 장 간격으로 모습을 드러냈다.

설인탁이 일갈을 내질렀다.

"발시!"

열일곱 명의 표사들이 일제히 앞으로 치고 나가면서 화살을 쏘았다.

투두두두둑!

그때쯤엔 아홉 명의 사내들이 이미 주문을 중얼중얼 외우며 요령을 흔들고 있었다.

땡그렁~ 땡그렁~ 땡그렁~

순간, 어둠을 뚫고 적진을 향해 날아가던 화살이 허공에서 펑펑 소리를 내며 터져 버렸다.

동시에 야영지 전역에서 사이한 안개가 빠르게 피어오르기 시작했다.

"모두 전속력으로 돌진한다!"

사마옥의 일갈이 터졌다.

명령이 떨어지기 무섭게 일백의 호송단이 함성을 지르며 돌진했다. 순식간에 안개가 야영지 전역을 집어삼켜 버렸다.

잠시 후, 안개를 뚫고 나갔을 때는 삼백을 헤아리던 적들이 감쪽같이 사라지고 없었다. 대신 낯선 협곡이 눈앞에 펼쳐졌다.

바닥에 물이 거의 흐르지 않는 것이 꼭 칠량 협곡 같았다. 그러나 단언컨대 칠량 협곡은 아니었다.

그런가 하면 하늘엔 저녁노을처럼 붉게 빛나는 구름들이 떠 있었는데, 그곳으로부터 꾸릉꾸릉하는 천둥소리와 함께 이따금 벼락까지 번쩍이고 있었다. 그 바람에 지상에서는 밤도 아니고 낮도 아닌 몽환적인 세상이 펼쳐졌다.

"기문진이다!"

"진 속에 갇혔다!"

"위치를 지켜라!"

모두가 당황해 어쩔 줄을 모르는 사이 협곡의 상류 쪽으로부터 산이 무너지는 듯한 굉음이 들려오기 시작했다.

무언가 엄청난 것이 오고 있었다. 좌우는 절벽이나 마찬가지였고 뒤로 도망치는 건 한계가 있을 것이다. 도망치다 당하느니 여기서 뭐라도 준비를 하는 게 낫다. 하지만 어떻게?

"혈검대는 철익진(鐵翼陣)을 펼쳐라! 나머지는 혈검대의 뒤쪽으로 숨는다!"

사마옥이 일갈을 터뜨린 후 비도로 자신의 손바닥을 그었다. 이어 뚝뚝 떨어지는 피로 혈검대가 검진을 펼치는 앞쪽 땅바닥에다 황급히 무언가를 그려 나가기 시작했다.

그때 협곡의 상류로부터 거대한 수마가 쏟아져 내려오기 시작했다. 산이 무너지는 듯한 굉음은 수마와 함께 굴러오는 바윗덩어리들이 내는 소리였다.

"발벽(浡壁)!"

사마옥이 일갈을 외치자 갑자기 바위로 된 땅바닥이 일어나 커다란 석벽이 되었다. 딱 혈검대가 철익진을 친 길이만큼이었다.

그 순간 수마가 석벽을 덮쳤다.

콰과과과광!

하늘이 무너질 듯한 굉음과 함께 지축이 흔들렸다. 물과 함께 굴러온 바위들이 석벽을 두들겨 대는 소리가 공포스럽기 짝이 없었다.

"모두 잘 들어라! 이 벽은 오래 버티지 못할 것이다. 지금부터 각자 도생하되 살아남은 이들은 하늘에 뜬 북두칠성을 따라가라. 모두 건투를 빈다!"

이제 와서 각자도생하자고? 이런 씨발! 무림맹만 믿고 있다가 죽도 밥도 안 되겠다. 일단 당면한 과제부터 해결하고 보자.

주변을 둘러보니 사방이 온통 돌바닥인 가운데 욕조처럼 움푹 팬 작은 탕이 보였다.

나는 남궁소소의 손을 잡아 그쪽으로 이끌었다.

순간, 석벽이 와르르 무너지기 시작했다.

"미안하오!"

다짜고짜 남궁소소를 움푹 팬 곳으로 밀어 넘어뜨린 후 재빨리 그녀를 덮쳤다. 이어 좁은 공간 안에서 사지로 좌우의 벽을 밀어내며 버텼다.

수마가 모두를 집어삼켰다.

숨을 쉴 수 없는 가운데 돌덩어리들이 등짝을 사정없이 두들기며 지나갔다. 옷이 쫙쫙 찢겨 나가는 것 같았지만, 정통으로 맞는 것이 아닌 데다 용린신갑을 입고 있었기에 견딜 만했다.

문제는 머리통이었다. 주먹만 한 돌에 한 방만 맞아도 이 작은 탕은 나와 남궁소소의 돌무덤이 될 것이다.

그 순간, 아래에 깔린 남궁소소가 자신의 품으로 내 머리통을 확 끌어당겼다. 동시에 깍지 낀 양손으로 내 뒤통수를 꼭 감싸주었다. 내가 온몸으로 그녀를 지켜주려는 것처럼 자신의 손을 희생해 내 뒤통수를 지켜주려는 것이다.

얼마나 흘렀을까?

이윽고 물살이 잦아들고 주변이 잠잠해졌다.

"푸아악!"

"어푸푸!"

참았던 숨을 토해내며 자리에서 일어나 보니 백여 명의 사람들은 전부 휩쓸려 가고 나와 남궁소소만 남아 있었다. 협곡도 좀 전의 그곳이 아닌, 전혀 다른 곳으로 바뀐 상태였다.

당연히 그 많던 물도 없고 사방엔 요사스러운 안개만 자욱했다.

"이건 또 뭐야?"

"두 번째 관문이에요."

그리고 갑자기 찾아온 침묵.

나도 남궁소소도 한동안 무슨 말을 해야 할지 몰랐다.

그 이유가 무엇인지 몰라 한참을 생각하다가 소금 전 딩 속에서의 일 때문이라는 걸 깨달았다.

"손은 괜……?"

"등은 괜……?"

"내가 먼저 말하겠소."

"그러세요."

"손은 괜찮소?"

"운이 좋았어요. 그쪽은요?"

"간만에 용린신갑을 써먹었소."

"다행이에요."

"혹시 진법에 조예가 있으시오?"

"어려서부터 각종 술법서들을 탐독했어요. 하지만 죄다 책으로만 읽은 것들이라 얼마나 도움이 될는지는 모르겠어요."

"나는 책으로도 읽은 적이 없소. 아는 만큼만 얘기해 주시오. 도대체 지금 어떤 상황인 거요?"

"누군가 야영지 곳곳에 미리 결계를 펼쳐놓은 것 같아요. 이후 술법사들이 나타나 요령과 주문으로 진을 발동한 것이고요."

"그 간자 새끼를 좀 더 일찍 잡았어야 했는데. 한데 기문진이라면 어차피 환경(幻景)에 환영(幻影)들 아니오? 대체 뭐가 이렇게 생생한 거요?"

"저도 이렇게 강력한 기문진에 대한 이야기는 한 번도 읽어본 적이 없어요."

"그래서 나가는 방법은?"

"이론적으로는 폭약을 터뜨려 결계에 구멍을 내거나 진축(陣軸)을 찾아 무너뜨리면 가능해요. 그러나 우리에겐 폭약이 없고, 진축은 오직 기문진을 설계한 당사자만 알 수 있죠. 설사 진축을 찾는다고 해도 이 정도로 강력한 기문진이라면 어지간한 충격에는 끄떡도 안 할 거예요."

"한 식경 후 맹주께서 도착하시면 어떻소?"

"술법사를 아홉 명이나 동원해야 발동할 수 있을 정도의 강력한 진이에요. 아무리 맹주님이라고 하셔도 쉽지 않을 거예요. 최악의 경우 맹에서 술법사들을 불러와야 할 수도 있고요."

"그때까지 살 수는 있소?"

"시체만 남겠죠."

"……!"

짐작하건대 놈들은 맹주와 오백의 병력이 전부 진을 깨는 데 몰두하게 만들어 유유히 천라지망을 빠져나갈 속셈인 것 같았다. 삼뇌는 처음부터 사마옥의 유인책을 간파하고 있었던 것이다.

"북두칠성이 떴어요!"

남궁소소의 외침에 하늘을 올려다보았다. 과연 먹구름들 사이로 시커먼 구멍이 뚫려 있고, 그 구멍 사이로 북두칠성이 뚜렷하게 보였다.

"저건 또 무슨 조화요?"

"북두천구(北斗天口). 총군사님께서 진 속에 다시 천공진(穿孔陣)을 세워 북두칠성이 보이는 하늘에 임시로 구멍을 뚫어놓으신 거예요."

"왜?"

"진 속에 갇힌 사람들이 한 방향으로만 갈 수 있게요. 안 그러면 진이 파괴되거나 소멸하지 않는 한 계속해서 같은 자리만 맴돌다 죽을 테니까요."

"그럼 나갈 수 있는 거요?"

"그건 전혀 다른 얘기고요."

"그게 뭐요?"

"한 방향으로만 나아가면 최소한 진의 가장자리인 결계의 벽에는 도달할 수 있다는 뜻이에요. 그 과정에서 만나는 수많은 환수(幻獸)들과 싸워서 살아남는다면."

"환수?"

그때 어디선가 지독한 악취가 풍겨왔다. 동시에 지축이 쿵쿵 울리기 시작하더니 안개가 걷히면서 무언가 나타났다.

그것은 인간의 형상을 하고 있되 두 배나 크고, 비정상적으로 튀어나온 눈과 거대한 입에, 이마에는 뿔이 돋아 있었다. 한 손에는 황소도 단숨에 꿰뚫어 버릴 만큼 무지막지한 크기의 삼지창을 들었다.

그런 인간도 아니고 짐승도 아닌 괴수 십여 마리가 수십 장 밖에서 나와 남궁소소를 향해 달려오고 있었다.

"저건 또 뭐야!"

"야차예요!"

"어떻게 해야 하오?"

"도망쳐요."

북두칠성이고 뭐고 냅다 돌아서 한참을 도망쳤다.

어느 순간 협곡이 칼로 토막 친 것처럼 뚝 끊어졌다. 그 너머는 바닥이 보이지 않는 무저갱이었다.

"제기랄!"

"빌어먹을!"

채앵! 채앵!

가만히 앉아서 죽을 수야 있나. 나와 남궁소소는 누가 먼저랄 것도 없이 도검을 뽑아 들고는 돌아섰다.

야차들은 어느새 이십여 장 밖까지 쫓아온 상태였다. 크기도 그렇고, 숫자도 그렇고, 무기도 그렇고. 아무리 봐도 무작정 싸우다가는 둘 다 개죽음만 당할 것 같았다.

"남궁세가의 경신공이 기가 막히다던데."

"무슨 말을 하려고요?"

"내가 시간을 끌 테니 어떻게든 도망쳐 보시오."

"이제 겨우 두 번째 난관인데, 혼자 도망치면 잘도 살아남겠네요. 딴소리 말고 내 뒤로 숨어요. 아무래도 저 야차가 수상하니까."

그러면서 남궁소소가 슬그머니 내 앞을 막아섰다.

야차들 중 한 놈이 십여 장 앞에서 삼지창을 던질 듯한 자세를 취하고 있었다.

"무슨 짓이오?"

"사기 치는 건 몰라도 무공은 아직 내가 한 수 위일 거예요."

야차가 기어이 삼지창을 던졌다.

초식의 고절함은 몰라도 공력은 내가 그녀보다 월등히 앞설 것이다. 그리고 지금은 절초보다 공력이 필요한 시점이었다.

고도의 집중력과 함께 이능력이 발동되었다.

나는 그녀의 뒷무릎, 즉 오금을 발로 차서 무릎 꿇게 했다. 동시에 지척까지 날아온 삼지창을 노려보며 사력을 다해 칼을 옆으로 휘둘렀다.

꽝!

육십 년의 공력이 담긴 일도가 무색하게 심지창은 칼날을 가운데 끼운 채 그대로 나를 찔러왔다.

돌진해 오는 소뿔에 받힌 듯한 충격과 함께 나는 뒤로 꽈당 넘어졌다.

"커헉!"

오장육부가 뒤집힌 것처럼 고통스러운 와중에도 손으로 가슴을 더듬어보았다.

다행히 삼지창에 뚫린 건 아니었다. 용린신갑이 이번에도 나를 살렸다.

'살아서 나가면 광 한번 내줘야겠다.'

나는 벌떡 일어서며 칼을 고쳐 잡았다.

순간, 몸속 깊은 곳으로부터 불길이 솟구쳐 올라왔다. 야차의 삼지창이 한동안 잠잠하던 부적의 기운을 깨운 모양이었다.

그러나 예전처럼 옷이 불타거나 빛이 뿜어져 나오진 않았다. 용린신갑이 열기와 빛을 모두 차단하고 있는 탓이었다.

그때 지척까지 다가와 남궁소소를 삼지창에 꿰어버리려던 야차들이 뚝 멈췄다. 그러곤 나를 보며 공포에 질린 얼굴로 주춤주춤 뒷걸음질 치기 시작했다.

"왜 저러는 거죠?"

"그걸 나한테 물어보면 어쩌……."

설마, 부적 때문에?

무슨 이유에선지 모르겠지만, 부적의 힘이 저 환수인지 귀신인지 모를 것들을 놀라게 한 것 같았다. 그게 아니면 설명이 되지 않는다.

정확한 건 시험을 해보면 된다.

"죽여 버리겠다!"

나는 칼을 왼쪽 어깨 위로 세우고는 미친놈처럼 놈들을 향해 냅다 뛰어갔다. 그러자 야차들이 깜짝 놀라서는 뒤돌아 쿵쿵거리며 도망치기 시작했다.

귀영무의 보법을 펼치며 전속력으로 달리자 가장 가까이 있는 놈을 금방 따라잡을 수 있었다.

진각(震脚)을 밟으며 메뚜기처럼 튀어 올랐다. 이어 힐끗 뒤돌아보는 야차의 등을 사선으로 쭉 그었다.

놀랍게도 그 큰 야차의 몸뚱어리가 그대로 갈라졌다.

두 쪽으로 분리된 야차는 순식간에 반쯤 타다 만 두 개의 장작으로 변해 버렸다.

"되네!"

뒤따라온 남궁소소가 물었다.

"어떻게 한 거예요?"

"그냥 세게 내려쳤소."

"설마!"

"왜 그러시오?"

"용린신갑 때문인 것 같아요."

"……?"

"잊었어요? 용린신갑은 천마성교의 교주가 착용하던 보갑이에요. 아무래도 용린신갑에 어떤 공능이 있는 것 같아요. 어쩌면 안쪽에 미처 발견하지 못한 부적이 그려져 있을지도 모르고요."

"용린신갑의 안쪽에 부적이 하나 있기는 하오."

"그것 봐요!"

"그럼 이 빌어먹을 기문진을 벗어날 수 있는 거요?"

"설마!"

"또 왜 그러시오?"

"아홉 명의 술법사, 요령, 골짜기, 수마, 환수……. 아무래도 구곡미혼진(九曲迷魂陣)인 것 같아요. 아홉 골짜기에 갇혀 환영과 환수의 공격에 시달리다 끝내 죽음에 이른다는 천마성교 최강의 절진."

"그래서 나갈 수 있다는 거요. 없다는 거요?"

"우리는 나갈 수 있을 거예요. 하지만 다른 사람들은 골짜기를 하나씩 지날 때마다 점점 죽어 나갈 거예요. 그들을 구해서 함께 데리고 나가야 해요!"

"어떻게 말이오?"

남궁소소는 먼저 북두칠성을 올려다보고 방위를 살폈다. 다음엔 땅바닥에 팔괘를 그리고 무언가를 한참 계산하더니 왼쪽에 있는 석벽의 한 지점을 향해 돌멩이를 힘껏 던졌다.

꽝!

고작 돌멩이를 던졌을 뿐인데 무슨 대포알 터지는 듯한 소리가 울렸다.

"저길 뚫고 들어가요!"

"저긴 그냥 석벽인데?"

"교주는 귀문(鬼門)을 자유롭게 드나들 수 있을 거예요. 지금은 귀하가 교주예요. 적어도 이 기문진은 그렇게 인식하고 있어요."

짙은 안개에 휩싸인 야영지는 흡사 거대한 구름이 내려앉은 것 같았다.

구름 속에서는 끊이지 않고 천둥 번개가 치고 있었다. 아홉 명의 술법사들이 흔드는 요령 소리가 기문진 속에서는 천둥 번개로 변하는 것이다.

한데 어느 순간부터 술법사들의 요령 소리가 무언가에 부딪히고 있었다. 누군가 구곡미혼진 속에 또 다른 기문진의 기둥을 세운 탓이었다.

"곤방(坤方)의 삼곡(三谷)에 있습니다."

"벌써 삼곡까지 갔단 말이지."

"삼곡이 한계일 겁니다."

"방심하지 마라. 그는 무림맹 총군사다."

"명심하겠습니다."

"통문(通門)을 만들어라."

"통문을 만들어라!"

흑산적웅이 삼뇌의 명을 받아 크게 외쳤다.

요령을 흔들던 술법사들 중 한 명이 품속에서 부적을 꺼냈다.

그가 주문을 외운 후 휙 날리자 부적은 천둥 번개가 치는 안개 속으로 무섭게 빨려 들어갔다.

순간, 번쩍이는 섬광과 함께 안개에 시커먼 구멍이 생겼다.

그 구멍으로 한 무리의 사람들이 튀어나왔다.

도검을 뽑아 든 채 땀을 비 오듯 흘리고 있는 그들은 사마옥과 팽문룡 그리고 혈검대의 무사 다섯이었다. 사마옥을 그림자처럼 호위하다가 통문이 만들어지면서 한꺼번에 뛰어나온 듯했다.

"죽여 버리겠다!"

삼뇌를 발견한 팽문룡이 미친 소처럼 돌진했다.

삼백의 말 탄 무인들이 일제히 도검을 뽑아 들었다. 그러자 그 기세에 놀란 팽문룡이 우뚝 멈춰 섰다.

"물러서게."

사마옥이 묵직하게 말했다.

팽문룡이 어금니를 빠드득 갈며 뒤로 물러났다.

삼뇌가 사마옥에게 말했다.

"재밌는 걸 만들었더이다."

"밥값은 해야지 않겠습니까?"

"목숨값을 밥값으로 치르려고 하면 쓰겠소."

"단도직입적으로 말씀하시지요."

"지금 당장 성물을 넘기지 않으면 술법사를 진 속에 투입해 북두천구를 없애 버리겠소이다. 단언컨대 진 속에 갇힌 이들은 한 식경을 버티지 못할 것이오."

"성물을 드리면 최소한 기문진을 없애주셔야 저울이 맞는 것 아닙니까?"

"우리에게도 귀맹의 맹주를 붙잡아둘 것이 필요하지 않겠소이까? 아시다시피 피차 시간이 그리 많지 않소이다."

삼뇌의 협박은 한 치의 거짓도 없었다. 지금도 위험한 상황에서 북두천구조차 없다면 무엇을 상상하든 그 이상의 참혹한 일이 벌어질 것이다.

"건네드리게."

"총군사님!"

"어서."

팽문룡이 마지못해 품속에서 한 자가 조금 못 되는 대나무 통을 꺼내어 휙 던졌다.

흑산적웅이 허공에서 낚아챈 다음 사인교 위의 삼뇌에게 공손히 갖다 바쳤다.

"횃불을 가져와라!"

횃불을 든 자가 가까이 왔다.

사인교를 멘 장한들이 한쪽 무릎을 꿇었다. 사인교가 횃불 아래에 위치하면서 주변이 밝아졌다.

삼뇌가 뚜껑을 열고 사슴 가죽으로 싼 무언가를 꺼낸 다음 자신의 무릎 위에 조심스럽게 펼쳤다. 그러자 거무죽죽한 대나무 가지들이 모습을 드러냈다.

가지마다 글씨가 빼곡하게 새겨져 있는 그것은 놀랍게도 죽간(竹簡) 다발이었다. 다만 죽간을 묶은 가죽끈, 즉 위편이 죄다 사라지고 없었다.

"진품이 맞군."

"누구라고 속이겠습니까?"

"한데 왜 위편이 없는 것이오?"

"천 년도 더 된 물건입니다. 삭아 없어져도 몇 번은 없어졌겠지요. 제 손에 들어왔을 때도 그런 상태였고요."

"새로 묶지 않았소?"

"몇 년을 매달렸지만, 순서를 알아낼 수가 있어야지요."

"……!"

"죽간의 개수는 모두 열여덟. 그야말로 무궁무진한 경우의 수가 나옵니다. 순서를 알면 천하를 경동시킬 마공비급이 될 수도 있겠지만, 모르면 그저 상징적 가치만 있는 성물에 불과할 뿐이지요. 건투를 빕니다."

비록 물건은 빼앗겼지만, 전설로 전해지는 그 본연의 힘과 공능까지 빼앗기진 않았다. 사마옥은 일단 이걸로라도 위안 삼았다. 물론 삼뇌에게 죽간의 순서를 알아볼 혜안이 있다면 모든 게 끝장이지만 말이다. 다행히 현재로선 그런 것 같지 않았다.

그때 다급한 말발굽 소리와 함께 척후를 살피던 마교의 잔당 하나가 돌아왔다.

"무림맹주가 이끄는 첫 번째 지원대가 반 각 전에 칠량 협곡으로 접어들었습니다. 지금쯤이면 절반은 왔을 겁니다."

"다른 곳은?"

"오방(五方)이 모두 막혔습니다."

"모두 천중산으로 들어간다!"

두두두두.

삼뇌를 시작으로 삼백여 명의 마교도들이 일제히 말을 달렸다. 천중산의 지세를 이용해 천라지망을 뚫으려는 것이다.

"천둥 번개가 사라졌습니다."

팽문룡이 말했다.

그의 말처럼 요령 소리가 사라지자 꾸르릉대던 안개 속의 천둥 번개도 동시에 사라졌다.

"좋은 일이 아닐세. 진 속에 갇힌 사람들에게는 암흑천지가 펼쳐지고 있을 테니까."

"하면?"

"관솔을 모아 횃불을 만들게. 서둘러 빈틈을 찾아야 하네. 맹주님께서 도착하시는 즉시 대법을 펼칠 수 있도록."

무림맹주 장초풍이 백여 명의 무인들을 이끌고 야영지에 도착했다. 다른 사백여 명에 이르는 타격대는 삼뇌가 이끄는 마교 잔당들을 쫓아 천중산으로 향했다고 한다. 그러나 깜깜한 밤인 데다 천라지망에 빈틈이 생기면서 얼마나 잡을 수 있을지 모를 일이었다. 애초 놈들의 발목을 잡고 있어야 할 혈검대가 기문진에 갇혀 버린 것이 결정적이었다.

"전체 백 명 중, 놈들을 따라간 간자와 여기 있는 일곱 명을 제외한 호송단 전부가 기문진 속에 갇혔습니다."

"성물은?"

"넘겨주었습니다."

"최악의 상황이로군요."

"삼뇌가 나타났습니다."

"그 노마가 살아 있었단 말이오?"

"저도 두 눈으로 보지 않았다면 믿지 못했을 겁니다."

"당할 수밖에 없었겠군."

"삼뇌라는 이름 뒤에 숨을 생각은 눈곱만큼도 없습니다. 일을 수습한 후 문책을 달게 받겠습니다."

"일단 맹도들을 구하고 봅시다."

"삼뇌가 직접 아홉 명의 술법사들을 동원해 강력한 구곡미혼진을 펼쳐놓았습니다. 북두천구를 세워놓았으니 반 시진 정도는 버틸 수 있을 것입니다."

"반 시진 이후에는 목숨을 장담할 수 없다?"

"안타깝지만 그렇습니다."

"계획은?"

"구곡미혼진은 구방(九方)에 아홉 개의 외축을 세웁니다. 그중 하나를 파괴하면 한 식경 정도 통문이 만들어질 것입니다."

"한 식경 이후에는?"

"다시 사라져 버리지요."

"외축을 파괴하는 데 필요한 공력은?"

"최소 삼 갑자로 추정됩니다."

"기회는 한 번밖에 없겠군."

"무거운 짐을 지워 드려 죄송합니다."

"시작합시다."

안개의 한쪽 가장자리에 누군가 관솔가지를 엮어 만든 횃불 두 개를 꽂아놓았다. 그 사이에 아이들이 장난으로 만들어놓은 것 같은 작은 돌탑이 하나 있었다.

스릉!

장초풍은 돌탑을 향해 걸어가며 허리에 찬 장검을 거침없이 뽑았다. 검신에 비친 횃불이 어지럽게 일렁거렸다.

기문진을 강제로 부수는 데는 두 가지 방법이 있다. 외축을 파괴해 결계의 벽에 임시로 구멍을 내거나 내축을 무너뜨려 진을 전부 날려 버리거나. 두 가지 모두 강력한 폭약이 필요하다는 점에서는 같다.

한데 폭약이 없어도 가능한 경우가 있다. 엄청난 내공을 지닌 고수가 강기(罡氣)로 인위적인 폭발을 만드는 것이다.

"후우……."

작은 돌탑을 바라보며 선 장초풍이 긴 숨을 토해냈다. 아래로 늘어뜨린 검은 잠시 후 있을 격전을 감지했는지 벌써부터 징징 울어댔다.

올해 나이 여든 살, 초절정이라는 말로는 도저히 그들의 경지를 설명할 길이 없어 극초절정이라는 말까지 만들어낸 천하십검, 그 수좌 자리를 다툰다는 일대검호의 가공할 기세에 사람들은 십여 장 밖으로 물러났다.

마침내 그가 움직이기 시작했다.

왼발을 앞으로 한 걸음 가볍게 딛고, 상체를 살짝 비틀고, 아래로 향했던 검이 천천히 솟구쳤다. 그 모습이 흡사 풀숲을 기어 온 사자가 사냥감을 눈앞에 두고 마지막 도약을 준비하는 것 같았다.

그러다 오른발을 태산처럼 무겁게 내디뎠다. 동시에 밤하늘을 향해 솟구쳤던 장검이 벼락을 치며 떨어졌다.

꾸아아앙!

엄청난 굉음과 함께 지축이 흔들렸다. 막강한 폭압이 엄습해 주위에 있던 횃불과 모닥불을 날려 버렸다.

모든 소리를 집어삼켜 버린 적막이 뒤를 이었다.

이윽고 소리가 다시 들리기 시작했을 때 장초풍은 아궁이 속처럼 붉게 달아오른 안개 덩어리 앞에서 장검을 꼬나쥔 채 의연하게 서 있었다.

"맹주님을 호위하라!"

사마옥이 일갈을 내질렀다.

지원대로 온 무림맹 타격대의 고수들이 황급히 달려가 장초풍을 둘러쌌다. 그는 지금 단 일검으로 공력을 모두 소진한 상태였다. 만약 절정의 궁수가 어둠 속에 숨어 있다가 강전(強箭)을 날린다면 심각한 일이 벌어질 것이다.

장초풍이 무려 삼 갑자에 해당하는 공력을 쏟아부어 한 일은 고작 작은 돌탑 하나를 무너뜨린 것이었다. 그러나 그 여파는 결코 작지 않았다.

안개의 붉은 기운이 점차 한곳으로 모이는가 싶더니 돌탑 바로 윗부분에 황소가 드나들 정도의 큰 구멍이 생겼다. 모두가 그 구멍을 뚫어지게 바라보았다.

마른침을 꼴깍꼴깍 삼키길 한참, 한 사람이 초췌한 모습으로 튀어나왔다. 머리카락은 산발이 따로 없고 옷은 맹수들에게 당한 것처럼 갈가리 찢어져 있었다.

"설 표두!"

그는 설인탁이었다. 뒤를 이어 유성표국과 용문표국의 표사들 그리고 혈검대의 무사들이 우수수 모습을 드러냈다. 모두 세어보니 마흔두 명이었다.

팽문룡이 혈검대의 무사 하나를 붙잡고 물었다.

"다른 사람들은?"

"수백 명의 나찰들과 싸우던 중 갈라졌는데 이후로는 생사를 확인할 길이 없었습니다. 저희는 줄곧 설 대협을 따라왔고요."

"설 대협을?"

"설 대협과 유성표국의 표사들이 아니었다면 여기 있는 사람들 절반은 불귀의 객이 되었을 겁니다."

살았다는 걸 깨닫는 순간, 사람들은 전부 설인탁과 유성표국의 표사들에게 다가가 감사의 인사를 전하기 바빴다. 자세한 내막은 모르겠으나, 절정고수인 설인탁과 그의 수하들이 환수들과 싸우며 사람들을 안전하게 이끈 것 같았다.

팽문룡은 속으로 감탄해 마지않았다. 여기까지 오면서 여러 차례 보았지만, 설인탁은 실로 명표라는 칭호가 아깝지 않은 표사였다.

그때 설인탁이 사마옥에게로 가서 보고했다.

"북두천구 덕분에 결계의 벽까지 도착할 수 있었습니다. 때마침 통문이 만들어져 바깥으로 나온 것이고요."

"고생하셨소이다."

"맹주님과 총군사님 덕분입니다."

팽문룡과 설인탁도 마주 보며 고개를 끄덕였다.

서로가 호들갑 떨며 인사를 나누지 못하는 것은 아직 쉰 명의 호송단이 저 진 속에 갇혀 있기 때문이었다.

그 사이 장초풍은 조금 떨어진 장소에서 타격대의 호위를 받으며 축이 무너진 곳을 바라보고 있었다. 예전의 공력을 모두 회복하려면 하루는 운기행공을 해야 한다. 그땐 너무 늦다.

사마옥, 팽문룡, 설인탁은 자연스럽게 장초풍의 주변으로 모여 검은 구멍을 지켜보았다. 맹주와 함께 온 타격대도, 앞서 나온 혈검대의 생존자들도, 양 표국의 표사들도 한 걸음 뒤에서 긴장된 표정으로 기다렸다.

하지만 반 각이 지나도록 사람이라곤 그림자도 보이지 않았다.

"안 되겠습니다. 제가 다시 들어가서……."

"멈추시오!"

"맹주님."

"구곡미혼진이 어떤 진인지는 이 몸도 잘 알고 있소이다. 통문으로 들어간 자는 절대 앞서 갇힌 자들과 조우할 수 없소. 희생자만 한 명 더 늘어날 뿐."

"안으로 들어가면 방법이 있을지도 모릅니다."

"팽 대주!"

"하명하십시오."

"총군사가 경거망동한다면 그 즉시 수단과 방법을 가리지 말고 막게. 필요하다면 칼을 써도 좋네."

"존명!"

사마옥은 어금니를 꽉 깨물었다.

그라고 왜 방법이 없음을 모르겠나. 다만 호송단을 이끈 수장으로서 이대로 지켜만 보고 있자니 억장이 무너지는 것 같아서 그랬다.

마침내 한 식경이 지나자 통문은 완전히 자취를 감추어 버렸다.

침통한 분위기가 좌중을 집어삼켰다. 혈검대의 무사 서른일곱 명과 용봉지회의 후기지수 열 명 그리고 천룡표국의 표사 세 명이 저 무시무시한 진 속에서 죽었거나 죽어가고 있을 것이다. 동료를 잃었다는 슬픔보다, 적에 대한 분노보다 이런 와중에도 아무것도 할 수 없다는 상실감이 더욱 사람들을 괴롭혔다.

시간은 계속해서 흘러 반 시진을 훌쩍 넘겼다. 이제는 몇 명이나 생존해 있을까? 생존한 사람이 있기나 할까?

그때 저 멀리 천중산으로부터 함성과 함께 깡깡 칼 부딪히는 소리가 울리기 시작했다. 동시에 깨알 같은 불꽃이 사방에서 터졌다.

산 중턱에서 시작된 함성과 불꽃은 곧 천중산 골짜기 구석구석으로 번졌다.

"천중산에서 전선이 형성된 모양입니다."

"형세로 미루어 사검대가 놈들을 천라지망에 가두는 데 성공한 듯 합니다."

사검대란 지원 병력으로 동원된 다섯 개의 타격대 중 맹주와 함께 온 멸검대를 제외한 나머지 네 곳을 일컫는 말이었다.

맹주의 눈동자에 불똥이 튀었다.

"설 표두는 양 표국의 표사들을 이끌고 야영지를 지키시오. 나머지 혈검대의 생존자들과 멸검대는 즉시 나와 함께 천중산으로 향한다!"

천중산에서의 전투는 새벽이 밝아오고 나서야 겨우 끝이 났다.

장초풍과 사마옥은 포로로 잡은 천마성교의 잔당을 무려 백오십여 명이나 이끌고 야영지로 돌아왔다.

설인탁은 피를 흠뻑 뒤집어쓴 팽문룡에게 물었다.

"어떻게 된 겁니까?"

"머릿수만 많았지 오합지졸이 따로 없었습니다. 일부 수뇌부를 제외하고는 충성심도 약했고요."

"하면?"

"골짜기에 몰아넣고 포위망을 좁혀가자 대부분 투항을 해오더군요. 백여 명 정도를 척살하고 오십여 명 정도가 혼란을 틈타 도주했습니다."

"아군은?"

"열다섯이 죽었습니다."

압도적 대승이었다. 게다가 박멸까지는 아니었으나 마교의 잔당들을 소탕한다는 소기의 목적도 사실상 달성한 셈이 되었다.

성물 탈취를 위해 급하게 여기저기서 끌어모은 잔당들과 십 년 넘게 한솥밥 먹으며 집단전을 밥 먹듯이 수련해 온 타격대의 격차는 이렇게 컸다.

설인탁은 삼뇌의 행방에 대해서는 묻지 않았다. 그를 잡았다면 수단과 방법을 가리지 않고 아직도 발동 중인 저 기문진부터 없애도록 만들었을 테니까.

잠시 후, 장내가 대충 정리되자 설인탁은 사마옥을 찾았다.

"이제 어떻게 하실 겁니까?"

"어젯밤 맹으로 술법사들을 보내달라고 전서구를 날렸소이다. 맹주님께서는 네 개의 타격대를 이끌고 오후에 맹으로 떠날 것이오. 나와 멸검대는 이곳에 남을 것이고."

"결국 그리되었군요."

"애석하지만 호송단은 여기서 해산해야 할 것 같소이다. 맹의 오랜 친구인 유성표국과 설 표두께는 특별히 감사의 말씀을 전하는 바이오."

"저희도 함께 기다리겠습니다."

"……?"

"아시다시피 진 속에 갇힌 이들 중 천룡표국의 젊은 표사가 있습니다. 술법사들이 와서 진을 제거하고 나면 그의 주검을 제가 천룡표국으로 호송했으면 합니다."

"어째서요?"

"표행 중 다른 표국 표사들의 주검을 발견하면 그냥 지나치지 않고 해당 표국까지 운송해 주는 것이 표사들의 오랜 전통입니다. 하물며 함께 표행을 했다면 더 말할 필요가 없겠지요."

"그렇다면 우선 수고를 부탁드리겠소이다."

"감사합니다. 그럼."

설인탁은 공손하게 포권지례를 한 후 유성표국의 모닥불로 돌아왔다.

오백여 명의 무림맹 타격대는 기문진 옆에서 다시 야영지를 꾸렸다.

무림인에게 죽음은 그림자와도 같다. 동료가 죽어 나갈 때마다 비통에 잠겨 있기만 한다면 일 년 내내 그렇게 지내야 한다.

사람들은 다시 힘을 냈다. 수십 개의 모닥불을 피우고, 솥을 걸고, 밥을 지었다. 천라지망에 갇혔다가 우연히 잡힌 멧돼지 일곱 마리도 통나무에 끼워 모닥불에 구웠다. 행낭 속에 한두 병씩은 숨겨둔 술도 꺼냈다.

모두 밥과 술과 고기로 전투 후의 피로를 달랬다.

그러던 어느 순간, 설인탁은 눈을 크게 떴다. 여기 있어선 안 될 한 사람이 초췌한 모습으로 혈검대의 생존자들과 섞여 술을 마시며 고기를 뜯고 있었다.

"저 사람이 왜 저기 있는 거지?"

"누군데 그러십니까?"

"공령신투의 제자."

"그는 진 속에 갇혀 있어야 하는 거 아닙니까?"

"대체 어디에 있다가 튀어나온 거지?"

그때였다.

꾸아앙!

누군가 귓구멍에다 대고 대포를 쏜 것 같은 굉음이 울렸다.

야영장에 있던 수백 명의 사람들은 적아를 구분할 것 없이 모두 놀라 나자빠졌다.

수백 쌍의 눈동자가 일제히 소리가 난 곳으로 향했다. 놀랍게도 안개에 집채만 한 구멍이 뻥 뚫려 있었다.

그 구멍으로 지난 밤 이미 죽은 줄 알았던 사람들이 우르르 쏟아져 나오기 시작했다.

가장 먼저 모습을 드러낸 것은 당군백, 악도광, 양조광, 두소부, 황보중악을 비롯해 용봉지회의 후기지수들이었다. 다음엔 혈검대의 생존자 수십 명이, 그리고 마지막으로 남궁소소와 이정룡이 나타났다. 하나같이 산발에 걸레 쪼가리가 된 옷들을 걸친 것이 거지 떼가 따로 없었다.

일부는 땅에 드러눕고, 일부는 도검을 바닥에 찍어 기대고, 일부는 바위를 찾아 등을 기대고 앉았다. 그러고는 호랑이에게 쫓겨 십 리를 쉬지 않고 달려온 사람들처럼 거친 숨을 몰아쉬었다.

너무나 갑작스러운 상황에 수백 명의 사람들은 시간이 그대로 멈춘 것처럼 굳어버렸다.

그 사이 이정룡은 풀린 다리로 휘청휘청 걸어가서는 가장 가까이 있던 누군가의 술 호리병을 홱 빼앗아 마시기 시작했다.

숨도 쉬지 않고 호리병을 모두 비운 그는 '꺼어억!' 하고 용트림을 한 후에야 비로소 중얼거렸다.

"목말라 뒈지는 줄 알았네."

"무, 물을 가져와라!"

팽문룡의 사자후가 허공에 울려 퍼졌다.

그때부터 벌 떼 같은 기세가 일어났다. 사람들이 앞다투어 달려가 쓰러진 자들을 부축하고, 물을 먹이고, 상처를 살폈다.

그 와중에 누군가 외쳤다.

"쉰 명 모두 생환했습니다!"

천지가 떠나갈 듯한 함성이 뒤를 이었다.

"와아아아!"

은발의 머리카락이 인상적인 그는 백호 가죽을 깔고 앉아 있었다. 그리 크지 않은 체구였음에도 불구하고 흡사 산을 마주하는 듯한 압박감이 느껴졌다.

현 무림맹주이자 뇌검 남궁유룡과 함께 천하십검의 수좌 자리를 다툰다는 설산신검 장초풍. 나는 지금 전생에서 전설로만 들었던 일대검호와 마주하고 앉아 있었다.

막사 안에는 사마옥, 팽문룡, 설인탁 그리고 남궁소소도 있었다. 그러나 장초풍은 자신의 맞은편 자리를 다른 누구도 아닌 내게 주었다. 기문진을 탈출한 사람들이 이구동성으로 말하길, 자신들이 생존할 수 있었던 건 전적으로 나와 남궁소소, 특히 내 덕분이라고 했기 때문이다.

"어찌 된 일인가?"

"저도 잘 모르겠습니다."

"사람들은 자네와 남궁소소가 유령처럼 석벽을 뚫고 나타나 환수들을 모조리 격퇴하며 자신들을 이끌었다고 하던데."

"제가 한 일이라곤 그저 환수들과 싸워서 이긴 것밖에 없습니다. 나머진 남궁 소저가 가라고 하면 가고, 멈추라고 하면 멈추었습니다."

맹주의 시선이 남궁소소에게로 옮겨갔다.

"아무래도 자네가 설명해야 할 것 같군."

"한동안 기문진식을 공부한 적이 있어 우연히 구곡미혼진이라는 걸 알아냈습니다. 이후 총군사님께서 북두천구를 세워주신 덕분에 방위를 살피고 귀문(鬼門)을 찾을 수 있었고요."

"그런 다음엔?"

"귀문을 뚫고 들어가 생존자들과 조우했습니다. 이후 계속해서 귀문을 넘나들며 생존자들을 찾아다녔고, 그들과 함께 검진을 짜고 환수들을 격퇴하며 밤새 구곡을 모두 통과했습니다."

"생존자들을 찾아다녔다고?"

"그렇습니다."

"어째서?"

"우리가 돕지 않으면 모두 죽을 것 같아서요."

장막 안에 한동안 뜨거운 침묵이 흘렀다.

남궁소소가 지금이야 천룡표국의 객원표사이지만, 한때 무림맹 용봉지회의 후기지수였다. 그런 그녀가 옛 동료들을 구하는 데 무슨 구차한 이유들이 필요하겠나.

"귀문은 어떻게 뚫고 환수는 어찌 격퇴했는가?"

다시 장초풍이 물었다.

드디어 올 것이 왔다.

남궁소소는 지금 내가 입은 용린신갑의 안쪽에 마교의 기문진을 무력화시키는 부적이 그려져 있는 줄 안다. 한데 용린신갑의 존재는 우리 둘만 아는 비밀로 했었다. 내가 용린신갑을 가졌다는 사실이 알려질 경우 그 파장을 감당할 수가 없었기 때문이다.

과연 그녀는 맹주에게도 거짓말을 할까? 하면 뭐라고 둘러댈까?

"그건 이 표사가 한 일이라 저도 정확히 알지 못합니다."

그러면서 남궁소소는 내게로 간단하게 공을 넘겨 버렸다. 덕분에 장초풍, 사마옥, 팽문룡, 설인탁까지 전부 나를 쳐다보았다.

허를 찔린 나는 마른침을 꼴깍 삼켰다.

장초풍과 사마옥은 내가 지금까지 만나온 무림인들과는 차원이 다른 거물들이었다. 어떤 그럴듯한 이야기를 지어내도 두 사람을 완벽하게 속일 수는 없을 것이다. 결국 말을 해야 하나?

그때였다.

"파진복마검(破陣伏魔劍)을 익혔나?"

갑작스럽게 치고 들어온 사람은 설인탁이었다.

파진복마검이라는 말에 장초풍과 사마옥의 두 눈이 동그래졌다.

설인탁이 설명을 덧붙였다.

"항주의 천목산에 선광사(善光寺)라는 큰 절이 하나 있습니다. 천룡표국의 이종산 국주께서 바로 그 선광사의 오랜 속가제자이시지요."

장초풍의 말이 이어졌다.

"선광사에 파진복마검이라는 비기가 존재함은 나도 알고 있었소. 하지만 그 귀한 검맥이 천룡표국으로 흘러 들어간 줄은 몰랐구려. 파진복마검이라면 귀문을 뚫고 환수를 격퇴하는 것이 가능할지도……."

이종산이 선광사의 속가제자라는 말은 사실이었다. 그러나 내가 아는바 선광사는 승려들이 귀신을 잘 쫓는다는 것 외에는 그저 크기만 한 절에 불과했다. 단순히 크기로만 따지면 소림사를 능가할 것이다.

한데 그곳에 나도 모르는 검맥이 있었던 모양이다. 무림맹주까지 인정하는 것으로 보아 보통의 검맥이 아닌 듯했다. 진(陣)을 부수고 마(魔)를 무릎 꿇린다는 이름부터가 일반적인 검법과 달리 방술(方術)의 냄새가 물씬 난다.

어쩐지 이종산 같은 거물이 이름 없는 절의 속가제자 명부에 이름을 올리더라니. 더 캐고 보면 여기에도 어떤 사연이 있을 것 같았다.

그러나 이 모든 게 사실이라고 해도 딱 필요한 순간에 설인탁이 그걸 언급한 것은 너무나 공교로웠다.

장초풍은 비로소 모든 의문이 가신 듯 나와 남궁소소를 번갈아 보며 말했다.

"고생이 많았네. 두 사람 덕분에 후기지수들을 비롯해 혈검대의 무사들까지 수십 명이 목숨을 구했네."

"표사로서 할 일을 했을 뿐입니다."

"칭찬 몇 마디로 넘어갈 일이 아닐세. 원하는 것이 있다면 말해보게. 무림맹의 맹주가 할 수 있는 일이라면 무엇이든 들어주지."

"징벌을 면해주시는 건 어떨지요?"

사마옥이 불쑥 말했다.

"두 사람은 일전에 맹의 비고를 허락 없이 침범한 일 때문에 호송이 끝나는 즉시 곤장 스무 대씩을 맞기로 되어 있습니다. 하나 지금에 이르러 공이 과를 크게 덮었으니 맹주님께서 없던 일로 해주시면 어떨까 합니다."

팽문룡도 이때다 싶었는지 한마디 거들었다.

"둘이 합하면 곤장 마흔 대이고, 마침 두 사람 덕분에 목숨을 구한 맹도들도 마흔 명 대이니 얼추 맞는 듯합니다."

"맹주의 권한으로 두 사람에게 내려진 곤장형을 철회토록 명하겠습니다. 총군사께서는 집법당에도 고하고 사후를 살펴주시지요."

"감사합니다."

"감사합니다."

나와 남궁소소는 동시에 포권지례를 올렸다.

남궁소소는 입꼬리가 저절로 올라갔다. 묵은 체증이 비로소 내려가는 모양이었다. 형틀에 엎으려 물 곤장 맞을 생각을 하다가 구사일생으로 살아나니 기쁘기도 할 것이다.

그러나 나는 생각이 좀 달랐다. 사람 목숨이랑 곤장이랑 같은 저울에 다는 건 좀 아니지 않나? 설마 이게 끝은 아니겠지?

"두 사람이 한 일에 비하면 작은 일이지."

그러면서 장초풍은 한없이 만족스러운 표정으로 수염을 쓸었다.

분위기를 보아하니 아무래도 이 정도로 입을 싹 닦을 모양이다. 무언가 잘못된 것을 바로잡으려면 그 대화가 지나가 버리기 전에 일단 다리를 걸어놓고 보아야 한다.

"그런데……."

내가 막 말문을 열려는 순간, 인기척과 함께 휘장이 홱 걷히며 혈검대의 무사 하나가 들어왔다.

팽문룡이 물었다.

"무슨 일이냐?"

"총군사님을 뵙겠다는 사람이 있습니다."

팽문룡은 사마옥을 돌아보며 표정으로 허락을 득한 후 말했다.

"들여보내라."

혈검대의 무사가 나가고 한 사람이 들어왔다.

후줄근한 차림으로 들어온 이는 어처구니없게도 호리독사였다.

나와 남궁소소는 깜짝 놀랐다. 저 인간이 여태 안 보이다가 갑자기 어디서 튀어나왔지?

사마옥이 물었다.

"내게 할 말이 있다고?"

호리독사는 주변을 살피며 쭈뼛거리기만 했다. 이렇게 많은 사람 앞에서 말을 해도 될지 망설이는 것 같았다.

"지금 이 자리에 내가 믿지 못할 사람은 한 명도 없네. 편하게 이야기해도 좋네."

호리독사는 대답 대신 품속에서 사슴 가죽으로 싼 무언가를 꺼내더니 사마옥의 앞으로 쓰윽 밀어놓았다.

그걸 보는 순간 장초풍, 사마옥, 팽문룡의 얼굴이 꺼멓게 죽었다. 반면 나와 남궁소소와 설인탁은 영문을 몰라 어리둥절해 했다.

사마옥이 조심스러운 손길로 사슴 가죽을 풀었다. 그러자 거무죽죽한 색깔에 가지마다 글씨가 빼곡하게 새겨져 있는 죽간들이 모습을 드러냈다.

장초풍, 사마옥, 팽문룡은 얼마나 놀라고 당황했는지 앉은 자리에서 펄쩍 뛰어오르기라도 할 것 같은 얼굴들이었다. 내가 혈검대와 후기지수들을 이끌고 기문진을 무사히 탈출했을 때에도 저 정도로 놀란 것 같지는 않았다.

대체 저 죽간들이 무엇이길래.

"이걸 어떻게……?"

"훔쳤습니다."

"언제?"

"어젯밤에요."

"자세히 말해보게!"

"어젯밤 사달이 벌어졌을 때 저는 야영지 외각의 바위틈에 숨어 있었습니다. 총군사님께서 제게 내리신 특명을 성실히 수행하기 위해서요."

특명은 무슨 얼어 죽을. 물건을 훔쳐 어떻게든 곤장을 안 맞으려고 그랬겠지.

"그러다 마교도들이 갑자기 나타나는 바람에 무작정 합류하기보다는 외곽에서 도울 방법이 없나 하고 상황을 지켜보고 있었습니다. 한데 벼락처럼 기문진이 발동하면서 모두 갇혀 버리지 뭐겠습니까?"

놀고 있네. 적들이 너무 많은 걸 보고 슬그머니 도망갈 궁리를 하느라 합류를 하지 않았겠지. 그러다 갑자기 기문진이 발동해서 모두 갇혀 버리자 아예 꽁꽁 숨어버린 거고.

"그리고 마교의 잔당들이 천중산으로 퇴각해 갈 때 저도 슬그머니 섞여 들어갔습니다. 복색도 기세도 제각각인 것이, 딱 봐도 여기저기서 긁어모은 놈들 같더라고요. 그런 놈들은 서로를 잘 모르기 때문에 숨어들기도 쉽지요."

마교도들과 함께 도망칠 생각이었겠지. 그때 함께 빠져나가지 않으면 무림맹의 천라지망에 걸렸을 테고, 나중에 배신자로 낙인 찍혔을 테니까.

"기회만 보며 따라가고 있었는데, 마침 전투가 벌어지더니 사인교를 멘 가마꾼 중 한 놈이 화살을 맞고 쓰러지지 않겠습니까? 해서 발로 놈의 등짝을 밀어버린 후 제가 얼른 사인교의 한쪽을 잡았습니다."

이때쯤엔 마교의 잔당들과 함께 천라지망에 갇혔음을 깨달았을 것이다. 그리고 슬슬 다시 이쪽으로 넘어올 준비를 했을 것이고.

"전투가 한창 치열할 때 화살에 맞아 쓰러지는 척하며 사인교를 계곡에 처넣어 버렸습니다. 그러고는 에라 모르겠다 하고 삼뇌와 함께 굴렀지요. 그때 슬쩍 해서는 냅다 도망쳤습니다."

"수고했네. 정말 수고했어!"

"할 일을 했을 뿐입니다."

"그 정도가 아닐세. 진정 큰 공을 세웠네."

"약속하신 곤장은……."

"당연히 면제해 주어야지."

"감사합니다."

"총군사, 이렇게 되면 사실상 작전은 모두 성공한 것이 아닙니까? 애초의 목적대로 마교의 잔당들도 소탕하고, 잃어버린 줄 알았던 성물도 도로 찾았으니 말입니다. 껄껄."

"맹주님 말씀이 옳습니다. 달랑 세 명에 불과한 천룡표국의 표사들이 망할 뻔한 호송을 성공으로 이끌어주었습니다. 하하."

"천룡표국을 일 순위로 넣어야 한다며 우리 두 늙은이를 설득했던 설 표두의 공도 잊어선 안 될 것입니다."

"이를 말씀입니까. 그리고 다시 여정을 시작해야 할 것 같습니다."

이건 우리를 칭찬하는 것 같기도 하고 설인탁을 칭찬하는 것 같기도 하고. 어느 쪽이든 천룡표국의 공을 인정해 주니 나로서도 괜스레 어깨에 힘이 들어갔다.

사람을 마흔일곱 명이나 구한 대가가 고작 곤장 면제라는 게 여전히 성에 안 찼지만, 이 정도로 만족할 생각이었다.

그때쯤 나는 호리독사가 훔쳐 온 저 죽간본이 문제의 성물이라는 걸 알아차렸다.

도망치려다가 다시 물건을 훔쳐 이쪽으로 붙은 게 거의 확실하지만, 모른 척 넘어가 주기로 했다. 천룡표국의 객원표사로서 그가 세운 공이 워낙 크니까.

한편, 나와 남궁소소 그리고 설인탁까지 죽간본에 관심을 가지자 사마옥이 장초풍과 의미심장한 눈빛을 나누었다.

장초풍이 고개를 끄덕이자 사마옥이 말했다.

"아직 여정이 조금 남아 있기는 하지만, 맹주님 말씀처럼 소기의 목적을 달성했으니 이제는 여러분께 호송하는 물건에 대해 설명해야 할 것 같군요."

그러면서 그는 죽간본을 모두가 볼 수 있도록 한가운데 펼쳐놓았다.

"전설에 따르면 오래전 공자님께서 직접 간추리고 엮은 고대의 비경기서가 여덟 권 정도 있다고 합니다. 하나같이 신비한 힘을 일으키고 사용하는 방법에 관한 것들이라고 하는데, 이 죽간본도 그중 하나로 추정하고 있습니다."

여기까지 듣는 순간 나는 가슴이 철렁 내려앉는 것 같았다. 이거 어디서 많이 들어본 이야기가 아닌가.

죽간본에 빽빽하게 새겨진 글자를 보니 일단 내 몸속에 각인된 그 고대의 부적과 동일한 물건은 아니었다.

그렇다고 해도 부적과 관련이 있는 것만은 분명했다. 어쩌면 부적의 비밀에 관해 알 수 있을지도 모를 일이었다.

벌써부터 심장이 벌렁거리기 시작했다.

책이라면 사족을 못 쓰는 남궁소소가 사마옥에게 물었다.

"신비한 힘이란 어떤 걸 말하는 것인가요?"

"우주의 질서를 벗어나거나 인간의 한계를 넘어선 초자연적인 것들일세. 그 때문에 마공비급으로 분류하는 사람들도 있고."

"공자님께서는 괴력난신(怪力亂神)이라 하여 괴이한 힘이나 귀신에 관한 것들은 평생 말하지 않으신 것으로 압니다만."

"그러니 더욱 사람들을 궁금하게 만드는 것이지. 전설이 사실이라면 괴력난신을 멀리했다고 알려진 공자님께서도 책으로 엮어 혼자 볼 정도였으니 말이야."

"무림사에서 그 비경기서 중 하나라도 손에 넣고 익힌 사람이 실제로 있었나요?"

"지금은 맥이 끊어졌지만, 여러 이적들을 행한 것으로 알려진 천마성교의 전대 교주들이 세 권의 비경기서들을 대대로 익혔다고 하네. 수많은 마교절학들의 뿌리 또한 비경기서들이고."

천마성교의 전대 교주들이 익혔고, 마교절학들의 뿌리가 되었다는 말에서 사람들은 모두 고개를 끄덕이고 말았다. 그들이 익혔거나 익혔다고 전해지는 무공들 중 인간의 폭으로 이해할 수 없는 것들이 한두 가지가 아니었기 때문이다.

그런데 내가 보기엔 술법으로 강시를 부리거나 기문진을 펼쳐 환수가 나오게 하는 것도 그 못지않았다.

이번엔 내가 물었다.

"한데 왜 가죽끈을 묶지 않은 것입니까?"

"몇 년을 매달렸지만, 순서를 알 수가 없었다네."

"만약 순서를 알면 어떻게 됩니까?"

"순서를 안다고 해서 당장에 어떻게 되는 건 아닐 것이네. 다만 삼뇌가 이 죽간을 기필코 손에 넣으려고 했던 이유는 알 수 있겠지. 내가 알고자 했던 것도 그것이었고."

"제가 한번 맞춰볼까요?"

사람들이 모두 깜짝 놀랐다.

남궁소소조차도 눈을 휘둥그레 뜨고 나를 보았다.

"자네가 무슨 수로?"

"자세히 보시면 죽간마다 정체불명의 먹선이 두세 개에서 대여섯 개씩 불규칙적으로 찍혀 있습니다. 아무래도 이것들은 어떤 복잡한 문양의 일부분인 듯합니다. 그리고 그 문양을 제가 본 적이 있는 것 같고요."

내 몸속에 각인된 부적이 구체적인 문양으로 발현한 것은 딱 두 번이었다. 처음 환생 후 백선객점에서와 화조신옹에게 잡혀 가던 중 어느 동굴에서.

그러나 지금도 대충은 비슷하게 그릴 수 있을 것 같았다. 충격으로 말미암아 워낙 강렬하게 뇌리에 남아 있기 때문이다. 이미 그려져 있는 걸 조합하는 거라면 훨씬 쉬울 것이다.

나는 죽간에 찍힌 저 먹선들이 그 부적과 똑같은 문양의 조각들이라고 확신했다.

"그 문양의 정체가 무엇인지 아는가?"

"부적처럼 보였습니다."

"어디서 보았나?"

"항주에는 몇 대에 걸쳐 내려온 고서점들이 즐비합니다. 십수 년 동안 과거 준비를 하면서 그 책방의 책들은 죄다 섭렵한 것 같습니다. 그때 어떤 고서의 말미에서 아까 말씀하신 내용들과 함께 보았던 기억이 있습니다."

이번에도 적당히 둘러댈 수밖에 없었다.

전생에서 또 다른 죽간본을 운송하던 중에 불에 타죽었고, 그게 내 몸속 어딘가에 화인으로 새겨졌고, 천룡표국의 넷째 아들로 환생을 하여 지금에 이르렀다는 말을 할 수는 없지 않겠나.

다행히 두 사람은 내가 향시와 회시에서 연달아 장원을 했다는 사실 때문인지 고개를 끄덕이며 믿는 눈치였다. 그 정도로 문장이 뛰어나려면 안 읽어본 책이 없었을 것이고, 그렇게 읽은 고서들 중에는 공자가 남겼다는 비경기서에 관한 기록도 한두 장쯤은 있을 법하다고 생각한 모양이었다.

"부적이라면 매우 복잡한 문양일 텐데. 그걸 아직도 기억한다고?"

"워낙 신기해서 수차례 보고 눈에 담았습니다. 또한 그때 본 부적은 좌우가 대칭되는 것이었습니다. 죽간이 모두 열여덟 개니 어느 쪽이든 아홉 개만 어찌어찌 맞추면 나머지는 쉬울 겁니다."

"이 표사만 남고 나머진 모두 나가주시게!"

사마옥이 갑작스럽게 축객령을 내렸다. 팽문룡, 설인탁, 남궁소소, 호리독사는 졸지에 쫓겨나고 말았다.

잠시 후 막사 안에는 장초풍과 사마옥 그리고 나만 남게 되었다.

장초풍과 사마옥의 표정은 더할 나위 없이 굳어 있었다. 특히 사마옥은 눈까풀을 파르르 떨기까지 했다. 몇 년을 매달리고도 맞추지 못한 죽간본의 순서를 내가 이 자리에서 맞출 수 있다고 하니 허탈감이 심장을 강타한 것이다.

"해보시게."

장초풍이 말했다. 오늘 들어본 그의 음성 중 가장 낮고 묵직했다.

두 사람이 초조하게 지켜보는 가운데 나는 죽간을 하나씩 집어 순서를 맞춰 나가기 시작했다.

내 기억도 완벽한 것은 아니었기 때문에 처음엔 위치를 이리저리 옮겨가며 대여섯 번 정도 실패를 했다. 그렇게 초반 다섯 개를 맞추자 부적의 문양이 형체를 잡기 시작했다.

그다음은 나뭇가지가 뻗어 나가듯 자연스러웠다.

이렇게 아홉 개를 맞추었을 때 이미 상황은 종료되었다. 나머지는 정확히 대칭되는 점들만 찾아 순서대로 놓으면 되었으니까.

마침내 완벽한 순서의 죽간본이 만들어졌다.

"다됐습니다."

순간, 내 몸속 깊은 곳으로부터 부적의 열기가 솟구치기 시작했다. 그 강도가 마치 환생을 한 지 얼마 안 되어 처음 발현했던 것과 비슷했다.

그러나 용린신갑을 밀착해 입은 탓에 그때처럼 옷에 불이 붙거나 빛이 새어 나오진 않았다. 다만 자동으로 이능력이 발동되면서 시간이 평소에 비해 열 배 정도는 느려진 것 같았다. 하마터면 시간이 그대로 멈추었다고 착각할 뻔했다.

한데 더욱 놀라운 일이 벌어졌다. 죽간본에 갑자기 저절로 화르륵 하고 불이 난 것이다.

"어어!"

대경실색한 장초풍이 황급히 손을 뻗어 죽간본을 덮었다.

어찌된 영문인지 불은 조금도 꺼질 기미가 보이질 않았다. 사마옥이 찻물을 재빨리 끼얹고, 내가 깔고 앉은 양가죽으로 덮은 다음 발로 꾹꾹 밟아도 보았지만 소용없었다. 죽간은 점점 활활 타오를 뿐이었다.

"이게 무슨!"

"말도 안 돼!"

그때부터 나와 장초풍과 사마옥은 이러지도 저러지도 못하고 죽간본이 불타는 걸 옆에서 지켜보아야만 했다.

잠시 후, 나는 기절초풍하는 줄 알았다.

죽간 하나하나가 불에 타 사라질 때마다 거기에 적힌 글귀들이 선명하게 빛났다. 그러자 마치 예전부터 내가 외우고 있던 문장인 것처럼 머릿속에 콕콕 박혀 들어왔다.

물론 이건 내게만 보이는 현상이고 느낌이었다. 아무래도 내 몸속에 각인된 부적의 영기(靈氣)가 지나치게 강하여 저걸 흡수해 버리는 것 같았다. 불에 타는 것은 그 과정에서 필요한 어떤 전환의 절차인 것이고.

그렇게 열여덟 개 죽간이 모두 내 머릿속에 화인(火印)처럼 새겨졌을 때, 바닥에 놓여 있던 진짜 죽간들은 죄다 새까맣게 타서 재만 남았다.

나와 두 사람은 공황 상태에 빠져 버렸다.

특히 잔뜩 흥분한 얼굴로 완성된 죽간본 보기를 기다리던 두 노인은 넋이 나간 것 같았다.

"죄, 죄송합니다."

막사 안에는 심연과도 같은 침묵이 흘렀다.

두 명의 노강호는 허망함에 마른침만 계속 삼켰다. 죽간의 순서를 맞추어 불이 나게 만든 장본인인 나는 바늘방석에 앉은 것 같았다.

한참 후에야 장초풍이 사마옥을 돌아보며 물었다.

"어떻게 된 영문인지 짐작이 가십니까?"

"아무래도 영화술(靈火術)인 듯합니다."

"영화술이라면……."

"죽간이 다른 이의 손에 들어가서 정확하게 재조합될 경우 발화가 되도록 전 주인이 강력한 술법을 걸어놓은 것이지요. 그것 외에는 설명이 되질 않습니다."

"하면 가죽끈이 저절로 끊어진 것이 아닐 수도 있겠군요."

너무나 그럴듯한 나머지 나는 하마터면 두 사람의 말을 그대로 믿을 뻔했다. 하지만 죽간본이 불탄 것은 분명 내 몸속에 있는 부적의 영기가 흡수했기 때문이었다. 그래서 더 미안했다.

"죄송하기 짝이 없습니다. 제가 방정맞게 순서를 맞춰보겠다고 설레발을 치지만 않았어도 이런 일은 없었을 터인데."

"우리가 부탁한 걸세. 그리고 자네는 분명 큰 도움이 되었네. 덕분에 비경기서를 정말로 손에 넣을 수 있게 되었으니 말일세. 물론 공자의 손때가 묻은 보물이 사라진 것은 아깝지만."

"예?"

"논어가 유가의 성전(聖典)으로 추앙받는 것은 공자께서 직접 새겨 넣은 죽간본으로 존재하기 때문이 아닐세."

그러면서 사마옥은 품속에서 또 다른 사슴 가죽을 꺼냈다.

가죽을 펼치자 조금 전 불타 없어져 버린 것들과 똑같은 죽간 열여덟 개가 모습을 드러냈다.

"틈이 날 때마다 순서를 맞춰보기 위해 만든 복제품일세. 물론 죽간에 새겨진 글자나 먹선도 동일하고. 다시 순서를 맞춰볼 수 있겠지?"

그러면 그렇지. 그 중요한 물건을 사본 하나 만들어두지 않았을 리 있나.

내용이 남아 있다면 죽간은 아직 사라진 것이 아니다. 이쯤 되니 고대의 비급을 불태웠다는 죄책감이 조금 사라지면서 마음도 편안해졌다.

정신이 맑아지자 아까 곤장도 그렇고 이건 뭔가 계산이 맞지 않는다는 생각이 들었다.

"대신 저도 부탁이 한 가지 있습니다."

"부탁?"

"엄격히 말해 이건 호송과는 관계가 없는 별건입니다. 하지만 어쩌면 호송을 하는 것보다 더 중요한 일이고요."

"그래서?"

"호의는 오고 가야 하지 않겠습니까."

"아깐 왜 그냥 해주었나?"

"맹주님과 총군사님의 기세에 압도되어 정신이 없었습니다."

"지금은 그렇지 않고?"

"견딜 만합니다."

"정신을 차리면 아주 무서운 사람이 되는군."

"장사꾼은 계산이 정확해야 하지요."

"표국이 상방은 아니지 않나?"

"무림문파보다는 상방에 훨씬 가깝습니다."

장초풍과 사마옥은 기가 막힌지 잠시 시선을 나누었다.

그러다 장초풍이 나를 돌아보며 말했다.

"일단 들어보세."

"앞으로 10년 동안 무림맹에서 남직예성, 절강성, 복건성으로 보내는 표물은 전량 천룡표국의 개봉 분타를 이용해 주십시오."

"개봉엔 천룡표국의 분타가 없는 것으로 아네만."

"곧 생길 겁니다."

"표왕께서 그리 말씀하셨나?"

"소망은 늘 하셨습니다. 다만 여러 가지 현실적인 제약 때문에 진출을 못 하셨지요."

"개봉엔 이미 많은 크고 작은 표국들이 성업 중이네. 제아무리 천룡표국이라고 해도 그들이 선점한 땅에다 송곳을 꽂기란 쉬운 일이 아닐걸세. 표왕께서 선뜻 결심하지 못하신 것도 그 때문일 것이고."

"무림맹에서 도와준다면 어려울 것도 없습니다."

"강동삼성으로 향하는 표물은 전량 천룡표국의 분타를 이용하는 것으로 말이지?"

"그렇습니다."

"그렇게 하세."

"예?"

"그렇게 하자고."

"이렇게 쉽게요?"

"호송이 모두 끝나면 총군사님과 의논한 후 자네가 세운 공에 대해 어떻게든 정식으로 포상을 할 생각이었네. 차라리 잘됐군. 기왕이면 원하는 걸 해주는 게 낫겠지."

"그건 곤장을 면제해 주신 걸로 끝난 거 아닌가요?"

"마흔일곱 명의 목숨을 구한 대가가 고작 곤장을 면제해 주는 것일 리가 있겠나. 만약 그렇다면 맹주인 내가 맹도들의 목숨을 너무 가벼이 여긴 것이 되겠지."

슬그머니 옆을 돌아보니 사마옥이 자애로운 표정으로 고개를 끄덕이고 있었다. 두 사람 사이에는 어느 정도 말이 오고 간 모양이었다.

병법에 전투에서 승리한 장수에게는 황금을 주고, 전쟁에서 승리한 장수에게는 벼슬을 준다고 했다.

전쟁 중에 내리는 것은 사기 진작을 위한 작은 포상일 뿐, 진짜 논공행상은 전쟁이 끝난 후에야 비로소 이루어지는 법이다.

어쩐지 이상하더라니. 이래서 강호는 무공보다 경험이다.

'조금만 더 참을걸.'

민망함에 나도 모르게 손이 앞으로 튀어 나갔다.

처처처처척!

순식간에 열여덟 개의 죽간이 모두 본래의 순서에 따라 배열되었다.

장초풍과 사마옥의 눈이 휘둥그레졌다.

"한번 해본 거라서요."

막사를 나온 나는 곧장 천룡표국의 모닥불로 향했다.

도착해 보니 호리독사가 팔뚝 굵기의 통나무에 돼지머리를 끼워 굽는 중이었다. 남궁소소는 옆에 앉아 군침을 흘리며 지켜보고 있었고.

"죽간은 완성했나요?"

"불에 타버렸소."

"왜요?"

질문을 한 남궁소소도, 통나무로 돼지머리를 돌리고 있던 호리독사도 깜짝 놀란 표정을 지었다. 막사 안에서의 일로 죽간본이 무엇인지, 얼마나 중요한 물건인지를 잘 알기 때문이다.

"나도 모르겠소. 다 맞췄더니 갑자기 발화가 되었소. 나와 맹주님과 총군사님이 갖은 방법을 동원해 끄려고 해보았지만 소용이 없었소."

"그럼 어떻게 되는 건가요?"

"사본이 있어서 죽간에 적힌 내용까지 사라진 건 아니오. 다만 호송은 여기서 멈출 것 같소."

"원래 목적지가 어디였는데요?"

"무당파였다고 하오."

"무당파라고요?"

"유서 깊은 도맥이 흐르는 무당파의 비처에 봉인할 생각이었던 모양이오. 자고로 복마(伏魔)는 불가보단 도가니까."

"그럼 우린 이제 어떻게 되는 건가요?"

"호송할 물건도 사라졌고 곤장 맞을 일도 없으니 표행단도 해산을 해야겠지. 난 여기서 곧장 항주로 돌아갈 생각이오."

"그럼 전 양주로 가겠어요."

"나와 함께 항주로 가지 않고?"

"그랬으면 좋겠어요?"

"난 당연히 그런 줄 알았는데."

남궁소소는 말갛게 웃으며 말했다.

"항주로 가도 곧 양주로 가야 해요. 그럴 바에야 곧장 양주로 갈래요. 먼 길을 여행하는 것도 이젠 힘들고요."

순간 뇌검의 팔순 잔치가 얼마 남지 않았다는 사실이 떠올랐다.

천룡표국은 남궁세가로부터 공식적으로 초청장을 받았다.

항주의 노인네들은 오매불망 남궁세가로 가는 날을 기다리는 모양이다만, 나는 어떻게든 빠지고 싶었다. 그동안 남궁소소를 위험에 빠뜨린 게 한두 번이었어야지. 뇌검이 전후 사정을 모두 알기라도 하는 날에는 무슨 봉변을 당할지 모른다.

"그럼 오늘 밤이 마지막이네요."

"그동안 고생이 많았소."

"언제 또 볼지 모르지만 건강하세요."

"소저도 건강히 지내시오."

남궁소소는 무언가 더 할 말이 있는 듯 나를 힐끔거렸다. 그러다 눈이 마주치면 얼른 돼지머리로 시선을 돌렸다. 자신이 할 말이 있는 게 아니라 내게 무언가 더 할 말이 없는지 궁금해하는 눈치였다.

"객원표사비는 확실히 계산해 주겠소."

"……!"

"……?"

"동전 한 푼까지 정확히 챙겨주세요!"

"물론이오."

"부자 되시고요!"

"난 명표가 될 거요."

"어련하시겠어요."

그때 '뻥!' 하는 소리가 났다. 돼지 껍데기가 모닥불에 부풀어 올랐다가 터지는 소리였다.

나는 그때까지도 통나무를 살살 돌리고 있던 호리독사에게 물었다.

"웬 돼지요?"

"천중산에서 천라지망을 펼치며 적들을 포위할 때 우연히 갇힌 멧돼지 일곱 마리도 함께 때려잡았다고 합니다."

"멧돼지를 왜?"

"싸움이 끝난 후 먹으려고요."

"한데 왜 하필 머리요?"

"제가 돌아왔을 때는 다른 부위는 다 처먹고 머리만 남았더라고요. 할 수 없이 이거라도 갖고 와서 굽는 중이고요."

잠시 후, 돼지머리가 노릇노릇하게 익자 각자가 지닌 단도로 살점을 잘라 먹기 시작했다.

남궁소소는 한쪽 귀때기를 쓱쓱 자르더니 소금에 찍은 후 쩝쩝거리며 잘도 먹었다.

"맛있소?"

"누가 해주는 밥보다 훨씬 낫네요."

"보기에도 그런 것 같소."

"술도 한 병 있었으면 좋았을걸."

"구해보지 그랬소."

"진작에 바닥났지 아직도 있겠어요? 돼지머리도 하 표사와 내가 야영지를 돌아다니며 겨우 구했고만."

"제가 한번 구해볼까요?"

불쑥 끼어든 사람은 호리독사였다.

그는 잠시 주변을 살피더니 깔고 앉은 바위틈에서 호리병 하나를 꺼내 슬그머니 앞으로 밀어놓았다.

"타격대들이 말 매어둔 곳을 한 바퀴 쓰윽 돌았습니다. 아무리 탈탈 털어 마셨다고 해도 한두 병씩은 꽁꽁 숨겨놓는 자들이 있게 마련이지요."

이런 어처구니없는 인간을 봤나. 전낭을 훔치고 비고를 침범한 일로 그 고생을 하고도 또 도둑질을 하다니.

"도로 갖다 놓을까요?"

호리독사가 눈치를 보며 물었다.

슬쩍 옆을 돌아보니 만약 그랬다간 남궁소소가 들고 있는 칼로 내 귀때기를 자를 것 같다.

"그러다 들키면 더 복잡해지오."

사실 방금 표행단의 해산을 선언했으니 이제 호리독사가 무얼 훔치건 말건 내가 상관할 바가 아니었다. 그저 이번 건만 들키지 않고 넘어가길 바랄 뿐이었다.

"한 사람당 한 병이면 더 좋았을걸."

남궁소소의 말이 떨어지기 무섭게 바위 아래서 두 병이 더 나왔다. 호리독사는 한쪽 눈을 찡긋하며 음충맞게 웃었다.

나와 남궁소소는 기가 막혀 할 말을 잃었다.

그때 저만치에서 황보중악을 비롯한 용봉지회의 후기지수들이 이쪽으로 우르르 몰려왔다.

"전부 치워!"

내가 말했다. 세 개의 손이 튀어나와 재빨리 한 병씩을 집어서는 각자의 품속에 숨겼다.

잠시 후, 황보중악 일행이 도착했다.

"호송이 취소되었다고 들었네."

"그렇다고 하더군요."

이 인간이 또 무슨 일로 시비를 걸려고 이러시나.

황보중악은 기름이 뚝뚝 떨어지는 돼지머리를 힐끗 바라본 후 물었다.

"함께 모닥불을 쬐어도 되겠나?"

"열세 명이 달라붙을 양은 아닌 것 같습니다만."

"우리가 먹을 건 우리가 갖고 오지."

"그럴 바에야 각자의 모닥불에서 먹도록 하죠."

"그것도 좋겠군."

말은 그렇게 하면서도 황보중악은 돌아갈 생각을 하지 않았다. 오히려 시선을 어디에 둘지 몰라 계속 주변을 두리번거리기만 했다.

참다못한 내가 물었다.

"무슨 할 말이라도 있으십니까?"

황보중악은 잠시 갈등하더니 이내 결심을 한 듯 입술을 굳게 다물었다. 이어 품속에서 가운뎃손가락보다 조금 큰 나무 조각을 꺼내 내 앞의 작은 바위 위에 올려놓았다.

놀랍게도 그건 황보중악의 이름이 음각으로 새겨진 호패였다.

"자네가 나를 별로 좋아하지 않는다는 것 잘 알고 있네. 솔직히 나도 자네를 별로 좋아하지 않았고. 그렇다고 해서 구명지은까지 몰라볼 정도로 인면수심은 아닐세."

"……?"

"언젠가 내가 필요한 일이 있으면 사람을 통해 이 호패를 보내게. 하면 이유 불문하고 한 번은 어디든 달려가 자네를 위해 칼을 뽑겠네."

황보중악이 한 걸음을 물러나자 이번엔 두소부가 앞으로 나왔다. 그 역시 자신의 호패를 꺼내 바위 위에 올려놓고는 돌아섰다. 다음엔 양조광이, 그다음엔 악도광이, 당군백이…… 잠깐 사이 바둑판만 한 바위 위에는 열 개의 호패가 놓였다.

황보세가, 청성파, 점창파, 산동악가, 사천당문 등등. 호패에 새겨진 글자들을 보고 있자니 새삼 이들이 어떤 곳의 후예들인지 실감 났다. 용봉지회의 후기지수들은 지금 내게 보은패(報恩牌)를 준 것이다.

무림의 관습에 따르면 이들은 수십 년이 지나도 보은패를 보는 그 즉시 달려와야 한다. 심지어 나는 보은패를 다른 사람에게 양도할 수도 있고, 대를 이어 자식에게 물려줄 수도 있다. 그때도 보은패를 준 사람은 목숨 걸고 일을 해주어야 한다. 그가 죽고 나면 그의 무맥을 이은 제자나 자식이 해주어야 한다. 보은패는 그런 것이다.

갑작스러운 전개에 남궁소소도, 호리독사도 눈이 툭 튀어나왔다.

가장 당혹스러운 건 나였다.

문득 천룡표국을 떠나기 직전 이종산에게 들었던 말이 생각났다.

"무림맹 용봉지회의 후기지수들은 20년 후 각자의 사문을 지탱할 동량지재들이다. 다른 녀석들은 몰라도 든든한 외가가 없는 너에게는 그들과의 인연이 훗날 큰 도움이 될 수도 있을 것이다. 너는 병룡이 항주무림의 후기지수들에게 적지 않은 공을 들이고 있음을 알고 있겠지?"

눈앞에 있는 용봉지회의 후기지수들은 아직 각성하지 못한 새끼 용과 봉황이었다. 그에 비하면 이병룡이 공들이고 있는 항주무림의 후기지수들은 각성을 하더라도 별반 차이가 없는 잉어나 두루미 수준이었다. 애초에 비교가 되질 않는다.

"객원표사가 열 명이나 생겼군."

나는 바위 위에 놓인 호패를 하나씩 줍기 시작했다.

앞서 내가 놀란 만큼이나 이번엔 용봉지회의 후기지수들이 놀란 것 같았다. 기껏 보은패를 주었는데 객원표사로 써먹겠다고 하자 당황한 것이다.

"그거 만만치 않을걸요."

옆에서 남궁소소가 진지한 표정으로 말했다.

후기지수들은 갈아입을 옷이 없어 아직도 거지꼴을 하고 있는 남궁소소를 일제히 돌아보았다. 이어 공감한다는 듯 미세하게 고개를 끄덕였다. 그러나 후회하는 표정을 짓는 사람은 없었다.

"그럼 쉬게."

"잠깐만요."

황보중악이 인사를 하고 돌아서려는 찰나 내가 그를 붙잡았다.

이어 호리독사를 돌아보며 물었다.

"한 바퀴 더 돌고 올 수 있소?"

"어딜 말입니까?"

"알아들었잖소."

"몇 병이나 필요하십니까?"

"한 열 병?"

호리독사는 쓰윽 일어나더니 그때까지 깔고 앉아 있던 바위를 옆으로 힘껏 밀었다. 그러자 움푹 팬 모래 바닥 속에서 술 호리병 십여 개가 모습을 드러냈다.

"이런 미친!"

타는 듯한 갈증을 느끼고 일어났을 때는 깜깜한 밤이었다.

처음보다 몇 배나 커진 모닥불 주변에는 후기지수들과 객원표사들이 잡탕으로 뒤섞여 잠들어 있었다.

나는 조용히 자리에서 일어나 계곡가로 갔다. 곳곳에서 번을 서던 무림맹의 무사들이 나를 발견하고는 고개를 끄덕여 왔다.

두 손으로 계곡물을 떠다 벌컥벌컥 마셨더니 그제야 갈증이 좀 가셨다.

바위에 털썩 앉아 밤하늘을 올려다보았다. 오늘따라 별이 유난히 많다.

지나온 날들이 주마등처럼 스쳐갔다. 향시와 회시를 치른 것부터 시작해 화조신옹을 만난 일, 진왕과 그 일족을 지킨 일, 백발노성을 호송한 일 그리고 이번 호송에 이르기까지.

맹주와 총군사가 착각하는 게 있다.

죽간에 적힌 글자들은 일종의 무공구결이었다. 그러나 구결을 따라 운기행공을 하며 꾸준히 내공을 쌓는 정종 무공들과는 궤가 달랐다. 죽간에 적힌 구결은 애초부터 어떤 신비로운 힘을 전제로 한 것이었다.

그 신비로운 힘은 바로 부적의 공능이었다. 부적의 공능이 없으면 구결은 그저 메아리에 불과했다.

반면, 부적을 지닌 자가 구결에 따라 수련해서 일정한 성취에 이르면 실로 무시무시한 힘을 발휘할 수 있었다.

'염동술(念動術)이라니…….'

천지령의 백년공력, 북해투왕의 십초박과 귀영무, 표왕의 천무진경과 천무십검, 백발노성의 망혼소 그리고 공자에 의해 전해진 고대의 두 가지 영능력까지. 이 엄청난 것들이 모두 내 한 몸에 있다는 게 잘 믿기지 않았다.

어느 것 하나 대성을 한 것이 없고, 훗날 대성을 하더라도 어디에 쓸지도 잘 모르겠다.

그러나 한 가지는 분명하게 알 수 있었다. 언젠가 때가 되면 나는 강호에서 더는 적수를 찾기 어려운 존재가 될 것이다. 그때까지 죽지 않고 살아 있다면 말이다.

"혼자 적적하지 않으십니까?"

나는 정면의 어둠 속을 바라보며 조용히 말했다. 그러자 왼쪽으로 십여 장 정도 떨어진 바위 위에서 익숙한 음성이 들려왔다.

"눈치챘나?"

"갑자기 기척을 숨기셔서요."

"기척은 처음부터 숨기고 있었네. 방해하지 않으려고 완벽히 숨긴다는 것이 오히려 자네의 관심을 끈 모양이군."

"오히려 제가 방해를 했군요."

"기감이 대단한걸. 번을 서는 타격대의 무사들조차 세 명이나 모르고 지나쳤는데."

내가 그랬나? 기감을 느끼는 건 거의 내공의 영역이다. 요즘 들어 자고 나면 공력이 늘어나는 걸 느꼈으니 나도 모르게 기감이 더욱 발달했을 수도 있을 것이다.

"여기서 무얼 하고 계십니까?"

"주변을 살피러 나왔다가 달이 좋아서 한잔하고 있었네. 자네도 조금 마셔보겠나?"

대답도 하기 전에 어둠을 뚫고 무언가 날아오는 소리가 들렸다.

황급히 손을 뻗으며 금나수(擒拏手)의 수법을 펼쳤다. 그러나 호리병을 잡아채기는커녕 허공에서 손등으로 쳐서 떨어뜨리는 실수를 범했다.

철퍽!

아까운 술 호리병 깨지는 소리가 천둥소리처럼 들렸다.

부끄러움에 얼굴이 확 달아올랐다. 이걸 멋지게 잡아챘어야 하는데. 하필 가장 동경하는 명표가 던져주는 술병을 놓치다니.

"죄, 죄송합니다."

"자네는 정말 종잡을 수가 없군. 어떤 때 보면 엄청난 고수인 것 같다가도 어떤 때 보면 기본공도 제대로 익히지 못한 하수인 것도 같고."

"부끄럽습니다."

"하지만 표사로서는 단연코 최고였네."

"예?"

"강호인들이 자네를 부르는 별호가 있는가?"

"아직 없습니다."

"하면 함께 표행을 한 기념으로 내가 하나 선물해도 될까?"

"저야 더할 나위 없이 영광이지요!"

"풍운비룡(風雲飛龍)이 어떤가?"

"풍운비룡요?"

"나의 별호인 풍운표검에서 앞 두 글자를 따오고, 구만리를 승승장구하라는 뜻에서 비룡이라는 말을 붙여보았네."

풍운은 본래 큰 변화의 기운을 뜻하고, 비룡은 그때에 나타난다는 영웅호걸을 말한다. 설인탁은 지금 내게 표사로서 가야 할 길을 일러주고 있었다.

나는 그가 앉아 있는 바위 쪽을 향해 정중하게 포권지례를 올리며 말했다.

"멋진 별호를 지어주셔서 감사드립니다. 가르침은 가슴에 깊이 새기도록 하겠습니다."

어둠 속에서 설인탁도 나를 향해 포권지례를 하는 게 느껴졌다.

"훌륭한 후배를 만나 진심으로 기뻤네."

3장
마침내 남궁세가로

황산에 도착한 것은 칠량 협곡을 떠난 지 열흘째 되는 날 아침이었다.

여기서 말을 타고 동쪽으로 하루 정도를 더 가면 마침내 천룡표국이 있는 항주가 나타난다. 그러나 나는 곧장 황산을 올랐다. 백발노성의 옛 거처에 들렀다 가기 위해서였다.

그가 무림맹 지하 뇌옥으로 끌려가기 전 마지막으로 나누었던 대화가 아직도 뇌리에 생생했다.

"지도에 표시된 장소로 가면 금전 외에도 내가 쓰던 물건들이 몇 가지 있을 걸세. 나는 살아서 그곳으로 다시 갈 일이 없을 듯하니 자네가 쓰든지 태워 버리든지 알아서 하시게."

"쓰던 물건이라고요?"

"가보면 알 걸세."

오후가 되자 황산 주봉에서도 남쪽으로 한참 떨어진 어느 산마루에 오를 수 있었다.

거대한 바위 봉우리들이 두둥실 떠 있는 듯한 산마루의 풍광은 선경이 따로 없었다.

"이게 정녕 이승의 풍경이란 말이지."

"이승이고 저승이고 간에 더는 못 가겠습니다. 공자님 혼자 다녀오십시오. 저는 여기서 기다리고 있겠습니다."

그러면서 호리독사가 철퍼덕 주저앉았다.

기가 막혀 말이 나오지 않았다. 누가 보면 일행인 줄 알 게 아닌가.

"언제까지 따라올 거요?"

"글쎄요."

"무슨 대답이 그렇소?"

"딱히 갈 곳도 바쁜 일도 없어서요."

"귀하는 인생의 목표 같은 것도 없소?"

"없습니다."

"되고 싶은 건?"

"없습니다."

"하고 싶은 건?"

"없습니다."

"도대체 있는 게 뭐요?"

"고로가주(高炉家酒)가 있습죠."

그러면서 호리병 하나를 척 내밀었다.

"황산 인근 사람들이 쌀을 주재료로 해서 담가 먹는 독주(毒酒)인데, 목구멍을 불로 지지는 것처럼 넘어가는 맛이 일품입니다. 어떻게, 한 잔하시겠습니까?"

솔직히 어떤 때는 그의 이런 백치미가 편하기도 했다. 욕심이 없으니 경계할 필요도 없고, 겪어보니 도둑놈치곤 인간성도 괜찮았다.

그럼에도 불구하고 선뜻 표사로 고용하지 못 하는 것은 언제 어디서 튀어나올지 모르는 주사와 도벽 때문이었다. 도둑놈 곁에 있다가 함께 육모곤을 맞는다고, 무슨 봉변을 당할지 모르는 것이다.

지도에 표시된 곳을 찾았을 때는 눈앞에 거대한 절벽이 나타났다. 애초 길도 없었지만, 갑자기 절벽까지 나타나자 어안이 벙벙했다.

"여기가 아닌가?"

"맞을 겁니다."

"그걸 어떻게 아시오?"

"백발노성은 혼자 살던 사람입니다. 집에 금전이 천 냥씩이나 있는데 출타할 때를 대비해서라도 쉽게 찾을 수 없도록 해놨겠지요."

"그것도 그렇군."

"절벽은 좀 타십니까?"

"절벽은 왜?"

"저기 좀 보십시오."

호리독사가 가리키는 곳을 보니 절벽의 중간쯤에 작은 동굴이 있었다.

항주에 있을 때 조석으로 애장산 절벽을 오르내린 탓에 벽호공이라면 어느 정도 자신이 있었다.

"여기서 기다리시오."

"함께 가겠습니다."

"내가 다른 길로 달아날까 봐 그러시오?"

"그렇습니다."

"설마 다른 길이 또 있으려고?"

"당연하죠."

"그걸 어떻게 아시오?"

"주거지로 사용했다면 수시로 물과 땔감과 식량을 지고 날랐을 겁니다. 한데 여긴 그럴 만한 곳이 아니잖습니까."

"……!"

입구가 좁더라니 동굴 안쪽도 좁디좁았다.

그러나 대여섯 장 정도 더 들어가자 갑자기 옆으로 꺾이면서 입구에선 보이지 않던 통로가 나타났다.

통로를 따라가며 몇 번을 더 굽이지며 걸었더니 빛이 사라지면서 사방이 칠흑처럼 어두워졌다.

품속에서 운철검을 꺼냈다. 운철검의 손잡이에 박힌 부엉이 눈깔만 한 야광주로 말미암아 주위가 미세하게 밝아졌다. 여기에 내공을 끌어올려 안력을 돋우자 보름달이 뜬 밤처럼 편하게 걸을 수 있었다.

그렇게 백여 장 정도를 갔을 때 갑자기 주변이 밝아지며 확 트인 공동이 나타났다. 수백 평은 족히 될 것 같은 공동의 끝에는 수평으로 쩍 벌어진 거대한 틈이 존재했다.

틈 밖에서는 거대한 폭포가 천둥 같은 소리를 내며 떨어지고 있었다. 그 기세가 워낙 강맹해서 가까이 다가갔다가는 그대로 빨려 들어갈 것만 같았다.

“황산엔 놀라운 풍경이 많군.”

“꼭 거인이 입을 쩍 벌리고 있는 것 같습니다. 우리는 지금 그 거인의 귓구멍으로 들어와서 입안에 도착해 있고요.”

“비유가 찰지오.”

“저길 보십시오.”

폭포의 안쪽으로 사람 한 명이 겨우 지나갈 것 같은 잔도(棧道)가 있었다. 잔도는 폭포의 수막이 만들어내는 무지개 속으로 나 있었는데, 무언가 기운이 심상치 않았다.

잔도의 중간에 복숭아 나뭇가지 십여 개가 기묘하게 놓여 있는 걸 본 후에야 이유를 깨달았다.

“기문진이로군.”

“백발노성이 평소 다녔던 길일 겁니다.”

“기문진을 통과하면 너무 위험하니 절벽으로 난 비상구를 알려준 것이고.”

“기문진이라면 지긋지긋합니다.”

동굴 안에는 없는 것이 없었다. 난방을 겸한 화덕부터 시작해 산더미처럼 쌓인 장작, 양털 가죽으로 덮어놓은 침상, 개도 삶을 것 같은 가마솥, 탁자, 각종 질그릇 등등. 살아가는 데 필요한 웬만한 것들은 전부 있었다.

백발노성은 이런 곳에서 세상 사람들과 떨어져 홀로 지내며 어떤 생각들을 했을까?

"빨리 찾아서 나갑시다."

"전 왼쪽부터 훑겠습니다."

나와 호리독사는 본격적으로 금전을 찾기 시작했다. 그러나 한 시진이 넘도록 손에 넣은 것은 탁자 옆 질그릇에 들어 있던 은전 스무 냥과 동전 예순일곱 냥이 전부였다.

"좀 쉬었다 찾으시죠."

"해지기 전에 찾아야 하오."

"목도 좀 축이고요."

그러면서 호리독사는 바닥에 철퍼덕 주저앉더니 호리병을 내밀었다. 얼굴이 불콰한 것이 제법 취한 것 같았다.

나는 호리병을 받아 들면서 말했다.

"적당히 드시오. 돌아가는 길에 절벽에서 떨어져 죽지 말고."

"열 병까지는 끄떡없습니다."

"보통 술이 아니니 하는 말이오."

"술이 독해 봐야 술이지요."

"그나저나 이 영감탱이 사기 친 거 아닌지 모르겠군."

"그건 아닐 겁니다."

"어째서?"

"진짜 거처가 있으면 십중팔구 돈도 있을 겁니다. 사기를 칠 생각이라면 처음부터 엉뚱한 곳을 가르쳐 주었을 테니까요."

"역시 전문 분야가 나오니 다르구려."

"이건 남궁 소저께서 하신 말씀입니다."

"남궁소소가 어떻게 알고?"

"제가 말씀드렸거든요."

"뭐라고……?"

"백발노성에게 천 냥을 더 받기로 했다고요."

"……?"

"……!"

"지금 기분이 어떻소?"

"눈앞이 캄캄합니다."

"곧 영원히 그렇게 될 거요."

스르릉!

나는 득달같이 칼을 뽑아 들었다.

대경실색한 호리독사가 게걸음을 치고 물러나며 말했다.

"죄, 죄송합니다. 무림맹에 있을 때 제게 술을 사주시며 뭐 숨기는 거 없냐고 살살 꼬드기시는 바람에 그만."

"남궁소소가 뭐라고 했소?"

"제가 사기당하는 거 아닌가 모르겠다고 했더니, 진짜 살던 거처를 가르쳐 주었다면 돈도 분명히 있을 거라면서 포기하지 말고 찾아보라고요."

"그리고."

"금전 열 냥은 자기 거라고……."

"죽엇!"

더는 참지 못하고 칼을 내려쳤다.

호리독사는 도저히 술 취한 사람이라곤 볼 수 없을 만큼 빠른 동작으로 몸을 데굴데굴 구르더니 벌떡 일어나 동굴 쪽으로 달아나기 시작했다. 나려타곤에 이은 영사신법(弓身彈影)의 한 수였다.

나는 바닥에 굴러다니는 주먹만 한 짱돌을 집어 냅다 던졌다.

빽!

뒤통수를 정통으로 맞은 호리독사는 침상 위로 쓰러져 미동조차 없었다.

한데 전속력으로 달려가던 힘 때문이었는지 침상이 앞으로 주르륵 밀려나면서 아래에 있던 퀭한 공간이 나타났다.

얼른 호리독사를 치우고 침상을 밀어보았다. 그러자 비밀의 공간이 나타났다.

관 모양으로 파놓은 직사각의 공간에는 귀한 백호 가죽이 깔려 있었다. 다시 그 위에는 방부용 숯과 함께 말린 산삼, 짐승의 쓸개, 하수오 등이 서너 개씩 노끈에 묶여 있었고.

하지만 나는 구석에 있는 누런 쇠붙이 더미에 시선을 꽂았다. 세월의 흔적으로 말미암아 광택은 사라졌지만, 그건 분명 금전이었다.

얼른 숫자를 세어보니 똑 떨어지는 천 개였다.

"대박 맞았다!"

설마 천 냥이 전부 있을 거라고는 상상도 못 했다. 대충 백 냥 정도 있으면서 어떻게든 살아볼 생각에 사기를 치는 거라고 생각했다.

지금 내 수중엔 서호삼견, 남궁소소, 호리독사에게 준 객원표사비를 제외하고도 무려 금전 이백 냥에 달하는 거액이 있었다. 여기에 천 냥이 더 생겼으니 이제 갑부라고 해도 손색이 없다. 십칠각을 키워 당(黨)으로 만들었을 때 아무런 수익 없이도 십 년은 족히 버틸 수 있을 것이다.

등에 짊어지고 있던 행낭을 풀어 약재와 금전을 모두 챙겨 넣었다. 백호 가죽도 돌돌 말아서 가죽끈으로 아래위를 묶은 다음 등에 가로질러

멨다.

그때까지도 호리독사는 코를 드렁드렁 골며 자빠져 자고 있었다.

얼어 죽든지 말든지 이대로 떠나려는 순간, 구석에 놓여 있는 작은 상자를 발견했다. 너무나 작아 하마터면 놓칠 뻔한 그 상자에는 어처구니없게도 청동으로 만든 바늘 한 쌍이 꽂혀 있었다.

크기나 생김새는 분명 바늘이었다. 심지어 실을 끼우는 바늘귀도 있었다. 지금은 손가락 한 마디 정도 길이의 붉은 수실이 묶여 있었고.

한데 손가락으로 집어 드는 순간 두 개 모두 대못처럼 묵직했다.

"이게 무슨!"

꽁꽁 숨겨놓은 것도 그렇고, 청동이 아니면서 청동을 닮은 색깔도 그렇고. 아무래도 예사롭지 않은 바늘이었다.

"혹시 암기인가?"

너무 가벼운 바늘과 달리 대못에 육박하는 무게는 암기로 쓰기에 딱이었다.

시험 삼아 약간의 내공을 담아 바늘 하나를 던져보았다.

암기술을 틈나는 대로 수련하기는 했으나 수준은 형편없었다. 지금도 장작더미를 향해 출수했는데 엉뚱하게도 옆에 있는 가마솥을 맞추었다.

까앙!

한데 소리가 좀 컸다. 새파랗게 불똥도 튀고.

가까이 가보니 놀랍게도 암기가 가마솥에 살짝 박혀 있었다.

"엇!"

바늘을 뽑아 쥐고 황급히 뒤로 물러났다.

이번엔 처음부터 가마솥을 목표로 했다. 다만 또 가마솥에 맞으라는 법이 없어서 대여섯 걸음만 물러났다.

이윽고 육성의 내공을 담아 출수했다.

깡!

새파란 불똥이 튀며 이번엔 바늘이 감쪽같이 사라져 버렸다. 대신 불똥이 튄 곳에 송사리 눈깔만 한 구멍이 뚫려 있었다.

"설마!"

혹시나 하는 생각으로 솥뚜껑을 열고 안을 살펴보았다.

놀랍게도 바늘은 가마솥 안 바닥에 떨어져 있었다.

무쇠로 만든 가마솥을 두 번이나 뚫었음에도 불구하고 바늘 끝의 예리함은 조금도 상하지 않았다. 그게 너무나 이상하여 솥뚜껑 위에 바늘을 놓고는 운철검으로 힘차게 내려쳐 보았다.

깡!

내공까지 담아서 내려친 일검이었지만, 그 가느다란 바늘은 생채기 하나 나지 않았다. 무쇠도 두부처럼 자른다는 운철검은 당연히 무사했고.

"이게 무슨……!"

옆에 앉아서 길게 심호흡을 했다.

정리를 좀 해보자.

가마솥을 뚫은 힘의 원천은 분명 내가 담아낸 내공이었다. 하지만 내공이 아무리 강력했어도 그 힘이 바늘 끝이라는 극소의 점으로 모였기에 가능한 일이었다. 결정적으로 바늘의 재질이 비범하지 않았다면 절대 불가능했을 것이다.

이건 바늘이 아니다. 신병이기(神兵異器)다. 크기가 작을 뿐, 재질의 보배로움으로만 따지면 십중팔구 운철검을 능가할 것이다.

애초 바늘이 꽂혀 있던 게딱지만 한 상자를 다시 한번 살펴보았다. 그러자 언제 만들었을지도 모를 만큼 오래된 상자의 안쪽에 깨알 같은 글씨가 새겨져 있었다.

"비격쌍뇌창(祕擊雙雷槍)."

조용히 날아가는 두 개의 번개 창이라니.

얼핏 듣기엔 너무 과장된 것 같다. 하지만 곰곰이 생각해 보면 더할 나위 없이 적절한 이름이었다. 우선 바늘처럼 작으니 소리가 나지 않고, 대못처럼 무거우니 멀리까지 쏠 수 있다.

일반적인 바늘형의 암기인 경우 암기술의 대가가 쏘아도 고작 십여 장 정도이다. 멀어도 이십 장 이상을 날아가지 않는다. 그러나 이 바늘은 묵직한 무게로 말미암아 수련만 충분히 한다면 오십 장도 거뜬히 날릴 수 있을 것 같았다.

어디 그뿐인가? 공력을 담아 쏘면 뼈까지 완전히 관통해 버릴 수도 있다. 만약 누군가 이걸 머리에 맞는다면 흡사 벼락에 맞은 것 같은 고통을 느끼면서 죽어갈 것이다.

그래서 이름도 비격쌍뇌창이다.

"아쉽지만 내겐 그닥 쓸모가 없군."

나는 당군백과 달리 암기술이 그리 신통치 않았다. 앞으로도 암기술을 수련하는 데 많은 시간을 할애할 생각이 없었다.

암기술보다 우선해서 익혀야 할 신공절학들이 너무 많았다. 가깝게는 천룡표국의 비전절기인 천무진경과 천무십검 외 십여 가지의 무공들이 있다. 북해투왕의 십초박과 귀영무도 더욱 매진해야 하고, 백발노성에게 물려받은 망혼소도 수련해야 한다. 마지막으로 얼떨결에 차지해 버린 죽간본의 선천오법술(先天五法術)이라는 염동술도…….

"염동술?"

황당무계한 소리 같지만, 사실 무림에는 내공을 이용해 멀리 있는 물건을 취하는 격공섭물이나 허공섭물 같은 경지가 이미 존재한다. 한 번도 실제 펼치는 고수를 본 적은 없지만, 검술이 궁극의 경지에 이르면 만난다는 이기어검술 또한 같은 개념일 것이다.

다만 선천오법술은 다른 방식으로, 그것도 처음부터 염동술을 목표로 한다는 점이 달랐다.

모든 건 결국 하나로 귀결된다는 만류귀종은 이럴 때 쓰는 말인지도 모르겠다.

"될까?"

지난 열흘 동안 나는 조석으로 한 시진씩 선천오법술을 수련했다.

일반적인 내공심법은 혈도를 따라 기를 운행해 하단전에 축기하는 방식이었다. 그러나 선천오법술은 끌어 모으는 기운의 근원부터 시작해 모든 것이 달랐다.

선천오법술로 정수리의 백회혈을 열고 우주의 기운과 공명하며 상단전을 단련하는 데 집중했다. 만약 생각하는 대로 된다면 나는 강호의 그 어떤 고수도 가보지 못한 암기술의 경지를 밟게 될 것이다.

서둘러 솥뚜껑을 뒤집어놓은 다음 바늘, 아니, 비격쌍뇌창을 조심스럽게 올려놓았다.

이어 가부좌를 틀고 앉아 정신을 집중했다.

선천오법술의 첫 번째 구결을 떠올렸다.

〈천지간에 만물이 있으니 염(念)을 심고 공(空)으로 불러낸 다음 진기(眞氣)를 나눠주어라. 하면 살아서 너의 뜻을 따르리라.〉

무슨 소린지 잘 모른다. 다만 이 구결을 되뇌면 어느새 습관처럼 백회혈이 열리면서 상단전이 뜨겁게 달아오른다.

일종의 주문인 셈이다.

"갈!"

짧게 외치는 순간 솥뚜껑 위에 놓여 있던 바늘 두 개가 두둥실 떠올랐다.

"엇!"

당황하는 순간 집중력이 흐트러지면서 바늘이 뚝 떨어졌다.

다시 정신을 집중했다. 이번엔 일갈하지도 않았는데 바늘이 두둥실 떠올랐다. 그리고 어쩔 줄을 몰라 서로 비비고 부대꼈다. 그 모습이 꼭 살아 있는 한 쌍의 괴생명체 같았다.

나는 더욱 집중하며 눈빛으로 두 마리 바늘을 제압했다. 그러자 거미줄에 걸린 날벌레처럼 꼼짝을 하지 못했다.

그 상태에서 오직 눈빛만으로 대여섯 장 밖 석벽을 향해 바늘을 힘껏 던졌다. 생각으로 던졌다는 표현이 더 정확했다.

투둑!

소리와 함께 바늘은 한 치의 오차도 없이 정확히 내 시선이 향했던 석벽에 꽂혔다. 바늘 끝에는 대가리와 꼬리를 꿰뚫린 커다란 지네 한 마리가 죽겠다고 몸부림을 치고 있었다.

"미친!"

천룡표국은 한결같았다.

여전히 표물을 맡기러 온 사람들과 표행을 떠나는 사람들로 북적였다.

"사공자님 돌아오셨습니까?"

"사공자님 돌아오셨습니까?"

마주치는 표사와 장궤들마다 내게 정중하게 포권지례를 해왔다.

그러나 천룡표국 안에서도 숫자가 가장 많은 쟁자수들은 조용히 묵례만 보냈다.

전생의 내가 딱 저랬다. 소위 용혈이라 불리는 표왕의 일족이 지나가면 감히 말도 붙이지 못하고 멀리서 조용히 머리와 허리만 숙였다.

표사는 조장도 되고, 각주도 되고, 당주도 될 수 있다. 하지만 한번 쟁자수는 죽을 때까지 쟁자수였다. 아무리 나이가 많아도, 아무리 큰 공을 세워도 쟁자수는 표국에서 가장 낮은 신분이었다.

지금도 젊은 표사 세 명이 십여 명의 쟁자수들을 일렬로 세워놓고 험악한 분위기를 조성하고 있었다.

"방금 뭐라고 했소?"

서른 중반의 표사가 칠순 가량의 상자수에게 눈을 희번덕거리며 물었다.

"저희 표국에선 원래부터 겨울 동안 말에게 먹이는 콩은 벌레 먹은 걸 대량으로 구입해서 썼습니다. 말에게 해롭지도 않은 데다 같은 비용으로 훨씬 많이 먹일 수 있기 때문이지요. 절대 뒷돈을 받고 싸구려를 들여온 게 아닙니다."

"콩에 문제가 없다면 당신들의 손이 문제겠군. 우릴 골탕 먹일 생각에 무언가 해로운 것을 섞지 않았다면 왜 하필 우리 말들만 닷새째 설사를 멈추지 않는단 말이오?"

"그건 물과 먹이를 바꾸는 과정에서 흔히 있는 일입니다. 그리고 이틀 전에 이미 진정세로 돌아섰고요."

내가 말 머리를 돌려 다가가자 주변에 있던 쟁자수들이 깜짝 놀라며 앞다투어 묵례를 해왔다.

세 명의 표사들은 인사는 하지 않고 아래위로 나를 훑기만 했다. 꾀죄죄한 차림새에다 새파랗게 젊기까지 하니 먼 길을 다녀온 다른 당 소속의 신입표사쯤으로 생각하는 것이다.

내가 물었다.

"못 보던 얼굴들입니다만."

"최근에 들어왔소이다."

"신입표사들이십니까?"

"훗, 신입은 아니고."

신입이라는 말에 세 명이 서로를 쳐다보며 웃었다.

"경력표사들이시군요."

"귀하는 누군데 자꾸 캐묻는 것이오?"

"십칠각주입니다."

"대체 몇 살이신데……."

"해가 바뀌었으니 스물세 살입니다."

"정말 각주이시오?"

"거짓말일 것 같습니까?"

표사들은 살짝 당황해했다.

직급이 각주라면 절대 함부로 해선 안 되는 것이다.

천룡표국의 기강은 군대보다 더 엄격하다.

"몰라봬서 죄송합니다. 저희는 보름 전 강룡당으로 들어온 표사들입니다. 이전에는 하남성 여남(汝南)의 조양표국에서 10년 넘게 표사 일을 했었지요."

"10년 같은 소리 하고 자빠졌네. 말에게 먹일 콩도 볼 줄 모르는 것들이 무슨 표사랍시고. 그리고 처음 대면하는 상관에게 이름도 밝히지 않는 것은 무슨 경우지?"

"예?"

"혼잣말입니다."

"……!"

"……!"

"……!"

상식적이지 않은 나의 어법에 세 표사의 얼굴이 시뻘게졌다.

이렇게 슬쩍 발을 빼는 것은 아무리 각주라고 해도 다른 당의 일에 함부로 끼어들면 안 되기 때문이다. 이제는 단순한 사공자의 신분도 아니니 더욱 조심해야 한다.

이들은 지금 쟁자수들을 상대로 군기를 잡고 있었다.

표사들이 표국을 옮기면 흔히 하는 짓거리들이다. 편견은 무서운 것이어서, 이렇게 한동안 조져놓아야 거칠고 무식한 쟁자수들을 다루기가 수월해진다고 생각했다.

문제는 이 과정에서 수십 년 경력의 늙은 상자수들이 새파랗게 젊은 표사들에게 갖은 모욕을 당한다는 것이었다.

나는 표사들을 뒤로하고 늙은 상자수에게 물었다.

"허리는 좀 어떠십니까?"

"예?"

"두 달 전 진창에 빠진 마차를 끌어 올리다가 허리를 다치셨다고 들었습니다만."

"저를 아십니까?"

"할아버지 때부터 천룡표국을 위해 헌신해 오신 마지막 상자수 용소백 노사가 아니십니까?"

"노사라뇨 가당치 않습니다."

말은 그렇게 했지만 용소백은 감개무량한 표정이었다.

천룡표국에서 오랜 세월 일해온 쟁자수들만이 느끼는 저런 심정을 나는 누구보다 잘 알고 있었다.

"아직 강룡당에 계시지요?"

"이번 달까지는 그렇습니다."

"이번 달까지라면?"

"보시다시피 표행을 다니기엔 너무 늙어버렸습니다. 표행을 나가지 못하는 쟁자수는 천룡표국에서 설 자리가 없지요."

용소백의 깊게 팬 주름에 근심이 가득했다.

어느 표국이든 쟁자수의 나이가 일흔을 넘기면 근속 연수에 따라 약간의 돈을 쥐여주며 강제 퇴직시킨다. 쟁자수가 하는 일들이 워낙 중

노동이어서 더는 데리고 쓸래야 쓸 수가 없기 때문이다.

하지만 용 노인은 지금 일을 쉴 만한 형편이 아니었다. 그는 수년 전 광산에서 죽은 아들을 대신해 세 명의 어린 손자들을 사실상 먹여 살리고 있었다. 젊은 며느리가 저잣거리에서 국수를 말아 팔지만, 맛이 더럽게도 없어서 적자나 겨우 면하는 수준이었다.

잠깐 사이 주변엔 적지 않은 사람들이 모여들었다. 근 한 달 만에 돌아온 사공자가 마상에서 늙은 쟁자수를 붙잡고 있으니 무슨 일이라도 생긴 줄 알고 몰려온 것이다.

몰려온 사람들 중 열에 아홉은 쟁자수들이었다.

"십칠각으로 오시겠습니까?"

"무슨 말씀이신지요?"

"저를 좀 도와주십시오."

"저같이 늙은 것을 데려다 무엇에 쓰시게요?"

"쟁자수들을 뽑고, 가르치고, 훈련해 주십시오. 대우는 10년 경력표사의 두 배를 드리겠습니다."

"그, 그게 정말이십니까?"

"한 분야에 평생을 바치면 그 분야에 관한 한 다른 사람들은 범접할 수 없는 지혜가 생긴다고 했습니다. 자부심을 가지십시오."

웅성거림이 조용하게 번져갔다. 사람들은 내가 자신들을 대표하는 상자수에게 깍듯한 태도를 보인 것에 대해 고마워했고, 파격적인 제안을 한 것에 대해 부러움의 눈길을 보냈다.

그때 소식을 듣고 달려온 강룡당 소속의 오래된 표사 하나가 내게 포권지례를 했다.

"사공자님을 뵙습니다."

사공자라는 말에 용소백을 닦달하던 세 표사들의 얼굴이 노래졌다.

그들은 나와 용 노인을 번갈아 보며 어쩔 줄을 몰라 했다.

"혹시, 저희 쟁자수들이 무슨 실수라도……."

"강룡당엔 표사들이 텃세 같은 거 안 부립니까? 웬만하면 좀 부리시죠? 그러면서 시건방진 신입표사들 길도 들이고 그러는 건데."

십칠각에 모인 사람은 장궤 전립성, 수석 표사 가불염 그리고 나 이렇게 셋이었다. 전각 밖으로 나가면 장삼이 호리독사와 함께 화로에 넣을 숯불을 열심히 피우고 있었고.

전립성이 물었다.

"함께 온 이는 누굽니까?"

"처음 만났을 때는 저를 죽이러 온 장강의 수적이었습니다. 이후 우여곡절 끝에 제가 길잡이로 써먹었고요."

"전서의 내용이 사실이었군요."

"무슨 전서 말입니까?"

"합비 분타에서 보내온 전서에 삼룡채의 수적 이야기가 두어 줄 들어 있었다고 했습니다. 그게 저 친구였군요."

지금 천룡표국 사람들이 알고 있는 것은 중간에 상황이 바뀌는 바람에 내가 백발노성을 주도적으로 호송했고, 멋지게 성공을 했다는 정도였다. 그 후 성물을 호송하는 일에 새롭게 뛰어들었던 것에 대해서는 까맣게 모르고 있었다. 소문이 나서 항주까지 닿거나 누군가 전해 주기에는 시간이 너무 짧았다.

하지만 내가 백발노성을 성공적으로 호송해서 무림맹에 인계했다는 것만으로도 모두 충분히 감탄해 하고 있었다.

"한데 어찌하여 여기까지 데려온 것입니까?"

"한번 가르쳐 보려고요."

"예?"

나는 가불염을 돌아보며 말했다.

"몇 달 객원표사로 머물게 하며 이것저것 가르쳐 보십시오. 쓸 만하면 정식표사로 채용하고 아니면 쫓아낼 겁니다."

"알겠습니다."

수적을 표사로 쓰겠다는 말에 전립성은 눈을 번쩍 떴다.

반면 가불염은 더는 묻지도 않고 바로 고개를 끄덕여 버린다. 내가 그렇게 하라고 할 때는 다 이유가 있는 법이고, 나머지는 차차 가르치면서 알아가면 된다고 생각하는 것이다. 이런 과묵함이 가불염의 가장 큰 장점이다.

그러나 다음에 이어지는 말에는 가불염도 평정심을 잃고 말았다.

"참고로 주정뱅이에 도벽이 심합니다."

"예?"

이렇게 해서 십칠각의 표사는 무림맹으로 떠나기 전 뽑아놓고 간 세 명까지 포함해 모두 다섯 명으로 늘어났다.

"신입표사들은 어떻습니까?"

가불염이 대답을 하기도 전에 옆에서 전립성이 피식하고 웃었다.

이번에는 전립성을 돌아보며 물었다.

"무슨 일 있습니까?"

"아시다시피 세 명의 성이 공교롭게도 전부 왕 씨였습니다. 그 바람에 다른 당과 각의 표사들이 그들을 두고 십칠각의 왕 씨 표사 셋이라는 뜻에서 십칠왕삼표라고 싸잡아 불렀습니다."

"그래서요?"

"보통은 이런 경우 발끈하는데, 어처구니없게도 이들은 자신들의 이름을 나이에 따라 각각 왕대표, 왕중표, 왕소표로 바꾸어 버렸습니다. 물론 호적에서까지 바꾼 것은 아니고요."

"예에?"

"이름을 알릴 기회를 놓치면 안 된다나요."

"재밌는 친구들이군요."

"빨리 적응을 하는 정도가 아니라 기존에 있던 표사들과의 기 싸움에서도 절대 밀리지 않습니다. 걱정하지 않으셔도 될 듯합니다."

"다행이군요."

"공들여 고른 덕분이지요."

"다른 일들은 어떻습니까?"

"모두 차질 없이 진행되고 있습니다. 일단 공자님께서 주고 가신 명단의 주루 다섯 곳의 보호 일을 시작하는 중입니다. 보호를 요청해 오는 주루와 장원이 줄을 섰으니 표사들을 증원하는 대로 조금씩 확장할 생각이고요."

"슬슬 표행 의뢰도 받을 준비를 하십시오."

"그렇지 않아도 표사들을 뽑을 때 쟁자수도 함께 뽑을까 합니다. 그러려면 신입 쟁자수들을 가르치고 기강을 세울 만한 사람이 필요합니다."
"당연히 그렇겠지요."
"강룡당에 용소백이라는 늙은 상자수가 있습니다. 나이가 이미 일흔이라 이번 달을 끝으로 퇴직을 하는데, 그를 불러다 일을 맡겨보면 어떨까 합니다."
"너무 늙은 것 아닙니까?"
"직접 표행을 하는 게 아니니 충분히 가능할 겁니다. 그리고 지금 천룡표국에서 상자수 소리를 듣는 사람들 대부분 그에게서 일을 배웠습니다. 실력 하나만큼은 최고입니다."
"역시 저랑 같은 생각이실 줄 알았습니다."
"예?"
"이미 모셔오기로 했습니다."
"그게 무슨?"
"강룡당에서 퇴직하는 날부터 십칠각으로 출근할 겁니다. 급여는 중견표사의 두 배를 약속했으니 알아서 좀 챙겨주십시오."
"언제 그런 일을?"
"조금 전 오는 길에요."
사실 십칠각 돌아가는 사정이야 어느 정도 짐작했던 바였다. 용소백은 이미 오래전부터 점찍어놓은 사람이었고.
"항상 저희보다 한발 앞서 나가시는군요."
"전쟁터에선 장수가 가장 앞서 달려야죠."
"저희도 더욱 분발하겠습니다."
"목장은 어떻게 되어갑니까?"

내게는 회시에서 장원급제한 후 포상으로 받은 천목산 기슭의 버려진 땅 오만 평이 있었다.

두 달 전, 마침내 그 땅을 누군가에게 거짓으로 넘겼고, 그를 앞세워 목장으로 개발 중이라는 보고를 받았다.

"목장은 한 달 전 이미 완성된 상태이고 지금은 암망아지 오백 마리를 사들여 기르는 중입니다. 한데, 지금 국주님과 총표두께서 그곳으로 가셨습니다."

"왜요?"

"종마로 쓰기 위해 거액을 주고 들여온 보마(寶馬) 수십 필이 있습니다. 어떻게 아셨는지 그중 한 마리를 살 생각이신 것 같습니다."

"왜요?"

"남궁세가주의 팔순 잔치 때 선물로 가져가실 계획인 것으로 압니다."

"혹시 그 목장의 실소유주가 저라는 걸 눈치챈 건 아니고요?"

"총표두님께서 항주에 있는 보마들을 수소문하다가 우연히 알게 된 것 같습니다. 꼬리를 모두 잘랐으니 공자님과 연결 짓지는 못할 겁니다."

어쩌다 보니 자식이 부모에게 말을 팔게 생겼다. 나중에 알게 되는 날에는 어처구니없어하겠지만, 지금은 철저하게 숨겨야 한다.

이유가 있다.

몇 달 전, 이종산이 십칠각을 만들어 내게 하사하며 했던 말이 있었다.

"반년 후, 내가 금전 백 냥의 행방을 찾아내지 못하면 그땐 십칠각에 대한 그 어떤 간섭도 영구적으로 하지 않을 것이다."

만약 반대로 그가 총표두를 시켜 장원급제 후 포상으로 받은 금전의 행방을 모두 찾아낸다면, 나는 다른 형들처럼 십칠각에서 일어나는 모든 일을 보고하고 회계장부까지 감사받아야 한다.

이 차이는 매우 컸다. 십칠각을 열심히 키워 당(黨)으로 만들어도 이 종산이 다른 사람을 당주로 앉혀 버리면 그만이라는 얘기가 되니까.

나는 품속에서 묵직한 전낭을 꺼내어 전립성의 앞으로 밀어놓았다.

"이게 무엇입니까?"

"금전 천 냥입니다."

"예에?"

전립성이 황급히 전낭을 열어보고는 눈이 빠질 것처럼 튀어나왔다. 웬만해선 놀라지 않는 가불염도 마른침을 연거푸 꿀꺽꿀꺽 삼켰다.

"이런 거액을 어디서……."

"어떤 돈 많은 노인의 목숨을 구해주었더니 전 재산을 물려주더군요. 이 돈으로 지금부터 한 달간 젊은 암말을 집중해서 사들이십시오."

"이유를 여쭈어도 되겠습니까?"

한 달 후면 북방에서 대규모 전란이 일어나 말값이 갑자기 두 배까지 폭등한다. 다시 한 달이 더 지나 북방삼성 전역으로 전선이 확대되면 세 배까지 오르고, 새끼를 밴 암말은 무려 다섯 배까지도 오른다. 불과 몇 달 후면 나는 십칠각도 완벽히 내 것으로 만들고, 재산도 다섯 배까지 불릴 수가 있게 되는 것이다.

하지만 이런 얘기를 어떻게 해주겠나.

"때가 되면 자연스럽게 알게 될 것입니다."

"알겠습니다."

"형님들은 요즘 어떻습니까? 오다 보니 강룡당에서 다른 표국의 표사들을 여러 명 고용한 것 같았습니다만."

"강룡당에서 하남성 여남에 있는 조양표국으로부터 표두 한 명과 그를 따르는 표사 다섯 명을 고용했습니다. 복룡당에서는 마찬가지로 여남에 있는 철산표국의 표두와 표사들을 일곱 명 정도 고용했고요."

"왜요?"

"무슨 일인지 도통 알 수가 없습니다. 다만, 어느 날 갑자기 표두와 표사들이 온 것으로 미루어 누군가 외부의 조력자들이 있는 듯합니다."

아마 그들의 친모 쪽 사람들일 것이다. 한데 전생의 기억을 더듬어 봐도 이맘때 두 사람이 무언가를 한 게 없었다.

사실 내가 개입하면서 전생과는 많은 것들이 달라졌다. 당장 남궁세가행도 전생에서는 없었던 일이다.

'이 인간들이 대체 무슨 일을 꾸미는 거지?'

그때 인기척과 함께 장삼이 들어왔다.

"국주님께서 방금 귀가하셨습니다. 사공자님께서 돌아오셨다는 말씀을 들으시고 오늘 밤 열리는 장로회의에 참석하라셨습니다."

근 한 달 만에 보는 장로들의 얼굴엔 여러 가지 복잡한 감정들이 느껴졌다. 호기심, 놀라움, 설렘, 감동 등등.

그 이유를 어느 정도 짐작할 것 같았다.

호기심과 놀람은 내가 백발노성을 무림맹으로 호송한 일 때문일 것이다. 설렘과 감동은 총표두 곽석산과 대장궤 손지백에게서만 느껴졌는데, 두 사람은 지금 사흘 후 있을 남궁세가행 때문에 한껏 부풀어 있었다.

이갑룡은 무표정했고, 이을룡은 애써 담담한 척했으며, 이병룡은 무슨 일인지 잔뜩 골이 나 있었다.

"첫 번째 안건은……."

"오늘은 편하게 하시지요."

손지백이 회의를 시작하려는 순간 이종산이 말했다.

딱히 중요한 안건이 없을 때면 흔히 있는 일이었다.

이럴 땐 대개 이종산이 한 명씩 집어 질문을 하거나 명령을 내리는 식으로 진행이 되었다.

한데 첫 번째 대상이 나였다.

"백발노성에 관한 이야기는 들었다. 자칫 위험할 수도 있었던 일을 기지와 용기로 잘 처리해 주었더구나."

"운이 좋았습니다."

"애썼다."

"감사합니다."

"들었겠지만 사흘 후 남궁세가로 갈 예정이다. 늦으면 어쩌나 걱정했는데 때마침 돌아와 주어 다행이구나."

"저는……."

"이틀 전 뇌검께서 다선초당을 통해 내게 전서를 보내오셨다. 잊지 말고 너를 꼭 데려와 주었으면 하시더구나."

"예에?"

"왜 그리 놀라느냐?"

"아, 아닙니다. 아무것도."

이틀 전이라면 남궁소소가 양주에 도착하고 난 후일 것이다. 그녀에게 무언가 얘기를 듣고 전서구를 날린 모양인데, 길조인지 흉조인지를 모르겠다.

어쨌거나 꼼짝없이 끌려가게 생겼다.

이종산은 이어 이갑룡을 돌아보며 말했다.

"총표두와 대장궤께서도 나와 함께 남궁세가로 갈 것이다. 얼마나 걸릴지 모르나 우리가 없는 동안엔 네가 나를 대신해 여러 당주님들과 의논하여 대소사를 처리하거라."

"예?"

이종산은 방금 첫째 아들인 이갑룡에게 비록 임시일망정 국주의 역할을 맡긴 것이다.

날벼락 같은 선언에 모두가 크게 당황해했다. 당사자인 이갑룡은 벅찬 감정을 감추느라 애를 먹었다. 사사롭게는 의형제이기도 한 이종산, 곽석산, 손지백이 한꺼번에 표국을 비우는 일이 처음이었던 탓에 벌어진 초유의 사태였다.

"왜 대답이 없느냐?"

"명심하겠습니다."

"당주들께서도 잘 도와주시길 바랍니다."

"물론입니다."

황자충, 양진각, 유지평이 동시에 입을 모았다.

명령을 내리는 사람도, 대답을 하는 사람들도 한 마디 한 마디가 예사롭지 않았다.

한편, 이갑룡과 줄곧 경쟁해 온 이을룡은 갑작스러운 전개에 눈동자가 크게 흔들리고 있었다.

이를 눈치챈 이갑룡이 말했다.

"을룡이 드릴 말씀이 있다고 합니다."

"무엇이냐?"

이종산이 이을룡을 돌아보며 물었다.

이을룡은 이갑룡을 힐끗 바라보고는 조심스럽게 입을 열었다.

"여남에 분타를 세울까 합니다."

"여남 분타를?"

"그렇습니다."

뜻밖의 선언에 이번엔 이종산과 당주들이 깜짝 놀랐다.

분타는 해당 지역의 표행을 받는다는 목표도 있지만, 사실상 거점의 역할이 더 컸다. 표국에게 분타 하나가 더 생겼다는 것은 곧 그만큼 영토가 확장되었음을 의미했다.

그러나 세상에 임자가 없는 땅이란 존재하지 않는다. 어느 도시에나 흑도와 백도들이 있고, 하나라도 더 이권을 먹기 위해 첨예하게 대립하며 살아간다. 그런 상황에 타성에서 온 다른 무림문파가 비집고 들어가기란 쉬운 일이 아니었다.

"계획은?"

"형님과 제가 하남성 여남에서 활동하는 유명 표두와 표사 열두 명을 이미 포섭해 고용했습니다. 이들은 모두 여남에 있는 유력한 무림문파 출신들입니다."

"그들을 앞세워 깃발을 꽂겠다?"

"간단히 말씀드리면 그렇습니다."

"절강성 제일세를 자랑하는 천룡표국의 분타다. 적지 않은 표국과 무림문파에서 견제를 해올 것이다. 그 무게를 감당할 수 있는 자들이더냐?"

"그들이 속했던 조양표국과 철산표국이 바람막이가 되어줄 것입니다."

"가장 먼저 칼을 들이대지 않고?"

"두 표국 모두 항주로 진출을 하고 싶어 합니다. 허락해 주신다면 그들이 항주에 분타를 세울 수 있도록 저와 형님이 약간의 도움을 줄까 합니다."

"주고받자?"

"범의 한 걸음과 고양이의 한 걸음이 같을 수는 없을 것입니다. 분명 우리에게 훨씬 유리한 거래입니다."

"다들 어떻게 생각하십니까?"

이종산은 판단을 미루고 당주들에게로 공을 넘겼다.

가장 연장자인 황자충이 먼저 입을 열었다.

"여남은 하남성 동남부에서 가장 큰 도시로 여수(汝水)를 통해 회수(淮水)와도 연결됩니다. 분타만 세울 수 있다면 여러모로 중요한 거점이 될 것입니다."

양진각도 보탰다.

"하남성은 다섯 개의 고도를 품은 큰 성임에도 불구하고 거대 무림세력들의 견제로 말미암아 아직 분타를 세우지 못한 곳입니다. 여남을 확보할 수만 있다면 하남성 공략의 교두보가 될 것입니다."

세 번째에는 유지평이 말했다.

"조양표국과 철산표국은 오래전부터 강동으로 진출하고 싶어 했습니다. 자신들의 항주 분타가 간절한 만큼 필사적으로 천룡표국의 여남 분타를 만들어줄 것입니다. 이 일은 시작하기도 전에 이미 절반은 성공한 것이나 다름없습니다."

옆에서 지켜보고 있던 곽석산과 손지백도 과연 그렇다는 듯 고개를 끄덕였다.

유지평의 예상을 뛰어넘은 호평에 이갑룡과 이을룡은 크게 고무된 표정이었다.

나는 두 사람이 왜 이런 계획을 만들었는지 알 것 같았다. 내가 계속해서 공을 세우면서 승승장구하자 크게 위기감을 느낀 것이다.

확실히 분타 하나를 세우는 데 성공하면 내가 그동안 세운 공들을 압도하고도 남는다. 지금까지 내가 한 것이라곤 기껏해야 돈을 조금 더 벌게 해주고 천룡표국의 명성을 조금 더 떨친 정도였으니까.

또 한 가지, 두 사람이 세운 분타는 두 사람의 영향력 아래에 있을 수밖에 없다. 결국엔 둘 중 한 사람의 수중에 떨어지겠지만, 최소한 나나 이병룡의 것은 아니었다.

슬그머니 곁을 돌아보니 이병룡은 누구도 질문을 해주는 사람이 없어 여태 한마디도 못 하고 얼굴만 붉힌 채 앉아 있었다. 눈치를 보아하니 이갑룡과 이을룡이 꾸민 이번 일에서도 배제된 듯했다. 두 사람의 입장에선 구태여 이병룡까지 끌어들여 나눠 먹을 이유가 없었을 것이다.

아까부터 이병룡의 표정이 좋지 않았던 이유가 이것 때문이었나 보다.

그때 이종산이 내게 불쑥 물었다.

"너는 어떻게 생각하느냐?"

"하지 않아야 할 이유가 전혀 없다고 생각합니다."

"어째서?"

"일단 손해 볼 일이 없는 데다, 당주님들께서 말씀하신 것처럼 하남성 공략을 위해 큰 역할을 할 것입니다."

"그렇단 말이지."

나까지 호평을 하자 이종산은 그제야 만족스러운 듯 고개를 끄덕였다. 의도치 않게 내가 마지막으로 방점을 찍어준 듯한 모양새가 되었다.

이을룡은 이런 상황이 마음에 들지 않는지 살짝 미간을 찌푸렸다. 마치 내게서 자신들이 한 일을 평가받는 듯한 기분일 것이다.

"누가 이런 생각을 했더냐?"

"을룡이 먼저 제안을 했습니다."

이갑룡은 공을 이을룡에게로 살짝 돌렸다. 조금 전 자신이 생각지도 않은 큰 기회를 얻었으니 이것은 이을룡에게 조금 양보하려는 것이다.

"제가 먼저 제안을 한 건 사실이지만, 형님께서 적극적으로 도와주시지 않았다면 엄두도 내지 못했을 겁니다."

이을룡은 자신의 공임을 분명히 하면서도 이갑룡을 추켜세워 주는 것 또한 잊지 않았다. 지금은 대립할 때가 아니라 손을 잡아야 할 때라고 생각하는 것이다.

"결심이 섰다면 황소처럼 밀어붙이거라. 조양표국과 철산표국이 항주에 분타를 세우는 일은 내가 도와줄 것인즉."

"감사합니다!"

"감사합니다!"

마침내 허락이 떨어지자 이갑룡과 이을룡은 기쁜 기색을 감추지 못했다. 이건 단순한 허락이 아니라 자신들에 대한 이종산의 극찬이기 때문이다.

실제로도 이종산은 매우 흡족한 표정이었다. 간만에 아들들이 제 몫을 해냈다고 생각하는 모양이었다.

"국주님, 오늘은 딱히 중요한 안건도 없으니 회의 따위일랑 이쯤에서 접고 다 함께 술이나 마시지요? 마침 걱정하셨던 십칠각주도 건강하게 돌아왔고 말입니다."

손지백이 기회를 틈타 슬그머니 욕심을 드러내 보았다.

뜻밖에도 이종산은 흔쾌히 승낙했다.

"그럼 그럴까요?"

손지백의 눈동자에 생기가 충만해졌다.

그는 곽석산이 있음에도 불구하고 구태여 자신이 시비를 불러다가 이것저것 꼼꼼하게 지시를 내렸다.

잠시 후, 좋은 분위기 속에서 유지평이 내게 물었다.

"총군사님께 내 편지는 전했는가?"

모두가 눈동자를 빛내며 나를 보았다.

이들은 지금 내가 무림맹까지 가서 과연 총군사를 만나고 왔는지, 아니면 밑의 사람에게 달랑 편지만 전해주고 왔는지 궁금할 것이다.

나는 품속에서 봉투를 하나 꺼내 유지평에게 건넸다.

"총군사님께서 당주님께 전하라셨습니다."

"직접 뵙고 받아 오셨는가?"

"예."

"잘했네."

사람들은 가볍게 고개를 끄덕였다.

새파랗게 젊은 후기지수가 그 까다롭다는 무림맹 총군사를 직접 만난 것은 분명 대단한 일이었다. 그러나 한때 무림맹의 군사였던 유지평의 편지까지 가지고 간 상황이고 보면 호들갑을 떨 정도는 아니었다.

나는 또 다른 봉투를 꺼내 이종산에게도 건네주었다.

"이게 무엇이냐?"

"맹주님께서 아버지께 전하라셨습니다."

"맹주님께서?"

"그렇습니다."

"언제?"

"항주로 떠나오기 전날 밤 저를 부르시더니 호롱불 앞에다 한참을 앉혀놓으시고는 직접 써주셨습니다."

"뭣, 맹주님을 뵈었다고?"

"뭣, 설산신검을 뵈었다고?"

깜짝 놀라며 끼어든 사람은 곽석산과 손지백이었다.

무림맹주인 설산신검 장초풍은 천하십검의 수좌를 논할 때면 언제나 빠지지 않는 일대검호, 이들에게는 뇌검 남궁유룡과 동급이었다.

갑작스러운 무림맹주의 등장에 모두가 어리둥절해했다. 차분했던 방 안의 공기가 살짝 출렁이고 있었다.

누군가의 침 넘기는 소리가 이따금 들려오는 가운데 이종산과 유지평은 각각 무림맹주와 총군사의 편지를 읽어 내려가기 시작했다.

이윽고 편지를 손에서 내려놓았을 때 두 사람의 눈은 왕방울만 하게 커져 있었다.

두 사람 모두 나를 뚫어지게 노려보았다.

"국주님께서 먼저 말씀하시지요."

"유 당주가 먼저 하시오."

"어차피 같은 질문일 듯하니 역시 국주님께서 하시는 게 좋을 듯합니다."

이종산이 잠시 사이를 두었다가 내게 물었다.

"무림맹이 신물을 무당파로 호송하는 일에 천룡표국의 이름으로 입찰해서 참여했다는 게 사실이더냐?"

"그렇습니다."

"맹주님과 총군사님도 함께 가셨고?"

"그렇습니다."

"마교도 삼백의 공격으로부터 용봉지회의 후기지수들을 포함해 마흔일곱 맹도들의 목숨을 구한 것도 사실이고?"

"그렇습니다."

무림맹 호송단, 맹주와 총군사, 마교도 삼백……. 갑자기 쏟아져 나오는 가공할 단어들에 주변 사람들은 점점 표정이 굳어졌다.

급기야 내가 용봉지회의 후기지수들을 포함해 마흔일곱 맹도들의 목숨을 구했다는 대목에선 다들 그대로 석상이 되어버렸다.

하지만 이런 낱말의 쪼가리들로는 그동안 있었던 일들을 모두 알 수가 없다. 사람들은 놀라서 굳은 와중에도 하나같이 궁금해 미칠 것 같다는 표정들이었다.

"표사는 어디서 구했느냐?"

"남궁소소와 호리독사라는 인물을 급하게 객원표사로 고용했습니다."

"남궁소소가 거기서 왜 나오느냐?"

"무림맹에 올 일이 있었던 모양입니다. 저도 그곳에서 만날 줄은 몰랐습니다."

"무사하겠지?"

"물론입니다."

"작게라도 다친 곳은 없고?"

"저와 헤어질 때는 생채기 하나 난 것 없이 깨끗했습니다."

"너는 대체 어쩌자고 자꾸 남궁소소를 객원표사로 고용하느냐. 그 아이의 신분을 정녕 몰라서 그러는 것이더냐?"

"앞으로는 조심하겠습니다."

분위기가 묘해졌다.

무림맹의 호송 건에 참여하여 큰 공을 세웠다는 대목에서 모두 놀랐다가, 남궁소소를 객원표사로 써먹었다는 대목에선 화들짝 놀랐다.

같이 놀란 거지만 의미는 크게 달랐다. 전자는 감탄이고 후자는 당혹감이었다. 만약 남궁소소가 곤장 스무 대를 맞을 뻔했다는 걸 알면 다들 까무러칠 기세였다.

가만, 뇌검이 혹시 그것 때문에?

그때 유지평이 이종산에게 조용히 물었다.

"국주님, 혹시 그게 다입니까?"

"다른 일도 있소이까?"

"아무래도 진짜 폭탄은 제 손에 들려 있는 것 같습니다."

"무슨 대형 사고를 쳤기에?"

"총군사님께서 제게 보낸 편지엔 천룡표국의 개봉 분타를 세우는 것에 관해 무림맹에서 어떻게 도와주었으면 좋겠는지를 묻고 있습니다. 필요한 것이 있으면 무엇이든 말을 하라고……."

장내의 공기가 태풍을 만난 것처럼 출렁였다.

여남은 하남성에서 다섯 번째로 큰 도시에 불과하지만, 개봉은 대륙 전역을 통틀어 다섯 손가락 안에 드는 천년고도였다. 물동량부터 비교가 되지를 않는다.

오죽하면 무림맹이 개봉에 뿌리를 내렸겠나. 심지어 십만 방도를 자랑한다는 개방의 총타마저도 개봉 외곽에 있었다.

이갑룡과 을룡이라고 그걸 왜 모르겠나. 두 사람이 구태여 한참 아래에 위치한 여남에다 분타를 세우려고 한 것은 거대 무림세력들이 치열하게 경합하는 개봉에는 도저히 깃발을 꽂을 자신이 없기 때문이었다.

한데 초거대 세력인 무림맹이, 그것도 총군사가 직접 나서서 천룡표국의 개봉 분타 세우는 일을 돕겠다고 하니 다들 심장이 철렁할밖에.

"그게 무슨 말이오?"

"그건 제가 아니라 십칠각주에게 하문을 하셔야 할 것 같습니다."

"어떻게 된 일이더냐?"

이종산이 내게 물었다. 목소리가 어느 때보다 착 가라앉아 있었다. 사람들의 눈동자 또한 별처럼 반짝였다.

쥐 죽은 듯한 침묵 속에서 내가 천천히 말했다.

"맹도들의 목숨을 구해준 대가로 어떤 포상을 원하느냐고 맹주님께서 하문하셨습니다. 해서 개봉에 천룡표국의 분타를 세울 테니 향후 10년 동안 무림맹에서 남직예성, 절강성, 복건성으로 보내는 표물은 전량 천룡표국의 개봉 분타를 이용해 주시라고 말씀드렸습니다."

"그랬더니?"

"그러겠다고 약속하셨습니다."

"……!"

"……!"

"……!"

분타를 세우는 것보다 더 중요한 것은 꾸준한 일거리를 확보하는 것이다. 일거리가 있어야 어렵게 세운 분타가 제대로 뿌리를 내리고, 제대로 뿌리를 내려야 거점의 역할을 할 수가 있다. 여남 분타는 그것에 대한 계획은 아직 없었다.

그러나 개봉 분타는 만들기도 전에 이미 십 년 동안 먹을 걸 확보해 놓았다. 지리적으로도 그렇고, 들어가는 비용이나 자립도 등으로 미루어도 그렇고, 여남 분타와는 비교가 되지 않았다.

그 순간 인기척과 함께 문이 열리더니 시비들이 귀한 술이며 온갖 산해진미들을 가져다 날랐다.

술과 음식이 각자의 앞에 쌓이고 시비들이 모두 나갈 때까지도 이종산을 포함해 누구 하나 입을 열지 않았다. 다만 술병이 놓이기 무섭게 다들 꼴깍꼴깍 마셔댔다.

궁금증은 하늘을 치솟지만, 이갑룡과 을룡의 입장을 생각해서 대놓고 좋아하지도 묻지도 못하고 벙어리 냉가슴만 앓는 것이다.

슬쩍 돌아보니 이갑룡과 을룡의 얼굴은 그야말로 썩어 문드러지고 있었다. 반면 조금 전까지 인상을 찌푸리고 있던 병룡은 오히려 히죽히죽 웃고 있었고.

의도치 않게 내가 두 사람을 패대기친 모양새가 되었다.

그러게 왜 뜬금없이 여남 분타를 들고 와가지고.

'에라 모르겠다.'

나는 일단 닭 다리부터 잡아갔다.

장강과 경항대운하가 합류하는 곳에 위치한 양주(揚州)는 고대로부터 이어져 온 상업 도시였다. 그 명성은 아직도 빛을 잃지 않아 강남의 물자를 강북으로 운송하는 주요 거점 역할을 했다.

남궁세가는 봄꽃이 만발한 수서호(瘦西湖)를 끼고 거대한 궁처럼 자리하고 있었다.

우리가 도착했을 때는 정문 앞에서부터 이미 말과 마차와 사람들로 북새통을 이루었다.

"이게 무슨 상황이지?"

"뇌검의 팔순을 축하하기 위해 남직예성 전역에서 상방과 무림문파 사람들이 선물을 싸 들고 찾아온 모양입니다."

"이 많은 사람들을 다 초대했다고?"

"그럴 리가요. 뇌검께선 원래 겸손하고 검소하신 분으로 어떤 경사에도 좀처럼 누군가를 초대하는 법이 없다고 들었습니다. 다만 사람들이 귀신같이 알고 몰려올 뿐이지요."

"온다고 다 들여보내 주시면 그게 그거 아닌가?"

"오백 년 전 양주에 뿌리를 내린 개파조사께서 유언을 하셨답니다. 어렵게 무림세가의 문턱을 넘으려는 사람들은 무언가 곡절이 있는 것이니 함부로 걸음을 막지 말라고요. 이후 이유 불문하고 멀리서 온 손님을 박대하지 않는 것은 남궁세가의 오랜 전통이 되었답니다."

대장궤 손지백과 총표두 곽석산의 대화였다.

걸음을 막지는 않았지만, 쉽게 들여보내 주지도 않았다. 사람들은 모두 장원 안으로 들어가기 위해 줄을 서서 일일이 신분을 확인받는 중이었다. 이를 위해 수십 명의 무인이 동원되었다.

"어떻게 할까요?"

"총표두가 가서 슬쩍 기별을 넣어보시오."

손지백의 말을 이종산이 받았다.

"번거롭게 하지 말고 잠깐 기다리도록 하지요."

"존명."

이종산이 마지막 순간에 이르러 자신을 데려가겠다고 결정한 이후 손지백은 이종산의 말이라면 끔뻑 죽었다.

줄은 모두 네 개였고, 우리는 가장 왼쪽 줄에 섰다.

다른 사람들과 달리 초대장이 있음에도 불구하고 구태여 줄을 서려는 이유를 나는 어느 정도 짐작할 것 같았다. 이종산은 지금 뇌검에 대한 존경의 표시로 겸손을 보이려는 것이다.

표국의 국주이기 이전에 그도 한 명의 걸출한 검사였다. 내가 명표를 동경하듯 어쩌면 그도 뇌검을 동경할지도 모르겠다.

무심결에 옆줄을 보니 비단옷을 예쁘게 차려입은 열서너 살가량의 여자아이 하나가 서 있었다.

그녀가 마찬가지로 격식을 갖춰 입은 중년인에게 물었다.

"뇌검께서 그렇게 대단한 분이신가요?"

"뇌검께서도 대단하시지만, 남궁세가 또한 대단하지. 천하 오대 무림세가 중 한 곳인 남궁세가는 그동안 수많은 협행들을 해왔단다."

"어떤 협행들을 해왔지요?"

"양민을 괴롭히는 흉신악살들을 제거하고, 사나운 마적들을 토벌했으며, 대기근이 든 해에는 구휼미를 아낌없이 풀었지. 최근에는 황해에 상륙해 약탈을 일삼던 왜구 삼백 명을 뇌검께서 단 열 명의 고수를 거느리고 가셔서 궤멸하신 일도 있단다."

"우리 매염방(梅鹽幇)이 안전하게 상방을 운영할 수 있는 데는 남궁세가와 같은 무림문파들의 헌신이 있기 때문이었군요."

"불행하게도 남궁세가와 같은 무림문파는 그렇게 많지가 않단다. 그래서 남궁세가와 뇌검께서 이렇게 존경을 받는 것이고."

가만 매염방이라고?

그렇다면 저 예쁘장하게 생긴 여자아이가 바로…….

나는 너무 놀라서 잠시 숨을 골랐다.

10년 후 저 아이는 양주 최고의 미녀가 된다. 더불어 상계의 거물이 되어 매염방을 남직예성 최고의 상방으로 만들어놓는다.

지금에야 아는 사람이 드물겠지만, 그녀는 상리(商理)와 이재(理財)에 관한 한 타의 추종을 불허하는 천재였다.

하지만 지금은 양주 구석에서 서른 명 정도의 일꾼들을 거느리고 소금을 파는 작은 상방의 딸에 불과할 것이다.

가끔씩 이렇게 전설이 될 인물들을 스치듯 만날 때면 내가 지금 서 있는 시간과 공간이라는 개념에 대해 많은 생각을 하게 된다.

순간, 여자아이가 나를 힐끗 돌아보았다.

넋 놓고 여자아이를 구경하다 눈이 딱 마주친 나는 얼른 고개를 딴 곳으로 돌렸다.

그렇게 잠시 시간을 끌다가 눈알만 슬그머니 굴려 옆을 돌아보니 여자아이는 그때까지도 나를 보고 있었다.

"다 봤거든요."

"오해하지 마시오. 난 단지……."

"……?"

"……."

"왜 말이 없으세요?"

막상 말을 하려고 보니 딱히 변명할 게 없다. 우연히 얘기를 들었고, 내가 아는 이름이 나와서 시선이 갔을 뿐이다.

그때쯤엔 여자아이의 아비도, 이종산과 우리 쪽 사람들도 대화를 듣고 관심을 기울였다.

자칫하면 작은 오해가 시비로 번질 수도 있는 상황이었다.

나는 여자아이를 향해 정중하게 포권지례를 올렸다.

"두 분의 대화가 재밌어서 나도 모르게 귀를 기울이다 그만 결례를 저질렀습니다. 소저께 사과를 드립니다."

내가 너무나 정중하게 나오자 오히려 여자아이가 살짝 당황한 것 같았다.

그녀도 얼떨결에 포권지례를 하며 말했다.

"사과를 하시라는 말은 아니었어요."

"그래도 내 잘못이니 사과를 하는 게 맞습니다."

"예를 갖춰주셔서 고맙습니다."

"이해해 주셔서 감사합니다."

대화가 훈훈하게 풀리자 이종산과 여자아이의 아비가 서로를 향해 가볍게 웃으며 묵례를 주고받았다.

"혹시 강남분이신가요?"

"항주에서 왔습니다."

"전 양주 토박이예요."

"그렇군요."

"공자님도 남궁세가가 처음이신가요?"

"그렇습니다."

쥐방울만 한 놈한테 공자님 소리를 들으니 살짝 오글거린다.

사실 나도 웬만하면 평대를 했을 텐데, 상대가 워낙 어리다 보니 오히려 더 깍듯해진다.

그때였다. 어디선가 십여 명의 인물들이 또각또각 말을 타고 나타났다.

원래 양주의 수서호 북쪽 호반을 지날 땐 반드시 말에서 내려 지나라는 무림의 금언이 있었다. 뇌검과 남궁세가가 있는 곳이기 때문이다. 그러나 새로운 인물들은 그런 것 따윈 아랑곳하지 않고 정문 앞까지 말을 탄 채 다가왔다.

한데 선두에 선 사내가 예사롭지 않았다. 건장한 체구에 출중한 기세도 기세지만, 용모가 숨이 막힐 정도로 빼어났다.

곳곳에서 나직한 감탄성들이 흘러나왔다.

몰려든 사람들 중에는 젊은 선남선녀들이 많았는데, 특히 여자들이 한숨도 아니고 앓는 것도 아닌 이상한 소리들을 냈다.

그러다 갑자기 누군가 빽 하고 소리쳤다.

"창룡검이다!"

"창룡검 남궁세옥?"

남궁세옥이라는 이름이 흘러나온 순간부터 사람들이 크게 웅성거리기 시작했다. 100년에 한 번 나올까 말까 한 검술의 천재라느니, 불과 서른 살에 북무림을 떨어 울리는 신진고수가 되었다느니 하는 말들이 입에서 입으로 전해졌다.

"저분이 바로 그 유명한 창룡검 남궁세옥 공자님이세요."

누군가 소곤거리는 소리에 곁을 돌아보니 여자아이가 정수리가 훤히 보일 정도로 바짝 다가와 있었다.

"양주의 내로라하는 무림세가와 상방의 젊은 여자들치고 그를 사모하지 않는 이가 없다고 해요. 하지만 그는 눈길 한번 주지 않는다더라고요."

"왜요?"

"검술을 수련하느라고요."

"그렇군요."

"만약 기회가 닿는다면 어떻게든 그와 안면을 트도록 하세요. 양주에서는 창룡검을 안다는 것만으로도 큰 힘이 되거든요."

이 얘기를 해주려고 이렇게 가까이 다가왔나 보다.

여자아이는 나와 어른들이 남궁세가주에게 눈도장을 찍어 무언가 도움을 얻으러 왔다고 생각하는 모양이었다. 이건 그녀와 매염방이 그런 입장이기 때문일 것이다.

사람들이 이렇게 문전성시를 이루는 걸 이제야 조금은 알 것 같았다. 평소 명분이 없어 남궁세가의 문턱을 넘기 어려웠던 상방과 무림인들에게 뇌검의 팔순 잔치는 더할 나위 없이 좋은 구실일 것이다.

그러고 보니 방문객들 중에 한껏 차려입은 선남선녀가 많은 것도 다 이유가 있었다. 아마 저들의 목적은 남궁세옥과 남궁소소를 만나 어떻게든 인맥을 쌓는 것일 거다.

이런 생각을 하며 여자아이를 돌아보니 뭔가 좀 짠했다. 그녀 역시 다른 젊은 여자들처럼 한껏 차려입었지만, 남궁 남매와 교분을 쌓기엔 나이가 너무 어렸다.

그때였다.

"워!"

남궁세옥이 황급히 말을 멈추더니 훌쩍 뛰어내렸다. 이어 말 고삐를 수하에게 던지듯 주고는 이쪽으로 걸어왔다.

"이쪽으로 오고 있어요. 아는 사람이 있나 봐요."

깜짝 놀란 여자아이가 목구멍을 쥐어짜고는 주변을 두리번거렸다.

그러나 남궁세옥은 바로 우리 일행 앞으로 와서는 더없이 공손하면서도 기품있는 동작으로 포권지례를 올렸다.

"남궁세가의 장자 남궁세옥, 국주님과 두 분 장로님을 뵙습니다. 먼 길을 마다치 않고 왕림해 주셔서 진심으로 감사드립니다."

남궁세옥뿐만이 아니었다. 그와 함께 온 십여 명의 무사들 또한 남궁세옥과 서너 걸음 떨어진 뒤쪽에 서서 절도있게 포권지례를 해왔다.

"어찌 그쪽에서 오시는가?"

"저도 항주에서 지금 막 도착하는 길입니다."

"그런 줄 알았으면 함께 올 걸 그랬군."

"미리 알았더라면 제가 천룡표국으로 세 분을 모시러 갈 걸 그랬습니다."

천룡표국이라는 한 마디는 좌중에 태풍을 몰고 왔다.

조금 전 남궁세옥이 등장했을 때와는 비교도 안 될 만큼 큰 웅성거림이 번져갔다.

"천룡표국의 국주라면……."

"설마 표왕 이종산?"

"저분이 표왕이었다고?"

"맙소사. 좀 전까지 우리와 함께 줄을 섰는데!"

"아뿔싸. 표왕인 줄 알았으면 인사라도 해볼걸!"

좀처럼 잦아들 줄 모르는 웅성거림 속에서 남궁세옥은 곽석산, 손지백과도 일일이 짧은 인사를 주고받았다.

그리고 마지막으로 내게 말했다.

"자네도 잘 왔네."

"그간 별래무양하셨습니까?"

"백발노성을 무림맹까지 호송했다는 얘기 들었네. 무림맹에서 내가 잘 아는 녀석과 또 다른 표행을 했다는 얘기도 들었고."

"그게 말입니다. 세옥 형님."

"미안하네."

"예?"

"그 망아지 같은 녀석을 데리고 다니느라 얼마나 고생이 많았나. 듣자 하니 목숨도 구해주었다지? 어려서부터 워낙 주유천하 하는 걸 좋아해서 그렇다네."

"……?"

"또 표행을 따라가겠다고 고집을 부리면 내가 자네를 협박했다고 하게. 그럼 쉽게 강짜를 놓지 못할 걸세."

잠깐만요. 뭐라고요?

나는 귀를 의심했다.

그러니까 나는 안 된다고 했는데 남궁소소가 강짜를 부려서 어쩔 수 없이 함께 표행을 했고, 그 과정에서 내가 마음고생이 심했으며, 그녀의 목숨까지 구해주었다고?

아무래도 남궁소소가 모두의 평화를 위해 사기를 친 모양이다.

한데 천하의 남궁세옥이 이렇게 깜빡 속는다고? 혹시 기만술책인가? 표정을 보면 진심인데.

아무래도 내가 모르는 무슨 곡절이 있는 것 같다.

이쯤 되니 슬슬 양심의 가책이 느껴졌다. 다시 한번 남궁소소를 고용하는 일은 없도록 해야겠다는 생각이 들었다.

'이제는 표사도 충분하니…….'

그때 장원 안쪽에서 한 무리의 사람들이 잰걸음으로 달려 나왔다. 상앗빛 장포에 청건을 쓴 문사풍의 초로인과 대여섯 명의 무사들이었다.

문사풍의 초로인은 움푹 들어간 눈 위로 검은 눈썹이 기이할 만큼 길게 자랐는데, 그 모습이 꼭 처마 자락에 고드름이 매달린 것 같았다. 옛말에 특별한 생김새를 가진 사람은 반드시 특별한 능력이 있다고 했다.

초로인은 이종산의 앞에 이르자 앞서 남궁세옥이 그랬던 것처럼 공손하고 기품있게 포권지례를 올렸다.

"남궁세가의 총관 좌고학입니다."

"천룡표국주 이종산입니다."

"근처를 지나다 귀빈께서 오셨다는 소식을 듣고 급하게 나오는 길입니다. 어려운 걸음을 해주시어 진심으로 감사드립니다."

"귀한 자리에 초대해 주셔서 감사합니다."

좌고학은 곽석산 손지백과도 차례로 인사를 나누었다.

나는 노인네들의 인사가 끝나길 기다렸다가 얼른 포권지례를 올렸다.

"천룡표국의 십칠각주 이정룡, 남궁세가의 총관님을 뵙습니다."

"자네가 그 유명한 이정룡이로군. 반갑네."

그 순간, 군중이 또다시 웅성거리기 시작했다.

"이정룡?"

"천룡표국의 사공자?"

"작년에 있었던 향시와 회시에서 연달아 장원급제를 했다는 그 천재?"

"진왕의 사위가 될 뻔했다는 소문도 있던걸."

"무공은 변변찮아도 표사로서의 수완만큼은 대단하다더라고."

"변변찮은 무공도 이류는 된다던걸."

확실히 절강성을 벗어나고 보니 호구 등신에 반푼이라는 소리는 안 나온다.

그런데 내 무공이 고작 이류에 불과하다고? 그러고 보니 많은 사람들 앞에서 본격적으로 내 무공을 드러낼 기회가 없었던 것 같다. 그래도 이류는 좀 심했다.

문득 객관적인 내 무공 실력은 어느 정도일까 궁금해졌다.

한편, 신분 확인이고 뭐고 방문객들은 전부 뒤돌아 우리 일행을 구경했다. 방금까지 내 옆에 찰싹 붙어 있던 여자아이는 어느새 원래의 자리로 돌아가 마른침을 꼴딱꼴딱 삼키며 나를 바라보는 중이었고.

"여기서 이럴 게 아니라 들어가시지요. 가주님께 소식을 전하라 했으니 지금쯤 기다리고 계실 겁니다."

"제가 모시겠습니다."

좌고학과 남궁세옥이 차례로 말했다.

이종산을 필두로 모두가 두 사람의 뒤를 따라갔다.

나는 한참을 따라가다가 갑자기 뒤돌아 걸었다. 그러자 모든 군중의 시선이 내게로 향했다.

잠시 후, 여자아이의 앞에서 걸음을 멈추었다.

어린 여자아이의 얼굴이 발개졌다.

"난 이정룡입니다."

"들었어요."

"소저의 이름은 어찌 되시는지?"

"은약빙이라고 해요."

"나이는?"

"열네 살이요."

"내가 아홉 살이나 더 많군요. 다음에 또 만나면 말을 놓아도 될까요?"

"예에?"

"안 될까요?"

"아뇨. 돼요!"

나는 은약빙의 벗이 되기에는 나이가 너무 많다. 그러나 무림, 아니, 상계의 선배가 될 수는 있었다. 굳이 따지자면 표국도 상계에 한 발을 걸치고 있었으니까.

'매염방에서 나오는 표물은 전부 내 거다.'

나는 은약빙을 향해 가볍게 웃어주고는 황급히 일행을 따라갔다.

슬쩍 뒤돌아보니 나를 향했던 사람들의 시선이 이제는 전부 은약빙을 향하고 있었다.

정문을 들어서자마자 초입부터 울창하고 아름다운 숲이 미로처럼 펼쳐졌다. 양주 사람들이 '천하제일 회랑'이라 부른다는 대남궁세가의 방풍림(防風林)이었다.

나도 전생에서 소문으로만 들었지 이렇게 아름다울 줄은 몰랐다. 특별히 지금은 봄꽃까지 만개해 더욱 장관이었다.

그러나 이 아름다운 풍경에 반해 함부로 길을 벗어났다가는 반 각도 버티지 못하고 죽음에 이를 것이다. 자객들의 침입에 대비해 온갖 종류의 살벌한 기문진과 기관진식들이 설치되어 있기 때문이다. 사업을 하는 탓에 사철 개방적이어야 하는 천룡표국과 달리 남궁세가는 뼛속까지 무림세가라는 걸 실감했다.

한참 만에 숲의 회랑을 벗어나자 연무장과 갖가지 모양을 한 전각군이 나타났다.

만나는 사람마다 좌고학과 남궁세옥을 향해 포권지례를 해왔다.

"저긴 어떤 곳입니까?"

이종산이 물었다.

그가 가리키는 곳에는 커다란 연못을 배경으로 다섯 개의 삼 층 누각이 줄지어 서 있었다. 누각은 이미 사람들로 꽉꽉 들어찼는데, 모두

합하면 족히 천 명은 될 것 같았다.

좌고학이 대답했다.

"대가주님의 팔순을 축하하기 위해 찾아와 주신 방문객들입니다. 저녁마다 소가주님께서 누각으로 친히 걸음을 하시어 인사를 하시는데, 그때까지 저렇게 술과 차를 마시며 방문객들끼리 교분을 나누는 것이지요."

"저녁마다라고요?"

"멀게는 산동, 하남, 호광, 강서 등지에서 오시는 방문객들도 많습니다. 그러다 보니 손님들의 걸음이 헛되지 않도록 팔순연을 부득불 칠일에 걸쳐 치르고 있습니다."

"그렇군요."

현재 남궁세가엔 세 명의 남자 직계혈통이 있었는데, 바로 가주인 뇌검 남궁유룡과 그의 아들인 남궁중백 그리고 손자 남궁세옥이었다. 남궁세가 내에서 이들의 명칭은 각각 대가주, 소가주, 대공자였다.

혈통은 어딜 가는 법이 아니어서 남궁중백 역시 무재(武才)가 대단하기로 소문이 자자했었다. 젊은 시절에는 7년에 걸친 강호주유행을 통해 협객으로도 크게 이름을 떨쳤고.

다만, 그는 온화하고 낭만적인 성격 탓에 제아무리 흉신악살이라고 해도 함부로 목숨을 앗는 법이 없었다. 그러다 보니 강건하고 단호하며 일단 칼을 뽑으면 인정을 두지 않았던 뇌검의 장년인 시절에 비해 상대적으로 이름이 덜 알려졌다.

이후로도 용 같고 범 같은 무인들이 지키는 몇 개의 문을 통과했다. 아름다운 연못과 그림 같은 수로도 건넜다.

이윽고 가장 크고 경계가 삼엄한 정원으로 들어섰을 때 한 무리의 사람들이 격식을 차려입은 복장을 한 채 밝은 표정으로 기다리고 있었다. 한 명의 노인과 부부로 보이는 장년인들 그리고 젊은 여자였다.

팔순 가량의 노인은 명성에 어울리지 않게 작은 체구에 은발의 머리카락을 지녔는데, 밤하늘의 별을 빼다 박아놓은 것처럼 형형한 눈빛이 인상적이었다.

그리고 기세가 있었다. 분명 안으로 갈무리를 했을 것임에도 불구하고 전신에서 뿜어져 나오는 위압감에 나는 숨이 막힐 지경이었다.

'엄청난 고수다!'

마침내 설산신검 장초풍과 함께 천하십검의 수좌 자리를 다툰다는 뇌검 남궁유룡을 만나는 순간이었다.

옆에는 뇌검을 빼다 박은 장년의 남자와 비슷한 또래이지만 나이를 무색케 할 만큼 아름다운 용모를 지닌 귀부인이 온화하게 웃고 있었다. 남궁중백과 그의 아내인 연화부인(蓮花夫人)이었다.

연화부인은 부유한 휘주상인 가문의 딸이었다.

그리고 마지막으로 젊은 여자가 있었다.

눈처럼 하얀 바탕에 봄꽃이 알록달록 수 놓인 비단옷을 입고, 머리는 정갈하게 틀어 올려 쪽을 지었으며, 옅게 화장까지 한 그녀는 남궁소소였다.

'완전히 딴 사람 같군.'

마지막으로 본 모습이 거지꼴이었던 탓에 내게는 남궁소소의 이런 모습이 매우 낯설게 느껴졌다.

한데 마중을 나오다 돈이라도 주웠는지 입꼬리가 살짝 올라가 있었다.

"어서 오시오. 국주."

"후학 이종산, 뇌검 선배님을 뵙습니다."

"무슨 그런 말씀을. 우리가 비록 소싯적에 무림의 선후배로 처음 인연을 맺었으나 지금은 두 가문의 수장으로서 만나는 것이오. 국주께선 너무 겸양하지 마시오."

뇌검은 천룡표국의 전대 국주와 교분을 나누었던 노강호다. 무림의 배분으로도 그렇고 나이로도 그렇고, 이종산의 입장에선 자신을 낮추는 게 맞다. 적어도 첫 만남에선 그래야 한다.

그렇다고 해서 남궁유룡이 이종산을 정말 무림의 후배쯤으로 대해서는 안 된다. 무림의 배분이 어떻든 상대는 절강성 제일의 거부이자 패자를 자처하는 대천룡표국의 수장이기 때문이다.

보통 두 문파의 수장들끼리 만날 때는 아무리 좋은 만남일지라도 치열하게 기 싸움부터 하는 것이 일반적이었다. 한데 무슨 이유에선지 두 사람은 마치 서로에게 잘 보여야 할 이유라도 있는 것처럼 죽이 척척 맞았다.

"여긴 저의 의형과 의제입니다."

"손지백이라고 합니다."

"곽석산이라고 합니다."

두 사람은 딱 모자라지도 넘치지도 않은 정중함으로 포권지례를 올렸다.

그렇게 만나기를 소원하던 모습과 달리 목소리도 차분했다. 상대가 제아무리 거물이라고 해도 자신들 또한 천룡표국을 대표하고 있음을 잊지 않는 것이다.

생각지 못했던 두 사람의 당당함에 나는 속으로 약간 감탄했다.

"여긴 저의 자식입니다."

"무림 말학 이정룡, 남궁세가주님께 인사드립니다."

"어서 오시게."

남궁유룡은 짧은 말과 함께 자애롭게 웃었다.

순간, 무형의 기운이 거침없이 내 몸속으로 들어와 사방을 더듬기 시작했다.

격기(激氣)다. 화조신옹이 내 단전을 더듬을 때와는 비교도 할 수 없을 만큼 은밀한 동시에 강렬한 것이 너무나 모순적으로 느껴졌다.

하지만…….

'이 노인네가 허락도 없이 어딜!'

꼭 상대만 내 단전을 더듬으라는 법이 있나.

나도 이제는 수단이 있다.

정신을 집중하고 내공을 끌어 올린 다음 인간의 귀에 들리지 않는 미지의 휘파람을 불었다. 그러자 몸속으로 들어왔던 기운이 서둘러 빠져나가는 게 느껴졌다.

나도 망혼소를 뚝 그쳤다.

'눈치챘어!'

망혼소는 인간의 귀에는 들리지 않는 영역대의 소리다. 실제로 주변에 있는 모두가 전혀 눈치를 채지 못하고 있었다.

한데 남궁유룡은 대번에 알아차렸다.

'이게 천하십검의 벽이란 말이지.'

나 못지않게 남궁유룡도 당황한 눈치였다. 나를 향한 그의 눈빛은 마치 한 번도 본 적 없는 신기한 물건을 보는 듯했다.

이로써 가장 어른인 뇌검을 향한 우리 쪽의 인사가 모두 끝났다.

다음엔 이종산을 향한 남궁중백과 연화부인 그리고 남궁소소의 인사가 시작되었다.

가문과 가문의 만남에선 인사를 주고받는 순서까지도 모두 법도와 격식이 있었다. 이후로도 남은 사람들끼리 한 명 한 명 계속해서 인사를 나누고 짧은 덕담의 말들을 주고받았다.

그사이 남궁소소가 내게 전음을 보냈다.

[안 올 줄 알았더니.]

[당연히 와야지요.]

[왜요?]

[소저에게는 친한 벗들이 많을지 모르나, 내게는 벗이라고 할 수 있는 사람이 소저밖에 없소. 유일한 벗의 조부께서 팔순을 맞으셨는데 당연히 와서 축하를 해드려야지 않겠소.]

[그렇게 의리를 지키는 사람은 아닐 텐데.]

[사람을 잘못 봤군.]

[그렇다면 다행이고요.]

[뭐가 말이오?]

[억지로 오는 거라면 미안하잖아요.]

[그렇게 염치를 챙기는 사람은 아닐 텐데.]

[귀하가 할 말은 아니지 않을까요?]

눈치를 보아하니 남궁소소는 할아버지가 이종산에게 나를 꼭 데려오라고 편지를 보낸 줄 모르는 모양이었다.

[백발노성의 거처에는 잘 다녀왔나요?]

[뭐 그럭저럭.]

[금전 열 냥은 내 몫인 줄 아시죠?]

[금전이 실제로 있는지는 묻지도 않고?]

[그래서 없었다고 하려고요?]

[있었소.]

[황산은 나도 가보고 싶었는데.]

[백발노성의 거처가 황산에 있는 줄은 어떻게 아시오?]

[용봉지회의 후기지수들이 백발노성을 거기서 잡았잖아요.]

[그렇군.]

자라 보고 놀란 가슴 솥뚜껑 보고 놀란다고, 한순간 호리독사가 지도를 훔쳐가서 보여준 줄 알고 깜짝 놀랐다.

대충 인사가 끝나자 선물 증정식이 있었다.

보기 드문 준마에 남궁유룡은 과한 선물이라며 처음엔 사양했다가 결국엔 못 이기는 척 챙겼다.

장내가 대충 정리되려는 찰나 무인 하나가 잰걸음으로 달려와 조금 떨어진 곳에 시립해 있던 총관 좌고학에게 귓속말을 속삭였다.

잠시 후 좌고학이 다시 남궁유룡에게 보고를 올렸다.

"조금 전 양가장의 장주께서 대공자와 함께 도착하셨답니다."

"양가주께서?"

"그렇습니다."

"지금쯤 북경에 계신 줄 알았더니만."

"수일 전 남경의 본장에 도착하셨던 모양입니다. 아무래도 가주님의 팔순연에 참석하기 위해 일부러 시간을 내신 듯합니다."

"허허. 이 사람이 또 앞서 나가는군."

"죄송합니다."

강호에 양가장이라고 부를 만한 곳은 수도 없이 많다. 그러나 무림으로 한정하고, 뇌검의 팔순 잔치에 가주가 찾아오고, 수문무사가 특별히 보고를 할 정도라면 한 곳밖에 없었다. 바로 신창양가(神槍楊家)다.

양주와 이웃한 대도시 남경에 뿌리를 내린 양가장의 창법은 산동의 악가창, 사천의 아미창과 더불어 중원 삼대 창법으로 통했다.

하지만 강호인들은 유독 양가장에만 신창이라는 이름을 붙여주었다. 더불어 당대 장주인 양불군은 무림을 통틀어 오직 한 사람에게만 허락되는 별호인 창왕(槍王)으로 불렸다.

"먼 길들 오시느라 다들 피곤할 테니 우선 푹 쉬도록 하시오. 못다 한 얘기들은 잠시 후 저녁 식사 때 하기로 하십시다."

뇌검의 저녁 식사 초대를 끝으로 두 가문의 복잡한 첫 만남의 절차가 겨우 끝났다.

남궁중백이 그때까지 곁을 지키고 있던 남궁세옥에게 말했다.

"총관께서는 방문객을 맞는 일로 바쁘시니, 네가 직접 국주님과 장로님들을 창룡전(蒼龍殿)으로 모시거라."

"그렇게 하겠습니다."

"여보, 세옥이도 지금 막 도착했어요. 가시는 동안 장원에 대해 이것저것 설명도 해드릴 겸 소소가 모시도록 하는 게 좋겠어요."

"소소가?"

"창룡전으로 가는 길에 소소가 직접 심어둔 꽃들이 만발했답니다. 이참에 손님들에게 자랑을 할 수 있도록 하면 흉보실까요?"

"사내도 아니고 여자아이가 조신하게 꽃을 가꾸는 것이 어찌 흉이 될 수 있겠소. 그렇게 하도록 하시오."

뭔가 좀 어색한 거 같은데.

그나저나 남궁소소가 조신하다고? 부모가 자식을 잘 모르시네.

남궁소소의 안내를 받으며 왔던 길을 한참 되돌아갔다. 과연 연화부인의 말처럼 곳곳에 예쁜 꽃들이 만발했다.

그러나 연화부인의 바람과 달리 남궁소소는 설명하기를 주저했다.

나는 그 심정을 알 것 같았다. 세 명의 어른들이 어렵기도 하거니와 꽃을 가꾸는 게 무슨 대단한 일도 아니기 때문이다.

그러자 곽석산과 손지백이 열심히 질문을 해댔다.

"이건 무슨 꽃인가?"

"저건 무슨 꽃인가?"

질문을 하니 남궁소소도 정성 들여 설명을 해주었다.

나중에는 묻지 않은 것까지 신나서 떠들어댔다.

"너는 궁금한 것이 없느냐?"

이종산이 내게 물었다.

남궁소소가 잔뜩 기대하는 표정으로 나를 보았다.

"이런 쪽으로도 취미가 있는 줄 몰랐소."

"어머니를 위해 아버지께서 귀한 꽃씨들을 구해다 주곤 하셨거든요. 그걸 어머니와 함께 심고 가꾼 것뿐이에요."

"한데 이건 무슨 냄새요?"

"냄새요?"

"기분 좋은 꽃 향들 사이로 한줄기 이상한 냄새가 느껴지오만."

솔직히 말하면 지독한 악취였다. 흡사 누군가 똥 묻은 막대기를 코 앞에 들이대는 것 같았다. 말은 않지만 곽석산과 손지백도 아까부터 코를 씰룩거리고 있었다.

남궁소소가 방긋 웃으며 말했다.

"그건 저 꽃들 때문에 그래요. 부창화(腐脹華)라고, 화려하고 어여쁜 모양과 달리 악취가 조금 있어요. 의서에는 꽃잎을 따다 달여 마시면 남자들……. 머리가 맑아진대요."

그게 아닌 것 같은데.

산전수전 다 겪은 노강호들이 잠깐의 공백 속에 깃든 의미를 알지 못할 리 없었다. 남궁소소도 두 노인네도 갑자기 말이 없어져 버렸다.

그때 조금 떨어진 곳에서 한 무리의 사람들이 지나가고 있었다. 아까 보았던 연못가의 누각으로 가는 방문객들인 모양이었다.

모두의 시선이 우리 쪽으로 향했다. 정문 앞에서 보았던 표왕 일행이 예사롭지 않은 복장과 용모를 지닌 여자의 안내를 받으며 어디론가 가고 있으니 자연히 시선이 쏠릴밖에. 벌써부터 남궁소소인 것 같다고 수군대는 소리가 들렸다.

방문객들 속에는 매염방의 방주와 그의 딸 은약빙도 있었다.

나를 발견한 은약빙이 반가운 표정을 짓더니 조용히 묵례를 보내왔다. 나도 가볍게 웃으면서 고개를 끄덕여 주었다.

"아는 사람이에요?"

"조금 전 정문 앞에서 기다리다 우연히 말을 조금 주고받았소."

"어린 것 같은데."

"열네 실이라던가?"
"예쁘게 생겼네요."
"기회가 되면 소저에게도 소개해 주겠소."
"왜요?"
"크게 자랄 대나무는 죽순부터 굵다고, 나이답지 않게 비범한 구석이 있었소. 소저도 알아두어 나쁠 건 없을 것이오."
"시간 되면 만나볼게요."
남궁세가가 아무리 대단하다고 해도 무소불위의 힘을 휘두르진 못한다. 장차 상계를 주물럭거리게 될 은약빙은 10년 후 남궁소소가 어디에서 무얼 하고 있든 분명 큰 도움이 될 것이다. 그리고 나에게 고마워하겠지.

"저녁 식사 때 다른 귀빈들께서도 참석하실 것 같습니다. 가주님께서 국주님을 찾아뵙고 양해를 구하라셨습니다."
해가 한 뼘쯤 남았을 때 좌고학이 창룡전으로 찾아와 한 말이었다. 이종산은 흔쾌히 승낙을 했고, 좌고학은 이해를 해주셔서 감사하다는 말을 남기고 돌아갔다.
손지백과 곽석산이 대번에 아쉬운 기색을 드러냈다.
이종산이 두 사람을 달랬다.
"우리 말고도 수많은 귀빈들이 올 것입니다. 칠 일 중 하루 저녁을 온전히 우리에게 내어주길 바라는 것은 지나친 욕심이지요."

곽석산이 말했다.

"아무래도 창왕과 그의 장자도 동석을 하는 모양입니다. 듣자 하니 그 아이의 창술이 이미 절정의 경지를 바라보고 있어 동년배의 후기지수들 중에서는 적수를 찾기 어려울 거라고 하더군요."

손지백이 물었다.

"그 정도요?"

"오죽하면 강호인들이 남직예에 두 마리의 크고 작은 잠룡이 있는데, 큰 잠룡은 양주의 남궁세옥이고 작은 잠룡은 남경의 양조창이라고 하겠습니까."

"이름만 들으면 허구한 날 술이나 처마실 것 같은데, 어린놈이 그렇게 창을 잘 쓴다고?"

"그렇게 어리지도 않습니다. 올해 스물일곱, 정룡이보다 네 살이 많습니다. 남궁소소보다는 두 살이 많고요."

"거기서 남궁소소가 왜 나오는 것이오?"

"양주와 남경은 반나절이 채 안 되는 거리에 있습니다. 두 가문의 사이가 나쁘지 않았으니 그 아이도 어려서부터 아비 따라 뻔질나게 드나들지 않았겠습니까?"

"저렇게 예쁜 남궁소소를 보고 좋아하지 않았을 리 없으니 우리의 등장이 전혀 반갑지가 않겠군."

"피차 혼기가 꽉 찬 나이들이니 매우 적극적이고 공세적으로 나올 겁니다. 어영부영하다 죽 쒀서 개 주는 수가 있습니다."

"그럴 수야 없지."

그러면서 두 사람이 가만히 나를 돌아보았다.

손지백이 착 가라앉은 음성으로 말했다.

"어쩌면 오늘 저녁 너에게 인생을 건 싸움이 기다리고 있을지 모르겠구나. 정신을 바짝 차려야 한다."

"제가 양조창과 싸워야 합니까?"

"원하든 원하지 않든 그렇게 될 것이다."

"왜요?"

"그 자리에 남궁세가의 대가주와 소가주가 함께 계실 것이기 때문이지. 무공으로는 한참 밀릴 것이니 어떻게든 학문적 소양과 식견으로 승부를 보도록 해라. 우리도 분위기를 최대한 그쪽으로 끌고 가보마."

이 노인네들은 아직도 내가 남궁소소의 짝이 될 수 있다는 생각을 포기하지 않았나 보다.

남궁세가는 무려 500년을 내려온 명문세가였다. 그런 가문에서 수많은 훌륭한 혼처들을 놔두고 천출에다 방탕하게까지 살아온 나를 언감생심 사위로 맞아주겠나.

정중한 초대와 극진한 환대에 취해 살짝 이성을 잃은 것 같은데, 그건 어디까지나 남직예성의 패자로 군림하는 가문이 절강성의 패자로 군림하는 가문에게 보이는 예의다. 일종의 웃는 얼굴 같은 거라고 할까?

'에라 모르겠다. 될 대로 되라지.'

해가 뉘엿뉘엿 기울 무렵이 되자 다섯 개의 삼 층 누각은 방문객들로 발 디딜 틈이 없었다.

그때부터는 누각 앞 청석이 깔린 길에까지 사람들이 진을 치기 시작했다. 그러고는 황금빛 노을이 내려앉은 연못 너머의 누각 쪽으로 모두가 시선을 던졌다. 남궁장 안에서 가장 크고 아름다운 누각이라는 금하루(金霞樓)에 남궁유룡과 귀빈들이 나타났기 때문이다.

사방이 시원하게 트인 금하루에 도착했을 때는 남궁세가의 사람들은 물론이거니와 다른 손님들까지 모두 도착한 상태였다.

각자의 앞에는 고풍스러운 백자 찻잔이 놓인 상태에서 젊은 시비들이 차 시중까지 드는 중이었다.

분위기로 미루어 이렇게 앉아 있었는지가 꽤 된 듯했다. 곽석산과 손지백의 표정이 굳어졌다.

무림의 한 배분 높은 남궁유룡을 기다리게 한 것도 문제지만, 양가장 쪽 사람들보다도 늦은 것은 더욱 큰 문제였다.

"저희가 결례를 범한 듯합니다. 이렇게 기다리시는 줄을 모르고 그만."

"국주께서 무언가 오해를 하셨군요. 실은 아까 우리가 헤어지고 난 후 줄곧 손님들과 함께 이곳에서 차를 마시며 저녁이 되기를 기다리던 중이었소이다. 껄껄."

곽석산과 손지백의 표정이 더욱 굳어졌다.

이건 우리가 늦은 것보다 더 심각한 상황이었다. 우린 잠깐 인사만 하고 객방으로 쫓겨났지만, 양가장 쪽 사람들로 짐작되는 저 세 명에게는 지금까지도 시간을 할애해 주었다는 말이 되니까.

이종산은 동요하는 기색 없이 차분하게 응수했다.

"그렇다면 다행이군요."

"인사들 나누고 자리에 앉도록 하십시다. 이쪽은 그 유명한 항주 천

봉표국의 국주이시고, 이쪽은 설명이 필요 없는 남경 양가장의 장주이시오."

"이종산입니다."

"양불군입니다."

평생 중병기를 수련한 사람답게 양불군은 육순을 바라보는 나이가 무색하게 우람한 근육을 자랑했다.

하지만 정작 강렬하게 시선을 잡아끄는 것은 안대를 찬 한쪽 눈이었다. 소문에는 젊은 시절 군문의 요청으로 몽골 기병 일만이 포진해 있는 적진에 침투, 포로로 잡힌 중요 인물을 데리고 탈출하다 생긴 부상이라고 했다.

송대부터 군문에 양가창법을 전수해 온 양가장은 지금도 군벌들과 매우 돈독한 관계를 유지해 오고 있었다.

두 사람을 필두로 나머지 사람들도 일일이 인사를 주고받았다.

한데 양가장 쪽에 정말 생각지도 않았던 거물이 하나 섞여 있었다. 푸르스름한 안광에 가슴까지 내려오는 검은 턱수염이 인상적인 칠순 노인이 자신을 소개했다.

"모삼풍입니다."

"금대선생(金帶先生)을 여기서 뵙는군요."

천하십검이 있다면 천하십권도 있다.

금대선생 모삼풍은 산동제일의 권사이자 천하십권 중 한 명으로 꼽히는 극초절정의 고수였다.

그는 본래 산동의 서원들을 떠돌며 강론을 펼치던 유학자였다. 말이 좋아 강론이지 사실은 자신을 써줄 곳을 찾아 헤매던 낙방 수재였을 것이다.

한데 어느 날 산중에서 우연히 은둔고수가 남긴 신공비급을 얻었고, 오랜 세월 폐관수련을 한 끝에 오늘날과 같은 고수가 되었다고 한다.

이후 독보강호하며 악명 높은 흑도의 고수들을 쓰러뜨리는 한편, 무림맹의 위험한 일들에도 적극적으로 나서서 돕곤 했다. 덕분에 백도무림인들로부터 존경과 경외를 한 몸에 받는 중이었다.

생각지도 않은 거물의 등장에 곽석산과 손지백은 몸까지 뻣뻣하게 굳었다.

나도 온몸에서 전율이 흐르는 것 같았다. 천하십검과 천하십권의 인물들을 한자리에서 보다니.

'이정룡 진짜 출세했구나.'

한데 더욱 놀랄 말이 남궁유룡의 입에서 흘러나왔다.

"금대선생께서는 한 달 전 양조창 공자를 제자로 거두셨다고 하외다."

곽석산과 손지백은 그대로 석상이 되어버렸다.

어려서부터 기재라고 소문난 양조창이 가문비전의 창법에 이어 모삼풍의 권법까지 잇게 된다면 그야말로 엄청난 괴수가 탄생할 것이다.

그러나…….

'이건 내가 아는 것과 다른데.'

모삼풍이 어떤 연유로 양조창의 사부가 되었는지는 모른다. 하지만 오늘 이 자리에 구태여 함께 온 것은 양조창에게 힘을 실어주기 위해서임이 분명했다.

당황한 기색이 역력한 곽석산이나 손지백과 달리 이종산은 시종일관 평정심을 유지했다.

이 와중에도 그는 양불군을 향해 인사를 잊지 않았다.

"양가장에 큰 경사가 있었군요. 축하드립니다."

"못난 자식이 기연을 얻은 것은 기쁜 일이나, 행여 금대선생의 명성에 누를 끼치지나 않을까 걱정입니다."

"조창은 빈노가 지금까지 만나본 그 어떤 후기지수보다 비상한 두뇌에 뛰어난 무재를 지녔습니다. 하니 양 장주께서는 너무 걱정하지 마시지요. 껄껄."

양불군의 겸양에 모삼풍이 호탕하게 웃으며 한 말이었다.

마지막으로 나와 양조창이 인사를 나누었다.

"양조창입니다."

"이정룡입니다."

지금까지 내가 실물로 본 사람 중에 가장 잘생긴 사람은 단연코 남궁세옥이었다. 두 번째가 남장을 한 남궁소소고, 세 번째가 무림맹에서 처음 만났던 황보중악이었다.

한데 오늘 아무래도 순서를 바꾸어야 할 것 같았다.

양조창은 남궁세옥 바로 다음이었다. 소문에 양가장주의 부인이 절세미인이라더니, 아무래도 어머니를 닮은 모양이었다.

비상한 두뇌와 뛰어난 무재, 건장한 체격, 잘생긴 얼굴, 거기다 천하십권 중 한 명의 제자가 되는 기연까지. 양조창은 그야말로 모든 걸 가진 완벽남이었다.

'성격은 별로일 거야.'

대충 인사가 끝나자 사람들은 각자의 자리를 찾아 앉기 시작했다.

직사각형의 탁자 세 개를 ㄇ자 모양으로 붙여놓고 상석에는 남궁세가 쪽 사람들이, 좌우에는 양가장 쪽 사람들과 천룡표국 쪽 사람들이 마주 보며 앉게 되었다.

슬쩍 고개를 돌려보니 남궁소소는 오라비인 남궁세옥의 옆에 조신하게 앉아서는 가만히 눈을 내리깔고 있었다.

'한 번쯤 눈을 마주쳐 줄 법도 한데.'

때를 맞춰 어디선가 수십 명의 시비들이 먹이를 나르는 개미 떼처럼 나타났다.

그녀들은 온갖 산해진미들을 탁자 위에 정갈하게 올려놓고는 사라졌다. 무슨 재주를 부렸는지, 음식들은 하나같이 지금 막 조리한 것처럼 김이 모락모락 피어올랐다.

"시장들 하실 텐데 다들 식사부터 하시지요."

"그전에 무림의 거목이자 대검호이신 뇌검 남궁유룡 대협의 건강을 기원하며 모두 함께 축배를 들도록 하십시다."

남궁유룡의 말을 모삼풍이 받았다.

사람들은 시비들이 각자의 앞에 놓고 간 호리병을 들어 잔을 채웠다. 그리고 미리 준비해 온 덕담들을 한마디씩 올린 후 동시에 잔을 꺾었다.

당연히 나도 그 대열에 동참했다.

'크어!'

술을 모두 넘겼다가 숨을 내뱉는 순간, 맑은 주향 대신 지독한 군둥내가 목구멍을 타고 올라오면서 콧구멍이 화악 뚫리는 게 느껴졌다.

'읍!'

주변을 돌아보니 나만 화들짝 놀랐을 뿐, 모두가 고개를 끄덕이며 주향을 음미하고 있었다. 심지어 술이라면 사족을 못 쓰는 손지백은 모르는 척 한 잔을 더 따라 마시기도 했다.

어찌 된 영문인지 몰라 눈알을 이리저리 굴리던 내게 남궁소소가 딱 들어왔다.

그제야 나는 이 군둥내 나는 술의 정체를 알아차렸다. 부창화인지 뭔지 하는 꽃에서 맡았던 바로 그 악취였다.

하지만 남궁소소는 지금 고개를 돌려 노을이 내려앉은 연못을 우수에 찬 눈빛으로 바라보며 조용히 술을 마시는 중이었다.

'맞는 것 같은데.'

심증은 있지만 물증이 없다는 게 딱 이런 경우를 두고 하는 말일 것이다. 다만 대체 왜 이런 골탕을 먹이는지 모르겠다.

그때 뜨거운 시선이 느껴져 옆을 돌아보았다. 양조창이 나를 뚫어지게 응시하고 있었다.

그는 가만히 남궁소소를 한번 바라보았다가 다시 내게로 시선을 옮겼다.

잠깐 남궁소소를 향했다가 돌아왔을 뿐인데, 좀 전에는 없던 살기가 느껴졌다.

'저 인간은 또 왜 저러지?'

그사이 어른들 사이에선 가벼운 이야기들이 오고 갔다.

식사가 한창 진행 중일 무렵 양불군이 이종산에게 말했다.

"천룡표국에도 큰 경사가 있었다고 들었습니다. 아시는지 모르겠습니다만, 북경에서는 아직까지도 향시와 회시를 동시에 석권한 천재에 대한 소문이 자자합니다. 늦었지만 축하드립니다."

아비는 자식을 내세움에 있어 겸손해야 한다.

이종산은 기대를 저버리지 않고 차분하게 응수했다.

"매화가 아름답기는 하나 보리꽃 피기를 기다리는 농부에게는 잠깐 보기만 좋고 말 일이지요. 무림문파의 후기지수가 문과에 급제한 일이 꼭 그렇습니다."

"천룡표국을 무림문파라고만 할 수는 없지 않겠습니까? 백도인들로부터 무림맹으로의 입맹을 수차례 요청받았을 때도 그런 이유를 앞세우신 것으로 압니다만."

갑자기 끼어든 사람은 모삼풍이었다.

그러고 보니 남궁세가와 양가장 모두 무림맹의 대표적인 맹방이었다. 의도한 것인지 모르지만, 지금 모삼풍의 말은 남궁세가와 양가장을 하나로 묶는 한편 천룡표국은 다른 정체성을 지녔다는 식으로 은근히 부각하는 것이었다.

"무림맹에 입맹을 하지 않은 것은 천룡표국을 찾는 고객들에게 피해가 갈 것을 염려했기 때문입니다. 그렇다고 해서 천룡표국이 무림문파가 아니라는 것은 지나친 해석이지요."

"달팽이에게도 뿔이 있지만 소라고 하지 않고, 벌의 등에도 무늬가 있지만 호랑이라고 하지는 않지요."

나는 귀를 의심했다. 아무리 무림의 명숙이라고 하지만 이건 말이 좀 지나치지 않는가. 주변을 둘러보니 모두 당황한 기색이 역력했다.

이종산은 자리가 자리인지라 일단 마음을 다스리는 모습이었다. 하지만 비슷한 연배인 손지백은 참지를 못했다.

"금대선생께서는 말씀이 지나치십니다."

"나는 표왕의 협명을 오래전부터 흠모하고 있었던 사람입니다. 모욕을 주려는 뜻은 추호도 없었음을 알아주셨으면 합니다. 무림문파가 아니라는 말이 나쁜 말도 아니고요. 다만…….”

“……?”

“수많은 무림문파들의 헌신과 희생이 있었기에 오늘날 천룡표국을 비롯한 여러 표국들이 큰 변고를 겪지 않고 가업을 이어나갈 수 있는 것임을 간과해선 안 될 것입니다.”

말 속에 뼈가 아주 굵직하다.

이번엔 곽석산이 참지 못하고 나섰다.

“그건 잘못 알고 계신 겁니다. 강호가 어지럽고 도둑 떼가 들끓을수록 표국업은 흥하는 법입니다. 백도 무림문파들의 헌신을 부정하는 것은 아니나 금대선생께서는 지나친 억측으로 천룡표국을 욕보이지 말아주십시오.”

“좀도둑들이 들끓을 때야 그렇겠지요. 설마하니 양가장과 남궁세가가 고작 좀도둑들의 발호를 억누르려고 무림맹에 동참했다고 생각하시는 건 아니겠지요?”

“무림맹에 입맹을 하지 않았다고 해서 모두 흑도가 아닌 것처럼, 입맹을 했다고 해서 전부 사명감의 발로라고 할 수도 없지 않을까요?”

“그만하시게.”

낮지만 묵직한 음성이 이종산의 입에서 흘러나왔다.

적절한 순간에 끊어주었다. 더 깊이 들어가면 갈수록 반박의 논리를 만들어야 하고, 그러다 자칫 무림맹 최대의 맹방 중 한 곳인 남궁세가를 욕보이는 수가 있다.

“금대선생께서도 그만하시지요. 천룡표국이 무림맹에 입맹을 하지 않은 것으로 비난받을 이유도 없지만, 오늘은 그런 걸 논할 자리도 아닌 듯합니다."

양불군이 부드러운 음성으로 모삼풍을 만류했다.

그는 매우 곤란한 표정을 짓고 있었다. 마치 모삼풍의 직언이 자신의 의중인 양 비치는 것을 경계하는 것처럼.

"으음? 이거 어쩌다 보니 내가 여러 사람을 불편하게 한 모양입니다. 천룡표국 분들은 물론이거니와 남궁 대협께도 사과를 드리겠습니다."

"총표두와 대장궤께서도 하실 말씀이 있을 것 같습니다만."

이종산의 말에 곽석산과 손지백도 남궁유룡에게 사과를 했다.

"무례를 용서하십시오."

"결례를 용서하십시오."

말은 그렇게 했지만 곽석산은 이미 얼굴이 시뻘게져 있었다.

손지백은 화를 속으로 삭이느라 조용히 눈을 감아버렸다.

"용과 범들이 만나니 역시 그냥 넘어가는 법이 없구려. 너무 미안해 들 할 것 없소이다. 오히려 여러분 덕택에 남궁장이 모처럼 활기를 띠는 듯하외다. 껄껄껄."

자칫 무례하다고 화를 낼 법도 한데 남궁유룡은 산전수전 다 겪은 전대의 노강호답게 대범한 모습으로 받아넘겼다.

한데 모삼풍이 여기다 뜻밖의 사족을 붙였다.

"대협께서 그렇게 말씀해 주시니 마음이 한결 가볍군요. 그렇다면 기왕에 시작한 기 싸움이니 조금 더 여흥을 돋구어보는 건 어떻습니까?"

"무슨 말씀이시오?"

"양가장과 천룡표국에서 대표로 한 명씩 나와 무공을 겨루는 것이지요. 고래로 무림인들이 만나면 비무를 통해 각자의 무공을 발전시키고 친구가 되는 것은 자연스러운 일이 아니겠습니까?"

곽석산과 손지백이 두 눈을 부릅떴다. 시종일관 평정심을 잃지 않던 이종산도 이번만큼은 살짝 당황한 듯했다.

남궁유룡이 모삼풍에게 물었다.

"대표라고 하면 누가 나온단 말입니까?"

"여흥과 친선을 위한 비무에 어른들이 나오실 수는 없겠지요. 각자의 진전을 이은 후기지수들로 하여금 서로의 실력을 겨루게 하는 것이 어떻겠습니까? 하면 어느 한쪽이 지더라도 큰 흉이 아닐뿐더러, 더욱 정진하는 계기가 될 것입니다."

말인즉슨 나와 양조창을 싸움 붙이겠다는 뜻이다.

짐작하건대, 지금까지 모삼풍이 한 모든 발언은 이걸 목적으로 한 것이었다. 그걸 모르고 곽석산과 손지백은 먹물 든 늙은 구렁이의 계략에 말려든 것이고.

알았다고 해도 달라질 건 없었을 것이다.

두 사람에게 천룡표국은 자신들이 살아온 삶의 족적이었다. 천룡표국이 누군가에게 욕보이는 걸 참고 지켜볼 사람들이 아니다.

'학문적 소양의 대결로 몰고 가도록 도와준다더니만.'

재밌는 건 남궁유룡에게서는 당황한 기색을 조금도 찾을 수 없다는 점이었다.

아무래도 그는 지금의 상황을 충분히 예견한 것 같았다. 대범하게 넘어가 준 것 역시 사실은 모삼풍이 한 걸음 더 나갈 수 있도록 은근슬쩍 도와준 것일지도 모르겠다. 나와 양조창의 비무를 통해 진짜 무공 실력을 보고 싶은 것이다.

그건 좌우에 앉아 있는 남궁중백과 남궁세옥도 마찬가지인 듯했다.

오직 한 사람, 남궁소소만 얼굴이 노래지고 있었다.

남궁유룡이 양불군에게 먼저 물었다.

"양 장주께서는 어떻게 생각하시외까?"

"금대선생께서 오늘 양가장과 천룡표국 모두를 골탕 먹이기로 작정을 하신 모양입니다. 그렇게 하도록 하지요. 비 온 뒤의 땅이 더 굳어진다는 말도 있거니와 비무를 계기로 두 가문이 더 가까워지면 그 또한 좋은 일이 아니겠습니까."

"이 국주께서도 동의하시외까?"

"친선을 위한 비무라면 나쁠 것이 없지요."

거절할 수가 없다. 거절하는 순간 겁쟁이라는 걸 스스로 시인하는 셈이 되어버리니까.

곽석산과 손지백은 그야말로 눈앞이 캄캄해진 사람의 얼굴을 했다.

"이 늙은이의 즐거움을 위해 두 가문에서 이토록 애를 써주시는데 남궁장에서 가만히 있을 수야 없지요. 소소야, 너도 준비를 하거라."

"저도요?"

"총관은 내 활을 가져오시게."

"존명!"

남궁세가의 총관 좌고학이 누각 아래에 대기 중인 무사들 중 한 명을 향해 고개를 끄덕였다. 그러자 무사가 어디론가 쏜살같이 사라졌다.

그때 남궁소소의 다급한 전음이 들려왔다.

[안 된다고 하세요.]

[나도 내키지 않소.]

[양조창 선배는 귀하가 생각하는 것보다 훨씬 고수예요. 연못 건너편에 천오백 명의 사람들이 지켜보고 있다고요. 두고두고 망신살이 뻗칠 거예요.]

[조금 전엔 나를 골탕 먹이더니.]

[그래서 하겠다고요?]

[방법이 없잖소.]

[찾아봐야죠. 표행을 할 때는 어떤 곤란한 상황이 닥쳐도 온갖 잔꾀들을 잘만 짜내더니.]

[내가 망신당하는 게 그리 걱정되시오?]

[귀하가 망신당하는 걸로만 끝나지 않을 것 같으니까 그렇죠. 만약 비무를 해서 진다면 다시는 나를 볼 수 없을지도 몰라요. 그래도 좋아요?]

[그건 어째서 그렇소?]

[한 시진 전 양가장주께서 아버지와 할아버지께 나와 양조창 선배의 혼인 얘기를 정식으로 꺼내셨어요. 그 바람에 이야기가 길어져서 지금까지 함께 있었던 것이고요.]

[……!]

[강호인들은 무림세가라면 부족한 것이 없는 줄 알죠. 하지만 오히려 그 반대예요. 가진 게 많으면 많을수록 오히려 더 많은 걸 가지고 싶어 해요.]

형제가 없는 양조창은 훗날 창왕의 뒤를 이어 신창양가의 가주가 될 것이 확실했다. 거기에 모삼풍의 제자까지 되었으니 그의 앞날은 그야말로 서광으로 가득 찼다. 남궁소소가 만약 양조창의 아내가 된다면 신창양가의 가모(家母)가 되어 평생을 지고한 신분으로 살아갈 것이다.

그에 반해 나는 사남 중 막내인 데다 천출이기까지 해서 현재로선 누가 보아도 천룡표국을 물려받을 가능성이 거의 없다. 향시와 회시에서 장원급제한 전력이 있으나, 이건 벼슬을 하지 않는다면 그냥 장식용 이력밖에 되질 않는다.

만약 나와의 비무에서 양조창이 이기기라도 한다면? 남궁세가에서 남궁소소와 양조창을 짝지어주기로 결정해 버릴 가능성이 얼마든지 있었다.

그때부터는 아무리 자유분방한 무림인이라고 해도 함부로 다른 남자를 만나고 다닐 수가 없다.

반대로 내가 이기면? 곽석산과 손지백이 더욱 적극적으로 나와 남궁소소를 짝지어주려 할 것이다. 이번엔 이종산까지 적극적으로 가세할 것이 확실했다. 어쩌면 양가장처럼 정식으로 혼인 얘기를 꺼낼 수도 있다.

십중팔구 그럴 것이다.

'그러곤 난감해 어쩔 줄 모르는 남궁유룡과 남궁중백을 보며 현실을 직시하게 되겠지.'

나는 마지막으로 남궁소소에게 물었다.

[내가 어떻게 해주었으면 좋겠소?]

[내가 양조창 선배와 혼인했으면 좋겠어요?]

[내가 먼저 물었잖소.]

[그래서 대답했잖아요.]

[질문을 한 것 같은데.]

[그게 대답이었어요.]

[……?]

그때 활이 도착했다.

남궁세가의 총관 좌고학이 커다란 활과 전통을 남궁유룡에게 공손히 전달해 주었다. 궁간도 화살도 거무튀튀한 가운데 금속성의 질감이 느껴지는 것이 아무래도 철궁에 철전인 듯했다.

남궁유룡이 시위를 잡아당기자 그 큰 철궁이 대나무로 만든 아이들 장난감 활처럼 휘었다.

펑!

폭발적으로 날아간 철전은 연못 한가운데 있는 거대한 두꺼비 바위의 머리에 부딪혀 새파란 불똥을 튀겼다.

한데 연못 주변 어디에도 철전이 나가떨어지면서 생기는 파문이 일지 않았다.

아무래도 이상해서 안력을 돋우어 보았다. 놀랍게도 철전은 단단한 화강암을 무려 두 뼘이나 뚫고 들어간 후 꼬리 일부분만 남겨둔 상태였다. 화살촉에는 미늘이 역방향으로 달려 있으니, 아마 뽑는 데도 꽤 애를 먹을 것이다.

한 박자 늦게 상황을 파악한 연못 건너편의 방문객들에게서 우레와 같은 함성이 터져 나왔다.

"와아아아!"

듣지도 보지도 못한 경지에 나도 어안이 벙벙했다.

무공이 극상의 경지에 이르면 나무 작대기에도 강기를 주입해 검처럼 쓸 수 있다더니만. 대체 내공이 어느 정도여야 화살을 저렇게 바위에 박아 넣을 수 있는 걸까?

"수단과 방법은 따지지 않겠다. 저 화살을 뽑아 내게 가져오는 사람에게 같은 무게의 황금과 패왕궁(霸王弓)을 하사하겠노라!"

"와아아아!"

연못 건너편에서 또다시 함성이 터져 나왔다. 자신들끼리만 교분을 나누느라 무료하던 차에 기가 막힌 구경거리가 생긴 탓이다.

나는 수단과 방법을 따지지 않겠다는 말에 집중했다.

먼저 뽑아오든, 남이 뽑은 것을 가로채든 결국 최종적으로 손에 쥐여주는 사람에게 황금과 저 철궁을 준다는 뜻이다.

철궁은 잘 모르겠고.

'철전 한 대면 한 스무 냥쯤 나가려나?'

그때부터 나와 양조창과 남궁소소는 치열하게 서로의 눈치를 보기 시작했다.

양조창이 가장 먼저 움직일 줄 알았는데 예상외로 그는 가만히 있었다. 우리 셋 중 나이가 가장 많으니 선수 정도는 양보하는 모습을 사람들에게 보여주려는 것 같았다.

"그렇다면 내가 먼저!"

나는 누각에서 훌쩍 뛰어내린 후 연못가에 딱 한 척 놓여 있는 쪽배를 향해 질풍처럼 달려갔다. 이어 달려가는 기세 그대로 쭉 밀며 올라탄 다음 삿대를 척척 찍어갔다.

이 모든 동작이 전광석화처럼 이루어졌다.

연못에는 연잎과 연대가 여러 해 동안 쌓여서 생긴 부유물 위로 크고 튼튼한 새 연잎이 활짝 피어 있었다. 지난해 핀 연잎과 연대가 아직도 썩지 않은 채 떠다니는 것도 그렇고, 이른 봄에 이렇게까지 크게 잎이 열린 걸 보면 흔히 볼 수 있는 연(蓮)이 아닌 듯했다. 쪽배는 그런 연잎 부유물들 사이를 잘도 미끄러졌다.

그러던 어느 순간, 무언가 첨벙첨벙하면서 옆을 빠르게 지나갔다.

홱 돌아보니 장검을 등에 멘 남궁소소가 놀랍게도 상승의 경공을 펼치며 연잎 위를 달려가고 있었다. 약간의 차이를 두고 장창을 든 양조창이 마찬가지로 경공을 펼치며 쌩하니 지나갔고.

두 사람의 표표한 신법에 연못 건너편의 방문객들로부터 또다시 우레와 같은 함성이 터져 나왔다.

“와아아아!”

한심한 상황이지만 대여섯 장 안에서의 유령 같은 움직임이라면 모를까. 나의 경신공은 아직 연잎 위를 달릴 정도의 수준이 못 되었다.

대신 이제 칠십 년에 육박하는 가공할 공력이 있었다.

척! 척! 척! 척!

예닐곱 번 정도 미친 듯이 삿대를 찍어대자 배는 어느새 연못 중앙의 바위 앞까지 미끄러져 갔다.

배가 닿기도 전에 신법을 펼쳐 훌쩍 뛰어내렸다.

두꺼비의 등 위에서는 이미 앞서 도착한 양조창과 남궁소소가 화살을 먼저 차지하기 위해 신나게 싸우는 중이었다.

꽝! 꽝! 꽝!

장창과 검이 부딪힐 때마다 굉음과 함께 묵직한 공기의 파장이 전해졌다. 남궁소소가 검초에 내공을 아낌없이 담아내고 있었기 때문이었다.

만약 남궁세옥이 작심하고 똑같은 검법을 펼쳤다면 아마도 천둥 번개 치는 소리가 났을 것이다.

이는 남궁세가 가문비전의 검법들이 지니는 특징이었다. 현란한 데다 위력적이기까지 한 남궁소소의 검법에 양조창도 감히 경시할 생각을 못 하고 변화무쌍한 창술로 응수하는 중이었다.

그러나 어쩐 일인지 최선을 다하지 않고 있다는 느낌이 강하게 들었다. 마음에 두고 있는 남궁소소를 상대로 전력을 다해 싸우는 게 아무래도 부담스러운 것이다.

그의 입장에선 남궁소소에게 화살을 양보해도 크게 나쁘지 않을 것이다. 누구도 그가 남궁소소보다 약해서 화살을 빼앗겼다고 생각하진 않을 테니까.

반면 남궁소소는 양조창을 꺾어 어떻게 해서라도 그를 돋보이지 않도록 할 생각에 최선을 다했다.

나는 두 사람을 홱 지나쳐 화살이 있는 곳으로 질풍처럼 달려갔다.

그때였다.

꽝!

굉음과 함께 남궁소소의 칼이 손과 함께 바깥으로 크게 튕겨 나갔다.

동시에 한줄기 강맹한 기운이 나를 향해 날아들었다. 양조창이 갑자기 공격의 대상을 바꾼 것이다.

한데 조금 전 남궁소소를 상대할 때와는 차원이 달랐다. 기세는 산과 같고 빠르기는 번개와도 같았다. 거기에 엄청난 내공이 실려 있었다.

후웅!

훅 들어오는 창날에 시퍼런 기운이 소용돌이쳤다. 귀영무의 보법을 펼쳐 가까스로 피했는데도 불구하고 옆구리가 서늘할 정도였다.

놀랄 사이도 없이 이번엔 창날이 바닥으로 처박히더니 돌연 반대쪽 창끝이 장봉이 되어 정수리 위로 뚝 떨어졌다.

그 기세가 가히 산이라도 쪼갤 것 같았다.

'이 새끼가 진짜로 죽이려고 드네!'

집중만 하면 자동으로 발동되는 이능력이 없었더라면, 귀영무의 보법이 없었더라면 나는 머리통이 박살 나서 정말로 죽었을지도 모른다.

쾅!

아슬아슬하게 빗나간 창간이 바닥을 쳤다.

굉음과 함께 단단한 화강암이 대포에라도 맞은 것처럼 떨어져 나갔다.

화들짝 놀란 나는 더는 화살에 다가가지 못하고 세 걸음을 후다닥 물러났다. 그러자 연못 건너편의 방문객들에게서 다시 한번 우레와 같은 함성이 터져 나왔다.

"와아아아!"

내가 보인 건 이리저리 미꾸라지처럼 피하고 도망친 것밖에 없었다. 그러니 저 함성은 양조창의 놀라운 창술에 대한 감탄과 찬사였다.

끊이지 않는 방문객들의 함성 속에서 내가 말했다.

"이거 손속이 너무 살벌한 것 아니오?"

"겁나면 포기하는 게 어떻겠나?"

"초면에 반말도 하시고."

"중요한 건 그게 아닐 텐데."

"무슨 말을 하고 싶은 거요?"

"듣자 하니 소소와 꽤 친하다지?"

나는 삼각형 모양으로 대치 중인 남궁소소를 힐끗 바라본 후 대답했다.

"아마도."

"소소의 얼굴을 봐서라도 마지막 체면을 챙길 기회 정도는 주겠네. 이쯤에서 조용히 물러나는 게 어떤가?"

"싫다면?"

"많은 사람들이 지켜보는 앞에서 창으로 꿰지는 않을 테니 너무 걱정하지 말게. 하지만 물속에 거꾸로 처박히는 망신까지는 피할 수 없을 것이네."

"화살은 관심도 없군."

"어차피 내가 뽑을 테니까."

그때쯤엔 방문객들의 함성이 완전히 잦아든 상태였다.

나는 그때까지도 한 손에 검을 들고 서 있었다.

"기어이 벌주를 마시겠다면야."

거침없는 보법과 함께 양조창의 장창이 다시 날아들었다.

그때였다. 별안간 두꺼비 바위 아래의 연못 속으로부터 시커먼 그림자들이 벼락처럼 쭈욱 솟구쳤다. 그러고는 체공 상태에서 무언가를 힘차게 뿌려댔다.

"이건 또 뭐야!"

너무나 갑작스러운 상황에 나도, 양조창도, 남궁소소도 싸움을 멈춘 채 각자의 병기로 허공을 급박하게 휘저었다.

따따다다낭!

새파란 불꽃을 튀기며 바닥으로 떨어진 것들은 불가사리 모양의 날붙이들이었다.

우리가 암기를 쳐내는 틈을 타 바위 위로 착지한 놈들은 검은 복면을 뒤집어쓴 아홉 명의 괴인이었다.

"뭐 하는 새끼들이야!"

그야말로 찰나의 순간에 벌어진 일. 놈들은 놀랄 시간마저도 주지 않은 채 폭이 좁고 기다란 칼을 뽑아 거침없이 공격해 왔다.

'왜도!'

까가가강! 깡깡!

격렬한 격돌이 숨 쉴 틈 없이 몰아쳤다.

양조창과 내게는 각각 두 명씩 붙었고, 남궁소소에게는 무려 다섯 명이 붙었다.

그제야 나는 이들이 진짜로 노리는 게 남궁소소라는 걸 알아차렸다.

다섯 자루의 칼은 일찍이 본 적이 없을 만큼 가공할 속도로 남궁소소를 향해 날아들었다.

'고수들이다!'

이대로 두면 남궁소소는 순식간에 난자당해 죽는다.

나는 그녀의 왼쪽을 찔러가는 두 놈을 향해 할 수 있는 한 최고의 속도로 검을 뻗어갔다. 그 바람에 내 등이 다른 두 명의 자객에게 그대로 노출되었지만 상관없었다. 용린신갑이 한번은 막아줄 테니까.

물론 놈들이 정확하게 등을 노려야 한다는 전제가 붙는다. 갑옷을 눈치챈 놈들이 다시 목을 베어버리기 전에 피하거나 반격도 해야 하고.

푹! 쓰윽!

한 놈의 목에 검을 박고, 그걸 빼면서 또 다른 놈의 가슴을 베어버렸다. 이능력을 발동하고서도 그야말로 눈 깜짝할 사이에 펼친 천무십검의 이초식이었다.

덕분에 남궁소소도 오른쪽에서 날아드는 세 자루의 검을 가까스로 피하고 쳐내는 데 성공했다. 만약 내가 두 놈을 처리하지 않았다면 그녀는 지금쯤 피를 철철 흘리며 쓰러졌을 것이다.

한데 어쩐지 내 등 쪽에선 아무런 소식이 없었다.

질풍처럼 돌아서며 일단 반격의 자세부터 취했다. 어찌 된 영문인지 한 놈은 이미 고꾸라져 있고, 다른 한 놈은 이제 막 고꾸라지는 중이었다.

놈들의 등에는 철전이 한 자루씩 박혀 있었다. 급히 금하루 쪽을 보니 남궁유룡이 철궁을 든 채 오연하게 서서 이쪽을 지켜보고 있었다.

그가 천둥 같은 대갈일성을 내질렀다.

"모두 멈춰라!"

순간, 사방에서 연잎들을 밟으며 두꺼비 바위를 향해 바람처럼 달려오던 남궁세가의 용 같고 범 같은 고수 수십 명이 그 자리에 우뚝 멈춰섰다. 연못이 생각보다 깊지 않았는지, 무사들은 가슴까지 잠긴 상태로 물속에서 대기했다.

남궁유룡의 사자후가 얼마나 우렁찼던지 자객들도 공격을 뚝 그치며 얼떨결에 대치 상태가 이루어졌다.

천여 명의 방문객들이 지켜보고 있는 연못 건너편에선 숨소리조차 들리지 않았다. 모두 지금의 상황을 파악하느라 정신이 없는 것이다. 자객들이 누구인지, 왜 남궁소소를 노린 건지, 갑자기 어떻게 물속에서 튀어나올 수 있었는지는 현재로선 알 수가 없다.

하지만 이후의 상황은 명료했다.

양조창이 두 명의 자객을 상대로 제 한 몸 돌보는 데 급급한 사이, 나는 등을 적들에게 내주면서까지 먼저 남궁소소부터 구하려 했고 실제로도 구했다. 그리고 그녀의 할아버지인 남궁유룡이 가공할 철전 두 대를 벼락처럼 쏘아 내 등을 지켜주었고.

덕분에 나는 지금 남궁소소의 앞을 막아선 채 세 명의 적들과 대치 중이었다. 조금 떨어진 곳에서는 양조창이 홀로 자신을 공격하던 두 명의 적과 마찬가지로 대치 중이었고.

한데 남궁유룡은 왜 갑자기 돕기 위해 달려오는 무사들을 멈추게 한 것일까?

이는 우리 세 명에게 내리는 무언의 명령이었다. 갑자기 난입한 저 자객들을 상대로 이제부터는 비무가 아닌 진짜 싸움을 해보라는.

그때 남궁소소의 발아래로 붉은 핏물이 뚝뚝 떨어지는 게 보였다.

나는 화들짝 놀라서 외쳤다.

"소저!"

"호들갑 떨지 말아요."

"어딜 얼마나 다친 거요?"

"어깨를 조금 찔렸어요."

"버틸 수 있겠소?"

"버티는 건 문제가 아닌데. 하필 오른쪽 어깨를 찔려서 더는 도와줄 수가 없을 것 같아요."

"지금까지도 큰 도움은 안 됐소."

"말할 때 입을 너무 크게 벌리지 말아주세요."

"그건 왜?"

"바람이 이쪽으로 불어서 부창화 냄새가 전부 내게로 와요."

"이게 누구 때문인데."

"미안해요."

"대체 왜 그런 거요?"

"얄미워서 그랬어요."

"내가 뭘 어쨌다고."

"그걸 모르는 게 너무 얄미워서요."

"아까부터 당최 뭔 소린지."

"일단 목전의 문제부터 해결하죠."

복면의 자객들이 갑자기 위치를 바꾸며 검진을 펼쳐왔다. 우리가 대화를 하는 동안 놈들도 전음으로 작전을 짠 모양이었다.

좀 전에 겪어본 자객들의 검술은 내가 정상적으로 싸워서 상대할 수 있는 수준이 아니었다. 초전에 두 명을 쓰러뜨린 것은 놈들이 오직 남궁소소만을 목표로 한 데다, 내가 등을 포기하면서까지 불의의 기습을 가했기 때문이었다.

절정의 경지를 바라본다는 양조창조차도 고작 두 명에게 발이 묶여 버린 걸 보면 알 수 있다.

'창과 검을 동시에 쓸 수 있을까?'

그런 걸 고민하고 있을 여유가 없다. 반드시, 무조건 해내야 한다.

나는 왼쪽 소맷자락에 숨겨둔 두 개의 청동빛 묵직한 바늘, 즉 비격쌍뇌창 중 하나를 슬그머니 뽑아 아무도 모르게 아래로 툭 떨어뜨렸다.

동시에 정신을 초집중하며 바늘을 조종했다. 눈에 보이지도 않고, 소리도 들리지 않으며, 출수하는 동작도 없는 이 암기의 위력을 마침내 실전에서 시험해 볼 때였다.

첫 번째 놈이 보법을 펼치기 시작했다.

순간, 바늘이 놈의 왼쪽 무릎을 뼈째 뚫고 지나갔다.

"헛!"

극통을 느낀 놈의 몸이 한순간 왼쪽으로 휘청거렸다.

미리부터 이능력을 발동하고 있던 나는 귀영무의 보법과 천무십검을 동시에 펼쳐갔다.

"죽엇!"

깡!

쒜애액!

격렬한 첫 합에 이은 섬전 같은 살초!

첫 번째 놈의 목에서 핏물이 터지는 순간, 바늘은 왼쪽 허공에서 날아들던 두 번째 놈의 심장을 뚫고 들어갔다.

나는 두 번째 놈의 흔들리는 동공을 보면서 일도양단의 기세로 옆구리를 베어버렸다.

그때쯤엔 두 번째 놈의 등을 뚫고 나온 바늘이 상체를 착 가라앉히면서 다리를 베어오는 세 번째 놈의 왼쪽 눈에 꽂혔다.

깡!

검 끝을 오른쪽 바닥에 힘차게 찍어 칼날을 막은 나는 좌장으로 놈의 천령개, 즉 정수리를 내려쳤다.

퍽!

막강한 장력을 감당하지 못한 놈은 그대로 단단한 화강암 바닥에 얼굴을 처박았다.

그러고는 미동도 하지 않았다. 좌장에 실린 암경에 뇌가 터져 버린 것이다.

'이, 이게 무슨!'

내가 하고도 믿기지가 않았다.

남궁소소는 숫제 유령이라도 본 것 같은 얼굴이었다.

푹!

섬뜩한 소리에 고개를 돌려보니 양조창이 이미 한 명을 쓰러뜨린 후 마지막으로 남은 한 명의 어깨를 창으로 꿰는 중이었다.

"커헉!"

짧은 비명을 끝으로 마지막 자객이 무릎을 꿇었다.

그와 동시에 연못 건너편으로부터 오늘 들어본 것 중 가장 큰 함성이 터져 나왔다.

"와아아아!"

복면인들을 물리치는 데 남궁소소나 양조창이 딱히 한 게 없으니 저 함성은 분명 나를 향한 환호성일 것이다.

방문객들의 환호성은 좀처럼 끝날 줄을 몰랐다.

조금 전까지만 해도 양조창에게 환호를 보내던 사람들이 고작 자객 몇 명 더 죽였다고 이렇게까지 나를 응원하는 데는 이유가 있다.

남궁소소 때문이다. 위험에 빠질 뻔한 그녀를 내가 구해줬다고 생각하는 것이다. 남궁소소가 이곳 사람들에게 얼마나 사랑을 받고 있는지 알 것 같았다.

"유명 인사가 되셨네요."

"유명세는 돈이 안 되오."

"누가 보면 가난뱅이인 줄 알겠네."

혼란한 틈을 타 나는 아무도 모르게 비격쌍뇌창의 바늘부터 회수해 소맷자락 속으로 숨겼다.

가슴이 벅차올랐다. 죽간을 통해 우연히 손에 넣은 선천오법술과 백발노성이 남긴 비격쌍뇌창의 궁합이 이렇게까지 기가 막힐 줄은 몰랐다.

그때쯤엔 남궁세가의 무사 십수 명이 바위로 올라와 주변을 정리했다.

한 사람이 두꺼비 바위의 머리 쪽에 누운 시체를 치우자 가려져 있던 철전이 모습을 드러냈다.

힐끗 돌아보니 양조창과 남궁소소의 시선도 자연스럽게 철전 쪽으로 향하고 있었다.

내가 말했다.

"저건 내가 가졌으면 하는데."

남궁소소는 그때까지 들고 있던 검을 검집에 갈무리했다. 철전을 가지고 더는 다툴 생각이 없음을 분명히 한 것이다.

양조창이 내게 물었다.

"무공을 숨기고 있었나?"

"운이 좋았을 뿐이오."

"운?"

"겸손의 말이 아니오."

선천오법술과 비격쌍뇌창은 표행을 하던 중에 우연히 손에 넣은 것이다. 결코 내가 열심히 수련을 해서 얻은 것이 아니었다.

"정말 운이라면 곧 끝나겠군."

"그럴지도."

"철전은 너의 것이다."

양조창은 남궁소소를 잠시 눈에 담더니 연못 위로 몸을 날렸다. 그러곤 올 때도 그랬던 것처럼 표표한 경신법을 펼치며 달려나갔다.

나는 두꺼비 바위의 머리로 가서 철전의 꼬리를 잡았다. 이어 내공을 주입해 한 번에 힘차게 뽑았다.

화살을 뽑은 순간 손이 저절로 하늘로 향했다. 그러자 연못 건너편에서 지켜보고 있던 방문객들이 또다시 우레와 같은 환호성을 질러댔다.

"와아아아!"

나는 방문객들을 뒤로하고 남궁소소에게 말했다.

"우리도 이제 그만 돌아갑시다."

"쪽배를 타고 갈 건가요?"

"그래야지."

"직접 삿대를 찍고요?"

"물론이오."

"혹시 모르고 있어요?"

"무얼 말이오?"

"엉덩이에서 피나잖아요."

무심코 뒤를 돌아본 나는 화들짝 놀랐다.

볼기 부위의 옷자락이 손가락 두 마디 정도 찢어져 있고, 거기서 흘러내린 피가 바지를 흥건하게 적시는 중이었다. 처음 자객들이 나타났을 때 닥치는 대로 날렸던 불가사리 모양의 날붙이에 찍힌 것이 분명했다.

"이게 언제!"

의각(醫閣)에 도착한 나와 남궁소소는 각자 다른 방으로 안내되었다.

늙은 의원은 나를 침상에 엎어놓더니 다짜고짜 엉덩이를 까고 온갖 약재를 발라대기 시작했다.

그러다 어느 순간 바늘이 훅 들어왔다.

"읍!"

"마비산(麻痹散)이 잘 안 듣는군."

"그럼 조금 있다가 하시죠."

"지금까지 안 듣는다면 이게 최선인 겁니다."

늙은 의원은 무려 일곱 바늘을 거의 생으로 꿰맸다. 그런 다음 금창약을 잔뜩 바르고 깨끗한 천으로 감아준 후 나갔다.

얼마나 이를 악물었던지 온몸에서 땀이 비 오듯 쏟아졌다.

"좀 어떤가?"

말과 함께 방 안으로 들어선 사람은 남궁세옥이었다.

한 걸음 뒤에서는 호위무사가 뒤따르고 있었다. 예전에 매소옥을 데리고 다선초당을 찾아갔을 때 본 적이 있는 검사였다. 이름이 동천이었던가.

자리에서 일어나 앉으려는 나를 남궁세옥이 만류했다.

"그냥 엎드려 있게."

나는 그래도 기어이 일어나 두꺼운 방석을 깔고 조심스럽게 앉았다.

남궁세옥도 맞은 편에 있는 의자에 자리를 잡고 앉았다.

"소소 소저는 좀 어떻습니까?"

"무사하네."

"대체 뭐 하는 작자들이랍니까?"

"왜국의 무사들이었네."

"왜놈들이라고요?"

"작년 가을에 할아버지께서 왜구를 크게 소탕하신 적이 있네. 그때 젊은 두목을 포함해 십여 명을 생포해 뇌옥에 가두었는데, 알고 보니 두목이 대단한 귀족 가문의 유일한 후계자였던 모양일세."

"귀족 가문의 후계자가 왜 그런 짓을?"

"몇 년 사이 황해에 출몰하는 왜구들은 단순한 해적단이 아닐세. 왜국 내의 세력 싸움에서 밀려난 후 재건을 위해 황해에 상륙한 귀족의 가병들이지."

"그런 것들이 귀족이라고요?"

"놈들은 며칠 동안 바닷가 여러 마을을 돌며 돈이 될 만한 것들과 여자와 노예로 쓸 아이들을 약탈한 후 돌아가곤 하지. 대형 선단이 상륙했을 때는 가까운 소도시까지 진격해 올 때도 있고."

"천인공노할 놈들 같으니라고!"

"아무튼, 그때 이후로 적지 않은 뇌물을 가지고 와서 자신들의 소주군을 풀어주길 요청했네. 하지만 씨알도 안 먹히자 이젠 자객을 보내온 것일세."

"혼란을 틈타 소소 소저를 납치한 다음 인질로 삼고 교환을 할 작정이었을 겁니다. 잠입은 연못과 연결된 수로를 통했을 것이고요."

"짐작하는 대로일세."

"그만하길 천만다행입니다."

"자네가 지켜준 덕분이지."

"제가 아니었어도 가주님께서 그 무시무시한 궁술로 소저에게 접근하는 자객놈들의 명줄을 끊어놓았을 겁니다."

"그렇다고 해도 자네가 죽음을 무릅쓰고 소소를 지키려고 했다는 사실은 변하지 않지."

"사내라면 누구라도 그랬을 겁니다."

"양조창은 그러지 않았네."

"……?"

"소소는 항상 자기가 먼저 천룡표국의 객원표사가 되길 자처했다고 말했지. 하지만 그게 아니라는 걸 잘 알고 있네."

"역시 알고 계셨군요."

"자네도 날 바보로 보지는 않았군."

"창룡검 남궁세옥을 천하의 누가 바보로 볼 수 있겠습니까? 그렇다면 그자야말로 진짜 멍청이겠지요."

"소소를 두고 하는 말인가?"

"그게 그렇게 되는군요."

나와 남궁세옥은 동시에 훗 하고 웃음을 터뜨렸다.

나는 조용히 다시 물었다.

"왜 속아주신 겁니까?"

"속아준 게 아니라 궁금해서 지켜본 것이네. 저 녀석이 왜 저런 짓을 하고 다니나 하고. 매사에 제멋대로였어도 그렇게까지 엉뚱한 짓을 한 적은 한 번도 없었거든. 객원표사라니."

"혹시 남궁가주님께서 편지까지 보내시어 저를 데려오라고 당부하신 것과 좀 전에 있었던 비무에 갑자기 소저를 참여시키신 것도 그런 이유에서였을까요?"

"짐작하는 대로일 걸세. 그리고 나는 이제 더는 궁금하지 않게 되었네. 내가 볼 수 있는 것을 할아버지께서 보지 못하셨을 리 없겠지."

"……!"

"뿐만 아니라 할아버지께서는 아무도 보지 못한 것까지 보신 모양이네. 잠시 후 주연(酒宴)에 가면 자네가 할아버지의 새로운 궁금증을 깨끗이 해소해 줄 수 있기를 바라네."

의미심장한 말들이 한꺼번에 쏟아져 나온다.

정신을 차릴 수가 없다.

마지막에 남궁유룡이 봤다고 하는 것은 과연 무엇일까?

선천오법술은 눈으로 본다고 알 수 있는 것이 아니다. 비격쌍뇌창은 터럭보다 약간 굵은 바늘 하나만 썼다. 해 질 무렵이었는 데다 반짝임도 없는 청동빛이어서 제아무리 남궁유룡이라고 해도 이십여 장 밖에서는 볼 수가 없었을 것이다.

그렇다면 남은 것은 하나였다.

'귀영무다!'

천하십대권사 중 한 명이자 맨손 격투에 관한 한 북방삼성에서 적수를 찾아볼 수 없었다는 무적자 북해투왕 혁방세의 비전절기.

그는 곤륜파에게 쫓겨 청해성을 떠나 머나먼 항주까지 와서 숨어지내고 있었다. 다시 말해 곤륜파의 공적이라는 뜻이다.

대책을 마련해야 한다.

"주연은 무슨 말씀입니까?"

"금하루에서의 저녁 식사가 그렇게 끝난 것이 죄송하다시며 할아버지께서 주연을 제안하셨네. 하여 내원의 가주부(家主府)에서 양가의 어른들끼리 모여 가볍게 술을 마시며 담소를 나누고 계시지."

가주부라는 이름만 들어도 어떤 곳인지 짐작이 간다. 남궁세가주의 집무실이자 거처로, 천룡표국으로 치면 표왕부와도 같은 곳이다.

"양가라시면……."

"남궁가와 천룡표국 말일세."

"금대선생과 양가장은 어쩌고요?"

"그분들께선 급한 일이 있다시며 먼저 떠나셨네."

남궁유룡을 직접 만나 축하까지 했으니 급한 일이 있으면 얼마든지 먼저 떠날 수도 있다. 장원도 불과 한나절 거리인 남경에 있으니까. 하지만 그런 이유 때문이 아니라는 건 삼척동자도 알 수 있을 것이다.

나는 그제야 이종산과 두 명의 노인네들이 코빼기도 보이지 않는 이유를 알아차렸다. 아무래도 그들은 남궁유룡에게 잡혀간 것 같았다. 내가 세 사람과 입을 맞추지 못하도록 하려는 조치가 아니었을까?

남궁세옥은 양가의 어른들이 중요한 만남을 가지는 동안 대공자로서 좀 전에 있었던 일들을 처리한 모양이었다. 보고를 위해 가주부로 돌아가는 길에 잠깐 내게 들렀던 것이고.

이유는 모르겠으나 호의가 잔뜩 느껴졌다.

"감사합니다."

"그럼 잠시 후에 보세."

그 말을 끝으로 남궁세옥이 자리에서 일어났다.

그는 호위무사인 동천과 함께 나가려다 말고 내게 물었다.

"아까부터 어린 소저 하나가 의각의 입구에서 서성거리고 있네. 경계 무사들이 누구냐고 물었더니 매염방의 은약빙이라고 했다는데, 혹시 아는 사인가?"

"아마도 그런 것 같습니다."

"들여보내 줄 테니 잠깐 만나볼 텐가?"

"아닙니다. 지금은 혼자 있고 싶습니다."

"그렇군."

남궁세옥과 동천이 진짜로 나가자 시비가 하나 들어왔다.

그녀는 정갈하게 접은 옷가지들을 침상 발치에 조심스럽게 놓으며 말했다.

"깨끗한 옷으로 갈아입으시면 바깥에 있는 무사들이 가주부로 안내해 드릴 겁니다."

시비까지 나가자 나는 혼자가 되었다.

옷을 갈아입은 후에도 밖으로 나가지 않고 창가에 섰다.

쉽게 발걸음이 떨어지질 않았다. 밖으로 나가는 순간 왠지 많은 것들이 달라질 것 같아서였다.

어둠이 내린 창밖 하늘엔 오늘따라 별이 유난히 많다.

온갖 상념들이 머릿속에서 생겨났다가 사라지기를 반복했다. 전생의 일들과 환생 후 겪은 일들 그리고 앞으로 일어날지 모를 일들이 현실과 상상의 경계를 오가며 나를 달리는 말처럼 어디론가 이끌었다.

그러다 어쩌면 오늘을 마지막으로 다시는 남궁소소를 못 볼 수도 있다는 생각이 드는 순간 문득 깨달았다. 그건 결코 내가 원하는 게 아니라는 것을.

'만나야겠어.'

그제서야 나는 밖으로 나갈 수 있었다.

가주부로 안내해 줄 거라던 무사를 꽁무니에 달고 회랑을 한참 걸어갔다.

잠시 후, 대여섯 명의 무사들이 삼엄하게 지키는 방이 나타났다.

"남궁 소저를 뵈러 왔습니다만."

책임자로 보이는 무사는 잠시 망설이는가 싶더니 안쪽에다 대고 시원한 소리로 말했다.

"천룡표국의 이 공자님께서 오셨습니다."

그러고는 직접 문까지 열어주었다.

"고맙소."

"저희가 더 감사하지요."

왠지 호의가 느껴지는 무사의 말을 뒤로하고 방 안으로 들어갔다.

대답도 듣지 않고 문을 열어주더라니 안쪽은 손님을 맞는 작은 다실이었다. 다실의 한쪽 끝에는 길게 늘어져 있는 주렴과 함께 침실로 들어가는 또 다른 육각형의 통로 겸 입구가 있었다.

나는 주렴 너머를 향해 말했다.

"가주님께서 나를 부르셨는데 아무래도 아주 곤란한 질문을 하실 것 같소. 어쩌면 그 대답 여하에 따라 이번엔 내가 소저를 볼 수 없게 될지도 모르겠소. 그전에 소저에게 꼭 하고 싶은 말이 있……."

푸르르렁!

흡사 당나귀가 투레질하는 듯한 소리에 입 밖으로 나오던 말이 뚝 끊어졌다. 그 작은 콧구멍에서 저렇게 우렁찬 소리가 나온다고?

주변을 둘러보니 숯불이 담긴 큼지막한 청동화로가 보였다. 화로 속에는 숯덩이를 뒤집는 데 쓰는 부젓가락 두 개가 꽂혀 있었다.

부젓가락을 집어 화로를 세차게 두들겼다.

땅땅땅땅!

요란한 소리에 코 고는 소리가 뚝 그쳤다.

잠시 후 주렴 사이로 힘깨나 쓸 것 같은 젊은 여자가 슬그머니 나타났다.

나는 깜짝 놀라서 물었다.

"누, 누구요?"

"소소 아가씨의 시비입니다."

"아가씨는 어디 가시고."

"나가셨어요."

"어디로?"

"저기로요."

그러면서 창문을 가리켰다.

후다닥 달려가 창문을 열어보니 무사 두 명이 창밖에 편안하게 앉아 잠을 자고 있었다. 행여나 가주부에서 열리는 주연에 참석해야 할까 봐 무사들의 혈도를 짚고 탈출한 모양이었다. 무언가 내키지 않는 거다.

뒤늦게 소란을 느끼고 들어온 무사들도 매우 당혹스러운 눈치였다.

"아가씨가 갈 만한 곳이 있소?"

"너무 많습니다."

"함께 찾아봅시다."

"지금요?"

"꼭 찾아야 하오."

그때부터 무사들의 도움을 받아 한 식경 정도 장원을 뒤졌다. 하지만 하늘로 솟았는지 땅으로 꺼졌는지 남궁소소는 좀처럼 모습을 드러내지 않았다. 덕분에 그녀가 평소 좋아했다는 장소들만 잔뜩 알게 됐다.

나는 빨리 주연에 참석해야 한다는 무사의 간곡한 부탁을 견디지 못하고 결국 가주부로 향했다.

고아한 정취가 느껴지는 방 안엔 기다란 탁자를 가운데 두고 양쪽 가문의 남자들이 마주 보며 앉아 있었다. 약속이나 한 것처럼 삼 대 삼이었다.

내가 자리를 비운 시간은 고작 두 식경 정도. 길다면 길고 짧다면 짧은 시간이다. 그동안 이들은 무슨 이야기를 나누었을까?

조용히 곽석산의 곁에 가서 앉았다.

이종산이 나직하게 나무랐다.

"왜 이렇게 늦었느냐?"

"죄송합니다."

남궁중백이 부드러운 음성으로 물었다.

"다친 곳은 좀 어떤가?"

"대수롭지 않은 부상입니다."

"그럴 리가 있나. 하지만 그렇게 말해줘서 고맙네. 목숨을 돌보지 않고 소소를 구해주려고 한 것은 더욱 고맙고."

구해준 것이 아니라 구해주려고 한 것이라 말했다. 짐작했던 대로 내가 아니었어도 남궁소소는 죽지 않았을 것이다.

어찌 보면 천하의 뇌검이 두 눈을 똑바로 뜨고 지켜보는 앞에서 그의 손녀가 죽는다는 게 말이 안 되는 소리긴 했다.

남궁유룡이 말했다.

"소가주의 말씀이 맞네. 오늘 자네가 한 일은 결코 아무나 할 수 있는 일이 아니지. 암, 그렇고말고."

"부끄럽습니다."

"하지만 나를 더욱 놀라게 한 것은 자네의 무공이었네. 단언하건대, 오늘 자네가 사용했던 무공들 중 어떤 것은 천룡표국의 것이 아니었네. 그렇지 않은가?"

마침내 올 것이 왔다.

중원 대륙의 넓이는 상상을 초월한다. 무림인들의 숫자는 밤하늘의 별처럼 많다. 제아무리 견문이 넓은 사람이라고 해도 그들 모두를 알 수는 없다. 특히 무공 초식 같은 경우 수련하는 장면을 훔쳐보았거나 직접 손속을 나눠보지 않았으면 알아볼 수가 없다. 북해투왕처럼 문파나 제자도 없이 홀로 비전절기를 익힌 채 독보강호하는 고수들의 경우엔 거의 절대적으로 그렇다.

과연 대륙의 가장 동쪽 바닷가 인근에 사는 남궁유룡은 북방삼성을 무대로 활동했던 북해투왕의 무공을 알아보았을까?

일단 양불군과 모삼풍은 알아보지 못했다. 알아보았다면 나의 약점을 알게 된 것인데, 그렇게 도망치듯 떠났을 리 없다.

그때 이종산의 전음이 들려왔다.

[무슨 말이든 당당하게 하거라. 만약 네가 감당해야 할 것이 있다면 이 아비도 함께 감당할 것이니라.]

나는 정신이 번쩍 들었다. 이 노인네, 내가 북해투왕에게서 무공을 배웠다는 사실을 이미 알고 있다. 그렇게 조심을 한다고 했건만.

그런데도 여태 모른 척 눈을 감아주었다고? 대체 왜?

그걸 알고도 이 자리에 있다면 이종산은 내 생각과 달리 남궁유룡에게 잡혀 있는 것이 아니었다. 다만, 가문과 가문의 만남이라는 걸 생각해 경솔하게 행동하지 않고 있었을 뿐.

"그렇습니다."

"어느 고인에게 무공을 배웠는지 말해줄 수 있겠나?"

"그건 말씀드릴 수 없습니다."

"어째서?"

"누구에게도 말하지 않기로 약속했기 때문입니다."

"내가 묻는 것임에도?"

"예외는 있을 수 없습니다."

"단호하군."

"죄송합니다."

"그래서 배사지례는 올렸는가?"

"사부 노릇 하는 것이 번거롭다시며 한사코 거절하셨습니다. 하지만 누가 뭐래도 그분은 저의 사부님이십니다."

"그가 어떤 사람인지는 알고?"

"그렇습니다."

"한데도 무공을 배웠단 말이지?"

미치겠다. 이 노인네도 알고 있다. 내가 펼친 무공이 북해투왕의 귀영무라는 걸 정확히.

그가 북해투왕과 싸웠을 가능성은 매우 낮다. 만약 그랬다면 어떻게든 알려져서 강호가 발칵 뒤집혔을 것이다.

두 사람이 비무를 겨루었을 확률은 더욱 낮다. 북해투왕은 권사고 뇌검은 검사다. 권사가 검을 쓰지 않는 것도 아니고, 검사가 권을 익히지 않는 것도 아니다. 하지만 두 사람은 각각 권과 검의 극을 본 사람들. 이런 사람들끼리는 비무가 좀처럼 성립되기 어려운 법이다. 무엇으로 겨루든 어느 한쪽의 일방적인 승리가 될 테니까.

하면 대체 어떻게 알아차린 걸까?

"그렇습니다."

"어째서?"

"그는 본래 협객으로 명성이 높았습니다. 지금은 자신을 뒤쫓는 이들을 피해 은둔의 삶을 사시고요. 하지만 그것 역시 두려워서가 아니라 그들을 해치고 싶지 않기 때문입니다. 이런 분이라면 말 못 할 곡절이 있지 않겠습니까?"

"세상에 곡절 없는 무림인이 있다든가. 중요한 것은 자네가 그의 제자가 되었다는 것이네. 무공을 배운다는 것은 은원도 함께 계승한다는 뜻. 만약 그들이 그에게서 받아내지 못한 혈채를 자네에게 요구한다면 감당할 수 있겠는가?"

"최선을 다해 제가 할 수 있는 일들을 하겠습니다."

"반대로 그가 자신을 노리는 사람들에게 죽임을 당한다면, 그때는 자네가 대신 복수를 해줄 것인가?"

"……!"

"그것까진 생각해 보지 않은 모양이군. 하긴 그가 누군가에게 죽임을 당한다는 것을 상상하기란 어려운 일이지. 하지만 그는 생각했을 것이네. 하여 자네에게 짐을 지워주지 않으려고 한사코 배사지례를 거절한 것이지. 그는 그런 사람이라네."

"그분을 잘 아시는지요?"

"그는 나의 의제일세."

"예에?"

"예에?"

"예에?"

나와 손지백과 곽석산의 입에서 동시에 터져 나온 신음이었다.

나는 남궁유룡의 말에 한번 놀라고, 손지백과 곽석산의 반응에 또 한 번 놀랐다. 그리고 신음을 내지는 않았지만, 남궁중백과 남궁세옥도 내가 무공을 배운 스승이 북해투왕이라는 걸 알고는 화들짝 놀라는 눈치였다.

남궁유룡이 말했다.

"아무래도 숙백부들께서는 자네가 누구에게 무공을 배우는지 알고 계셨던 모양이로군. 그렇다면 당연히 부친께서도 알고 계셨을 것이고."

딱 내 심정을 대변하는 말이었다.

이종산이 말했다.

"제게도 궁금하신 것이 있다면 기탄없이 말씀드리겠습니다. 그리고 실례가 되지 않는다면, 가주님과 그분의 인연에 대해서도 듣고 싶군요."

말은 부드럽지만 태도는 당당했다.

"그건 어른들끼리 하도록 하지요. 오늘 밤은 다른 일정일랑 모두 제쳐두고 세 분과 코가 삐뚤어질 때까지 술을 마시고 싶은데, 시간을 내어주실 수들 있으신지요."

"기꺼이 내겠습니다."

그토록 만나보기를 소원하던 뇌검과 밤새 술을 풀 생각에 곽석산과 손지백은 벌써부터 입이 귀밑까지 찢어졌다.

남궁유룡이 다시 나를 돌아보며 말했다.

"다른 이를 욕보일 생각은 없으나, 천하십대권사들을 한자리에 모아놓고 강한 순서대로 서열을 정한다면 금대선생은 가까스로 말석을 차지할 수 있을 것이네. 자네의 사부는 수좌를 다툴 것이고. 왜 이런 말을 하는지 알겠는가?"

"큰 기연을 얻었으니 용맹정진하라는 뜻인 줄 압니다."

"그는 항상 자신의 대에서 절학이 끊어질 것을 염려했지. 뛰어난 무재를 지닌 이는 많으나 업까지 계승할 사람은 많지 않을 테니까. 한데 이렇듯 훌륭한 제자를 둔 걸 보니 이제야 내 마음이 조금 놓이는군."

"부끄럽습니다."

"지금처럼 끝까지 사승의 의리를 지켜주시게. 훗날 만약 자네가 그로 말미암아 감당해야 할 빚이 있다면 나와 남궁세가도 기꺼이 나누어 감당할 것인즉."

나는 조용히 자리에서 일어나 두 손을 공손히 모았다.

"비영문(秘影門)의 십일대 제자 이정룡. 남궁유룡 의백부님을 뵙습니다."

그리고 남궁유룡을 향해 큰절을 올렸다.

가슴이 벅차올랐다. 가장 큰 난관이 될 거라고 생각했던 북해투왕이라는 존재가 오히려 전화위복의 계기가 될 줄이야.

이종산이 미리 알고 있었다는 사실도 놀랍다.

어떻게 알아차렸는지는 중요하지 않다. 마음만 먹으면 천룡표국 앞에 똥을 싸놓고 도망간 개의 족보까지도 알아낼 수 있는 사람이 그였으니까.

중요한 건 그가 묵과하기로 결정했다는 거다. 그토록 존경해 마지않는 뇌검의 의제라는 것까지 알았으니 더욱 지지해 줄 것이다.

무엇보다 다행스러운 것은 남궁소소와 예전처럼 친하게 지낼 수 있다는 점이다. 그녀는 무슨 일이 벌어졌었는지 아무것도 모르고 있겠지.

"그럼 저는……."

어른들끼리 할 얘기도 있다고 했겠다. 나는 조용히 인사를 하고 빠지려 했다. 한데 말을 본격적으로 하기도 전에 인기척과 함께 한 사람이 들어왔다.

남궁세옥의 호위무사인 동천이었다. 가주부에도 전속 무사들이 있었는데, 왜 그가 들어왔는지 모르겠다.

그는 남궁유룡을 향해 절도 있게 군례를 취하고는 말했다.

"무림맹에서 축하 사절단이 도착했습니다."

"맹주께서도 어지간하시군. 오래 산 것이 무슨 대수라고 축하 사절단까지 보내시고. 나는 오늘 밤 천룡표국에서 오신 세 분과 술로 자웅을 겨루어야 하니 무림맹 손님들은 자네가 맡으시게."
남궁유룡이 그러면서 아들 남궁중백을 바라보았다.
"욕은 뱃사람들에게 물어보고 술은 표국 사람들에게 물어보라는 말이 있습니다. 하물며 대천룡표국을 이끌어 가는 세 분이시라면 분명 적수를 찾기 어려운 술고래들이실 겁니다. 소자가 아버지를 돕겠습니다."
그러면서 남궁중백은 공을 다시 아들인 남궁세옥에게로 넘겼다.
"무림맹에서 오신 손님들은 네가 잘 대접하거라."
"알겠습니다."
남궁세옥이 대답했다.
그는 노인네들과 술을 마실 수 없게 된 것이 다소 아쉬운 모양이었다. 창룡검 남궁세옥의 저런 모습을 상상해 본 적 없었던 나는 속으로 피식하고 웃음이 나왔다.
잘됐다. 남궁세옥이 나갈 때 슬그머니 묻어서 나가야겠다.
그때 동천이 뜻밖의 말을 했다.
"사절단을 이끌고 오신 분이 사마옥 총군사님이십니다."
"뭐?"
"뭐?"
남궁유룡과 남궁중백 부자가 동시에 깜짝 놀랐다.
갑작스러운 이름의 등장에 천룡표국의 세 노인네도 매우 당황한 눈치였다.
"지금 어디에 계신가?"
"총관께서 영접하고 계십니다."
누가 오든 무림맹이라는 이름을 앞세운 것만으로도 남궁세가에서는 소홀히 할 수 없다. 하물며 무림맹 직계 서열 두 번째에 해당하는 총군사 사마옥이 직접 사절단을 이끌고 왔다면.

좀 전까지 다른 일정일랑 전부 제쳐두고 밤새 술을 마시자던 남궁유룡은 난감해하는 기색이 역력했다.

이종산이 빙그레 웃으며 말했다.

"아직 시간이 많으니 자웅은 다음에 겨루도록 하시지요. 저희는 이만 돌아가 쉬도록 하겠습니다."

남궁유룡은 즉답을 피한 채 잠시 생각에 잠겼다.

그러다 갑자기 나를 보더니 알 만하다는 듯 고개를 끄덕였다.

"아무래도 세 분이 빠지시면 안 될 듯하외다. 총군사께서 진짜 만나고자 하는 사람은 노부가 아니라 국주인 듯싶으니까요."

"저를 어찌하여?"

"그건 만나서 직접 얘기를 들어보시는 게 좋을 듯하외다. 만약 내키지 않는다면 거절하셔도 좋소이다. 하면 소가주와 손자를 보내 총군사를 대접케 하고 이 늙은이는 예정대로 오늘 밤 세 분과 한바탕 일전을 치러야겠소이다. 껄껄."

남궁유룡은 사마옥이 자신을 만나러 온 게 아니라는 걸 알고는 부담감이 훨씬 줄어든 모양이었다.

이종산은 가만히 고개를 돌려 곽석산과 손지백을 바라보았다.

지금 이 순간, 세 사람의 눈빛은 나와 남궁소소를 짝지어보려던 순진한 노인네들의 그것이 아니었다. 험난한 강호에서 수십 년을 싸우고 살아남은 맹수들이 무언가 냄새를 맡았을 때의 서늘하고 예리한 눈빛이었다.

사실 사마옥이 갑자기 이곳에 나타난 이유를 나 역시 어느 정도 알 것 같았다. 그는 무림맹 대원로인 남궁유룡를 지렛대 삼아 천룡표국의 입맹을 권유하기 위해 왔을 것이다.

전생의 기억에 따르면 천룡표국은 이미 두 차례나 무림맹 입맹을 거절한 바 있다.

전립성에게 들은 바로는 이종산은 함께 강을 건널 수는 있으나 같은 배를 탈 수는 없다고 했다. 무도(武道) 그 자체가 목적인 무림문파들과 칼을 수단으로 부의 축적을 추구하는 표국은 애초부터 정체성이 다른 것이다. 반면 무림맹의 입장에선 천하의 지리와 정보를 꿰뚫고 있는 데다 절강성의 패자인 천룡표국이 정말 탐나는 세력일 수밖에 없다.

이번엔 어떻게 될지 모르겠다. 남궁유룡이라는 큰 변수가 있는 데다, 사마옥도 이번만큼은 호락호락하지 않을 것 같았다.

그러나 고집으로나 무공으로나 이종산도 절대 만만하지 않은 인물이었다. 강호의 고수들 사이에 떠도는 말이 있었다. 천하십검에 한 자리가 나면 반드시 들어가야 할 인물이 있는데, 바로 표왕 이종산이라고.

다만 놀라운 것은 이종산이 남궁유룡의 팔순 잔치에 참석할 것을 알아차린 무림맹의 정보력이었다.

가만, 남궁소소가 불었나?

"귀빈들이 계속해서 찾아올 텐데 저희가 가주님을 밤새 독차지할 수야 있나요. 허락해 주신다면 총군사님을 뵙는 자리에 저희도 동석했으면 합니다."

"국주, 혹여라도 노부의 체면을 생각해 원치 않는 수를 두지는 마시오. 국주께서 어떤 선택을 하시든 남궁세가는 천룡표국의 바람막이가 되어줄 것인즉."

사마옥은 애초 남궁유룡의 도움을 받아 이종산을 어떻게든 압박하려 했을 것이다. 한데 돌아가는 분위기로 미루어 두 사람이 쿵짝이 맞아서는 사마옥을 삶아 먹을 것 같다.

"가주님의 호의에 깊이 감사드립니다."

"가서 총군사를 모셔오게."

동천이 절도있게 인사를 한 후 나갔다.

나는 좌불안석이 되었다. 사마옥이라면 내가 모르는 사람도 아니고, 꼼짝없이 기다리다가 동석을 하게 생겼다.

그때 남궁세옥이 내게 전음을 보냈다.

[동천의 말이 가주부로 오기 전 소소를 한참 찾았다고?]

[그렇습니다.]

[왜?]

[할 말이 있어서요.]

[지금 창룡전에 있다는군.]

[거길 왜?]

[가서 만나볼 텐가?]

[나갈 수가 있어야지요.]

[그건 내가 해결해 주지.]

갑자기 남궁세옥이 내게 물었다.

"자네 괜찮나?"

"예?"

"엉덩이에서 피가 나네만."

고개를 돌려보니 과연 상처에서 흘러나온 피가 바지를 주먹만 한 크기로 적시고 있었다.

남궁세옥이 이종산에게 말했다.

"아무래도 정룡은 상처를 다시 살펴보아야 할 듯합니다. 오늘은 그만 돌아가라고 하고, 내일 따로 총군사님을 뵙고 인사를 올리도록 하면 어떨는지요?"

이종산이 나를 돌아보며 말했다.

"그렇게 하거라."

"감사합니다."

나는 어른들에게 차례로 포권지례를 올린 후 물러났다.

밖으로 나가기 직전 남궁세옥에게 조용히 묵례를 보냈다. 남궁세옥이 한쪽 눈을 살짝 찡긋해 보였다. 꼿꼿한 자세로 여유를 부리는 그 모습이 같은 남자가 봐도 멋있었다.

창룡전은 나와 세 노인이 도착했을 때 남궁세가에서 내어준 전각이었다. 다른 방문객들이 머무는 벌집 같은 객방들과 달리 작은 정원까지 딸린 창룡전은 조용하고 고풍스러웠다.

입구에 도착하니 곳곳에서 예사롭지 않은 기세들이 느껴졌다. 그중에 어떤 것들은 저절로 신경이 곤두설 만큼 날카로웠다. 남궁소소를 암중에서 호위하는 고수들이었다.

나를 향했던 기세들은 얼굴이 잘 보이도록 횃불 아래로 들어서자 순식간에 사라졌다.

나는 창룡전 내부의 공용 공간인 다원으로 향했다.

호수 쪽으로 크게 창을 낸 다원은 창룡전에 머무는 귀빈들이 찾아온 손님을 맞을 때 사용하는 공간이었다.

문 앞에 이르니 안으로부터 도란도란 말소리가 들려왔다.

“한 수만 물러줘.”

“안 돼요.”

“좀 물러줘.”

“벌써 아홉 번째라고요.”

“열 번 채우면 되겠네.”

“불리할 때마다 물러주라고 하시면 어떡해요.”

“오죽하면 그러겠어. 나도 한번 이겨보자.”

“험험.”

인기척과 함께 안으로 들어갔다. 그러자 오십여 평이나 되는 넓은 공간을 남궁소소와 은약빙이 몽땅 차지하고 앉아서는 바둑을 두고 있었다.

깜짝 놀란 은약빙이 자리에서 벌떡 일어났다. 그러고는 무얼 어찌해야 할지 몰라 주뼛거리기만 했다.

알고 보면 나랑은 고작 대여섯 마디를 나눈 사이에 불과했다.

“은 소저가 여긴 어쩐 일이시오?”

“그게…….”

“엉덩이에서 피를 흘리며 가는 걸 봤대요.”

불쑥 끼어든 사람은 남궁소소였다.

그녀의 말이 이어졌다.

"자객들이 왜구였다는 소문이 쫙 퍼졌어요. 무림인들 말이 왜구들은 수리검에 극독을 바르는 경우가 많아 귀하가 죽을지도 모른다고 했대요."

"……?"

"그래서 걱정이 되어 의각 앞을 서성거리고 있었는데, 만나주지도 않고 가주부로 도망치듯 가버렸다면서요? 사람이 어떻게 그래요?"

"도망치듯 가버렸다고는 안 했는데……."

은약빙이 어쩔 줄을 몰라 하며 모기만 한 소리로 중얼거렸다.

나는 모른 척하고 말했다.

"미안하오. 그런 줄도 모르고."

"저, 저는 괜찮아요."

"상처는 아무렇지도 않소. 독도 없었고."

"무사님들에게 들었어요."

"걱정해 줘서 고맙소."

"별말씀을요."

"한데, 여긴 어떻게 들어왔소?"

"소소 언니께서 여기서 기다리면 만날 수 있다며 데리고 와주셨어요. 죄송해요. 약속도 없이 제멋대로……."

"언니?"

"언니라고 불러도 좋다고 하셨어요."

그 말을 하는 순간 긴장하고 있던 은약빙의 얼굴이 봄비 맞은 목련꽃처럼 활짝 피었다. 남궁소소와 언니 동생 하게 된 게 그리 좋은지 눈에서 아주 꿀물이 뚝뚝 떨어졌다.

"눈치 보지 말고 앉아. 여기 언니 집이야."

남궁소소가 은약빙에게 말했다.

그러자 은약빙이 내게 말했다.

"선배님도 말씀 편하게 하세요."

"선배님?"

"또 만나면 말씀을 놓기로 하셨잖아요."

"그건…… 그렇지."

대답하면서 슬그머니 옆을 돌아보니 남궁소소는 바둑판에서 시선을 떼지 않고 있었다.

"다시 뵈면 뭐라고 불러 드려야 할지 몰라 한참 고민했어요. 오라버니, 선배님, 공자님 중에 어떤 게 좋으세요?"

"선배님으로 하지."

"네, 선배님."

은약빙이 말갛게 웃으며 자리에 앉았다.

남궁소소는 여전히 바둑판에다 시선을 고정한 채 말했다.

"약빙아."

"예, 언니."

"혹시 앞으로 나이 많은 아저씨가 친하게 지내자면서 접근해도 절대로 넘어가면 안 돼. 알았지? 그게 다 개수작이거든."

"개수작요?"

"보통은 우리 어디서 만난 것 같지 않냐며 접근을 해와. 그런 다음에는 차를 마시자 그러고, 밥을 먹자 그러고, 술을 마시자고 그래. 그런데 가끔 이 범주를 벗어나 약간 어리숙해 보이는 방식으로 접근해 오는 자들이 있어. 그런 자들은……."

"그런 자들은요?"

"고수야. 완벽한 연기지."

은약빙이 가만히 고개를 돌려 나를 올려다보았다. 그러고는 작고 오종종한 치아가 하얗게 보이도록 웃더니 말했다.

"고마워요. 언니. 명심할게요."

"그럼 한 수만 물러줘."

"좋아요."

"역시 착해."

은약빙이 바둑판에서 먼저 흑돌을 하나 집어 들었고, 뒤이어 남궁소소가 백돌을 집어 들었다.

그때부터 나는 아랑곳하지 않고 남궁소소의 고민이 시작되었다.

눈으로 바둑판을 아주 뚫어버릴 것 같았다.

눈치를 보아하니 아홉 번이나 수를 물리면서까지 바둑을 두었지만, 단 한 번도 은약빙을 이기지 못한 것 같았다.

나이도 열 살이나 많은 데다, 나름 유가문파를 세우겠다며 수많은 경서를 독파한 남궁소소 입장에선 얼마나 약이 오를까.

'좀 도와줘 볼까나?'

형세를 보아하니 귀나 변에 포석도 깔지 않고 중앙에서부터 곧장 세 싸움을 시작하고 있었다. 이른바 중원쟁탈전이다.

톡!

톡!

마침내 남궁소소가 백돌을 낙점하자 은약빙이 기다렸다는 듯이 흑돌로 단을 쳤다.

톡!

남궁소소가 소심하게도 허리에서 갑자기 가지를 치며 도망가기 시작했다.

"거기다 놓으면 안 되지!"

"왜요?"

"바둑은 결국 누가 더 많은 집을 짓느냐의 싸움이오. 초장부터 맥을 이어가는 데만 급급해서는 귀와 변의 광활한 땅을 모두 잃게 된단 말이오."

"이거 오목인데요."

"……!"

어쩐지 이상하더라니.

"약빙아 뭐 해, 빨리 둬."

"끝났는데요. 언니."

"앗, 아아!"

남궁소소는 깜짝 놀라더니 돌연 나를 돌아보며 면박을 주었다.

"뭐예요. 정신없게 하는 바람에 또 졌잖아요."

"진 걸 보고 내가 말한 것이오만."

"나도 알아요."

"대체 몇 번이나 진 거요?"

"두 식경 동안 한 번도 못 이겨봤어요."

"그건 밖에서 들었소."

"벌써부터 매염방의 회계장부를 맡아 관리한다더니, 수 계산이 아주 보통이 아니에요. 못 당하겠어요."

"내가 복수해 주오?"

"어른 둘이서 교대로 덤비자고요?"

"그건 좀 그런가?"

"지면 망신이고 이겨도 손가락질받아요."

"아깝다. 오목은 내가 천룡표국에서 제일인데."

"두 분은 꼭 다정한 오누이 같아요."

"말도 안 돼!"

"그건 아니다!"

갑자기 훅 치고 들어오는 은약빙의 말에 잠시 분위기가 어색해졌다.

은약빙은 활짝 웃는 얼굴로 자리에서 일어나며 말했다.

"이제 그만 가봐야겠어요."

"벌써 가려고?"

"잘 됬어요. 소소 언니."

"나도 심심하지 않고 좋았어."

"저기……."

"다음에 또 놀러 올 거지?"

"정말 그래도 되나요?"

"당연하지."

"감사합니다. 감사합니다."

은약빙은 남궁소소에게 몇 번이고 허리를 숙이며 인사했다. 객방으로 돌아가면 고함을 지르며 침상에 뒹굴 것 같은 얼굴이었다.

그리고 나를 보면서도 무언가 할 말이 있는 것처럼 쭈뼛거렸다.

"나는 내일 팔순 잔치가 끝나면 곧장 항주로 돌아갈 거야. 여기 다시 와도 이제 못 봐."

"그게 아니라. 사람들에게 제가 풍운비룡과 아는 사이라고 말해도 되나요? 그냥 상방 사람들한테 자랑하려고요."

"풍운비룡이라는 말은 어디서 들었어?"

"무림인들이 하는 이야기를 들었어요. 사대명표 중 한 분이 천룡표국 이정룡 공자에게 지어주신 별호라고……. 안 되나요?"

"안 될 리가."

"감사합니다. 그럼 안녕히 주무세요."

은약빙은 내게도 꾸뻑 인사를 하고는 신나서 돌아갔다.

다원엔 이제 나와 남궁소소만 남게 되었다.

"어깨는 좀 어떻소?"

"괜찮아요. 엉덩이는요?"

"나도 멀쩡하오."

"피가 나는 것 같은데요."

"금방 그칠 거요."

"점점 커지는 것 같은데."

"언젠가는 그치겠지."

"그러다 다시 꿰매야 하는 수가 있어요. 겪어봐서 알겠지만 남궁세가의 마비산은 영 신통치가 않아요. 의각의 각주님께서 그걸로 무사들을 길들이시거든요."

"무슨 뜻이오?"

"생으로 꿰매이기 싫으면 다치지 말라 이거죠."

"어쩐지. 씨이!"

그때 '험험!' 하고 밖에서 인기척이 들렸다. 한데 사람은 들어오지 않고 발걸음 소리만 후다닥 멀어졌다.

문을 열어보니 발아래 한지를 여러 겹 붙여 만든 작은 통이 놓여 있었다. 무림인들이 흔히 만들어 가지고 다니는 금창약 통이었다. 남궁소소를 암중에서 호위하는 무사들 중 누군가가 주고 간 것 같았다.

'쓸데없이 친절하군.'

아니면 경고를 하는 것이거나. 멀지 않은 곳에서 지켜보고 있으니 알아서 잘 말하고 행동하라고.

어쩐지 남궁세옥이 대범하게 가서 만나보라고 하더라니. 다 믿는 구석이 있었던 것이다.

'기왕이면 좀 발라주고 갈 것이지.'

나는 문을 닫은 후 바깥에서 바지 속으로 대충 손을 넣어 상처 부위에 금창약을 치덕치덕 발랐다.

이어 바지를 추스른 다음 다시 문을 열고 들어갔다.

"이제 됐소."

"그럼 쉬세요."

남궁소소가 자리에서 일어났다.

"벌써 가시려고?"

"늦었으니 가서 자야죠."

"나랑 달구경 가지 않겠소?"

"갑자기요?"

"갑시다. 달구경."

"이런 밤중엔 좀 그렇지 않아요?"

"달구경을 낮에 하는 사람도 있소?"

"그게 아니라 구름이……."

그녀를 따라 창밖으로 시선을 던졌다. 두 식경 전만 해도 별이 쏟아질 것 같더니 지금은 구름만 가득이었다.

"그럼 구름 구경 갑시다."

"그런 것도 구경해요?"

"풀밭에 누워 달빛을 머금은 구름이 변하는 모양을 보고 있으면 얼마나 으스스하고 재밌는지 모르시는구려."

"싫어요."

"왜?"

"비가 올 것 같아요."

다시 창가로 가서 하늘을 자세히 살펴보니 온통 먹구름이었다. 30년 쟁자수 경험으로 볼 때 금방 소나기를 퍼부을 것이 분명했다.

"그럼 나랑 오목이나 두겠소?"

"은약빙이랑 서른일곱 판이나 뒀어요."

"술은?"

"낮에도 실컷 마셨고요."

"그렇군."

그녀의 철벽같은 방어에 나는 더 할 말이 없어졌다. 이 정도면 그냥 나랑 있기 싫다는 거다.

'그러면 그렇지.'

그만하자. 더 얘기하면 지분거리는 것밖에 안 된다.

그때 남궁소소가 물었다.

"또 뭐 없어요?"

"무얼 말이오?"

"생각해 둔 게 더 없냐고요."

"없소만……."

"그럼 빨리 생각해 봐요. 지금까지 다른 여자들과는 한 번도 해보지 않은 걸로요."

"여자들과?"

"어리숙한 척 연기하지 말고요. 안 속아요."

나는 전생에서 어머니를 빼면 일평생 여자와는 다섯 마디 이상 나눠 본 적이 없는 순수 그 자체인 사람이다.

나도 사람인지라 남몰래 짝사랑했던 여자가 아주 없었던 것은 아니다. 하지만 절름발이에 추레한 몰골의 나를 남자로 보는 여자는 단 한 명도 없었다. 그런 내가 여자와 무엇을 해봤겠나.

"산책 갑시다."

"산책요?"

"비가 올 것 같은 밤에 산책 나가본 적 있소?"

"당연히 없죠."

"나도 없소."

"좋아요. 가요. 산책."

4장

문파를 옮겨라

비는 생각보다 빨리 내렸다.

야밤에 피풍의를 입고 아름다운 여자와 비를 맞으며 걷자니 이게 지금 뭐 하는 짓인가 싶기도 하면서 기분이 묘했다.

"무슨 생각해요?"

"무슨 말을 해야 하나 생각하고 있었소."

"하고 싶은 말을 하면 되죠."

"하고 싶은 말?"

"지금 당장 상대를 기분 좋게 해주려고 하는 말은 전부 가짜예요. 사소한 것이라도 하고 싶은 말이 진짜죠. 오늘은 진짜만 듣고 싶네요."

"그래도 잘 모르겠소. 아무런 할 일도 없이 여자와 나란히 걷는 걸 생각해 본 적이 없어서. 그것도 이렇게 젊은 여자와."

"나이는 내가 두 살 많지 않나?"

"물론 그건 그렇지."
"혹시 지금 나 먹이는 건가요?"
"천만에, 그나마 소저가 이 몸뚱어리보다 두 살이라도 많아서 다행이오. 믿지 않겠지만 난 소저가 지금보다도 딱 열 살 정도만 더 많았으면 좋겠소."
"차라리 가만히 계세요. 수습할수록 이상해지니까."
"그러게 말을 할 줄 모른다니까."
"나랑 돈 계산할 때는 혀에 기름칠을 한 것처럼 잘도 하더니만."
"그러는 소저는 하고 싶은 말이 있소?"
"할아버지께 받게 될 금전 열 냥 중 일 할은 제 것이에요."
"피차일반이구먼. 뭘."
우리는 서로를 바라보며 픽 하고 웃었다.
상대를 기분 좋게 해주려는 가짜 말도, 하고 싶어서 하는 진짜 말도 다 필요 없다. 중요한 건 함께 보내는 시간이다. 아무것도 하지 않고 서로에게 집중하는 시간.
남궁소소의 안내를 받으며 걷다 보니 어느새 호수가 나타났다.
인적이 끊어져 적막한 밤에 호수 위로 떨어지는 빗소리가 그렇게 좋은 줄 예전엔 몰랐다.
"수서호예요."
그제야 남궁세가의 장원 동쪽이 수서호와 붙어 있다는 것에 생각이 미쳤다.
남궁소소 덕분에 마주치진 않았지만, 아마 중간에 적지 않은 경계 무사들의 관문을 지났을 것이다. 그걸로도 모자라 지금 뒤쪽 십여 장

밖에는 남궁소소를 암중에서 호위하려는 것인지, 나를 감시하려는 것인지 모를 고수 이십여 명이 은신술을 펼치며 따라오는 중이었다.

"밤중이라 전경을 볼 수 없는 것이 아쉽군."

"그래서 느낄 수 있는 것도 있잖아요."

"무얼?"

"빗소리, 바람 소리 그리고……."

그때 빗소리를 뚫고 어디선가 희미한 노랫소리가 들려오기 시작했다.

좋은 비는 시절을 알아 봄비 되어 내리니 만물이 소생하는구나.

바람 따라 몰래 밤에 찾아와 소리 없이 세상을 촉촉이 적시네.

들길은 구름이 깔려 캄캄한데 강 위에 뜬 조각배에는 등불이 깜빡이고.

날이 밝으면 비에 젖은 붉은 꽃을 보리니, 금관성에도 꽃들이 활짝 피었으리라.

두보의 시 춘야희우(春夜喜雨)에 누군가 곡을 붙여 부르고 있었다.

곡도 곡이지만, 맑고 깨끗한 목소리가 너무나 듣기 좋았다. 우리는 귀신에라도 홀린 것처럼 소리가 난 쪽으로 걸었다.

놀랍게도 노랫소리는 호수 위에 떠 있는 배에서 나는 것이었다.

배가 있는 곳은 호숫가로부터 그리 멀지 않아서, 잠시 후에는 도란도란 말소리까지 들릴 지경이었다.

보아하니 차양 아래 등불을 밝혀놓고 몇 사람이 모여 앉아 자기들끼리 뱃놀이를 하는 모양이었다. 노래는 함께 온 악기(樂妓)가 한 곡조

뽑은 것이고.

"이런 밤에 뱃놀이라니. 우리보다 더 극성인 사람들도 있군."

"여긴 남궁세가의 경내와 맞닿은 곳이라 외부인들이 함부로 오는 법이 없어요. 아무래도 남궁세가에 묵고 있는 손님들 같아요."

"손님들끼리 호수에 배를 띄우고 악기를 불러다 놀 수도 있는 것이오?"

"곳곳에서 주연이 벌어지고 있으니 여흥을 위해 악기와 악공들의 출입은 허용한 걸로 알아요. 호수는 남궁세가의 소유가 아니기 때문에 뭐라 할 처지가 아니고요."

"그것도 그렇군."

그래도 좀 유난스럽다는 생각이 들었다. 진작 알았으면 우리가 먼저 배를 타고 놀 걸 하는 생각도 조금은 들었고.

노래는 금방이 끝이 났고, 이제는 사람들끼리 이야기를 나누고 있었다.

남의 말을 함부로 엿듣는 것은 실례인지라 우리는 그만 돌아서 가려 했다. 바람결에 미세하게 실려 오는 말이 귓속을 파고들지만 않았다면.

"가장…… 걸림돌은…… 뇌검……."

뇌검이라는 한마디에 나와 남궁소소는 걸음을 뚝 멈추었다.

자세히 듣기 위해 정신을 집중하고 내공을 최대한 끌어 올렸다. 남궁소소는 모르겠지만, 나는 이제 내공이라면 자신이 있었다.

"대책이 있으십니까?"

"이런 일은 본래 저희 같은 표국이 전문이지요. 결국 표국들의 싸움이 될 것이니, 제아무리 뇌검이라고 하셔도 별다른 수가 없을 것입니다."

"상대는 귀계와 암투가 난무하는 무림에서 산전수전 다 겪은 팔순의 노강호입니다. 만만히 보아선 안 될 것입니다."

"한 달 전에 이미 모든 답사를 끝내고 구체적인 계획안까지 마련했습니다. 반드시 도화곡주(桃花谷主)의 마음을 사로잡겠습니다."

"아시다시피 나야 이름과 얼굴만 빌려줄 뿐이고, 양가장의 장주께서 기대가 아주 크십니다. 이번 일만 성공적으로 해낸다면 화양표국(華陽鏢局)에 섭섭지 않은 사례를 할 것입니다."

"실망시켜 드리지 않겠습니다."

뇌검을 시작으로 도화곡주, 양가장, 화양표국까지 등장했다.

나와 남궁소소는 서로를 바라보며 눈을 동그랗게 떴다.

남궁유룡이 연관된 게 확실한 이상 예의를 따질 때가 아니었다. 만약의 경우를 대비해 질척거리는 바닥에 납작 엎드리고 기운까지 안으로 갈무리했다.

"한 가지 여쭈어도 되겠습니까?"

"말씀하십시오."

"양가장은 같은 무림맹의 맹방인 데다 남궁세가와는 사돈지간이 되고 싶어 하는 걸로 압니다. 한데 구태여 이렇게 암중에서 일을 꾸미시는 이유가 무엇입니까?"

"바로 그 이유 때문입니다."

"예?"

"무림세가의 혼례는 절대 두 사람만의 만남일 수가 없습니다. 가문과 가문의 정략적인 결합이지요. 한데 상대 가문이 간절히 원하는 걸 내가 가지고 있다면 조금 더 쉽지 않겠습니까?"

갑자기 빗줄기가 더욱 거세졌다. 그 바람에 말소리가 완전히 묻혀 버려 아무리 내공을 끌어 올려도 더는 들을 수가 없었다.

남궁소소가 나를 돌아보며 작은 소리로 물었다.

"무슨 이야기인지 알겠어요?"

"그걸 나한테 물어보면 어쩌자는 거요?"

"혹시나 하고 물어본 거예요."

"소저는 짐작 가는 거 없소?"

"다들 쉬쉬하셔서 나도 자세히는 몰라요."

"뭔가 알긴 아는구먼."

"도화곡주께서 무언가 아주 중요한 물건을 어디론가 옮기시려는 것 같아요. 한데 무슨 이유에선지 남직예성의 내로라하는 무림문파들이 각자 표국을 앞세워 그 일에 뛰어들었고요."

"할아버지께서도 관심이 있으시고요?"

"그러신 것 같아요."

"무엇 때문인지는 정녕 모르겠소?"

"전혀요."

눈치를 보아하니 남궁소소는 정말로 까맣게 모르는 모양이었다.

한데, 나는 사실 도화곡주가 옮기려고 하는 물건이 무엇인지 정도는 이미 알고 있었다. 전생의 기억에 따르면 지금으로부터 한 달 후쯤 대별산 도화곡에서 무림을 경동시키는 엄청난 사건이 일어났기 때문이다.

그게 남궁세가와도 연관이 있었을 줄이야.

"그만 돌아가는 게 좋겠어요."

"할아버지께 말씀드릴 생각이오?"

"당연히 그래야죠."

내 생각엔 아무래도 남궁유룡이 이종산과 두 명의 의형제들을 자신의 팔순 잔치에 초대한 진짜 이유가 따로 있는 것 같았다.

남궁유룡의 팔순 잔치는 검소한 그의 삶과 달리 성대하게 치러졌다.

그럴 수밖에 없었다. 이런저런 것들을 다 떠나서 축하객들이 너무 많았다. 거기에 더해 자리를 빛내줄 귀빈 또한 많았고.

무림맹의 사절단을 이끌고 온 총군사 사마옥은 시작에 불과했다. 팔순 잔치가 열리는 당일에는 남직예성의 내로라하는 무림방파의 명숙들과 독보강호하는 고수들이 찾아왔다.

축하 사절단까지는 아니었지만, 소위 구대문파로 일컬어지는 산중문파들과 오대세가 등에서도 표국을 통해 축하 서신과 정성껏 준비한 선물들을 보냈다. 무림맹의 대원로이자 당대를 대표하는 검호(劍豪)에게 예의를 표하는 것이었다.

나는 이종산과 함께 항주에서부터 가져온 보마를 선물했다. 그러자 남궁유룡은 내게 전날 비무의 우승 상금으로 약속했던 금전 열 냥과 패왕궁을 주었다.

창룡전으로 돌아가는 길에 이종산이 내게 말했다.

"패왕궁은 뇌검께서 아끼신 물건이라고 들었다. 지금 당장은 당기기 어렵겠지만, 훗날 요긴하게 쓰일 것이니 잘 간직하고 있거라."

남궁소소에게 이미 물어봤다. 패왕궁이 얼마나 좋은 물건이냐고.

돌아오는 대답은 백련정강으로 만들어 최소 육십 년의 내공이 있어야만 당길 수 있는 강궁이라는 것이었다.

그렇다면 나는 지금 당장도 쭉쭉 당길 수 있을 것이다. 패왕궁과 함께 철전 백 발도 받았는데, 나중에 조용한 곳에 가서 한번 쏴볼 작정이었다.

이종산은 내가 북해투왕에게 무공을 배웠다는 것까진 알아도, 천지령의 천년진기까지 얻은 줄은 까맣게 몰랐다. 천년진기가 백년공력으로 전환되는 과정 중에 있고, 벌써 칠십 년의 공력까지 얻은 줄은 더더욱 모르고.

"왜 아무 말씀도 안 하셨습니까?"

"무얼 말이더냐?"

"제가 북해투왕께 무공을 배운 것 말입니다."

"그를 이미 만났다."

"예?"

"네가 월성교를 자주 찾는단 얘길 듣고 숨겨둔 떡이라도 있나 싶어 한번 가보았지. 그랬더니 생각지도 않았던 용이 한 마리 웅크리고 있더군. 그 용이 그동안 있었던 일을 모두 말해주었느니라."

"그렇게 순순히요?"

"오향장육과 검남춘 한 병을 요구하더군."

망할 놈의 노친네 같으니라고. 나한테는 자신의 정체를 떠벌리고 다니면 쥐도 새도 모르게 없애 버릴 거라는 둥 갖은 협박을 다 하더니만.

"미리 말씀드리지 못해 죄송합니다."

"먼 길을 가려는 사람에게는 본래 말 못 할 사정들이 많은 법이다. 앞으로도 개의치 말고 스스로 길을 찾아가거라. 나는 지금처럼 알아서 뒤를 캘 것인즉."

문득 내가 몰래 말을 사서 목장을 운영하는 것도 아는지 궁금했다.

하지만 함부로 물어볼 수가 없었다. 괜히 건드려서 의심만 사면 곤란하니까.

나는 화제를 돌렸다.

"총군사님과는 얘기가 잘되셨습니까?"

"무슨 말을 나눴을 줄 알고."

"입맹을 강권하시지 않던가요?"

"어떻게 알았느냐?"

"무림맹의 총군사께서 아버지를 뵈러 올 이유가 그것 말고 뭐가 있겠습니까?"

나름 추리를 한다고 한 것인데, 세 노인은 이제 이 정도로는 놀라지도 않았다.

"어떻게 해야 얘기를 잘 나눈 것이더냐?"

"모두를 불편하지 않게 하면서 우리의 뜻을 관철해야겠지요. 하지만 쉽지는 않으셨을 거라고 짐작합니다."

"어째서?"

"설마하니 총군사님께서 대의에 동참해 달라는 식의 순진한 말로 표왕을 설득하려 하진 않았을 테니까요. 분명 무서운 패를 가지고 오셨을 것 같습니다만."

그제서야 세 노인이 조금 호기심을 드러냈다.

이종산이 다시 물었다.

"그 패가 무엇인지도 알겠느냐?"

"제가 만약 무림맹 총군사라면 맹방들 중 몇 곳과 천룡표국 사이의 장기 계약을 주선해 주겠다고 하겠습니다."

곽석산과 손지백이 눈이 동그래졌다. 표정을 보아하니 정확히 간파한 모양이었다.

"총군사님을 제법 잘 아는구나."

"제가 총군사님을 어떻게 알겠습니까. 단지 아버지를 잘 알기 때문이지요."

"나를?"

"총군사님의 입장에서 상대가 가장 원하는 것 중에 내가 가진 것이 무엇일지 생각해 보았습니다."

"과연 그럴듯하군요."

"어쩐지 귀신같더라니."

옆에서 대화를 듣고 있던 곽석산과 손지백이 고개를 끄덕이며 맞장구를 쳤다.

다시 이종산이 말했다.

"네 말처럼 총군사님께서는 무림세가 다섯 곳과의 10년에 걸친 장기 계약을 성사시켜 주겠다고 제안하셨다. 모두 천룡표국의 분타가 진출한 도시에 있는 무림세가들이었지."

"다섯 곳이나요?"

"한데 전제가 틀렸다."

"예?"

"총군사님께서는 천룡표국의 무림맹 입맹을 요구하지 않으셨다. 대신 너를 달라고 하시더구나. 군사부에서 10년 정도만 데리고 있으면서 쓰고 싶다시며."

"예에?"

깜짝 놀란 내 모습이 재밌는지 곽석산과 손지백은 이제 대놓고 낄낄 웃었다.

"아니, 왜요?"

"아마도 총군사께서는 한 가지를 더 생각하셨던 것 같더구나. 자신이 원하는 것들 중 과연 상대가 줄 수 있는 것이 무엇일까 하고 말이다."

"저를 팔아넘기시려고요?"

"너는 중원 전역에 있는 무림문파의 후기지수들 중 누가 무림맹 총군사로부터 이런 제안을 받아보았을 거라고 생각하느냐?"

무림맹은 명문대파의 제자들과 기라성 같은 고수들이 모두 모여 있는 곳이다. 그곳에서의 10년은 분명 나를 큰 무림인으로 성장하게 할 밑거름이 될 것이다. 남궁세옥도 20대 시절의 대부분을 무림맹에서 보내며 경륜과 식견을 쌓았다고 들었다.

그러나…….

"무림맹에서 10년을 구르는 건 명표가 되는 데 아무런 도움이 되지 않습니다. 전 계속 솔잎을 먹겠습니다."

"10년 후의 네 모습을 상상해 본 적 있느냐?"
"명표가 되어 있기를 바랍니다."
"천룡표국에서의 네 자리는?"
지금 추세대로라면 나는 원하든 원하지 않든 이갑룡, 을룡, 병룡과 싸워야 할 것이다. 그들과 싸운다는 것은 그들의 대단한 외가들과 전쟁을 벌인다는 뜻이다.
단순한 비유로서의 전쟁이 아니다. 내가 쥐도 새도 모르게 죽을 수도 있고, 반대로 내가 살기 위해 세 명의 형제들을 죽여야 할 수도 있다. 이종산은 지금 내게 형제들과 골육상잔을 벌이지 않으면서도 성공할 수 있는 길이 눈앞에 나타났다는 말을 하고 싶은 것이다.
"제게 길은 한 가지밖에 없습니다."
"후회하지 않겠느냐?"
"절대로요."
"알겠다. 이 일은 다시 묻지 않겠다."
"고맙습니다."
"그리고 항주행은 며칠 미루기로 했다."
"혹시 도화곡의 일 때문입니까?"
"그걸 어떻게?"
곽석산과 손지백은 이번에야말로 깜짝 놀란 얼굴을 했다.
나는 어젯밤 산책을 나갔다가 우연히 들은 이야기를 모두 전해주었다. 다만, 노인네들이 쓸데없는 기대를 하지 않도록 남궁소소와 우중 산책 중이었다는 얘기는 쏙 뺐다.
이야기를 모두 듣고 난 후 이종산이 말했다.

"양가주가 배후에 있는 줄은 몰랐군."

"어떻게 하실 겁니까?"

"뇌검께서 내게 도움을 청하셨다. 엄청난 돈과 명성이 걸려 있고 보면, 사실은 오히려 우리에게 더 큰 기회이지."

"하면 천룡표국도 뛰어드는 겁니까?"

"일단은 남궁세가의 고문 자격으로 오늘 밤 도화곡주와의 회동에 참석해 보기로 했다. 너도 함께 가볼 테냐?"

"도화곡주께서 지금 남궁세가에 와 계십니까?"

"그렇다고 하는구나."

"무조건 참석하겠습니다."

남직예성 하고도 서쪽 대별산 깊은 곳에 도화곡이라는 천혜의 골짜기가 있었다. 이름처럼 봄이 되면 복숭아꽃이 만발하는 도화곡은 옛날부터 약초꾼들을 통해 아름다운 여자들이 숨어 사는 곳이라는 소문이 돌았다.

그러나 이런 소문만 믿고 못된 상상을 하며 함부로 들어갔다가는 쥐도 새도 모르게 사라지는 수가 있다. 도화곡은 단순히 화전민들이 모여 사는 산간마을이 아니었다. 도화비검(桃花飛劍)이라는 신비한 검맥이 전해 내려오는 무림문파였다.

도화곡이 본격적으로 무림에 알려진 것은 50년이 채 되지 않았다.

어느 날 정체를 알 수 없는 노파가 일곱 명의 젊은 여자들을 이끌고 합비에 나타나 육경방(六庚幇)을 하룻밤 만에 쑥대밭으로 만들고 사라졌다.

방주를 비롯해 170여 명에 달하는 육경방의 흑도들 중 살아남은 자는 단 세 명에 불과했다. 그들은 똥통에 숨고, 스스로 배를 찔러 죽은 척했고, 실제로 반쯤 죽었다가 운 좋게도 살아난 사람들이었다.

그렇게 살아남은 자들의 입을 통해 그 무시무시한 노파가 대별산 도화곡의 곡주라는 사실이 알려졌다. 도회지로 나갔다가 필요한 물품을 사서 돌아오던 어린 제자 열두 명이 뒤를 밟아온 육경방의 흑도들에게 당한 짓에 대해 복수를 하기 위해 하산했다는 것도.

그때부터 강호인들은 하늘 아래 꽃의 이름을 따서 지은 두 개의 검법이 있는데, 하나는 화산의 매화검이고 다른 하나는 대별산의 도화비검이라고 했다. 동시에 대별산 도화곡은 함부로 들어가선 안 되는 절대 금역이 되었다.

"바로 그 도화곡이 문파를 통째로 옮기고 싶다는구나. 그것도 더욱 깊은 산중의 골짜기가 아니라 사람들이 모여 사는 큰 도시로."

늦은 밤, 회동 장소로 가면서 이종산이 내게 해준 말이었다.

나는 전혀 놀라지 않았다. 이미 전생의 기억으로 알고 있었으니까.

하지만 내가 아는 건 소문으로만 전해 들은 몇 가지 단편적인 사실들에 불과했다. 궁금한 것투성이였지만, 그중에서도 가장 궁금한 것은 무려 이백 년 동안이나 은둔의 문파였던 도화곡이 갑자기 속세로 나오려고 하는 이유였다.

"왜요?"

"돈 때문이다."

"예?"

"현재 도화곡의 제자는 무려 삼백여 명에 달한다는구나. 척박한 산중에서 입이 많다 보니 지난 십 년 동안 제대로 먹지 못해 굶은 일도 허다했다고."

사람이 어디 먹고만 사나. 입을 옷도 있어야 하고, 집도 있어야 한다. 그 외 살아가는 데 필요한 세간들도 한둘이 아니다.

이 모든 것들이 전부 돈이다. 무공이 밥 먹여주지 않는다. 무림문파도 돈이 있어야 꾸려 나갈 수 있다.

소위 말하는 화산파나, 무당파, 소림사는 종교에 기반한 문파이기에 참배객들이나 발복을 염원하는 부호들의 막대한 후원을 받는다. 그걸로도 모자라 속가문파들을 통해 광산, 농장, 상방 등을 운영하고 경영한다. 그렇게 들어오고 벌어들이는 돈 덕택에 중이며 도사들이 다른 일은 하지 않고 평생 수도나 무공 수련에만 매진할 수 있는 것이다.

그러나 도화곡은 종교문파도 아니었다. 그렇다고 광산이나 농장이나 상방을 경영하지도 않았다. 오로지 여자들끼리 산중에서 화전을 일구며 먹고 살았다.

수십 명일 때는 그게 가능했는데, 입이 삼백 개로 늘어나고 보니 한계에 봉착한 것이다.

"제자들을 속세로 내려보내 돈을 벌어오게 하는 방법도 있었을 텐데요."

"암암리에 그렇게 한 것으로 안다. 천룡표국의 정보망에 의하면 대리인을 내세워 상방을 운영한 적도 수차례 있었고."

"잘 안 됐군요."

"상방은 망하거나 대리인들에게 사기를 당하기 일쑤였고, 관리 감독을 위해 내려보낸 제자들은 흑도의 고수들에게 욕을 본다거나 사내와 눈이 맞아 파문을 당하는 경우가 속출했지."

"그럴 바에야 아예 하산을 해 속세로 터전을 옮기겠다는 뜻이군요. 늘어나는 제자들을 굶게 할 수는 없으니."

"일단 겉으로 파악하고 있는 정황은 그렇다."

"이백 년을 이어져 온 은둔의 산중문파가 본래의 정체성을 버리고 속세의 문파로 거듭나려는 이유가 고작 돈 때문이라는 게 씁쓸합니다."

옆에서 가만히 대화를 들으며 걷던 곽석산이 한 말이었다.

그러자 손지백이 그게 무슨 소리냐는 듯 말을 받았다.

"여자들이 도를 닦는 것도 아닌데 반드시 산중에 있어야 할 이유는 또 무엇이오? 그리고 '고작 돈'이라니. 천하에 수천만 개의 도리가 있지만, 돈이 없으면 아무것도 할 수 없는 법이오."

"가난의 고단함을 제가 어찌 모르겠습니까. 다만 여자들끼리 산중에 살게 된 데는 그만한 이유가 있었을 터인데, 다른 것도 아니고 호구를 위해 하산한다는 게 씁쓸하다는 거지요."

"아직도 내 말을 못 알아들으시는구려. 세상에 돈만큼 무서운 것이 없소. 돈이 있으면 서른 살에도 어르신 소리를 듣지만, 돈이 없으면 쉰 살에도 수레를 밀며 뛰어야 하는 법이오. 하물며 끼니를 걱정해야 할 정도라면 당장에 내려오는 것이 맞지."

곽석산의 말에도 공감이 되고, 손지백의 말에도 수긍이 갔다.

천룡표국에 그런 사람 많다. 전생의 나도 그랬고. 하지만 나는 왠지 그게 전부는 아닐 것 같다는 생각이 들었다.

'일단 겉으로 파악하고 있는 정황'이라는 단서를 단 걸 보면 이종산도 나와 비슷한 생각인 것 같았다.

다시 이종산에게 물었다.

"한데 무림문파들은 왜 이 일에 뛰어드는 겁니까?"

"막대한 이사 비용도 문제거니와 평생을 산중에서만 산 탓에 속세의 여러 가지 현실적인 문제들을 감당할 수 없었던 도화곡주께서 문파를 가장 안전하게 옮겨주는 곳에 비급 하나를 주겠다고 약속했기 때문이다."

"비급이라고요?"

"무림인들은 도화비검이야말로 도화곡을 대표하는 무공이라고 하지. 그러나 천금풍(千金風)이라는 경공술 또한 도화비검 못지않다."

"그렇게 대단한 경공술입니까?"

"개방과 하오문에서는 현 도화곡주인 일추천리(一追千里) 여종매를 무림에서 가장 빠른 열 명의 고수들 중 한 명으로 평가하고 있다. 한데도 그는 천금풍을 구성밖에 익히지 못했다고 하더구나."

일정 공간 안에서 무공을 펼치기 위해 신형을 움직이는 공부를 보법 혹은 신법이라고 부른다.

경공은 경신공의 줄임말로 몸을 가볍게 만들어 원거리를 빠르게 이동하는 공부다. 일정한 수준에 이르면 말보다 빠르며, 눈 위에 흔적을 남기지 않고, 풀잎 위를 밟으며 바람처럼 달릴 수도 있다.

이틀 전 비무를 할 때 양조창과 남궁소소가 물 위에 뜬 연잎을 밟으며 달려간 것도 바로 경공술이었다. 나는 아직 충분히 익히지 못해 배를 타고 열심히 노를 저었지만.

"무림문파에게 비전 무공은 일종의 혼(魂)과도 같은 것이 아닌가요? 그걸 이렇게 함부로 주어도 괜찮은 것입니까?"

"그만큼 절박하다는 뜻이겠지. 그래도 아무 곳에나 흘러 들어가는 건 바라지 않았던지, 지원한 문파들 중에서도 나름 명망 있는 곳들만 추려서 오늘 만날 기회를 주었다더구나."

"다른 곳은 그렇다고 쳐도 남궁세가는 왜 뛰어드는 겁니까? 천하의 남궁세가에 쓸 만한 경공술이 없는 것도 아닐 텐데요."

"육경방의 일이 있고 난 후 뇌검께서 도화곡을 찾아 정중하게 비무를 청했다고 한다. 신비로운 검공에 대한 궁금증 때문에 참을 수가 없으셨던 게지. 그는 현재의 도화곡주와 칠 주야 동안 대별산을 종횡무진 누비며 모두 다섯 번을 겨루었는데, 그중 세 번을 이기고 두 번을 졌다고 한다."

"예에?"

"한데 패배한 두 번이 바로 도화곡주께서 천금풍의 경공과 함께 도화비검을 펼쳤을 때라고 하더구나."

50년 전이면 까마득한 일이기는 하다. 그때의 남궁유룡은 서른 언저리였고, 아직 뇌검이라는 별호조차 얻기 전이었다. 그렇다고 해도 훗날 천하십검 중 한 명이 될 희대의 검사가 심산 골짜기의 젊은 여검객에게 두 번이나 패했다는 사실이 잘 믿어지지 않았다.

비로소 도화곡의 무공이 어느 정도인지 실감할 수 있었다.

"그렇다면 혹시……."

"뇌검께서는 엉뚱하게도 도화곡의 경공술인 천금풍에 남궁세가의 제왕검을 파해(破解) 하는 묘리가 깃들어 있다고 생각하시는 것 같더구나."

보법도 아니고 경공술에 그런 묘리가 깃들어 있다는 게 엉뚱하게 들리긴 했다. 하지만 남궁유룡이 그렇다면 분명 그럴 것이다.

이런 상황이라면 남궁세가에서는 천금풍이 다른 문파로 흘러 들어가는 걸 막기 위해서라도 필사적일 수밖에 없다. 나아가 천금풍을 손에 넣고 익힌 다음 제왕검의 약점을 보완하고 발전시킬 수도 있다. 어떤 무공들은 단점 하나를 제거하는 것만으로도 비약적으로 발전한다는 얘길 어디선가 들은 적 있었다.

이제 어떻게 돌아가는 상황인지 대충 알겠다. 재정 상태가 사실상 알거지인 도화곡에서는 간단히 말해 이사 비용으로 천금풍이라는 무공비급을 내놓았다. 그러자 천금풍을 원하는 무림문파들이 이사 비용을 대신 대는 조건으로 표국을 고용한 것이다.

이야기를 나누는 사이 우리는 어느새 인적이 없는 후원의 어느 전각 앞에 도착했다.

오늘 밤 도화곡의 이전을 놓고 비밀 회동이 벌어지는 곳이었다.

"어서 오시오. 국주."

기다란 탁자의 가장 오른쪽 상석에 앉아 있던 남궁유룡이 반갑게 우리를 맞았다.

그의 소개를 시작으로 잠시 인사가 오고 갔다.

넓은 전각엔 남궁세가를 비롯해 일곱 개 문파와 일곱 개 표국에서 온 사람들이 모여 있었다. 모두 남직예성에서 내로라하는 무림문파와 표국의 수장들이었다.

그러나 내 신경은 온통 탁자의 왼쪽 끝 상석에 앉은 팔순가량의 노파에게 꽂혀 있었다. 격식을 갖춰 입은 듯한 자줏빛 장포와 단정하게 쪽을 지어 올린 은발의 머리카락, 그리고 젊은 사람 못지않은 꼿꼿한 허리가 무척이나 인상적인 노파였다.

'일추천리 여종매!'

단지 앉아 있기만 했을 뿐인데도 뭐라 말할 수 없이 강렬한 존재감이 느껴졌다. 남궁유룡과 같은 남자 노강호를 대할 때와는 또 다른 느낌이었다.

그녀의 뒤쪽에는 암녹색 장포에 유건을 쓴 젊은 여자 일곱 명이 허리에 협봉검을 한 자루씩 찬 채 시립해 있었다. 남장까지는 아니었지만, 여성성을 극도로 절제한 복장에서 중성적인 아름다움과 함께 철저하게 실용성을 추구하는 가풍이 느껴졌다.

"천룡표국주께서 여긴 어쩐 일이십니까?"

철산문(鐵山門)의 문주 유종명이 물었다. 갑작스러운 이종산의 등장에 그는 매우 당황하고 있었다.

다른 문파의 문주들과 표국주들 또한 마찬가지였다.

"남궁세가주님의 초대를 받고 왔습니다."

"남궁세가에서는 창해표국(滄海鏢局)을 고용한 것이 아니었습니까?"

모두의 시선이 남궁유룡의 바로 왼쪽에 앉아 있는 창해표국주에게로 쏠렸다.

창해표국주는 자신이 대답할 내용이 아니라는 듯 남궁유룡에게로 다시 시선을 넘겨 버렸다.

남궁유룡은 대수롭지 않게 말했다.

"모두 아시다시피 천룡표국주께서 마침 노부의 팔순 잔치에 오셨기로, 잠시 고견을 들어볼까 해서 모신 것이외다."

"그런 말씀은 없으셨잖습니까?"

"무슨 문제가 되오이까?"

"하나의 문파에서 한 명의 표국주만 모셔오기로 한 것이 아니었던가요? 한데 남궁세가에서는 두 곳의 표국주를 모셨으니, 이러면 공정한 경쟁이 되기 어렵습니다."

"그러시는 철산문에서도 여러 장로들을 대동하신 것 같소이다만, 다른 문파와 표국들 역시 마찬가지고요."

각각의 문주와 표국주들 뒤에 서너 명씩 시립해 있는 이들을 말하는 것이다. 문파도 표국도 워낙 큰 먹잇감이 걸려 있다 보니 경험 많고 머리깨나 쓴다는 장로급 인사들을 최대한 데리고 온 모양이었다.

"이들은 저와 표국주를 보좌하기 위해 온 참모일 뿐입니다. 이 자리에 앉지도 않을 것이며 발언할 기회도 없을 것입니다. 가주님께서 천룡표국주를 모신 것과는 사정이 다르지요."

"마찬가지외다."

"예?"

"철산문주께서 문 내의 장로들을 참모로 데리고 오셨듯, 노부는 천룡표국주를 모신 것이외다. 천룡표국주께서는 오직 노부에게만 조언을 줄 뿐, 이 자리에 앉지도 발언을 하지도 않을 것이니 안심하시오. 껄껄껄."

그러고 보니 남궁유룡의 뒤에는 아무도 없었다.

지금 이 자리에 모인 문파들 중, 표국을 운영하면서 동시에 한 성(省)을 대표하는 무림세력이기도 한 곳은 오직 천룡표국밖에 없다. 거기다 국주인 이종산은 표왕으로 불리는, 그야말로 표국업계의 살아 있는 전설이었다. 그런 사람이 이 중대한 자리에서 앉지도, 발언을 하지도 않을 거라는 말에 모두가 당혹스럽기 짝이 없다는 표정들이었다.

창해표국은 남경에 총타를 두고 중원 전역에 무려 일곱 개의 분타를 거느린 대형 표국이었다. 창해표국주는 이 상황이 누구보다 불쾌할 만도 할 텐데 전혀 개의치 않는 얼굴이었다.

눈치를 보아하니 남궁유룡이 창해표국주에게 미리 양해를 구한 모양이었다. 아니면 처음부터 창해표국을 앞세워 경쟁자들의 관심과 견제를 유도한 것이거나.

자세한 건 돌아가는 사정을 보면 알 일이었다.

철산문주는 옆에 있는 화양표국주 노흥관을 바라보며 의미심장한 눈빛을 나누었다. 화양표국주가 미세하게 고개를 끄덕였다. 자신을 믿고 맡겨보라는 뜻이다.

철산문은 얼굴과 이름을 빌려줄 뿐, 배후에 양가장이 있음을 뻔히 아는 나는 저들의 수작이 혐오스럽기 짝이 없었다. 흑도라고 전부 개자식들이 아닌 것처럼, 백도라고 해서 모두가 공명정대하거나 협의지사인 것도 아니다.

철산문과 화양표국뿐만 아니라 모두 긴장하고 불편해하는 기색이 역력했다. 그러나 당사자인 도화곡주는 오히려 호기심을 드러냈다. 아무리 산중에 은둔했어도 천룡표국과 표왕이라는 이름을 한 번쯤은 들어보았을 테니까.

"오늘 모인 이유는 모두 알 것이고, 각자 돌아가며 도화곡을 사천까지 어떻게 옮길 것인지 구체적인 계획을 설명하도록 하지요. 시간은 얼마든지 있으니 아쉬움이 남지 않게 충분히 쓰시길 바랍니다."

남궁유룡이 서두를 열었다.

이종산과 나와 두 분의 숙백부가 남궁유룡의 뒤쪽에 시립한 상태에서 많은 이들의 운명을 결정할 회동이 본격적으로 시작됐다.

제자가 무려 삼백 명이나 되는 문파를 통째로 옮겨야 하는 만큼 표국들의 입장에선 전력을 동원해야 하는 건이었다. 그 비용이 오죽 컸으면 도화곡에서 문파의 보물이나 다름없는 비급을 대가로 내놓았겠나.

그래서인지 허투루 준비해 온 표국은 한 곳도 없었다.

마침내 철산문이 지원키로 한 화양표국의 차례가 되었다.

"우선 이것부터 보시지요."

화양표국주가 직접 만든 것으로 보이는 장부를 도화곡주에게 전해주었다. 십중팔구 세부적인 여정이 빼곡하게 적혀 있을 것이다.

장부를 만들어 온 곳은 화양표국이 유일했던 터라 모두 한 대 맞은 듯한 표정이었다.

화양표국주는 도화곡주가 장부를 읽을 수 있도록 잠시 시간을 준 다음 준비해 온 말을 하기 시작했다.

"문파를 옮긴다는 것은 고목을 옮겨 심는 것과도 같습니다. 최대한 상처가 나지 않도록 뿌리를 뽑고, 생기가 사라지기 전에 옮기고, 좋은 땅을 골라 다시 심는 과정으로 나눌 수 있습니다."

그럴듯한 비유다. 크게 세 단계로 나눈 것도 적절해 보였다.

서두부터 모두의 시선을 확 끌었다.

"단 한 번의 실수로도 고목이 죽을 수 있기에 모든 과정은 철저한 계산하에 이루어져야 합니다. 화양표국은 이미 한 달 전에 도화곡에서 목적지인 사천성 성도(成都)까지 답사를 끝냈으며, 여정에 걸리는 시간과 건너야 할 강의 개수, 배편, 여각 등에 대한 조사도 마쳤습니다."

이렇게까지 철저히 준비했다는 것에 같은 표사로서 솔직히 감탄했다. 저 정도로 치밀하게 준비를 했으면 비용까지 똑 떨어질 것이다. 대체 철산문에서는 얼마를 주겠다고 약속했을까?

"여각이라고요?"

도화곡주가 물었다. 이 방에 들어오고 나서 처음으로 들어보는 목소리였다. 팔순의 노파답지 않게 맑으면서도 항거할 수 없는 어떤 힘이 느껴졌다.

"도화곡에서 성도까지는 장장 한 달이 걸리는 길입니다. 전부 여자들인 데다 숙영의 경험이 전무할 테니, 여각이 충분한 곳들로 중간 기착지들을 정해 최대한 풍찬노숙을 피할 수 있도록 했습니다."

"삼백의 제자들을 모두 수용할 만큼의 여각들이 있단 말씀입니까?"

"앞서 말씀드렸다시피 여각촌이 형성된 곳들로 여로를 잡았고, 본 표국의 선발대가 하루 정도 앞서가면서 객방들을 사전에 모두 사들일 것입니다. 또한 충분한 여각이 없는 곳은 철산문과 본 표국의 인맥을 동원해 인근 부호나 거상의 장원에 협조를 요청할 것입니다. 물론 이에 대한 계획도 세워두었고 말입니다."

"짐들은 어떻게 할 것인가요?"

"수레 이백 대와 말 삼백 필을 준비할 것입니다. 그에 준하여 쟁자수와 표사가 사백 명 정도 동원될 것이고요. 어지간한 물건들은 모두 가져가실 수 있도록 하겠습니다."

"비용이 많이 들겠군요."

"아시겠지만, 철산문에서 모두 부담하기로 하셨으니 곡주님께서 신경 쓰실 일이 아닌 듯합니다."

"준비가 철저하시군요."

"감사합니다."

누가 보더라도 지금까지 설명한 표국들 중 가장 압도적이었다. 철산문주도 흡족한 표정으로 고개를 끄덕였다.

마지막으로 남궁세가의 지원을 업은 창해표국 차례가 되었다. 나름 열심히 준비를 해왔지만, 앞서 얘기한 다른 표국들에 비해 특별히 더 나은 점이 없어 보였다.

이로써 일곱 표국들의 설명이 모두 끝났다.

이종산은 약속대로 한마디도 하지 않았다. 다만 남궁유룡이 전음으로 무언가를 물어보면 역시 전음으로 대답을 해줄 뿐이었다.

두 사람이 전음을 나누고 있다는 건 이따금 남궁유룡이 고개를 돌려 이종산을 바라보는 것만으로도 누구나 알 수 있었다.

"이만하면 모두 충분히 각자의 계획들을 피력한 것 같군요. 도화곡주께서는 이제 한 곳을 정해주셨으면 합니다."

남궁유룡이 말했다. 누가 보아도 화양표국의 압승이었기에 그는 순순히 승복하는 듯한 모습이었다.

모두가 이목을 집중하는 가운데 도화곡주가 이종산을 돌아보며 물었다.

"실례가 되지 않는다면, 천룡표국주께서는 어떤 고견이 있으신지 여쭈어도 될는지요?"

돌발적인 상황에 철산문주가 재깍 제동을 걸었다.

"보셔서 아시겠지만, 공정한 경쟁을 위해 천룡표국주께서는 이 자리에서 일절 발언을 하지 않기로 하셨습니다."

"무슨 그런 희한한 규칙을 정했는지 모르지만, 제가 여러분끼리 만든 규칙을 따라야 할 이유라도 있나요?"

"그건……."

"이 자리를 여러분이 만들었기 때문이라고 하신다면, 결정을 내일로 미루고 천룡표국주를 제가 머무는 곳으로 청해 독대하는 방법도 있습니다만."

너무나 당연한 논리에 철산문주는 물론이거니와 다른 사람들까지 전부 합죽이가 되어버렸다.

결정권을 쥔 도화곡주의 입장에서는 최적의 계획안을 낸 표국을 선택하기만 하면 그뿐, 저들끼리 정한 규칙을 따를 이유가 전혀 없었다. 게다가 문파의 사활이 걸린 일인 만큼 신중에 신중을 기하는 것도 당연했고.

"고견을 부탁드리겠습니다."

도화곡주가 다시 이종산에게 요청했다.

이종산은 남궁유룡을 바라보며 표정으로 의견을 물었다.

"다른 어떤 것도 도화곡을 안전하게 옮기는 것보다 우선할 수 없소이다. 국주께서는 고견이 있다면 기탄없이 말씀해 주시오."

남궁유룡이 무림의 선배답게 깔끔하게 정리를 해주었다.

그제서야 이종산이 입을 열었다.

"고목은 옮기는 법이 아닙니다. 옮기면 죽습니다."

그의 말은 간단하면서도 명료했다.

좌중의 공기가 대번에 차갑게 식었다. 고목을 어떻게 옮길지를 설명하는 자리에 와서 옮기면 죽는다는 말을 하고 있으니 다들 놀라 나자빠질밖에.

"어째서 그런가요?"

"천년고도 장안에 만금산장이라는 곳이 있었습니다. 산 하나를 전부 장원으로 쓸 만큼 거부였지요. 어느 날 장주는 북경으로 이사를 하겠다고 선언했고, 팔 대에 걸쳐 살아온 가문의 거점을 옮기는 대역사가 시작되었습니다."

만금산장의 일화는 표국업에 종사하는 사람이라면 누구나 아는 것이었다.

이종산이 난데없이 만금산장의 일을 끌고 오자 모두 어리둥절한 표정을 지었다. 이건 남궁유룡도 예상을 못 했는지 매우 놀라는 눈치였다.

"아홉 개 표국에서 오백 대의 표마차와 천이백 필의 말, 그리고 이천사백여 명의 표사와 쟁자수가 동원되었습니다. 애초 한 달이면 족할 거라고 생각했던 여정은 무려 반년이 걸렸지요. 마침내 북경에 도착했을 때는 고작 열 대의 표마차와 열 명의 가노만 남았을 뿐입니다."

화양표국주가 즉각 반론을 펼쳤다.

"만금산장이 그렇게 된 건 가노들이 재물을 훔쳐 달아나고, 간자와 내통한 비적들이 하루가 멀다고 습격해 왔기 때문입니다. 하지만 도화곡은 비적들이 노릴 만한 재물이 딱히 없는 데다 제자들 또한 모두 무공을 익힌 고수들이니 상황이 완전히 다릅니다."

"과연 도화곡에게는 적이 없을까요?"

"무슨 뜻입니까?"

"국주께서도 서두에서 말씀하셨다시피 마지막엔 결국 좋은 땅을 골라 고목을 심어야 합니다. 사천성 성도는 기름진 땅임이 분명합니다. 기름진 땅에는 반드시 먼저 자리를 차지한 주인들이 있는 법이지요. 도화곡과 같은 대형 문파가 들어오는 걸 과연 다른 방파들이 지켜보고만 있을까요?"

"그건……."

"단언컨대 성도의 크고 작은 무림방파들이 똘똘 뭉쳐서 사활을 걸고 막으려 할 것입니다. 여기 계신 표국주들께서는 타성의 도시에 분타를 내보셨을 테니 그 어려움을 잘 아실 겁니다. 고작 표국의 분타 하나를 내는 것도 그러할진대 하물며 대형 문파라면 더 말할 것도 없겠지요. 해서 문파를 옮기는 것은 필히 전쟁을 동반합니다."

사실은 가장 먼저 고려했어야 할 내용이었다.

이 자리에 있는 사람들은 모두 일문의 문주이거나 표국의 국주들이었다. 당연히 이런 내용들을 알고 있었을 것이다. 다만 그건 자신들이 해결할 일이 아니기에 언급을 하지 않았을 뿐.

"우리는 표국입니다. 표물을 목적지까지 운송할 뿐, 인계한 이후의 상황까지 책임을 질 수는 없는 노릇입니다. 누구보다 잘 아실 텐데요."

"그건 문파를 옮기는 것이 아닙니다. 문파에서 쓰던 세간살이를 옮기는 것이지요. 혹시 그런 걸 의논하시던 중이었다면 구태여 제가 더 말을 보탤 필요는 없을 것 같군요."

이종산은 그 말을 끝으로 정말 입을 닫아버렸다.

그러나 파장은 대단했다. 그건 문파를 옮기는 것이 아니라 세간살이를 옮기는 것이라는 한마디에 모든 것이 함축되어 있었다.

'이것이 표왕의 위엄!'

화양표국주의 말은 하나도 틀리지 않았다. 표국은 표물을 옮겨주기만 하면 그뿐, 이후의 상황은 표국의 일이 아니었다.

도화곡주도 당연히 그것까지 기대하진 않았을 것이다. 하지만 그것에 대한 걱정을 태산같이 했을 것 또한 분명한 사실이었다.

누구도 섣불리 반박하지 못하는 가운데 한참이나 시간이 흘렀다.

이윽고 도화곡주가 이종산에게 다시 물었다.

"그럼에도 불구하고 가야 한다면, 국주께서는 어떤 조언을 주시겠습니까?"

"꼭 사천성 성도여야 하는 이유라도 있습니까?"

"이백 년 전 개파조사께서는 병든 부군을 위해 요동에서 약초를 구해 고향인 사천성 성도로 돌아가던 길이었습니다. 한데 대별산을 넘던 중 그만 당신께서도 큰 병을 얻어 더는 먼 길을 갈 수가 없으셨지요."

모두가 알지 못했던 도화곡의 개파 비사가 곡주의 입을 통해 흘러나오고 있었다.

"사람을 통해 약재만 보내시고, 당신께선 병마를 이겨낸 후 돌아가시겠다며 움막을 짓고 머물기 시작하셨지요. 그 세월이 그만 이십 년이 흘렀고 임종까지 맞게 되셨습니다. 그땐 제자들이 수십 명으로 늘어난 상태였지요. 그리고 오늘에 이르렀습니다."

도화곡주는 단순히 호구를 해결하기 위해 산을 내려와 속세로 가려는 것이 아니었다. 먹고 사는 문제의 해결과 함께 개파조사의 한이 서린 곳으로 돌아가 새로운 역사를 시작하려는 것이다.

여자의 몸으로 남편의 병을 고치기 위해 저 대륙의 끝인 요동까지 갔다가 돌아오는 길이었다는 말에 사람들은 모두가 숙연해졌다.

고향에 죽어가는 남편을 두고도 갈 수 없는 심정이 어떠했을지, 끝내 남편의 얼굴을 보지 못하고 머나먼 타지에서 쓸쓸히 죽어간 심정이 어떠했을까 하는 생각에 나도 가슴이 먹먹했다.

그러나 이종산은 전혀 감정에 휘둘리지 않는 냉정한 음성으로 말했다.

"장원은 준비가 되셨는지요?"

"전대부터 조금씩 모아온 돈으로 수년 전 성도의 외곽에 낡고 오래된 장원을 하나 마련해 두었습니다. 수리하면 당장은 살 수 있을 것입니다."

"고목을 옮길 수는 없지만, 고목의 씨앗은 멀리까지 옮길 수 있습니다."

"좀 더 자세히 들을 수 있을까요?"

"세간살이며 여타 물건들 중 돈이 될 만한 것들은 전부 팔아 절반은 예정보다 길어질 것에 대비해 가는 동안 먹을 식량으로 바꾸십시오. 절반은 성도에 도착한 이후의 호구를 위해 아껴두십시오. 나머지 물건들은 모두 전각과 함께 불태워 버리되, 곡구에 걸려 있는 낡은 현판과 무공비급들만 수레에 싣고 떠나십시오."

"……?"

"행렬의 선두에는 멀리서도 볼 수 있도록 도화곡을 상징하는 커다란 깃발을 만들어 내걸어야 합니다. 곡주님을 비롯해 삼백의 제자들은 모두 통일된 복장으로 맞추되 각자 행낭 하나만 짊어진 채 그 뒤를 따르십시오. 여각은 피하고 숙영을 하거나 막사를 쳐야 합니다."

“그렇게 요란하게 가야 하는 이유가 무엇입니까?”

“곡주님께서는 문파란 무엇이라고 생각하십니까?”

너무나 갑작스러운 질문이었다.

하지만 모두가 저 질문에 대한 답을 생각하고 있을 것이다.

나는 무림문파의 문주로 살아본 적이 없기에 이 자리에 모인 사람들의 털끝만큼도 알지 못한다. 그러나 문파의 근본이 땅이나 전각이나 세간살이에 있지 않다는 것 정도는 알겠다.

도화곡주의 눈동자가 어느 때보다 깊어졌다.

사실 문파를 사천성으로 옮길 결심을 하면서 그녀만큼 이 문제에 대해 깊이 생각해 본 사람은 없을 것이다. 하지만 도화곡주는 말을 아꼈다.

대답은 이종산이 했다. 대답이었으되 조언이었다.

“도화곡이 대별산을 내려와 사천성 성도로 간다는 사실을 전 강호가 알게 하십시오. 여정 중에라도 무림인들이 찾아오면 예를 갖춰 맞으시고, 도화곡의 무공을 견식하고 싶어 하는 고수가 길을 막아서면 정사마를 막론하고 배분과 항렬을 따져 기꺼이 제자들로 하여금 비무를 치르게 하십시오. 그 과정에서 적지 않은 제자가 죽거나 다칠 수 있으며, 곡주님께서 직접 나서야 할 때도 있을 것입니다.”

도화곡주는 조용히 고개를 끄덕였다.

“하지만 이것 또한 씨앗을 옮기는 일에 관한 이야기일 뿐, 심는 것은 또 다른 문제입니다. 다른 문파들의 살벌한 견제로 말미암아 뿌리를 내리기가 쉽지 않을 겁니다. 설사 어찌어찌하여 뿌리를 내렸다고 해도 문파를 유지하고 키워낼 돈을 지속적으로 조달하기란 하늘의 별 따기처럼 어려울 것입니다. 그러다 보면 자칫 소생 가능한 시간을 넘겨 버릴 수도 있습니다."

이종산의 말을 한마디로 정리하자면 고목으로 옮기면 확실히 죽고, 씨앗으로 옮기면 죽을 확률이 높다는 정도이다.

그의 말은 정확했다. 전생에서 도화곡은 화양표국의 주도하에 결국 역사적인 여정을 시작한다. 숱한 난관들을 이겨내고 마침내 사천성 성도에 도착하기는 한다.

하지만 채 반년도 지나지 않아 경쟁 방파들의 집중적인 견제와 노골적인 공격을 견디지 못하고 증발해 버린다.

내가 그 사건을 단편적으로나마 알고 있는 건 지금 이 순간 큰 행운이었다. 다른 건 몰라도 실패의 원인만큼은 정확히 알기에 한 가지 해결책을 제시할 수 있으니까.

나는 앞뒤 생각지 않고 확 질러 버렸다.

"씨앗이 뿌리를 내리고 마침내 나무로까지 자라게 할 방법이 한 가지 있습니다."

이종산과 달리 나는 도화곡주에게 질문도 받지 않았다.

새까만 후기지수의 갑작스러운 돌출 행동에 모두 표정을 일그러뜨렸다. 곽석산과 손지백이 깜짝 놀라서는 나를 돌아보며 눈을 찡긋거렸다. 남궁유룡은 요것 봐라 하는 얼굴이었고, 도화곡주는 어리둥절해 했다.

한편, 거듭되는 절망적인 말에 혈색이 점점 어두워져만 가던 뒤쪽의 아름다운 여검객들이 눈을 동그랗게 뜨고 나를 바라보았다.

"네가 무얼 안다고 나서는 것이냐?"

이종산이 나지막한 소리로 나를 나무랐다. 그의 입장에선 당연히 해야 할 꾸짖음이었다.

하지만 과연 속으로도 그렇게 생각할까?

그때 남궁유룡이 도화곡주를 돌아보며 묻지도 않은 말을 해주었다.

"천룡표국주의 넷째 아들 녀석입니다. 곡주께서는 산중에서만 사시어 잘 모르시겠지만, 작년 향시와 회시에서 연달아 장원급제를 한 천재이지요."

"……?"

"뿐만이 아닙니다. 얼마 전에는 무림맹에서 신물을 옮기는 일에 천룡표국의 대표로 참석해 무려 마흔일곱 명의 귀중한 목숨을 구했지요. 어젯밤에는 사마옥 총군사께서 데려다 쓰시려고 어찌나 욕심을 내시던지. 껄껄껄."

한바탕 내 자랑을 대신 해주고는 끝이다. 마치 저놈이 그런 놈인데 이야기를 들어보려면 보고 말려면 말라는 듯.

도화곡주도 놀란 모양이지만, 뒤쪽에 시립해 있던 여검객들도 하나같이 믿기 어렵다는 표정들이었다.

나는 얼른 한 걸음 나아가며 포권지례부터 올렸다.

"무림 말학 이정룡, 도화곡주님을 뵙습니다."

"혹시 혼례를 올리셨는지?"

갑작스러운 질문에 남궁유룡을 비롯한 모두가 잠시 어리둥절한 표정을 지었다.

"아직 미혼입니다."

"하면 말을 편하게 해도 되겠나?"

"물론입니다."

"씨앗이 뿌리를 내리고 마침내 나무로까지 자라게 할 방법이 무엇인지 듣고 싶네만."

"성도는 현재 사천구룡방(四川九龍幇)이라는 흑도방파가 사실상 제일세로 성도 무림을 장악하고 있습니다. 근본이 흑도인 데다, 견제 없는 힘이 으레 그러하듯 이들의 횡포는 도를 넘어 급기야 도적 떼나 다름없을 지경입니다."

"무얼 어떻게 했길래?"

"장사가 잘되는 점포들을 힘으로 가로채 비싼 값에 되파는 건 예사고, 길 가는 아녀자들을 납치해 욕을 보이는 일도 허다합니다. 그 외에도 일일이 입에 담기 힘든 횡포와 수탈을 자행하고 있습니다."

길 가는 여자들을 잡아다 욕보인다는 말에 침착한 도화곡주와 달리 뒤쪽의 여검객들은 대번에 눈동자에서 살기가 돌았다. 산중에서만 매양 수련만 하고 살다 보니 무공은 고강할지 몰라도, 사람들 앞에서 감정을 숨기거나 하는 일에는 다소 미숙한 것 같았다.

"그래서 어쩌자는 것인가?"

"도화곡의 이름으로 사천구룡방을 치겠다고 미리 선전포고를 하는 겁니다. 하면 사천구룡방의 전횡에 불만을 가진 곳들을 중심으로 성도의 무림방파 절반을 아군으로 만들 수 있을 것입니다."

내가 여기까지 말을 했을 때 사람들의 얼굴은 이미 너 나 할 것 없이 노래지고 있었다.

"만약 사천구룡방이 무너진다면 성도의 유흥가와 상계는 한순간 혼돈의 상태가 될 것입니다. 하지만 곧 좋든 싫든 사천구룡방의 보호 아래에서 밥을 먹었던 주루, 상방, 농장, 광산 그리고 해사방이나 강하방 같은 작은 생업방회들이 사천구룡방을 대신해 줄 무림세력을 찾아 자연스럽게 도화곡의 문을 두드릴 것입니다.”

내 얘기는 이걸로 모두 끝이 났다.

사람들은 모두 각자의 생각에 잠겼다. 어떤 이는 내 말에 충분히 공감할 것이고, 어떤 이는 나와 다른 생각을 할 것이다.

그러나 한 가지만은 동의하지 않을 수 없을 것이다.

앞서 이종산도 언급했거니와 비옥한 땅에 깃발을 꽂으려면 결국 싸워서 누군가를 밀어내야 한다는 것. 나는 단지 가장 효율적이고 이득이 많이 남는 방식의 전쟁을 제시했을 뿐이다.

“똥을 치우고 그 자리에 뿌리를 내린다. 절묘한 수로군.”

“성공만 한다면 혼란 후의 새로운 질서 속으로 편입되겠군요. 저 역시도 좋은 계획이라 생각됩니다.”

남궁유룡과 창해표국주를 시작으로 여기저기서 한 명씩 고개를 끄덕이기 시작했다. 모두 일문의 문주들이기에 나아갈 때와 물러날 때를 확실하게 알았다.

반면 철산문주와 화양표국주의 얼굴은 썩어 문드러지고 있었다. 특히 양가주로부터 표비 외에도 거액의 사례를 챙길 생각에 사전 답사까지 했던 화양표국주는 금방이라도 자리를 박차고 나갈 것 같은 얼굴이었다.

하지만 그는 절대로 그렇게 하지 못할 것이다. 감히 남궁세가 안에서, 그것도 무림과 상계에 막대한 영향력을 지닌 남궁유룡이 지켜보는 앞에서 그랬다가는 뒷일을 감당하지 못할 테니까.

이윽고 도화곡주가 이종산에게 물었다.

"천룡표국주의 생각은 어떠신지요?"

"일개 젊은 표사 하나의 말만 믿고 수천 리 밖의 방파에 무작정 선전포고를 할 수는 없는 노릇입니다. 덧붙여 지금 얘기한 패악질 정도로는 명분도 약합니다."

"그런가요?"

"하지만 만약 그들의 횡포가 도를 넘은 것이 확실하고, 그로 말미암아 마땅히 없어져야 할 방파라면 그럭저럭 쓸 만한 계획이라고 생각됩니다."

"천룡표국주께서는 자식의 의견이라고 지나치게 겸손하시구려. 노부가 볼 때는 유일한 계획이오만. 그리고 사천구룡방 놈들의 횡포와 패악에 대해서라면 나도 조금 알고 있소이다. 놈들은 하루라도 빨리 없어져야 할 악의 종자들이 확실하외다."

남궁유룡이 한마디 거들어주었다.

모두가 숨을 죽인 가운데 도화곡주는 잠시 생각에 잠겼다.

그러다 마침내 결심이 선 듯 남궁유룡에게 말했다.

"도화곡은 문파를 옮기는 것에 관한 전권을 남궁세가에 맡기고 싶습니다. 단, 천룡표국이 남궁세가를 대신해 모든 일 처리를 해주는 조건입니다."

기어이 폭탄 같은 선언이 터져 나오고야 말았다.

모두가 어느 정도 예상을 했을 테지만, 그럼에도 불구하고 놀란 표정들을 감추지 못했다.

그때 창해표국주가 말했다.

"아무래도 창해표국은 이쯤에서 그만 물러나야 할 것 같군요. 남궁세가주님께 죄송하다는 말씀을 드립니다."

남궁유룡의 입장을 고려해 일부러 선수를 쳐준 것이다.

남궁세가와 한 해 두 해 거래해 온 것이 아닐 터, 오늘의 배려는 반드시 보답으로 돌아올 것을 창해표국주는 알고 있었다.

"창해표국의 호의를 잊지 않겠소이다."

남궁유룡이 창해표국주를 향해 포권을 쥐어 보였다.

이어 이종산을 돌아보며 물었다.

"노부를 도와주시겠소이까?"

"표행에 관한 한 천룡표국이 전권을 행사해야 합니다. 또한 비용은 본 표국의 대장궤께서 심사한 후 제시하는 액수를 조건 없이 수용해 주십시오."

그렇게 존경하는 뇌검 앞에서도 사업 얘기를 할 때만큼은 한 치의 양보도 없었다.

남궁유룡은 또 남궁유룡대로 대가문의 수장답게 화통했다.

"제안을 받아들이겠소이다."

"천룡표국은 의뢰를 받겠습니다."

남궁유룡과 이종산이 서로를 향해 공손하게 포권지례를 올렸다.

옆에서 지켜보고 있던 도화곡주의 입가에 비로소 미소 비슷한 것이 어렸다. 이 방에 들어온 후 처음 보는 모습이었다.

지금 이 순간 나는 확신할 수 있었다. 도화곡주 역시 자신들의 비기인 천금풍이 남궁세가에 전해지기를 속으로 간절히 바랐다는 것을. 남궁세가라면 천금풍을 더욱 발전시켜 언젠가 절대지경의 무학으로 만들어줄 것이고, 또한 그 무공으로 많은 협의로운 일들을 할 테니까. 마치 딸을 시집보내는 것처럼.

남궁유룡은 이 모든 것이 더할 나위 없이 만족스러운 듯 손으로 연거푸 수염을 쓸어내렸다. 다른 문파와 표국들을 생각해 애써 참고 있지만, 속으로는 한바탕 호탕한 웃음을 터뜨리고 있을 것이 분명했다.

그때 도화곡주가 말했다.

"마지막으로 한 가지 조건이 더 있습니다."

"또 조건이 있으시다고요?"

본래 마지막에 붙이는 조건이 제일 까다로운 법이다.

남궁유룡의 걱정스러운 물음에 도화곡주는 나를 똑바로 응시하며 말했다.

"이정룡 표사가 반드시 동참해야 합니다."

한밤의 회동을 마치고 나오니 시간은 어느새 삼경을 훌쩍 넘긴 상태였다.

숙소인 창룡전으로 가는 동안 나는 흥분을 주체할 수 없었다. 계획에도 없었던 초대형 의뢰를 맡을 수 있게 된 것도 기쁘지만, 그게 무림사의 큰 사건이었던 도화곡 이전 건이라는 게 더 감개무량했다.

'이번엔 꼭 성공할 수 있도록 도와줘야지.'

한데, 나보다 더 좋아한 사람들이 있었다.

"이거야말로 그물은 다른 사람이 당기고, 고기는 우리가 주운 격이로군. 구경이나 하다 올 거라고 생각했는데 이런 횡재수가 있나."

"솔직히 우리는 구경만 한 게 맞지요. 일은 국주님과 십칠각주가 다 했고요. 부전자승(父傳子承)이라더니 오늘 부자의 궁합이 아주 찰떡이었습니다."

내가 보기엔 손지백과 곽석산의 궁합도 예사롭지 않았다.

이종산은 무심한 표정으로 나를 돌아보며 물었다.

"표행을 하는 게 그리 좋으냐?"

"그렇습니다."

"어째서?"

"말은 평원을 달리고 새는 하늘을 날아야 하는 것처럼 제게는 표행이 그렇습니다. 심장이 뛰면서 살아 있음을 느끼게 해줍니다."

"하면 더 신중해야 하느니라."

"예?"

갑작스러운 한마디에 공기가 차갑게 식었다.

곽석산과 손지백도 곧장 입을 닫았다.

허락도 없이 끼어든 것을 나무라는 게 아니다. 다른 무언가가 더 있다.

이종산은 걸음을 멈추고 잠시 나를 바라보더니 물었다.

"너는 표행이 무엇이라고 생각하느냐?"

예전 같았으면 의뢰인이 맡기는 표물을 약속한 기한에 맞춰 최대한 안전하게 운송하는 일이라는, 지극히 상식적인 대답을 했을 것이다.

하지만 좀 전의 일이 있고 난 후 생각이 조금 달라졌다.

그건 문파를 옮기는 것이 아니라는 이종산의 일갈은 전생의 기억으로 결과를 이미 알고 있는 내게도 큰 충격이었다.

"저도 잘 모르겠습니다."

"내가 무슨 일을 하는지도 모르면서 그렇게 열심히 한다고?"

"꼭 알아야 좋아하는 건 아니니까요."

"네 말이 옳다. 무언가를 좋아하기 위해 그걸 전부 알아야 할 필요는 없지. 그리고 정답이 있는 것도 아니다. 너도 보았겠지만, 표행에 대한 정의는 각자가 처한 입장에 따라 다를 수 있다."

"그런 것 같았습니다."

"하지만 표국업에 일생을 바친 사람이라면 누구도 부정할 수 없는 한 가지 공통점이 있다. 그건 세상에 중요하지 않은 표행이란 없다는 것이다."

"……?"

"네가 오늘 피력한 의견은 한 문파의 존립과 다른 문파의 생사여탈에 관한 것이었다. 어떤 결정이 내려지느냐에 따라 수백 명의 목숨이 왔다 갔다 했었지. 그만큼 신중했는지 묻고 싶구나."

"……!"

철퇴로 한 대 두들겨 맞는 것 같았다.

전생에서 나는 무언가를 결정하는 위치에 있어본 적이 없다. 항상 윗사람들이 시키는 일을 할 수 있는 만큼 최선을 다했을 뿐이었다. 그래서 딱히 무언가를 심사숙고할 필요가 없었다.

한데 이제부터는 그렇게 하면 안 된다. 나의 말 한마디에 많은 사람의 인생이 바뀔 수도 있기 때문이다.

이종산은 아마 평생 그런 문제들과 마주치고 또 결정들을 내려왔을 것이다. 그가 얼마나 큰 짐을 지고 살아왔는지 조금이나마 알 수 있을 것 같았다.

"실력 있는 표사들은 많다. 하지만 강호인들이 단 네 명에게만 명표라는 명칭을 허락한 것에는 이유가 있을 것이다. 나는 네가 그것을 잊지 않았으면 좋겠구나."

"오늘의 가르침 또한 절대 잊지 않겠습니다."

"너의 의견은 분명 매우 인상적인 것이었다. 나 또한 우리가 할 수 있는 최선의 방법일 거라고도 생각한다. 아비로서 자랑스러웠느니라."

"저도 아버지가 자랑스러웠습니다."

이른 아침에 남궁세가와 천룡표국 그리고 도화곡의 수뇌부만 참석하는 회의가 있었다.

남궁세가 쪽에는 남궁유룡을 비롯해 남궁중백, 남궁세옥, 남궁소소가 대표로 나왔다. 남궁세옥까지는 이해가 가는데, 남궁소소가 왜 나왔는지는 나도 잘 모르겠다.

도화곡은 곡주인 여종매와 어젯밤 회동에서 보았던 일곱 명의 젊은 여검사 중 한 명이 나왔다.

젊은 여검사는 여전히 암녹색의 장포에 유건을 쓰고 허리에는 협봉검을 찼는데, 스물예닐곱 살 정도로 보이는 겉모습과 달리 기도가 대단했다.

그리고 예뻤다. 희고 투명한 피부하며 흑백이 뚜렷한 눈동자가 누구라도 돌아볼 수밖에 없을 것 같았다.

"어른들께 정식으로 인사드리거라."

"도화곡 칠검향(七劍香)의 향주 섭부용, 남궁세가주님과 천룡표국주님을 비롯해 여러 선배님들께 인사드립니다."

어젯밤 보았던 일곱 명의 여검사가 칠검향이었나 보다. 보통은 대(隊)나 조(組)로 끝이 나는데 향기 향(香) 자를 붙인 것이 독특했다.

한동안은 호흡을 맞춰야 할 터, 나도 자리에서 일어나 이참에 제대로 된 인사를 했다.

"천룡표국 십칠각주 이정룡입니다."

"반갑습니다."

남궁소소도 자리에서 일어나더니 포권을 쥐었다.

"남궁소소예요."

"반가워요."

"실례지만 올해 나이가……."

"스물여덟이에요."

"전 스물다섯이에요. 언니라고 불러도 될까요?"

"예?"

"제가 너무 서둘렀나요?"

"네, 조금."

"어렸을 때부터 할아버지께 도화곡에 대한 이야기를 많이 들었어요. 좋은 사람들이 신비한 검맥을 이으며 살고 있다고. 그래서 저도 모르게 빨리 친해지고 싶었나 봐요. 무례를 용서하세요."

"무례라뇨. 그렇게 생각지 않아요."

"휴우, 다행이에요."

"오늘따라 어른들 앞에서 왜 이렇게 수다스러운 것이냐. 그만하고 앉거라.”

“예. 오라버니.”

남궁세옥이 일침을 놓자 남궁소소는 고양이 앞의 쥐처럼 다소곳하게 자리에 앉았다.

“아이들끼리 벌써 이렇게 사형제처럼 구는 걸 보니 이번 여정은 아주 잘 풀릴 것 같습니다. 껄껄.”

손녀의 붙임성이 마음에 드는지 남궁유룡이 껄껄 웃으며 말했다.

대남궁세가의 영애가 자신의 아끼는 제자를 언니라고 부르며 친해지고 싶다는데 누가 싫겠나. 여종매도 밝은 얼굴로 응수했다.

“그랬으면 좋겠군요.”

그리고 이종산을 돌아보며 물었다.

“도화곡을 옮기는 것에 관한 구체적인 계획은 언제쯤 나올까요?”

“지금 말씀드리겠습니다.”

“벌써요?”

“우선 늦어도 열흘 후에는 대별산에서 첫 여정을 시작해야 합니다.”

“그렇게나 빨리요? 한 달은 여유가 있을 거라고 생각을 했습니다만.”

양주에서 대별산까지 말을 재촉해 달리면 대략 이틀 정도 걸린다. 열흘이면 사실상 준비할 시간을 8일 정도밖에 주지 않겠다는 뜻이다. 모두 당황한 표정을 지었다.

이종산은 담담하게 말을 이어나갔다.

“청명(淸明)이 지나면 강수량이 갑자기 늘어나면서 강물이 불기 시작합니다. 하면 성도로 가는 동안에 배로 건너야 할 강의 개수가 최대 일곱 개까지 늘어날 겁니다. 배가 충분하지 않은 상태에서 삼백의 인원이 모두 강을 건너려면 하루가 꼬박 걸릴 수도 있습니다."

간밤에 세 노인이 모여 밤새 천룡표국에서만 쓰는 지도를 펼쳐놓고 계획을 세운 모양이었다.

한데 화양표국이 한 달에 걸쳐 파악한 강의 개수를 불과 하룻밤 만에, 그것도 지도만 펼쳐놓고 파악을 했다고? 그 지도에 세 노인의 평생 경험이 더해진 탓이다.

"한데 이조차도 강에 한정할 때입니다. 갑자기 불어난 협곡이나 시내를 만나면 상류로 올라가 돌아가야 합니다. 정리를 하자면 20일 정도 일찍 출발하고 하지 않고의 차이로 여정이 두 배까지 늘어날 수도 있습니다. 긴 여정은 그만큼 많은 위험에 노출되게 됩니다."

"무슨 말씀인지 알겠습니다. 우리가 무얼 어떻게 하면 되는지 알려 주세요."

"오늘 당장 곡주님께서는 저희와 함께 도화곡으로 가시지요. 자세한 건 가면서 말씀드리도록 하겠습니다."

"알겠습니다."

이종산은 이어 곽석산을 돌아보며 말했다.

"나는 대장궤와 함께 곡주님을 따라 곧장 도화곡으로 갈 테니, 총표두는 항주로 돌아가 내가 없는 동안 표국을 맡아 운영하도록 하시게. 전권을 위임하는 편지를 써주겠네."

"알겠습니다."

"도화곡의 상황을 파악한 후 전서구를 날리겠네. 전서가 도착하는 즉시 대별산으로 보낼 수 있도록 표사와 쟁자수들 그리고 표마차까지 넉넉하게 준비해 두시게."

"알겠습니다."

나는 이때다 싶어 얼른 덧붙였다.

"가시면 가불염 표사에게 일러 서호삼절을 객원표사로 고용한 다음 최대한 빨리 도화곡으로 보내라고 전해주십시오. 조금만 방심해도 바가지를 왕창 씌우는 분들이니 호구 잡히지 않도록 각별히 주의하라고도 하시고요."

갑작스러운 서호삼절의 출연에 곽석산은 물론이거니와 이종산, 손지백, 남궁세옥, 남궁소소가 어리둥절한 표정을 지었다. 이들은 모두 서호삼절이 누구인지 잘 알고 있었다.

이들의 반응에 서호삼절이 누구인지 모르는 남궁유룡, 남궁중백, 여종매, 섭부용도 덩달아 궁금해하는 눈치였다.

남궁유룡이 남궁세옥에게 조용히 물었다.

"서호삼절이 누구냐?"

"항주의 유명한 흑도들로 각각 도·검·창을 제법 잘 다루는 노고수들입니다. 항주의 무림인들은 서호삼견이라고도 부르고요."

"서호삼견?"

"그렇습니다."

서호삼견이라는 한 마디가 어떤 부류인지 모든 걸 다 설명해 준다. 남궁유룡, 남궁중백, 여종매, 섭부용이 뜨악한 표정을 지었다.

나는 얼른 설명했다.

"흑도의 생리를 그분들보다 잘 아는 사람은 없습니다. 이번 일에 반드시 필요한 사람들입니다. 만약 문제가 생기면 제가 모두 책임지겠습니다."

처음엔 당황했던 사람들은 내 말을 듣고 나자 잠시 생각에 잠겼다. 그리고 남궁유룡부터 시작해 이내 모두가 고개를 끄덕였다.

이종산이 곽석산에게 말했다.

"그렇게 하게."

"알겠습니다."

"남궁세가에서도 함께 갈 사람들이 있소이다."

남궁유룡의 말이었다.

모두가 의아해하는 사이 남궁세옥이 가만히 자리에서 일어나 이종산에게 포권지례를 올렸다.

"어젯밤 할아버지께서 명령하셨습니다. 후배가 비검대(秘劍隊)의 무사 열 명을 이끌고 국주님과 함께 도화곡으로 가겠습니다."

비검대는 남궁세옥이 스무 살 때부터 직접 무사들을 골라서 키워낸 타격대로, 본래는 숫자가 백 명에 달했다.

주객이 전도되면 안 되니 아마도 천룡표국의 입장을 고려해 가장 쓸 만한 고수 열 명 정도로 추려 올 모양이었다.

그때 남궁소소가 슬그머니 자리에서 일어났다.

남궁중백이 의아해하며 물었다.

"너는 왜 일어나느냐?"

"저도 함께 가겠습니다."

"집으로 돌아온 지 며칠이나 됐다고 또?"

"아시다시피 도화곡의 제자들은 모두 여자들이에요. 속세로 나와본 적도 없고, 이렇게 오랜 시간 여행을 해본 적도 없어서 불편한 게 한두 가지가 아닐 거예요. 중간에서 다리 역할을 할 사람이 필요해요."

"도화곡의 제자들은 입이 없다더냐?"

"그런 뜻이 아니오라……."

"그렇게 하거라."

갑자기 말을 자르고 들어온 사람은 남궁유룡이었다. 그가 한 번 더 말했다.

"그렇게 해."

"고맙습니다. 할아버지."

"대신 다치지 않도록 조심해야 한다."

"예, 할아버지."

절대 권력자답게 남궁유룡은 한 방에 깔끔하게 상황을 정리해 버렸다.

서른의 나이에 벌써 초절정 소리를 듣는 손자와 애지중지하는 손녀까지, 남궁유룡의 입장에선 그야말로 아낌없이 내준 것이다.

이종산이 다시 한번 포권을 취었다.

"감사합니다."

"하면 이제 모든 준비가 끝난 것이외까?"

"가장 중요한 문제가 하나 남아 있습니다."

"그게 무엇이외까?"

"사천구룡방의 정확한 전력과 고수들의 면면 그리고 그동안 그들이 벌였던 여러 가지 패악질과 사건들에 대한 정보가 필요합니다. 한데 애석하게도 성도는 물론이거니와 사천성에조차 천룡표국의 분타가 없습니다."

"무림맹에 협조를 구한다면 당문과 청성파를 연결해 주기는 할 것이오. 한데 청성파는 중원무림을 위협할 정도의 큰 사건이 아니라면 좀처럼 속세의 일에 관심이 없고, 사천당문은 성도에서 너무 떨어진 곳에 있어 그곳의 사정을 잘 모를 것이외다."

"부탁한다고 해도 무림방파의 뒤를 캐는 일은 본래 시간이 오래 걸리는 법이지요. 그것이 제 손에 전해지는 시간도 필요하고 말입니다."

"최대한 빨리 사천으로 믿을 만한 사람들을 보내야겠군. 대체 몇 명이나 보내야 하려나."

"더 중요한 것이 있습니다."

나는 이번에도 참지 못하고 또 끼어들었다.

그래도 오늘은 어제와 다르다. 탁자에 함께 앉는 순간부터 내게도 발언권이 주어졌다는 뜻이니까.

모두의 시선이 내게로 향했다.

남궁유룡이 잔뜩 호기심을 드러내며 물었다.

"이번엔 무슨 의견이신가?"

"어젯밤의 회동으로 사천구룡방이 우리의 계획을 알게 되는 건 시간문제입니다. 죄송한 말씀입니다만, 이건 순전히 저의 실수입니다. 공개적으로 그런 말을 할 때는 좀 더 신중했어야 했습니다."

"어차피 선전포고를 할 계획이었거니와 자네가 그 말을 하지 않았다면 도화곡주께서는 화양표국을 선택했을 것이고, 천룡표국이라는 천재일우의 기회를 놓쳤을 걸세. 하니 자책일랑 집어치우고 어서 이 늙은이나 또 놀라게 해주게."

"우리의 계획을 알게 되는 순간 사천구룡방은 분명 전력을 보강하려 할 것이고, 상황은 우리가 성도로 가는 동안에도 매일같이 달라질 것입니다."

"그래서?"
"일회성의 보고가 아닌, 매일매일 달라지는 상황을 보고해 줄 정보망이 필요합니다. 우리 쪽 사람 백 명을 성도에 급파해도 그건 불가능할 것입니다."
내가 여기까지 말했을 때, 모든 사람의 눈동자에 이미 등불이 켜졌다. 제대로 뒤통수를 때린 것이다.
"문제점은 누구나 찾아낼 수가 있다네. 해결 방법도 함께 제시해야 진짜배기지."
"다른 곳의 힘을 빌려야지요."
"다른 곳 어디를?"
"강호에 그만한 정보망을 운용할 수 있는 곳은 두 곳밖에 없습니다. 개방과 하오문. 흑도방파들의 사정이라면 하오문이 훨씬 정통하겠지만, 워낙 안갯속의 문파인 만큼 개방에 협조 요청을 해야지요."
남궁유룡이 탁자를 손으로 탁 두들기며 말했다.
"역시 실망시키지 않는군. 껄껄껄."
남궁유룡은 사실 나를 떠보려고 일부러 순서를 바꾸어 말했다.
개방의 힘을 빌려야 한다는 건 누구라도 생각할 수 있다. 중요한 건 모두가 놓치고 있는 문제점을 찾는 것이었다. 사람들이 크게 놀란 것도 그 대목이었고.
모두가 고개를 끄덕이고 있었다.
이종산이 내게 말했다.
"좋은 생각이다. 나와 손 백부님은 오늘 당장 곡주님을 모시고 도화곡으로 가야 하니 네가 개방 분타주를 만나 지원을 약속받은 후 뒤따라 오거라."

"예?"

"삼천 리 밖 사천의 동향을 파악해야 하는 데다, 나에게 전해지기까지도 적지 않은 인력을 동원해야 하는 일이라 쉽게 대답이 나오진 않을 것이다. 하지만 반드시 설득해야 한다."

"알겠습니다."

"너도 이 표사와 함께 가거라."

난데없이 끼어든 목소리의 주인은 도화곡주 여종매였다. 그녀의 시선은 다름 아닌 섭부용을 향하고 있었다.

"제가요?"

"대별산은 매우 복잡하고 곳곳에 기문진이 설치되어 있으니 길을 모르면 몇 날 며칠을 헤맬 것이다. 네가 따라갔다가 이 표사를 안전하게 모시고 오너라."

"하지만 저는 곡주님을 모셔야……."

"칠검향에 사람이 너 하나뿐이더냐? 내 걱정일랑 말고 이 표사와 함께 다녀오너라. 보아서 알겠지만, 이 표사는 우리를 위해 동분서주하고 있다. 문제가 생긴다면 네가 호위무사를 자처해야 할 것이다."

"명을 받들겠습니다."

여종매가 나를 돌아보며 물었다.

"속세의 경험은 미천하지만, 눈치가 빠르고 무공이 제법 쓸 만하다네. 며칠 동안이라도 데리고 다니면서 필요한 일이 있으면 쓰도록 하시게나."

"그러실 필요 없습니다."

"성도로 가면 우리는 모두 해일처럼 밀려올 속세의 수많은 문제들과 싸워야 할 것이네. 이 늙은이는 지금 저 아이라도 미리 적응할 수 있도록 자네의 경험을 좀 나눠달라고 부탁하는 것일세. 어렵겠나?"

"알겠습니다."

"고맙네."

"소소야, 너도 함께 가거라."

갑자기 끼어든 사람은 남궁유룡이었다.

그가 덧붙였다.

"천룡표국에 이어 남궁세가의 이름이라면 개방을 움직이기가 좀 더 수월할 것이다. 개방 분타주가 너의 얼굴을 알 것이니 함께 가서 도와주거라."

"명을 받들겠습니다."

진짜 이럴 필요들까지 없는데.

각자 한칼씩은 할 테니 손 갈 일은 없겠지만 딱히 쓸 일이 있을까 싶다. 괜히 비싼 밥값만 더 드는 건 아닌지도 모르겠고.

'아무거나 잘 먹어야 할 텐데.'

눈이 번쩍 뜨일 만큼 아름다운 여검사 두 명을 좌우에 거느리고 걷자니 길 가는 사람들의 시선이 죄다 쏠렸다.

"둘 다 엄청난 미인이군."

"저게 인간의 용모란 말이지."

"말이라도 한번 걸어봤으면."

"왼쪽에 있는 여자는 남궁소소 같은데?"

"남궁소소가 좀 더 어려 보이지 않나?"

"가운데 있는 저 기생오라비 같은 건 뭐여?"

"쉿! 말조심하게. 들으면 어쩌려고."

남궁소소는 사람들의 수군거림이 익숙한지 아무런 동요도 없었다. 하지만 섭부용은 난감하고 어색한 걸 억지로 참는 기색이 역력했다.

남궁소소의 안내를 받아 간 곳은 양주에서 사람들의 왕래가 가장 잦다는 유흥가 한복판이었다.

커다란 감나무 아래에 늙수그레한 거지가 거적을 깔고 드러누워서는 따뜻한 봄볕을 즐기고 있었다. 반쯤 드러난 배는 피둥피둥 살이 올라 꼭 새끼 밴 암돼지를 보는 것 같았다.

"귀하는 누구시죠?"

"그러는 댁들은 뉘슈?"

"여긴 대대로 분타주님의 자리인데."

"그럼 내가 분타주인가 보지."

"새로 오셨어요?"

"석 달쯤 됐으려나."

"그러셨군요. 인사드리겠습니다. 남궁세가에서 온 남궁소소라고 합니다. 할아버지의 말씀을 전하려고 이렇게 분타주님을 찾아뵈었어요."

남궁세가라는 말에 꺼드럭거리며 누워 있던 거지가 슬그머니 일어나 앉았다.

"개방 양주 분타주 양조청이오."

남궁소소는 대별산 도화곡이 사천성 성도로 이사를 할 것이며, 성도 무림방파들, 그중에서도 특히 가장 큰 흑도방파인 사천구룡방의 동향을 매일 보고 받을 수 있도록 해달라고 부탁했다.

도화곡이 사천구룡방을 칠 거라는 얘기는 쏙 뺐다. 그건 얘기가 좀 진행된 후에 해야 한다는 걸 말하지 않아도 잘 알고 있었다. 역시 똑똑하다.

"개방이 남궁세가의 하수인인 줄 아시오?"

"오해하지 마셔요. 전 지금 부탁을 드리는 것이고, 적지 않은 품을 들여야 하는 만큼 충분히 사례를 해드리겠어요."

"일없소이다."

너무나 단호한 거절에 나는 좀 당황했다. 내가 이런데 자신만 믿으라며 큰소리를 탕탕 치던 남궁소소는 오죽하겠나.

"새로 오셔서 잘 모르시는 모양인데, 개방의 양주 분타와 남궁세가는 대대로 사이가 나쁘지 않았답니다. 어려운 부탁인 줄은 알지만, 이렇게 일언지하에 거절하시니 좀 섭섭하군요."

"관계가 좋은데 초대장도 한 장 보내주지 않은 것이오?"

"예?"

"어제가 가주님의 팔순이었다는 걸 잘 알고 있소. 축하객들이 천 명도 넘게 왔다지? 뇌검께서 사람을 사귐에 있어 나이와 귀천을 따지지 않으신다고 들은바, 평소 깊이 흠모하고 있었거늘……."

"무언가 크게 오해를 하셨군요. 할아버지께서 초대장을 보내시는 건 극히 드문 경우에 속해요. 팔순 잔치에 오신 분들 대부분 초대장을 받고 오신 게 아니랍니다."

"그거야 멀리 있는 사람들 얘기고. 같은 양주에 있는 나는 좀 다르지 않나? 개방 분타주 정도는 상대하지 않으신다 이건가."

어처구니가 없었다. 고작 분타주 주제에 무슨 대단한 인물이라고. 가끔 정보가 필요할 때 분타주의 힘이 요긴하게 쓰이니 자신이 뭐라도 된 줄 착각하는 모양이다.

'염병하고 있네. 진짜.'

문제는 우리였다. 믿을 건 개방밖에 없는데 이렇게 강짜를 부리면 어쩌자는 건가.

한참을 구슬려도 소용이 없자 남궁소소는 결국 돈으로 승부수를 띄웠다.

"은전 백 냥을 드리겠어요."

"거지라고 공짜로 쓰시려는군."

"은전 이백 냥을 드리겠어요."

"백 냥이나 이백 냥이나."

"은전 삼백 냥을 드리겠어요."

"백(百)자를 천(千)자로 바꿔주면 한번 생각해 보겠소."

"그건 너무 터무니없는 액수예요."

"옆 도시인 남경도 아니고, 삼천 리 밖 사천성 성도의 동향을 파악하고 알려주는 일이오. 사람을 몇 명이나 거쳐야 하는지 아시오?"

"은전 오백 냥을 드리죠. 더 이상은 불가능해요."

"다른 데 가서 알아보시오. 나는 모자란 잠이나 더 자야겠으니."

그러면서 벌러덩 누워버린다.

남궁소소가 나를 돌아보며 입술을 미세하게 달싹거렸다.

동시에 머릿속으로 전음이 들려왔다.

[어떡하죠?]

[저 인간 주제 파악을 못 해서 그렇지, 눈치는 보통이 아니오. 돈 냄새를 맡고 판돈을 최대한 끌어 올리려는 수작이오.]

[아무래도 도화곡이 이사를 하려는 것이며, 문파와 표국들이 뛰어들었다는 것까지 이미 전부 파악하고 있었던 것 같아요.]

[내 생각도 같소.]

[얼마까지 요구할까요?]

[우리가 줄 수 있는 선까지 요구하겠지. 우리 입장에서는 달라는 대로 다 줄 수밖에 없고.]

[차라리 하남으로 가서 개방의 고위직과 접선해 보는 건 어때요? 하남까지만 가면 총군사님의 도움을 받아 용두방주님을 직접 뵙는 것도 불가능하지 않아요.]

[그럴 만한 시간이 없소.]

[생각지도 않았던 곳에서 발이 걸리네요.]

[사람은 원래 산에 걸려 넘어지지 않고 개밋둑에 걸려 넘어지는 법이오.]

강짜를 놓는 거지도 문제지만, 몰려든 사람들 때문에라도 더는 얘기를 진행할 수 없을 것 같았다. 남궁소소와 섭부용의 아름다운 용모가 유흥가를 찾은 사내들을 열심히 불러 모은 것이다.

그때였다.

"정룡 공자님 아니신가요?"

사람들이 썰물처럼 갈라지더니 목련꽃에다 이목구비를 그려놓은 것 같은 여자가 걸어 나왔다. 못해도 서른은 되어 보였는데, 그럼에도 불구하고 미모가 장난이 아니었다. 여자의 옆에는 험상궂은 인상에 칼까지 찬 두 명의 호위무사가 있었다.

비단 궁장으로 한껏 멋을 낸 여자는 지척으로 다가오더니 다시 한번 아는 체를 했다.

“향시와 회시를 연달아 석권하셨다는 얘기는 들었어요. 여기서 이렇게 뵙게 되어 얼마나 반가운지 모르실 거예요.”

나는 나이도 적당하면서 이렇게 예쁜 여자를 알지 못한다. 당연히 이 몸뚱어리의 원래 주인인 이정룡과 관련이 있는 여자일 것이다.

남궁소소는 이건 또 누구냐 하는 표정으로 나와 여자를 번갈아 보았다. 시종일관 말이 없던 섭부용도 눈을 깜빡거렸다.

좀처럼 보기 어려운 미녀가 셋이나 한자리에 모이자 몰려든 구경꾼들은 이게 대체 무슨 상황이냐며 쑥덕거렸다.

그때 구경꾼들 속에서 귓속을 파고드는 소리가 흘러나왔다.

“저 기생오라비가 수서루(水西樓)의 매용초는 또 어떻게 아는 거지?”

그러면 그렇지. 기루의 기녀인가 보다.

항주에서 지내는 동안 아는 기녀들을 숱하게 만날 거라고 생각했다. 한데 한 번도 내게 아는 척하는 기녀를 보지 못했다.

엉뚱하게 양주에서 볼 줄이야. 이 인간 설마 항주로도 모자라 양주에까지 원정을 와서 마시고 논 건가?

이 기녀도 그렇다. 옆에 여자가 두 명이나 있는 걸 보면 좀 모른 척하고 지나가 줄 것이지.

‘기왕 놀았다면 제발 얌전히라도 놀았기를.’

구경꾼이 혼잣말하는 걸 남궁소소도 들었을 것이다.

그녀는 한심하기 짝이 없다는 얼굴로 나를 보았다.

어차피 들킨 거 부정해도 소용없다.

"매용초 소저가 아니시오?"

"항주에서는 절 루주라고 부르셨는데, 여기서는 소저라고 부르시니 왠지 10년 전 공자님을 처음 뵈었을 때처럼 설레네요. 훗."

양주가 아니라 항주에서 알던 사이였나 보다.

그런데 10년 전부터 알던 사이라니, 점입가경이었다.

"내가 그랬나?"

"한데 여긴 어쩐 일이신가요?"

"남궁세가주님의 팔순 잔치에 왔다가 잠시 볼일이 있어서……."

그러면서 나도 모르게 양조청에게로 시선을 주었다.

매용초의 시선도 따라서 양조청에게로 향했다.

무슨 이유에선지 양조청은 당황한 기색이 역력했다. 좀 전의 꺼드럭거림은 온데간데없고 무언가 조급해하는 느낌이었다.

급기야 남궁소소에게 말까지 걸었다.

"뭐, 소저께서 그렇게 말씀하시니, 조용한 곳에 가서 탁주나 한 사발 사시겠소이까?"

이것 봐라. 대체 매용초의 무엇이 양조청을 돌변하게 했을까?

그때 매용초도 빙그레 웃으며 내게 말했다.

"제가 한잔 살게요. 물론 두 분의 아가씨들도요. 함께 가시지 않겠어요?"

남궁소소와 섭부용의 눈이 동그래졌다.

순간 나는 오래전 항주의 어느 포구에서 황자충과 나누었던 대화가 생각이 났다.

"……한데 청룡당주는 아무래도 자네가 하오문과 손을 잡은 것 같다더군."

"하오문이라고요?"

"자네가 근 십 년을 하오문의 터전에서 그들과 부대끼며 살았기 때문이네. 자네의 신분과 숨겨둔 능력을 생각해 보면 끈을 만들어두지 않았다는 것이 오히려 더 이상한 일이지."

장담할 수 있다. 눈앞의 매용초라는 이 여자는 하오문의 인물이다. 그것도 상당한 힘을 지닌. 그게 아니라면 그렇게 꺼드럭거리던 양조청이 갑자기 저렇게 똥줄이 탈 수가 없다.

매용초 역시 우연히 끼어든 게 아니다. 그녀는 내가 개방 분타주에게 무언가 부탁하는 모습을 멀리서 발견하고 일부러 찾아와 아는 척을 해준 것이다. 그리고 나를 돕겠다는 말을 에둘러 하고 있었다.

하지만 왜? 이정룡과 그 정도로 친했나? 아니면 무슨 신세라도 졌나?

언젠가 장삼이 내게 해준 말도 떠올랐다.

"정 그리 씁쓸하시면 오늘만 특별히 봐드릴 테니 유흥가로 한번 나가 보시겠습니까? 장담컨대 기녀들이며 칼잡이들이며 노름방 주먹잡이들까지, 한 천 명은 몰려와 공자님의 장원급제를 축하해 줄 겁니다. 그동안 그 인간들이 공자님한테서 뽑아 먹은 게 얼만데요."

나는 더 고민하지 않았다.

"내가 사주는 술보단 남에게 얻어먹는 술이 더 맛있지. 갑시다."

매용초를 따라간 곳은 수서루(水西樓)라는 현판이 붙은 기루였다. 한눈에 봐도 돈을 물 쓰듯 쓰는 자가 아니라면 함부로 들어갈 수 없을 만큼 으리으리한 곳이었다.

나와 남궁소소는 아무렇지도 않게 문턱을 넘었다.

한데 섭부용은 잠시 망설이다가 넘었다. 속세로 나와본 적도 많지 않은 데다 여자의 몸으로 기루까지 들어가 보려니 어색하고 멋쩍은 것이다.

어쩌면 도화곡 제자들이 싸워야 할 가장 큰 적은 세상 그 자체인지도 모르겠다.

안으로 들어가자 작고 아담한 정원이 나타났다. 곳곳에서 은은하게 흘러나오는 비파 소리가 듣기 좋았다.

주변을 둘러보며 매용초의 뒤를 따랐다.

어느 순간 왼쪽 전각에서 술 취한 사내 한 명이 툭 튀어나왔다. 잠시 오줌보라도 비우러 나온 모양이었다.

문사풍의 청건에 온몸을 비단으로 휘감은 것이 딱 봐도 고관대작의 자제 같았다.

그는 눈앞에서 지나가는 남궁소소와 섭부용을 발견하고는 눈이 그만 동그래졌다.

"너희는 누흐냐?"

"……?"

"……?"

"아이, 이어케 예쁜 기녀들이 어디서 나왔……."

"이런 씨발놈이!"

불현듯 화가 솟구친 나는 일단 놈의 아가리부터 찢어놓으려고 했다. 남궁소소가 번개처럼 팔짱을 끼며 꽉 붙들어 매지 않았다면 말이다.

"참아요!"

"놓으시오!"

"우리가 왜 왔는지 기억하세요."

"몰라서 이러는 게 아니오. 비키시오!"

"섭 향주님도 참고 있어요."

옆을 돌아보니 섭부용이 두 주먹을 옆구리에 딱 붙인 채 힘을 주고 있었다. 문파의 안전한 이전과 도화곡에서 기다리는 300명의 제자를 생각해 최선을 다해 참고 있는 것이다. 내가 아무리 화가 나도 그녀만큼 화가 나지는 않을 것이다.

"너는 또 뭐냐? 기둥서방히냐? 너 내가 누훈지 알아? 엉?"

"입을 막아라!"

타탁 탁!

매용초의 한마디에 호위무사가 달려들어 번개처럼 마혈을 짚었다.

픽! 하고 쓰러지는 사내를 다른 호위무사가 부축했다.

정말 고관대작의 자제라면 건드려서 결코 좋을 게 없다. 그러나 매용초의 입장에서는 이렇게라도 해서 입을 막는 게 나았을 것이다. 다른 사람도 아니고 대남궁세가의 영애가 수모를 당해서는 곤란하니까.

그때 또 한 명의 사내가 전각을 나오다가 그 광경을 보았다.

그는 앞뒤로 비틀거리며 한참을 노려보더니 갑자기 빽 소리를 질렀다.

"이게 지금 므하는 짓이햐?"

"용 공자님, 술이 조금 과하신 듯합니다. 술값은 받지 않을 테니 오늘은 천 공자님을 모시고 그만 돌아가시는 게 어떠할는지요."

"돌아가? 어딜?"

"댁으로요."

"왜?"

"술이 좀 과하신 것 같습니다."

"누가? 내가?"

"그렇습니다."

"왜?"

"천 공자님의 스물여섯 번째 생일이라고 친우분들과 함께 오셔서 밤새 술을 드셨습니다."

"천 고자가 생힐이라고?"

얼마나 처마셨는지 이미 대화가 불가능할 정도로 인사불성이었다. 게다가 이 인간도 앞서 놈처럼 남궁소소와 섭부용에게 관심을 보이기 시작했다.

"그런데 얘들은 누흐야? 와하 예쁜 기녀들이……."

타타탁!

이번에도 호위무사가 마혈을 짚더니 픽 쓰러지는 놈을 부축했다.

그때 다른 칼잡이 서너 명이 후다닥 달려와서 매용초에게 허리를 숙였다.

"마차를 준비해 공자님들을 전부 댁으로 모셔 드려라. 책잡히지 않도록 각별히 주의하고."

"알겠습니다."

칼잡이들이 술 취한 놈들을 업고 사라지자 매용초가 얼른 남궁소소와 섭부용을 돌아보며 말했다.

"두 분께 진심으로 사과드리겠습니다."

남궁소소가 말했다.

"천운비 공자의 생일인가요?"

"천운비 공자를 아시나요?"

"명성이 자자하더군요."

"좀 그런 편이시지요."

"억지로 마차에 태워 보내면 틀림없이 나중에 찾아와 강짜를 놓을 거예요. 더 이상 마주치는 일만 없다면 우리는 괜찮아요."

"사정을 보아주셔서 감사합니다."

"서로 돕고 사는 거죠. 안 그런가요?"

남궁소소의 의미심장한 말에 매용초는 빙그레 웃었다.

그러면서 다시 앞장을 섰다.

가는 길에 남궁소소가 전음으로 내게 말을 걸었다.

[욕을 잘하시네요.]

[나도 모르게 그만.]

[되게 자연스럽던데.]

[다음부턴 조심하겠소.]

[조심할 것 없어요. 욕은 그럴 때 하라고 조상님들께서 만드신 거 아니겠어요? 앞으로도 누가 내게 모욕을 주면 대신 욕하고 때려줘야 해요.]

[물론이오.]

[그건 그렇고, 루주와는 어떤 사이였어요?]

[벌써 다 온 모양이오.]

[아직 멀었거든요. 10년 전에 처음 만났다던데, 도대체 몇 살 때부터 기루를 들락거린 거예요? 그때도 뭘 알기나 하고 들락거린 거예요?]

우리는 수서루 중에서도 가장 깊숙하고 호화로운 객방으로 안내되었다. 그곳엔 이미 입이 떡 벌어질 정도의 술과 음식이 차려져 있었다.

우리가 올 줄 어떻게 알고?

나는 남궁소소와 조용히 눈빛을 나누었다.

"우선, 제 술부터 한 잔씩 받으셔요."

매용초는 나와 남궁소소와 섭부용에게 일일이 술을 따라 주었다.

맑은 술이 목구멍으로 넘어가는 순간 정체를 알 수 없는 꽃향기가 콧구멍과 입안 가득히 퍼졌다.

남궁소소가 깜짝 놀라며 말했다.

"이게 무슨 술인가요?"

매용초가 웃으며 물었다.

"마실 만한가요?"

"마실 만하다마다요. 정말 좋아요."

그러면서 남궁소소는 섭부용을 돌아보며 물었다.

"향주님은 어때요?"

"이런 술은 처음 마셔봐요. 음식들도 처음 보고요."

술도 술이지만, 그녀는 음식이 더 신기한 모양이었다. 산중에서 투박하고 거친 음식들만 먹다가 기루의 화려한 음식들을 보니 눈이 휘둥그레질밖에.

살짝 어색해진 듯하자 매용초가 얼른 말했다.

"칠채화주예요. 이름처럼 일곱 가지 빛깔의 꽃으로 빚어 만든 수서루만의 술인데 숙성될 때까지 화향(華香)이 날아가지 않도록 잡아두는 것이 관건이죠. 두 분 아가씨들이 계셔서 준비를 해보았답니다."

"칠채화주의 명성은 저도 들었어요. 한 병에 은전 두 냥씩이나 하는 귀한 술이라던데, 이렇게 흔쾌히 내주셔서 감사해요."

"술과 음식은 얼마든지 있으니 편하게 드세요. 필요하시다면 돌아가실 때 몇 병 싸 드릴까요?"

"정말인가요?"

"이 공자님의 친구분들이시라면 제게도 귀한 손님들이시랍니다."

"감사합니다."

모두 다시 한 잔을 더 마시고 젓가락으로 음식도 몇 개 집어 먹었다. 섭부용은 무얼 어떻게 먹는지 몰라 남궁소소가 하는 대로 따라만 했다.

다시 남궁소소가 물었다.

"두 분은 어떻게 알게 되셨나요?"

"열아홉 살 때였나? 어떤 봄날 기루의 뒤꼍 길가에 홀로 앉아 울고 있었어요. 그때 열두세 살가량의 잘생긴 공자님이 하인과 함께 지나가시다가 제게 묻더군요. 뭘 잃어버려서 그렇게 울고 있냐고요."

"어린 공자가 맹랑하네요."

"제 고향은 원래 산동 소요현이라는 곳인데, 이맘때면 화전을 일구느라 고생하실 어머니와 동생들이 생각나서 운다고 했지요."

"고향이 산동이셨군요."

남궁소소는 그녀가 항주까지 흘러들어 와 기녀가 된 사정은 묻지 않았다.

나는 왠지 매용초가 처음부터 기루로 온 것 같지 않다는 생각이 들었다.

전생에서 표행 중 만난 화전민들은 대부분 딸이 열서너 살쯤 되면 도회지의 가난한 사내들에게 팔아버리듯 시집을 보냈다. 입을 하나라도 줄이고 딸도 시집을 가면 최소한 배는 곯지 않을 거라는 생각에서였다.

하지만 이후에 팔려간 딸이 어떻게 지내는지를 아는 사람은 거의 못 봤다. 부모도 자식도 까막눈인 데다 연락할 방법도 마땅치 않기 때문이다.

그렇게 10년 정도 흐르면 아예 서로 생사조차 모르고 지내는 경우가 허다했다.

"그런데 공자님께서 소요현 어디에 살았으며 동생들의 이름이 어찌 되는지 꼬치꼬치 캐물으시더라고요."

"왜요?"

"저도 궁금했었는데 그땐 말해주지 않았어요. 그리고 석 달 후 한밤중에 숨이 턱 밑까지 차올라서는 기루로 절 찾아오셨지요. 손에는 편지 세 통을 들고요."

"편지라고요?"

"공자님께서 산동 소요현 인근으로 표행을 가는 쟁자수들에게 부탁을 해서 저의 고향 집을 찾아보게 하셨나 봐요. 그리고 어머니와 동생들이 불러주는 말을 받아 적어 제게로 가져다준 것이었어요."

"……!"

"그날 밤 편지를 품에 안고 자면서 얼마나 울었는지 몰라요. 글을 아는 기녀에게 부탁해 하루에도 몇 번씩 읽어달라고 했어요. 그때마다 어머니와 동생들이 옆에서 제게 말을 하는 것 같았거든요. 그리고 저도 글을 익히기 시작했고요."

남궁소소와 섭부용이 동시에 깜짝 놀라서는 천천히 나를 돌아보았다.

한데 사실 두 사람보다 내가 훨씬 더 놀랐다.

'이정룡이 그런 짓을 했다고?'

멋쩍어서 어쩔 줄을 모르는데 더욱 놀라운 말이 매용초의 입에서 흘러나왔다.

"그때 이후로 공자님은 다른 어린 기녀들의 고향도 물었다가 소식을 알려주곤 했어요. 그렇게 몇 년이 흐르자 자주 찾는 기루의 기녀들 중에서는 공자님의 신세를 한 번이라도 지지 않은 사람을 찾는 게 더 어려울 지경이 됐죠."

"하면 뻔질나게 기루를 드나든 이유가……."

"기녀들을 돕기 위해서죠."

"하지만 소문엔……."

"호구 등신에 반푼이라고들 했죠. 하지만 누구도 방탕한 화화공자라고 하지는 않았어요. 사실 아무런 이득도 없는 일을 그렇게 오랜 시간 해주었으니 반푼이라는 말이 아주 틀린 말도 아니지요."

"혹시 내가 안 보이는 건 아니시지요?"

내가 슬그머니 끼어들었다.

"죄송해요."

매용초가 활짝 웃었다.

섭부용은 이런 얘기들이 다 뭐냐는 듯한 표정이었다.

남궁소소는 얼마나 놀랐는지 나를 바라보며 어쩔 줄을 몰라 했다.

그때 인기척과 함께 호위무사가 들어와서는 매용초에게 무언가 눈짓을 보냈다.

호위무사가 돌아가고 나자 매용초가 말했다.

"다들 눈치채셨겠지만, 오늘 제가 이 공자님을 만난 건 우연이 아니랍니다. 이 공자님께서 양주로 오셨다는 소식을 듣고 꼭 뵙고 싶어 하는 분의 부탁으로 자리를 마련한 것이었어요. 한데 그분이 지금 막 도착을 하셨다는군요."

"그가 누구요?"

"실례지만 이 자리에서는 말씀을 드릴 수가 없습니다. 두 분 아가씨께서 기다려 주시면 이 공자님을 잠시 다른 곳으로 모실까 합니다."

"누군지 모르나, 우리는 앞으로 최소 한 달 동안 함께 여정을 해야 하는 사이오. 시작도 하기 전에 비밀부터 만들 수는 없……."

"그렇게 하세요."

갑자기 끼어든 사람은 남궁소소였다.

그녀가 내게 말했다.

"루주님의 사정도 헤아려 주셔야죠. 그리고 귀하에게 비밀이 있다고 해도 우리의 신뢰가 깨지는 일은 없을 거예요. 절대로요."

남궁소소는 섭부용을 돌아보며 동의를 구했다.

"안 그런가요? 향주님."

"물론이죠."

"두 분 아가씨께 다시 한번 감사드립니다."

나는 남궁소소를 돌아보며 물었다.

"괜찮겠소?"

"여긴 양주예요. 단언컨대 양주에서 내게 해코지를 할 수 있는 사람은 없어요. 향주님도 함께 계시고요. 걱정 말아요."

매용초와 함께 밖으로 나온 나는 회랑을 따라 한참을 걸어갔다.

어느 순간 갑자기 시야가 트이며 호수와 연결된 통나무 계단이 나타났다.

계단 아래에는 평범한 나룻배가 한 척 매어져 있었다.

사공은 봄볕을 피하고자 커다란 죽립을 썼는데, 팔다리가 빼짝 마른 데다 비정상적으로 길어서 꼭 사마귀 같았다.

배에 올라타자 사공이 죽립 두 개를 건네주었다.

매용초가 먼저 받아쓰고 내게도 하나를 권했다.

"공자님을 알아보는 사람이 있을지도 몰라요."

순간 이건 나를 위해서가 아니라 매용초 자신을 위해서라는 걸 알 수 있었다.

직업이 직업인 만큼 그녀를 알아본 사람이 함께 탄 나를 궁금해할 리는 없었다. 하지만 내 얼굴을 알아본 사람이 있다면 함께 탄 매용초를 조금 다른 시선으로 볼 수도 있을 것이다.

사공이 삿대를 힘껏 찍자 배는 빠르게 호수 위를 미끄러져 갔다.

한참이 지나도록 매용초는 말이 없었다. 단지 별을 즐기고, 바람을 즐기고, 바람에 실려 오는 꽃향기를 즐길 뿐이었다.

이윽고 호수의 중간쯤 갔을 때 그녀의 입이 열렸다.

"저를 전혀 기억 못 하시죠?"

"예?"

"솔직히 말해주세요."

"그렇소."

"서호에서의 일이 있고 난 후부터인가요?"

"아마도."

자신이 기억하고 있는 나와 지금 내 행동들이 아귀가 맞지 않는 모양이었다. 그걸 내가 서호에 뛰어들었다가 가까스로 살아난 후 기억의 일부를 잃었기 때문이라고 생각하는 것이고.

눈치가 보통 빠른 게 아니었다.

"혹시 아까 한 얘기들 죄다 지어낸 것이오?"

"그것조차 기억나지 않는다고요?"

"그렇소."

"대체 어디까지 기억을 못 하시는 건가요?"

"유흥가와 관련된 건 전부."

"기분이 묘하네요. 제게 공자님은 아주 특별한 사람인데, 공자님께 저는 그냥 기녀 출신의 처음 보는 루주인 거잖아요."

"그런 뜻으로 말한 건 아니오."

"알고 있어요."

매용초는 잠시 사이를 두었다가 말했다.

"아까 제가 한 말들은 한 치의 거짓도 없어요. 다만 아가씨들이 계셔서 말을 하지 않은 게 조금 있을 뿐."

"그게 무엇이오?"

"방탕하게까지는 아니지만, 음주가무도 꽤나 즐기셨어요. 돈도 많으셨고 공자님을 흠모하는 기녀들이 많았거든요."

"하면 나에 대해 소문이 안 좋게 난 이유가?"

"허구한 날 기녀들과 어울리니 당연하죠. 밤을 꼴딱 새는 건 예사고, 사흘이고 나흘이고 기루에서 뒹굴다가 술에 취해 댁으로 실려 간 적도 많아요."

"호옥시 우리가……."

"같이 잤냐고요?"

꿀꺽.

"지금 제가 말하면 그게 그대로 사실이 되어버리는 상황인 건가요?"

"잤소?"

"훗. 걱정하지 마세요. 그런 일은 없었으니까."

"휴우……."

"그렇게까지 다행인 일인가요?"

"내가 지금 겪고 있는 혼란스러움을 소저는 죽었다 깨어나도 모를 것이오. 아무튼 어린 내가 실수를 하지 않도록 잘 이끌어주어서 고맙소."

"천만에요."

"그리고 지금 나눈 얘기들은 전부 비밀로 해주면 좋겠소."

"일부러 말할 리야 없겠지만, 조금만 조사해 보면 금방 드러날 거예요. 항주 유흥가의 오래된 기녀들은 웬만큼 알 테니까요."

"그거면 충분하오."

"필요하시면 과거를 전부 바꾸어 드릴 수도 있어요."

"어떻게 말이오?"

"기존의 소문들을 헛소문으로 만들어 버리고, 새로운 소문들을 오래전부터 떠도는 것들인 것처럼 퍼뜨리는 거죠."

"그런 일을 할 수 있다고요?"

"제가 이래 봬도 하오문주의 제자거든요."

"예에?"

너무나 놀란 나머지 나는 하마터면 그 자리에서 벌떡 일어날 뻔했다. 이건 또 무슨 마른하늘에 날벼락 치는 소리란 말인가.

하오문도라는 건 어느 정도 짐작했다. 개방 분타주가 보고 똥줄이 탈 정도였으니 간부급일 것이고, 양주를 관리하는 향주 정도면 정말 더 바랄 게 없다고 생각했다.

한데 하오문주의 제자라니.

나는 나를 만나고 싶어 한다는 사람이 매용초 그 자신이라는 걸 직감했다. 그녀는 나와 둘만의 시간을 가지며 옛날을 기억하고 싶었던 것이다.

"어쩌다가 하오문주의 제자가 된 것이오?"

"제가 기녀들의 청탁을 모아 공자님께 전달하는 역할을 했고, 그러다 보니 어린 나이에 기녀들의 큰 신뢰를 얻게 되었어요."

신뢰만 얻은 게 아닐 것이다. 신중한 말투를 보면 아마 조직의 흐름이나 체계에 관해서도 많은 걸 익혔을 것 같다.

"그걸 기특하게 여기신 하오문주께서 절 제자로 거두어주셨어요. 지금은 남직예성을 총괄하는 당주가 되어 공자님과 했던 일을 해오고 있고요."

"나와 해왔던 일이라면?"

"기녀들이 고향에 있는 부모들에게 편지를 보내고 받을 수 있도록 돕는 일 말이에요. 그건 이제 하오문의 주요 사업이 되었어요. 덕분에 하오문은 기녀들에게 큰 신뢰를 얻었고, 그걸 이용하기 위해 하오문의 문도가 되겠다며 찾아오는 기녀들도 많아요."

"다행이구려."

"모두 공자님 덕분이죠."

"내 덕분이 아니오. 소저, 아니, 당주께서 영민하신 탓이오. 그런데, 이렇게 말을 편하게 해도 되나 모르겠네."

"다 기억을 못 하신다지만 제게 하시는 말투는 그대로예요. 그것까지 바꾸면 정말 다른 사람처럼 느껴질 것 같아요."

"이해해 주셔서 고맙소."

"공자님을 잘 안다고 생각했어요. 한데 그렇게까지 뛰어난 재능을 숨기고 계신 줄은 몰랐어요. 늦었지만 향시와 회시에 장원급제하신 것 다시 한번 진심으로 축하드려요. 그리고 감사해요."

"무얼 말이오?"

"우리가 아니었다면 좀 더 일찍 재능을 발휘할 수도 있었을 텐데, 의도치 않게 공자님의 발목을 잡았던 것 같아서 죄송했어요. 이제라도 빚을 갚고 싶어요."

"그럼 날 좀 도와주시겠소?"

"무엇이든 말씀해 보세요. 그 옛날 공자님께서 울고 있는 제 손을 잡아주셨듯이, 이번엔 제가 공자님의 손을 잡아드리겠어요."

나조차도 호구 등신에 반푼이라고 욕했던 이정룡의 과거 행적 때문에 이렇게 큰 이득을 볼 날이 올 거라고는 상상도 못 해봤다.

나는 매용초를 뚫어지게 노려보며 말했다.

"도화곡을 통째 사천성 성도로 옮길 것이오. 나와 천룡표국이 길잡이가 될 것이고. 가는 동안 사천성 성도에 있는 무림방파들의 동향을 계속해서 보고받고 싶소. 특히 사천구룡방의 지난 행적과 동향을 중심으로. 가능하겠소?"

매용초는 대답 대신 품속에서 청홍색의 실로 정교하게 매듭을 묶어 장식한 수실을 꺼내 내게 주었다.

"이게 무엇이오?"

"하오문주의 칠제자인 소수옥녀(素手玉女)를 상징하는 증표예요. 가는 동안 검의 손잡이 끝에 매달아주세요. 하면 하오문도들이 공자님을 찾아갈 거예요."

"헛!"

"왜 그러세요?"

"아, 들어본 별호라서."

"정말 까맣게 기억을 못 하시네."

"무얼 말이오?"

"손이 명주실처럼 희다며 공자님께서 제게 지어주신 별호잖아요."

"……!"

지금 내 눈앞에 있는 이 여자는 5년 후 하오문 역사상 가장 젊은 문주가 된다. 나는 지금 장차 하오문주가 될 여자와 절친한 친구가 된 것이고. 세상에 이런 횡재수가 있다니.

수실을 받아 품속에 갈무리하며 말했다.

"고맙소."

"공자님께 그 말 듣게 되는 날을 손꼽아 기다렸어요. 그땐 저도 공자님께 무언가 도움이 되었다는 뜻일 테니까요."

수서루로 다시 돌아왔을 때는 기루의 칼잡이들과 기녀 대여섯 명이 남궁소소가 있는 객방 앞에서 서성이는 중이었다.

옆에는 매용초를 그림자처럼 따르던 호위무사 두 명이 피투성이가 된 모습으로 앉아 있었다. 특히 얼굴이 만신창이었는데 아무래도 둔기에 여러 차례 맞은 것 같았다.

"무슨 일이지?"

매용초가 놀라서 물었다.

칼잡이 하나가 대답했다.

"천 공자께서 친우분들이 마혈을 짚혀 쓰러졌다는 걸 아시고는 여기까지 찾아와서 호위무사들을 상대로 매질을 했습니다."

"무엇으로 때렸길래?"

"처음엔 주먹으로 때리다가 나중엔 주먹이 아프다시며 땅바닥에 누우라고 하더니 일곱 명이 번갈아 가며 발로 얼굴을……."

"지금 어디 계시지?"

"소란을 듣고 함께 오신 두 분 아가씨들께서 밖으로 나오시더니 공자님들을 달래셨습니다. 그러다 누군가 이렇게 만난 것도 인연인데 술이나 한잔하자고 했고, 함께 객방으로 들어가셨습니다."

"오늘 장사는 접는다. 다른 객방에 있는 손님들께는 양해를 구하고 모두 물러가시도록 해라. 돈은 일절 받지 말고."

"알겠습니다."

"비각(祕閣)에 일러 그동안 천 공자가 양주에서 지내는 동안 저질렀던 온갖 패악질과 비위를 적은 보고서들을 전부 찾아 내게로 가져오라고 일러라. 작년 겨울 지부대인의 애첩이 천 공자의 아이를 몰래 유산했다는 문서도 빼놓지 말고."

"알겠습니다."

칼잡이가 바람처럼 사라지자 매용초가 내게 말했다.

"남경천가장(南京天家莊)이라고, 대대로 고관대작들을 배출해 온 남경의 유력한 문벌귀족 가문이 있어요. 지금은 장주가 남경 조정에서 이부상서의 벼슬을 하고 있고요."

"천운비가 그의 아들이고요?"

"남경에서 하라는 글공부는 않고 하도 말썽을 피우니 장주께서 이곳 양주의 별장으로 보내 버렸어요. 한데도 저렇게 지내고 있죠."

당대의 황제는 남경에도 조정을 유지하는 한편 육부까지 두고 호족 세력들을 벼슬에 임명해 왔다.

이부상서는 관리의 임용과 인사를 총괄하는 이부의 최고수장으로 막강하기 짝이 없는 자리였다.

하지만 황제가 있는 북경 조정의 이부상서에 비할 바는 물론 아니었다.

그리고 나는 남경천가장을 조금 알고 있었다.

객방 안은 생각했던 것만큼 난장판은 아니었다.

남궁소소와 섭부용이 뿜어내는 기세에 압도된 일곱 명의 화화공자들은 잔뜩 얼어붙은 채로 술을 마시고 있었다.

특히 섭부용은 자신의 검까지 탁자 위에 척 올려놓았는데, 누구라도 실수만 하면 그대로 뽑아서 베어버릴 기세였다.

화화공자들은 그래도 좋은지 다들 넋을 잃고 두 여자의 얼굴을 바라보며 감상하고 있었다. 처음에 만난 두 명만 인사불성이지 나머지는 술 냄새는 조금 풍길지언정 모두 멀쩡했다.

우리가 들어갔더니 모두의 시선이 쏠렸다.

그중 한 명이 눈에 들어왔다. 다들 두 여자의 기세에 압도된 와중에도 홀로 여유를 부리며 나와 매용초를 바라보는 미공자가 있었다.

나는 남궁소소를 돌아보며 전음을 보냈다.

[여기서 뭐 하는 거요?]

[부탁을 하러 온 마당에 소란을 피우면 안 되잖아요. 해서 잠시 데리고 있었어요. 얘기는 잘되었나요?]

[원하는 건 모두 얻었소.]

[역시 그럴 줄 알았어요.]

매용초가 가운데 앉은 미공자에게 포권지례를 하며 말했다.

"천 공자님, 아무래도 소인이 실수를 하여 공자님을 노하시게 한 것 같습니다. 기회를 주신다면 다른 객방으로 모시어 소인이 미천하나마 비파 솜씨를 한번 자랑해 볼까 합니다만, 어떠신지요?"

"네년이 나를 아주 어린애 다루듯 하는구나."

"소인이 어찌 감히……."

"주루를 운영하고 있으니 나와 비슷한 신분이라 생각하는 것이냐? 한

낱 늙다리 기녀 나부랭이 주제에 어디서 감히 수작을. 방해하지 말고 꺼져라."

"그럴 필요 없어요."

말과 함께 남궁소소가 자리에서 일어났다. 섭부용도 기다렸다는 듯이 탁자 위의 검을 집어 들고는 일어섰다.

남궁소소가 천운비를 돌아보며 말했다.

"천 공자, 만나서 반가웠어요."

"벌써 가시려고요?"

"보시다시피 기다리는 사람이 있어서요."

그러면서 남궁소소가 나를 한번 슬쩍 돌아보았다.

천운비의 눈길도 아주 잠깐 나를 향했다가 다시 남궁소소에게로 돌아갔다.

"오래전부터 한번 만나 뵙기를 고대한 남궁 소저를 비로소 뵙게 되어 영광이었습니다. 다음엔 좀 더 격식이 있는 곳에서 술과 식사를 대접하고 싶군요. 기회를 주시겠습니까?"

"말씀은 감사합니다만, 사양하겠어요."

"제가 무슨 실수라도?"

"한창 글공부에 매진하셔야 할 천 공자를 제가 방해하면 쓰나요. 듣자 하니 향시에 급제를 하셨다던데. 빨리 회시에도 급제해 북경 조정으로 진출하셔야죠."

향시 급제도 보나 마나 아비가 힘을 써서 만들어준 그림일 것이다. 그런 자에게 열심히 글공부를 해서 회시에 급제하라고 했으니 이건 정신 차리라고 일갈을 한 것이나 마찬가지다.

천운비도 바보는 아니었다. 그의 눈빛이 대번에 바뀌었다.

"회시에 급제하지 않아도 나는 얼마든지 원하는 벼슬을 할 수 있소이다."

"향시에 급제한 것과 같은 방식으로요?"

"무인들이라 잘 모르시는 모양인데, 회시에 급제한다는 게 그리 쉬운 일이 아니오. 급제를 못 한다고 해서 모자라는 인간이 아니라는 뜻이지."

"항주의 어느 표국에는 무인이면서 향시와 회시에서 연달아 장원급제한 사람도 있죠."

나는 속으로 뜨끔했다. 향시는 대충 그렇다 쳐도 회시는 순전히 내 실력으로 장원급제한 것이 아니기 때문이다.

"그 소문은 나도 들었소. 하지만 그런 사람은 지난 오십 년 동안 없었소. 장담컨대 앞으로 오십 년 동안에도 없을 것이고."

"그럴지도 모르죠. 그럼 저희는 이만."

남궁소소는 섭부용을 데리고 그대로 나가 버렸다. 딱히 힘을 쓸 필요가 없게 된 매용초도 천운비에게 정중하게 인사를 하고는 나갔다.

나도 조용히 따라 나가려고 했다. 남궁소소와 매용초의 입장을 생각해서 양주에서만큼은 최대한 사고를 치지 않을 생각이었다. 한 놈이 중얼거리지만 않았다면 말이다.

"칼 찬 계집들이라 그런지 더럽게 비싸게 구는군."

한 발을 문턱 너머로 보냈던 나는 도로 뺐다. 그리고 안쪽에서 가만히 문을 닫았다.

천천히 뒤돌아서자 모두 적의가 가득한 표정으로 나를 바라보았다.

"바깥에 호위무사를 저렇게 팬 분이 누굽니까?"

"무슨 문제라도 있나?"

천운비가 의자에 등을 기대며 거만한 자세로 되물었다.

"초면에 말이 좀 짧군요."

"꼴에 무림인이다 이건가? 네놈이 아무리 검을 잘 휘둘러도 지금 이 자리에서 나를 베어 죽일 배짱이 없다면 조용히 물러가는 게 좋을 것이다. 관병들이 네놈의 가문을 찾아가 쑥대밭으로 만드는 걸 보고 싶지 않다면."

커다란 대리석 탁자를 잡아 그대로 벌떡 뒤집어 버렸다. 한순간 공중으로 날아오른 탁자는 음식을 와장창 쏟아내며 한 바퀴를 돈 후 그대로 착지했다.

어느새 천운비의 옆으로 다가간 나는 놈의 뒤통수를 잡고는 깨끗해진 탁자에다 안면을 찍어대기 시작했다.

퍽퍽퍽퍽!

"으아악!"

대경실색한 친구 놈들이 갑자기 품속에서 단검을 꺼내서는 나를 덮쳐왔다.

놈들에게는 무공 초식도 아까웠다.

퍼퍼퍼퍼퍽!

주먹과 발길질이 가해지길 수차례, 잠깐 사이에 놈들은 전부 대자로 바닥에 뻗었다.

나는 쓰러진 놈들의 머리통을 발로 한 번씩 꾹꾹 눌러 턱뼈를 부수어주었다. 그러자 모조리 정신을 잃고 까무러쳐 버렸다.

잠깐 한눈을 파는 사이 천운비는 피투성이가 된 얼굴로 구석을 향해 기어가고 있었다.

나는 놈의 뒷덜미를 잡아 번쩍 들어서는 다시 탁자 위에 시체처럼 올려놓았다.

공포에 질린 놈이 어금니를 빠드득 갈며 말했다.

"네놈이 정녕 미쳤……."

나는 놈의 입술에 손가락을 넣어 양쪽으로 쫙 찢어버렸다.

"으아악!"

마지막으로 주먹으로 하관을 쳐서 턱뼈를 마저 부수어 버리려는 찰나 놈이 찢어진 입술을 덜렁거리며 말했다.

"사, 살려주십시오."

나는 피 묻은 손을 놈의 옷에 쓱 닦았다. 이어 이부시랑에게서 받은 마패를 꺼내 놈의 눈앞에서 흔들어 보였다.

"이게 무엇인 줄 알아보겠느냐?"

보통의 마패는 두루마리로 만든다. 동패로 만든 것은 북경의 황실에서만, 그것도 고위직이나 첩보 기관들이 쓰는 물건이었다. 이부상서의 아들이라면 그 정도는 알아볼 것이다.

예상했던 대로 놈의 눈알이 툭 튀어나왔다.

"네놈의 아비에게 가서 전해라. 해마다 복건성에서 배편으로 대규모 밀염(密鹽)을 들여와 항주와 소주에 푼다는 걸 잘 알고 있다고. 북경에선 남경천가장이 역모 자금이라도 모으는 건 아닌지 우려하고 있다고도."

"다, 당신은 누구시오?"

"알면 죽어야 하는데, 그래도 알고 싶어?"

"아, 아닙니다."

"지부대인의 애첩은 아직도 만나나?"

"그, 그걸 어떻게?"

"조심하라고. 아끼는 첩이 다른 놈의 아이를 가졌다가 유산한 걸 알면 상대가 아무리 이부상서의 자식이라고 해도 지부대인이 가만있지 않을 거야."

"살려주십시오. 뭐든 시키는 대로 하겠습니다. 살려주십시오."

"앞으로 수서루에는 얼씬도 하지 마라. 만약 다시 한번 내 눈에 띄었다가는 네놈은 쥐도 새도 모르게 죽고, 남경천가장은 풍비박산이 날 것이다."

"명심하겠습니다."

5장
붕정만리

대별산의 정확한 이름은 대별산맥이었다.

하남성과 호광성과 남직예성의 경계를 이루며 달리는 이 거대한 산맥은 예로부터 깊고 울창한 수림으로 유명했다.

도화곡은 대별산 하고도 깎아지른 직벽들이 많은 동쪽 깊숙이 양지바른 곳에 자리하고 있었다.

우리가 도착했을 때는 이제 막 망울을 터뜨리기 시작한 복숭아꽃들로 골짜기 전체가 마치 이야기 속 선계의 풍경 같았다.

"사저!"

섭부용을 발견한 열서너 살가량의 여자아이가 대바구니를 옆구리에 끼고 신나게 달려왔다.

그녀를 시작으로 곳곳에서 비슷한 또래의 여자아이들이 우르르 몰려왔다.

"사저, 어딜 갔다 오신 거예요?"

"사저, 저잣거리에도 가보셨어요?"

"사저, 양주에는 사람이 만 명도 넘게 산다던데 진짜예요?"

섭부용을 둘러싼 채 숨 쉴 틈조차 주지 않고 질문을 해대는 모습들이 꼭 어미를 기다린 새끼 새들 같았다. 그러고 보니 모여든 제자들은 전부 열서너 살 안쪽의 어린 여자아이들이었다.

여자아이들의 관심은 자연스럽게 나와 남궁소소에게로 향했다. 자기들 딴에는 안 들리게 한다고 그러는 것인지 작은 소리로 속삭였다.

"와, 예쁘다."

"남궁세옥 공자님의 여동생이신가 봐."

"어쩐지 예쁘더라니."

"부용 사저가 더 예쁘시거든."

"누가 부용 사저가 안 예쁘시대. 저 언니도 나름대로 되게 예쁘시다는 거지. 착한 남궁세옥 공자님을 닮았으면 분명 마음씨도 고우실 거야."

"옆에 있는 남자는 누구지?"

"그 사람인가 봐. 천룡표국의 사공자."

"향시와 회시에 연달아 장원급제했다는 그 천재?"

"얼굴도 잘생겼다."

"남궁세옥 공자님보다 못한데?"

"남궁세옥 공자님과 비교하는 건 좀 아니지."

가만 놔두면 무슨 이야기들이 더 나올지 모르겠다.

섭부용이 어린 사매들에게 물었다.

"다들 왜 대바구니를 들고 있어?"

"태사부님께서 사천까지 가는 동안 먹을 산나물을 최대한 많이 캐서 이레 동안 말리라고 하셔서요."

"태사부님께선 지금 어디 계시지?"

태사부는 곡주인 여종매를 말한다.

오는 동안 섭부용에게 듣기로, 도화곡은 모두가 사승의 관계로만 맺어졌기에 따로 부리는 시비나 일꾼들이 없다고 했다.

"장로님들과 함께 도화봉을 오르셨어요. 남궁세옥 공자님과 천룡표국주님도 함께 가셨고요."

"도화봉에는 왜?"

"칠검향 사저들께서 말씀하시길, 불길이 번지지 않게 전각들을 태울 방법을 찾고 있다고 하셨어요."

"그렇구나. 자, 다들 일렬로 줄을 서보렴."

도화곡의 어린 제자들이 영문도 모르고 줄을 섰다.

그러자 섭부용이 등에서 행낭을 풀더니 무언가를 꺼내 대바구니에 하나씩 넣어주었다.

나와 남궁소소는 살짝 놀랐다. 저건 수서루에서 먹었던 것으로, 밀가루와 꿀과 달걀을 섞어 만든 피에 각종 견과류를 넣어 구운 작은 월병이었다. 반죽 후에는 여러 가지 꽃 모양의 틀에 찍기까지 해서 맛도 맛이지만 모양 또한 아기자기하고 예뻤다.

"와아, 월병이다."

"예쁘다."

"나는 매화 모양이야."

"나는 진달래꽃."

"나는 복숭아꽃 모양이야!"

"와, 좋겠다."

"아까워서 못 먹겠어."

줄은 아직 삼십 명도 넘게 남았는데 월병은 고작 스무 명 정도에게 나눠주자 그만 똑 떨어져 버렸다.

섭부용이 사이좋게 나눠 먹으라고 했지만, 받지 못한 아이들은 금방이라도 눈물을 쏟을 것처럼 시무룩해졌다.

나와 남궁소소는 서로의 얼굴을 바라보며 반성했다.

수서루에서 차려진 음식들 중에 월병이 가장 맛있어서 그것만 먹었다. 한데 섭부용은 입에도 대지 않고 가만히 지켜보다가 마지막에 남은 걸 전부 싸 온 모양이었다.

이럴 줄 알았으면 조금 덜 먹을 걸 그랬다. 괜히 아이들 음식을 빼앗아 먹은 것도 같고.

그때 도화봉을 올랐다던 여종매와 이종산, 손지백, 남궁세옥 등이 경내로 들어서다 우리와 딱 마주쳤다.

"태사부님을 뵙습니다."

섭부용이 여종매를 향해 포권지례를 올렸다.

남궁세가에서는 곡주님이라고 불렀던 것 같은데, 도화곡의 경내로 들어오니 태사부로 바뀌었다.

나와 남궁소소도 동시에 포권지례를 올렸다.

우리는 특히 여종매의 뒤쪽에 시립해 있는 다섯 명의 초로인들에게도 따로 인사를 올렸다.

"천룡표국 십칠각주 이정룡입니다."

"양주 남궁가의 남궁소소입니다."

이들은 이른바 오대장로들이었는데, 무려 네 명이 여종매와 같은 항렬의 사매들이었다.

유일하게 검은 머리에 온화한 미소를 짓고 있는 사람은 한 배분 아래의 제자로, 섭부용의 사부인 일섬단혼(一閃斷魂) 이막하였다.

여종매가 섭부용에게 물었다.

"별일 없었느냐?"

"이 공자님과 남궁 소저께서 바람막이가 되어주신 덕분에 소손은 딱히 험한 일을 겪지 않았습니다."

"고마운 일이구나."

여종매가 나와 남궁소소를 돌아보며 고개를 끄덕였다.

이종산이 기다렸다가 내게 물었다.

"간 일은 잘 해결되었느냐?"

"개방과는 얘기가 잘 안 되었습니다. 대신 하오문의 남직예성을 총괄하는 해룡당주로부터 확실한 협조 약속을 받아냈습니다."

"하오문?"

"그렇습니다."

"어떻게 된 영문이더냐?"

"그게 말입니다……."

"제가 말씀드릴게요."

남궁소소가 불쑥 끼어들더니 수서루에서 매용초에게 들었던 것들을 전부 이야기했다.

마지막에 이르러서는 누군가 이 공자만을 따로 만나고 싶대서 갔는데, 그게 장막에 가려진 해룡당주 소수옥녀였다는 얘길 전해 듣고는 자기도 매우 놀랐다고도 했다.

이종산이 말했다.

"이무기의 힘을 빌리러 갔다가 용의 힘을 빌려왔구나. 수고했다."

"별말씀을요."

도화곡에는 현재 칠대 제자부터 구대 제자들까지 함께 어울려 살고 있었다.

칠대 제자는 여종매와 오대장로를 비롯해 생존자가 서른 명이 채 안 되었다. 도화곡의 허리라고 할 수 있는 팔대 제자는 칠십 명 정도였는데 모두가 중장년층이었다. 그 외 나머지는 전부 구대 제자들이었고, 대부분 10대에서 20대였다.

섭부용이 바로 구대 제자의 대사저 격이었다.

본격적인 이사 준비가 시작되자 가장 바빠진 것은 팔대 제자와 구대 제자들이었다. 이종산이 개인 짐은 한 명당 행낭 하나만 허락했기 때문이다.

이 얘기는 남궁세가에서도 들은 바 있다.

그때도 나는 너무 엄격한 것 같다는 생각을 했었다. 일정도 지나치게 재촉을 한다는 느낌이 강했고.

한데 도화곡에 도착하고 나서야 그 이유를 알았다.

"뭣! 말을 탈 줄 모른다고?"

"산속에서 말을 탈 일이 뭐가 있었겠어요?"

"도화곡 제자들 전부?"

"외부 활동을 했던 제자들 일부가 탈 줄은 아는데, 실력이 형편없대요. 그나마도 모두 합쳐 서른 명이 채 안 되고요."

"그럼 삼천 리를 걸어간다고?"

"삼백 명에게 말타기를 훈련할 수는 없잖아요. 그 많은 말을 준비하는 것도, 가는 동안 먹이는 것도 일이고요. 워낙 산을 많이 타서 걷는 건 자신 있다더라고요."

"아아……."

나는 이종산의 선견지명에 다시 한번 감탄했다.

'행낭 하나'라는 말이 가져온 파장은 컸다. 지금까지 써왔던 물건들을 전부 행낭 하나로 압축해야 한다는 뜻이니까.

얼핏 보면 꼭 필요한 물건을 고르는 작업 같지만, 사실은 이건 정든 물건들을 버리는 작업이었다. 작은 물건에도 애착을 갖고 의미를 부여하는 이들에게는 보통 힘든 일이 아니었다.

도화곡에 들어온 지 이틀째 되는 날, 딱히 도울 일이 없었던 나는 조용한 계곡 상류에서 비격쌍뇌창으로 선천오법술을 수련하고 있었다.

틈틈이 선천오법술을 수련하면서 몇 가지 사실을 알게 됐다.

첫 번째, 움직이려는 물건이 무거울수록 조종하는 것도 어렵다.

한데 이것은 아무래도 뼛속 깊이 새겨져 있는 심리적 저항 때문인 것 같았다.

이 문제를 극복해 보려고 집중력을 한계까지 끌어 올려보았다. 심리적 저항만 극복한다면 화살이나 창도 날릴 수 있을 거라는 생각에서였다. 그러나 현재로선 바늘 이상은 불가능했다. 이건 일종의 술법에 가까운 영역이어서 내공을 키운다고 해서 해결되는 문제도 아니었다.

두 번째는 의지를 가진 것, 즉 살아 있는 것을 생각만으로 조종하는 것은 같은 무게의 물건을 움직이는 것보다 열 배쯤 어려웠다.

현재 내가 할 수 있는 건 고작 실 부스러기 같은 모기를 조종하는 정도에 불과했다. 파리로 성장하기 위해 시도를 해보았지만, 역시 어림 반 푼어치도 없었다.

세 번째, 바늘을 한 개 움직이는 것과 두 개를 동시에 따로 움직이는 것은 차원이 다른 문제였다. 이건 생각을 둘로 나눌 수 있지 않는 한 앞으로도 불가능할 것 같았다.

바늘을 허공에 던지고 한참을 조종하고 있는데, 예쁘장하게 생긴 여자아이 하나가 저만치 아래의 계곡가에 나타났다.

'저 녀석은…….'

도화곡에 처음 도착했을 때 내 얼굴이 남궁세옥만 못하다며 수군거렸던 녀석들 중 한 명이었다.

'목욕이라도 하러 왔나.'

나는 얼른 돌아서 다른 곳으로 가려고 했다.

그때 여자아이가 바구니에 담아온 자기병의 뚜껑을 열더니 계곡에 붓기 시작했다. 계곡물이 금세 파랗게 변했다.

순간 여자아이가 갑자기 훌쩍훌쩍 울기 시작했다.

그냥 갈까 하다가 궁금해서 다가갔다.

인기척을 느낀 여자아이가 깜짝 놀라더니 나를 알아보고는 포권지례를 해왔다.

나도 포권을 쥐고는 물었다.

"여기서 무얼 하십니까?"

"염료를 전부 버리고 있어요."

"염료?"

"개인 짐은 행낭 하나까지만 허용한다고 해서요."

바구니를 보니 생쥐만 한 자기병이 서른 개도 넘었다. 저것들을 다 계곡물에 버릴 모양이었다.

"이런 거 여기다 함부로 버리면 물고기가 다 죽을 텐데."

"전부 꽃이나 치자 같은 열매를 달인 물인데요?"

"몸에 좋은 인삼도 많이 먹으면 죽을걸요."

여자아이는 놀라서 어쩔 줄을 몰라 했다.

"그런데 염료를 왜 이렇게 많이 만드셨습니까?"

"저는 도화곡에서 유일한 화공이거든요. 사부님과 사저들의 초상화는 물론이고 전각의 단청들까지 전부 제가 다 그렸어요."

"아직 어리신 것 같은데 대단하군요."

"위에다 덧그린 거예요."

"알고서 말한 겁니다."

"정말 그렇게 생각하세요?"

"그럼요."

여자아이의 얼굴이 활짝 펴졌다.

하지만 그것도 잠시, 이내 또 시무룩해졌다. 자신이 정성껏 단청을 그려 넣은 전각들을 며칠 후 전부 불태워야 하기 때문이다.

그녀뿐만이 아니다. 정든 도화곡을 떠나 머나먼 사천으로 이사를 한다는 생각에 제자들 모두가 슬픔에 빠져 있었다.

"소저는 이름이 무엇입니까?"

자기소개를 할 때는 격식을 갖춰야 한다고 배웠는지, 여자아이가 다시 나를 향해 포권을 쥐며 말했다.

"안여여라고 합니다."

"안 소저, 지금 바쁘십니까?"

"아뇨."

"그럼 나랑 같이 도화봉에 올라가지 않겠습니까?"

"둘이서만요?"

"예."

"왜요?"

도화곡에 도착한 지 엿새째 되는 날 항주 천룡표국으로부터 지원대가 도착했다. 적룡당 당주인 양진각이 다섯 명의 표두와 스무 명의 표사 그리고 서른 명의 쟁자수들을 이끌고 온 것이다.

이건 모두 이종산과 손지백이 도화곡의 사정을 면밀히 살핀 후 전서를 통해 지시한 내용이었다.

양진각은 한때 명포(名捕)로 이름을 날린 관부의 포두 출신이었다. 이종산은 사천까지 가는 동안 만날 수많은 관병들의 검문을 고려해 일부러 양진각을 부른 게 틀림없었다.

이레째 되는 날엔 서호삼견도 중무장을 갖춘 채 나타났다. 안 본 사이에 얼마나 잘 먹었는지 셋 다 살이 포동포동 올라 있었다.

나는 일견에게 포권을 쥐며 말했다.

"먼 길에 고생 많으셨습니다."

"멀긴 멀더군."

"앞으로의 길은 더 멀 겁니다."

"돈만 확실히 준다면야 뭐."

"제가 언제 공짜로 부려먹는 거 보셨습니까?"

듣고 있던 이견이 불쑥 끼어들었다.

"하루에 은전 세 냥씩 준다고 해서 왔네만."

"거짓말 마십시오. 어제 도착한 표사들을 통해 이미 연락받았습니다. 매일 은전 한 냥씩에 얘기가 끝났다고요."

"소식 한번 빠르군."

삼견이 이견에게 버럭 면박을 주었다.

"그러게 제가 그런 말 하지 말라고 했잖아요."

"해서 손해 볼 건 또 뭐냐?"

"사람이 민망하게 됐잖습니까?"

"세상에 어느 무덤 속 해골이 민망해서 죽었다더냐. 걱정도 팔자다. 장난 한번 쳐본 걸 가지고."

티격태격하는 서호삼견의 뒤쪽으로 한 사람이 쓰윽 모습을 드러냈다. 술 냄새를 폴폴 풍기면서 씨익 웃는 사람은 호리독사였다.

나는 깜짝 놀라서 말했다.

"당신이 여긴 왜 왔소?"

"그냥 따라 왔습니다."

"누구 마음대로?"

"저는 어차피 객원표사잖습니까."

"내가 고용을 해야 객원표사인 거요. 당신은 고용한 적 없으니 한 푼도 줄 수 없소. 그냥 돌아가시오."

"매번 말씀드리지만 저는 돈이 그닥 필요 없습니다."

물론 그러시겠지. 필요할 때마다 남의 주머니에서 꺼내 쓰면 되니까.

가만히 듣고 있던 이견이 얼른 끼어들었다.

"뭔가 착각하는 것 같은데, 호리독사는 우리가 임시로 데리고 다니는 수하일세. 그러니 그의 몫은 우리에게 주시게. 똑같이 은전 한 냥씩."

그러고는 호리독사를 향해 눈을 찡긋해 보였다. 마치 자기가 어떻게든 끼워 넣어줄 테니 모든 걸 믿고 맡기라는 듯.

"그럴 바에야 차라리 제가 고용하죠."

나는 호리독사를 돌아보며 말했다.

"매일 은전 반 냥씩이오."

"술은요?"

"하루에 한 병까지는 허락하겠소."

"충성!"

붕정만리(鵬程萬里). 붕새가 만 리를 날아간다는 뜻으로 생사를 장담할 수 없는 먼 노정을 말한다.

마침내 긴 여정이 시작됐다.

행렬의 선두에는 이종산과 여종매가 나란히 말을 탔다. 두 사람의 뒤에는 천룡표국과 도화곡의 깃발이 사이좋게 펄럭이고 있었다.

표마차는 모두 스무 대였다. 첫 번째 표마차에는 역대 조사들의 위패, 무공비급, 오래된 향로를 비롯한 제기(祭器)들 그리고 복숭아나무로 만든 이백 년 된 현판이 실려 있었다. 나머지 열아홉 대의 표마차에는 가는 동안 수백 명의 사람이 먹을 식량과 숙영에 필요한 천막들이 가득했다.

표마차의 뒤에는 삼백여 명에 달하는 도화곡의 제자들이 행낭 하나씩을 짊어지고 항렬에 따라 줄지어 걸었다. 그들은 모두 이종산의 요구대로 복장을 통일해 맞추었는데, 암녹색의 장포에 유건을 쓰고 허리에는 협봉검을 찼다.

천룡표국의 표사들과 남궁세옥이 이끌고 온 비검대의 고수들은 각각 전후방의 경계를 맡으며 가고 있었다.

이렇게 많은 숫자의 사람들이 줄지어 구불구불한 산허리를 감아 도니 마치 거대한 구렁이가 기어가는 것 같았다.

이윽고 도화봉에 올라 대별산맥을 넘으려는 순간, 사람들은 마지막으로 도화곡이 있는 뒤쪽을 돌아보았다. 그리고 누가 먼저랄 것도 없이 발걸음을 뚝 멈추었다. 저만치 아래 도화곡에서 수십 개의 크고 작은 전각들이 하얀 연기를 괴물처럼 피워 올리면서 활활 불타고 있었기 때문이다.

도화곡의 제자들이 갑자기 훌쩍이기 시작했다. 짧게는 몇 년에서 많게는 오륙십 년을 살아온 자신들의 터전이 눈앞에서 불타고 있으니 누군들 억장이 무너지지 않겠나.

훌쩍거리는 소리는 어느새 울음으로 바뀌었고, 급기야 어린 구대 제자들이 땅바닥에 털썩 주저앉아 엉엉 울기 시작했다.

그 모습을 지켜보고 있던 남궁소소도 소매로 눈가를 훔쳤다. 심지어 서호삼견 중 막내인 삼견과 호리독사도 코를 훌쩍거렸다. 울지 않는 사람은 사실상 둘을 제외한 대부분의 남자들이었다.

"갈 길이 멀다. 모두 일어나거라!"

오장로 중 고약하게 생긴 노파가 버럭 소리를 질렀다. 하지만 누구 하나 쉽게 발걸음을 떼지 못했다. 심지어 팔대 제자들조차도 손수건으로 눈물을 찍어내기 바빴다.

"어허, 이 녀석들이 정말!"

"잠시 기다리시게."

"곡주님……."

"마지막으로 보는 도화곡이 아닌가."

오장로의 다그침은 여종매의 만류가 있고 나서야 멈추었다.

그러자 가까스로 울음을 참던 팔대 제자들까지 고개를 돌리고 흐느끼기 시작했다.

"아무래도 저 불이 꺼지기 전에는 발을 떼지 못할 것 같군요. 오늘 중에는 꺼지지 않을 텐데, 이를 어쩐다……."

"더 안타까운 건 저 어린 제자들의 가슴 속에는 이제 불타는 도화곡만 선명하게 남아 있을 거라는 것입니다."

"아아, 그렇겠군요."

손지백과 이종산의 대화였다.

참고로 손지백은 대장궤로서의 역할이 모두 끝났기에 대별산을 내려가는 즉시 항주로 돌아갈 예정이었다.

그때 안여여가 나를 돌아보았다.

나는 가만히 고개를 끄덕여 주었다.

안여여가 용기를 내어 여종매에게 다가갔다.

그녀는 등에 짊어지고 있던 제 키만 한 대나무 통을 풀어 뚜껑을 열더니 안에서 무언가를 꺼냈다. 이어 구겨지지 않도록 돌돌 만 두루마리를 여종매에게 공손히 바치며 말했다.

“태사부님, 이것 좀 보아주셔요.”

“이게 무엇이냐?”

“지난 엿새 동안 소손이 도화봉에 올라 작년 봄 태사부님의 팔순 잔치 풍경을 정성껏 그려보았습니다. 본시 한 사람당 행낭 하나로 한정되었습니다만, 태사부님께서 허락해 주시면 이 그림도 꼭 가져가고 싶습니다.”

여종매가 말에서 내리더니 두루마리를 받아서 펼쳤다. 그러자 커다란 화폭에 복숭아꽃 만발한 도화곡의 전경이 모습을 드러냈다.

장원 이곳저곳엔 놀랍게도 잔치를 준비하는 도화곡의 제자들이 하나하나 다른 동작으로 정성껏 그려져 있었다.

난데없이 아름답고 화사한 그림이 나타나자 여기저기서 울고 있던 도화곡의 제자들이 하나둘씩 관심을 보였다.

어느 순간 칠검향의 제자 하나가 그림 속 한 사람을 가리키며 조용히 말했다.

“저거 혹시 부용 사저 아니에요?”

“어디?”

“저기 지붕 위에서 지전을 태우는 사람 말이에요. 작년 봄 태사부님의 팔순잔치 때 부용 사저께서 만수무강을 바라시며 동쪽 지붕에 올라가 지전을 태웠잖아요.”

"밑에서 사다리를 잡고 있는 사람은 나인 것 같은데."

"저기 우물에서 나오는 물귀신은 저예요. 팔순 잔칫날 두레박줄이 끊어지는 바람에 제가 들어갔다가 나왔잖아요."

"저기 멧돼지를 잡아 오는 저도 있어요."

"독사에 물려 업혀 오는 사람은 저예요."

"그렇다면 업고 달리는 사람은 나겠네."

"혹시 나도 있어?"

"나는? 나는?"

점잔을 빼느라 궁금한 와중에도 쭈뼛거리는 팔대 제자들과 달리 어린 구대 제자들은 여종매의 주변으로 우르르 몰려들었다.

대열이 순식간에 무너져 버리자 양진각이 표사들에게 명령을 내려 이를 바로 잡으려 했다.

그러자 이종산이 조용히 고개를 가로저었다.

여종매가 안여여에게 물었다.

"혹시 사형제와 사부님들 전부를 그려 넣었느냐?"

"예."

"삼백여 명을 전부?"

"예."

"다들 어디서 무얼 하고 있었는 줄 어찌 알고?"

"기억나는 분들은 그대로 그리고요. 나머지 사저들과 사부님들은 평소 잘 가시던 곳과 하시던 행동들을 상상하며 채워 넣었습니다."

곳곳에서 '와아!' 하는 작은 탄성이 쏟아져 나왔다. 이어 삼백여 명을 전부 그렸다는 말에 다들 자신을 찾느라 그림에서 눈을 떼지 못했다.

다시 여종매가 물었다.

"이걸 어떻게 그릴 생각을 했느냐?"

"제가 계곡물에 염료를 버리려고 하자 이정룡 표사님께서 아깝다 하시며 마지막으로 도화곡 전경이나 한번 그려보라고 하셨습니다."

안여여의 말에 사람들의 시선이 일제히 내게로 향했다.

나는 멋쩍음에 헛기침을 하며 딴청을 부렸다.

어느새 곁으로 와 있던 남궁소소가 그림에 시선을 꽂은 채 내게 속삭이듯 말했다.

"며칠 동안 코빼기도 안 보이더니 바쁘셨군요."

"저 어린 제자는 그림을 그리고 나는 무공을 수련했소. 함께 도화봉을 오른 것은 호위가 필요할 것 같아서였고."

"대답이 길면 보통은 뭔가 켕기는 게 있던데."

"그렇게 길지도 않았소만."

"그런데 왜 하필 작년 팔순 잔치 풍경을 그렸대요?"

"가장 행복했던 순간을 떠올려 보라고 했더니 저걸 그렸소. 왜 그때가 가장 행복했냐고 물었더니 그날은 모두가 웃고 행복해 보여서 자기도 행복했다고 합디다."

도화곡의 제자들은 그림 속 인물과 자신들을 맞춰보느라고 아직도 정신이 없었다. 자기들끼리 저건 누구고, 저건 누구라면서 까르르 웃기도 했다.

잠시 후 여종매가 두루마리를 말아 다시 대나무 통에 넣었다.

그리고 안여여에게 말했다.

"행낭은 한 명당 하나로 이미 정했고, 한번 정한 원칙은 중도에 바꿀 수 없다."

안여여의 얼굴이 대번에 시무룩해졌다. 그림 속의 자신들과 사형제들을 찾아 비교하며 잠깐이나마 웃음꽃을 피우던 어린 제자들도 덩달아 풀이 죽었다.

"하지만 이 그림은 사천까지 갈 것이니라."

여종매는 대나무 통을 섭부용에게 건네주며 말했다.

"첫 번째 표마차에 실어라. 성도의 장원으로 가져가 사조전의 가장 잘 보이는 곳에 걸어둘 것인즉."

"와아아!"

별것도 아닌 일에 갑자기 함성이 터져 나왔다. 이건 나도 전혀 예상치 못했던 상황이라 살짝 어리둥절했다. 조금 전까지 시무룩했던 안여여의 얼굴에도 웃음꽃이 활짝 폈다.

그녀가 나를 돌아보며 감사하다는 듯 포권을 취어 보였다. 안여여의 옆에 있던 섭부용도 나를 향해 가만히 고개를 숙였다.

두 사람뿐만이 아니었다. 이종산과 손지백도 벅찬 표정을 하고는 내게 고개를 끄덕여 주었다. 참 잘했다고 얼굴로 말해주는 것 같다.

그 사이 여종매가 도화곡의 제자들을 향해 사자후를 내질렀다.

"지금부터 정든 도화곡을 떠나 태사조님의 고향이 있는 사천성 성도로 향할 것이다. 도화곡의 제자들은 모두 대열을 갖추어라!"

"존명!"

우렁찬 외침과 함께 무너졌던 대열이 언제 그랬냐 싶게 다시 맞추어졌다.

그리고 본격적인 여정이 시작되었다.

늦은 오후, 눈앞에 작은 강이 나타났다.

홍안천이라 불리는 이 강은 대별산 서북쪽에서 발원해 여러 지류와 합류한 후 장강까지 흘러 들어간다. 하지만 이곳은 상류인 데다 본격적으로 봄장마가 시작되기도 전이어서 수심이 그닥 깊지는 않았다.

물론 깊지 않아도 강은 강인지라 아무 데서나 건널 수 있는 건 또 아니었다.

강폭이 넓어 물살이 완만한 곳에 커다란 돌덩이들을 깔고 다져서 만든 수백 년 된 잠수교가 있었다. 잠수교 너머에는 크고 작은 전각들이 끝도 없이 늘어선 소도시 홍안(鴻雁)이 펼쳐지고 있었고.

작은 현에 불과한 홍안이 이렇게 도시로까지 발전할 수 있었던 건 대별산을 넘어온 사람들이 호광성으로 들어가는 관문이기 때문이었다.

그걸 증명하기라도 하듯 잠수교 주변은 강을 건너려는 상인들을 비롯해 각종의 여행객들로 북적거렸다.

갑자기 정체 현상이 일어나는 것은 마차 한 대가 겨우 지나갈 만큼 잠수교가 좁은 탓도 있지만, 그것보다는 관병들의 삼엄한 검문 때문이었다.

그런 상황에서 사백여 명에 육박하는, 그것도 여자가 대부분인 대규모 행렬이 도착하자 사람들은 모두가 하던 일을 멈추고 우리를 바라보았다. 이어 천룡표국과 도화곡의 깃발을 발견하고는 크게 술렁거리기 시작했다. 그 모습이 마치 태풍에 들불이 번져가는 것 같았다.

길가에 늘어선 사람들을 모두 지나쳐 잠수교 인근의 강변에 이르자 이종산이 말했다.

"반 시진만 쉬었다가 간다."

뒤따르던 표두가 그 말을 받아 토씨 하나 함부로 바꾸지 않고 뒤쪽을 향해 외쳤다.

"반 시진만 쉬었다가 간다!"

기다란 행렬이 강변의 너른 모래밭에서 일제히 커다란 원을 만들며 모여들었다.

그 사이 반나절 정도 앞서가고 있던 선발대의 표사가 찾아와 이종산에게 보고했다.

"갑자기 남직예에서 대규모 유민(流民)이 발생해 대별산을 넘어온다는 소문이 돌았다고 합니다. 그 바람에 오늘 아침부터 검문검색이 강화되었고요."

"유민?"

"그렇습니다."

"현장 최고 책임자는?"

"포두가 열 명의 포쾌와 쉰 명의 관병을 거느린 채 검문 중입니다. 사람들이 하는 말을 듣자니, 오늘 하루 동안에만도 수백 명의 발이 묶였다는군요."

"노인(路引) 때문인가?"

"그렇습니다."

노인은 관아에서 발행하는 여행 허가증이었다.

각 성(省)의 경계를 비롯해 군병이나 물류 이동의 주요 거점이 되는 곳에는 어김없이 관병들이 지키고 있다. 원칙적으로는 그때마다 노인을 제시하지 못하면 통과할 수가 없다.

그러나 관아를 찾아가 노인까지 일일이 발행해 가면서 여행을 하는 사람은 사실상 많지 않았다. 관리란 작자들이 어찌나 까다롭게 구는지, 고작 노인을 발급하는 데도 뒷돈을 갖다 바쳐야 하기 때문이다. 그럴 바에야 관병을 만날 때마다 돈을 좀 쥐여주거나 돌아서 가는 편이 낫다고 생각하는 사람들이 태반이었다.

나와 남궁소소는 조금 떨어진 곳에서 두 사람의 대화를 지켜보고 있었다.

남궁소소가 내게 작은 소리로 물어왔다.

"이제 어떻게 되는 거죠?"

"세 가지 방법이 있소. 노인을 보여주든가, 돈으로 뚫든가, 검문이 없는 상류로 한참을 돌아서 가든가."

"대충 얼마 정도나 바쳐야 하죠?"

"두당 동전 열 냥이 공식적인 금액이오."

"뒷돈에 공식적인 금액이 있다니 말문이 막히네요."

"우리 입장에선 차라리 그게 속 편하오. 그렇게라도 질서를 잡아주지 않으면 가끔씩 만나는 미친놈들이 끝도 없이 뜯어내려 하니까."

"어쨌든 국수 열 그릇 값이군요. 도화곡의 제자들이 삼백 명 정도니 삼천 냥. 은전으로 환산하면 서른 냥. 초장부터 생각보다 꽤 큰돈이 나가게 생겼네요."

“그럴 필요 없소.”

“왜요?”

“우리는 노인을 주고 통과할 테니까.”

이종산이 양진각에게 지시를 내렸다. 가서 상황을 알리고 절차대로 검문을 받을 테니 미리 협조를 구해놓으라는 내용이었다.

절차대로라는 것은 한 명 한 명 호패와 노인을 보여주겠다는 뜻이다. 협조를 구하라는 말은 그럼에도 불구하고 관병들이 쓸데없이 시비를 걸지 않도록 적당히 기름칠을 해놓으라는 뜻이고.

남궁소소가 깜짝 놀라서 내게 물었다.

“노인은 언제 발급받은 거죠?”

“도화곡으로 돌아가는 길에 관할 구역인 동광현 관아에서. 원칙적으로 그곳에서 발급해야 정상이니까.”

“원칙을 따지자면 당사자가 호패를 가지고 가야만 대조 후 노인을 발급해 주는 것 아닌가요? 한데 어떻게 가능했던 거죠?”

“그런 일을 하라고 비싼 돈 주고 표국을 고용하는 것이오. 국주님께서 한때 명포로 이름을 날렸던 적룡당주를 오시게 한 것도 그 때문이고.”

“아전들을 구워삶았군요.”

“이름 쓰는 곳을 비워둔 채 삼백 장이나 되는 노인을 발급받는 건 뇌물 몇 푼 찔러준다고 해서 되는 일이 아니오.”

“그럼요?”

“육선방(六扇幇)이라는 전·현직 포쾌들의 방회가 있소. 전직 포쾌들은 현직 포쾌들에게 어려운 일을 부탁하고, 현직 포쾌들은 훗날 양민이 되면 한 자리씩 하고 있는 전직 포쾌들에게 일자리를 부탁하는 식으로 서로 끌어주고 밀어주지. 밥벌이로 맺어진 방회인 만큼 결속력이 무시무시하오."

"큰 뇌물은 전직 포쾌들을 통해서 주고받아야 뒤탈이 없다는 말로 들리는군요. 육선방을 유지하는 진짜 힘은 그거 아닌가요?"

"역시 찰떡같이 알아듣는군."

"양 당주께서도 육선방의 방도군요."

"그렇소."

"국주님의 치밀함에 혀를 내두를 지경이군요."

그러나 아무리 치밀한 사람이라도 돌발적인 변수만큼은 어쩔 도리가 없다. 이종산에게 오늘이 그런 날이었다.

잠시 후, 현직 포두를 만나러 갔던 전직 포두가 돌아왔다. 한데 무슨 이유에선지 표정이 영 좋지 않았다.

"도검을 가진 채로는 통과할 수가 없답니다."

국법에 따르면 개인이 살상용 병기를 휴대하는 것은 금지되어 있다. 그러나 표국을 상대로 이 법을 엄격히 적용하는 일은 거의 없다. 한데도 도검을 가지고 시비를 거는 것은 성의를 조금 표시하라는 뜻이었다.

"그래서 얼마를 달라는 것이오?"

"돈은 받지 않겠다고 합니다."

"무슨 뜻이오?"

"말 그대로 도검을 전부 압수하겠다고 합니다. 순순히 응하면 무사히 통과시켜 줄 것이고, 육선방의 의리를 생각해 이곳까지 소지하고 온 것에 대한 책임도 묻지 않겠다는군요."

"……!"

이종산의 눈빛이 얼음장처럼 차가워졌다.

내가 알기로 관아와 문제가 생겼을 때 양진각이 나서서 해결되지 않은 적은 단 한 번도 없었다. 무언가 심상치 않은 일이 벌어지고 있는 것이다.

"오늘은 여기서 숙영을 한다."

시간이 걸릴 것임을 직감한 이종산이 말했다.

표두가 그 말을 받아 다시 크게 외쳤다.

"오늘은 여기서 숙영을 한다!"

숙영 준비가 시작되었다.

도화곡의 제자들은 천막이라는 걸 아예 본 적조차 없는 사람이 대부분이었다. 해서 각 열 명씩으로 조를 나누게 한 다음, 한 조당 천룡표국의 쟁자수를 한 명씩 배정해 천막 치는 일을 관리 감독하게 했다.

땅을 파고, 막대기를 세우고, 천막을 씌우는 등의 일로 씨름하길 반 시진, 강변에는 40여 동의 천막이 성채처럼 삼중의 원을 그리며 세워졌다.

일단 잠잘 곳이 준비되자 도화곡의 제자들은 알아서 척척 솥을 내걸었다. 이어 산나물을 솜씨 좋게 데쳐내고 쌀도 능숙하게 안치더니 수백 명이 먹을 산나물밥을 뚝딱 지어서 내놓았다.

사람들이 식사를 하는 동안에도 표사들은 사방팔방으로 뛰어다니며 상황을 파악하기 바빴다.

양진각 역시 협상을 위해 다시 포두를 만나러 갔다.

나는 십칠각 소속의 전·현직 객원표사들과 함께 밥을 먹고 있었다. 현직은 서호삼견과 호리독사였고 전직은 남궁소소였다.

"에잇! 소여물도 아니고."

이견이 밥그릇을 툭 내던지며 말했다. 나물밥이라고 지은 것이 쌀은 한 숟가락도 안 되고 나물만 잔뜩 들어 있다고 하는 소리였다.

삼견이 말했다.

"그래도 한 그릇 뚝딱하셨네."

"맛이 없어 대충 씹고 넘겼다."

"보통은 맛이 없으면 안 먹지 않나?"

"그러는 너는 왜 끝까지 먹고 있어?"

"저는 맛있습니다. 고사리를 참 잘 데쳤네요."

나는 지금의 사태를 파악하느라 밥이 입으로 들어가는지 코로 들어가는지 모를 지경이었다. 갑자기 유민에 대한 소문이 떠돈 것도 그렇고, 그 끈끈하다는 육선방의 인맥이 통하지 않는 것도 그렇고. 모든 게 너무 공교롭다는 생각이 들었다.

그때 삼견이 누군가를 불렀다.

"어이, 거기!"

대나무 장대의 양쪽에 큰 나무통을 건 사내가 반색을 하며 다가왔다. 아까부터 잠수교 주변을 돌며 여행객들에게 월병을 팔던 사내였다.

"부르셨습니까요?"

"열 개씩 쫙 돌려!"

"어이쿠, 감사합니다요."

사람이 여섯 명이니 졸지에 월병 육십 개를 팔아 치우게 생겼다.

신바람이 난 사내는 사람들이 맛을 보기 전에 재빨리 월병을 다 돌렸다. 한데 월병에 찍힌 꽃 모양이 약속이나 한 듯 전부 복숭아꽃이었다.

"얼마야?"

"열 개에 동전 한 냥입니다요."

"싸네."

"엄청 싸지요."

"그래 가지고 남겠어?"

"조금 남습니다요."

이견이 나를 돌아보며 말했다.

"뭐 하나, 빨리 계산하지 않고."

그럴 줄 알았다. 순 날강도 같으니라고.

나는 월병 장수에게 물었다.

"뜨거운 건 없소?"

"저기 다리 옆에 앉아 월병을 구워 파는 아낙이 제 마누라올습니다. 가서 조금만 기다리시면 금방 나올 텐데, 함께 가시겠습니까요?"

그럴 줄 알았다. 이미 저 아낙의 존재도 알고 있었다. 사내가 내게로 다가오는 순간 아낙이 자꾸 이쪽을 보는 바람에 눈도 마주쳤다.

나는 밥그릇을 놓고 일어섰다.

"갑시다."

"쯧쯧쯧. 까탈스럽기는."

이견이 혀를 끌끌 찼다.

"식은 건 제가 먹어도 될까요?"

호리독사가 말했다.

눈치 빠른 남궁소소는 잘 다녀오라는 듯 사람들 몰래 고개를 끄덕여 주었다.

"돈부터 좀 확인할 수 있을까요?"

진짜 돈을 얘기하는 게 아니다. 하지만 나는 동전 여섯 냥을 돌덩이 위에 딱 소리가 나도록 내려놓았다. 그러면서 검의 손잡이 끝에 매달린 수실이 잘 보이도록 앞으로 출렁 흘리는 걸 잊지 않았다.

아낙의 눈길이 잠시 수실에 뚫어지게 머물렀다.

순간, 이 여자가 사내보다 지위가 높다는 걸 짐작할 수 있었다.

여자가 눈빛을 거두자 사내가 일어나며 말했다.

"그럼 나는 한 바퀴 돌고 올거나."

"꾀부리지 말고 부지런히 팔아요."

"걱정 말라고. 금방 다 팔고 올 테니까."

"하여간 입만 살아가지고."

남자가 사라지자 여자가 작은 소리로 말했다.

"기다리고 있었습니다."

"뵙게 되어 반갑습니다."

여자는 수서루의 매용초가 보낸 하오문도였다.

정확한 신분을 밝히지 않는 것은 음지에서 활동하는 하오문도들의 특징이다. 어쩌면 저 얼굴조차 진짜가 아닐 수도 있다.

"먼저 당(堂)에서 내려온 말씀부터 전합니다. 구룡의 소식은 사흘 내로 소상하게 받아보실 수 있을 거라고 하셨습니다. 다음은 현 상황에 대해 말씀드리겠습니다. 사흘 전, 한밤중에 화양표국의 총표두가 홍안현 관아를 조용히 다녀갔습니다."
"이 그림을 화양표국이 그렸다는 뜻입니까?"
"판단은 저희의 몫이 아닙니다. 다만 공자님께서 아셔야 할 것 같은 정보들만 골라서 말씀드릴 뿐인지요. 참고로, 홍안현의 현령은 화양표국의 거인표사 출신입니다."
"……!"
화양표국은 도화곡의 이전 건을 놓고 경합을 벌이다가 마지막 순간에 이르러 이종산과 나 때문에 물을 먹은 곳이었다.
화양표국의 뒤에는 철산문이 있었고, 철산문의 뒤에는 신창양가라 불리는 양가장이 있었다.
현재로선 양가장까지 개입했는지는 알 수 없다. 사실 화양표국 독단적으로도 방해를 할 동기는 충분했다. 사전 답사까지 할 정도로 치밀하게 준비한 먹잇감을 삼키기 직전에 빼앗겨 버렸으니 얼마나 꼭지가 돌았겠나. 그래도 이런 수단과 힘이 있을 줄은 몰랐다.
"부탁하는 것도 알아봐 주실 수 있습니까?"
"물론입니다."
"오늘 중으로 홍안현 현령의 뒤를 좀 캐주십시오. 그의 목에 비수처럼 들이댈 치명적인 약점을 한 가지만 손에 넣었으면 합니다."
"한 가지 있기는 했습니다만."
"그게 무엇입니까?"
"복건성에 오래전부터 왜와 밀무역을 해온 상단이 하나 있었습니다. 화양표국은 그 물건들을 남경까지 운송하는 일로 큰 재미를 보았고요. 그때 사용한 길이 바로 이곳 홍안현을 통해 대별산을 넘어 남직예로 들어가는 길이었습니다."

밀표(密鏢)다. 암표(暗鏢)가 표물이 무엇인지 묻지 않고 무조건 운송해 주는 것이라면, 밀표는 나라에서 유통을 금한 물건들을 비밀리에 호송하는 걸 말한다.

"홍안현 현령은 그 과정에서 여러 가지 편의를 봐주고 뒷돈을 제대로 챙겼습니다. 하지만 이제는 그럴 수가 없게 됐습니다."

"어째서요?"

"얼마 전 복건성의 상단이 망해 버렸거든요. 덕분에 화양표국도 한 달에 서너 차례씩 정기적으로 오가던 대형 표행이 없어져 버렸고요."

아낙이 말하는 상단은 아무래도 나도 좀 아는 곳인 것 같았다. 세상은 돌고 돈다더니 이렇게 연결이 될 줄이야.

문제는 상단은 망해 버렸고, 화양표국은 더 이상 밀표를 하지 않는다는 것이다. 중단된 밀표의 정보는 비수로 쓸 수가 없다.

"이미 녹슨 칼이로군요."

"도움이 되지 못해 죄송합니다. 조금 더 알아보겠습니다."

"지금도 충분히 도움이 되었습니다."

"자, 맛 좀 보세요."

아낙이 노릇노릇하게 구워진 월병을 척 내놓으며 말했다. 축객령이다.

한입 베어 물고 일어서려는데, 나를 바라보고 있는 도화곡의 어린 제자들과 눈이 딱 마주쳤다.

나는 은전 한 냥을 더 돌덩이 위에 내려놓은 후 말했다.

"여자아이들이 오면 실컷 먹게 해주시오."

"아이고, 감사합니다요."

이번엔 진짜로 일어섰다.

상황을 말해주려 이종산에게로 가려는 순간, 사람들이 갑자기 웅성거리기 시작했다. 잠수교 건너편으로부터 붉은 깃발을 펄럭이며 한 떼의 인마가 달려오는 게 보였다.

"현령기(縣令旗)!"

도검으로 중무장한 인마는 삼십여 명이었고, 다시 그들의 뒤쪽으로 장창을 든 창수 칠십여 명 정도가 따랐다. 홍안현 소속의 관병들이었다.

이종산이 나직한 음성으로 일갈했다.

"모두 해검(解劍)하라!"

표사들이고 도화곡의 제자들이고 모두 도검을 풀어 표마차 아래의 비밀 공간에 넣어두었다. 어차피 눈 가리고 아웅 하는 격이지만, 현령까지 나타난 마당에 노골적으로 도검을 차고 있을 순 없었다.

잠시 후, 백여 명의 관병들이 표행단과 마주하고 섰다. 이어 관병들이 썰물처럼 갈라지더니 사인교가 모습을 드러냈다.

사인교 위에는 살이 뒤룩뒤룩 찐 중년인이 거만한 자세로 앉아 있었다.

그는 사인교를 내리지 않은 상태에서 아래를 굽어보며 물었다.

"여기 책임자가 누구요?"

"천룡표국의 국주 이종산입니다."

"나 홍안현 현령 왕조발이오."

"왕 대인을 뵙습니다."

이종산이 공손하게 포권지례를 올렸다.

호랑이도 제 살던 땅을 벗어나면 처음엔 토박이 개들의 눈치를 본다고 했다. 항주에서는 지부대인조차 손바닥 위에 올려놓고 조종하는 이 종산이었지만, 지금은 일개 현령 앞에서도 깍듯했다.

이래서 거인표사들을 지원하는 것이다. 만약 저 현령이 천룡표국 돈으로 공부를 해서 지금의 자리를 꿰찼다면 저리 거만하게 나오겠나. 반면 화양표국은 자신들의 손으로 길러낸 홍안현 현령을 이번 기회에 꼭두각시처럼 잘도 부려먹는 것이고.

그나저나 현령까지 몸소 납시는 걸 보니 아무래도 대충 넘어가긴 그른 것 같다.

'이것들을 어떻게 엿을 먹인다.'

갑작스러운 현령의 등장에 모두가 눈살을 찌푸렸다.

무장한 관병까지 백여 명이나 동원한 걸 보면 호의적으로 찾아온 게 아니라는 것쯤은 누구라도 알 수 있었다.

그 바람에 잠수교를 건너기 위해 강변에 대기 중인 상단과 여행객들까지 싸움 구경을 놓칠세라 헐레벌떡 주변으로 모여들었다.

현령 왕조발이 말했다.

"관병들을 이끌고 저자를 시찰하던 중 유민들이 나타났다는 보고를 받고 달려오는 길이오."

"무언가 착오가 있었던 것 같군요."

"그건 본관이 이제부터 살펴볼 일이고."

왕조발은 좌중을, 정확하게는 전부 여자들뿐인 도화곡의 제자들을 쭉 훑었다. 그러다 몇몇 여자에게 이르러서는 눈동자를 반짝이기도 했다.

길 가는 여자 아무나 열 명만 모아놓아도 그중 한두 명은 용모가 빼어나게 마련이다. 하물며 삼백여 명을 헤아리니 눈을 비비고 볼 만큼 뛰어난 미인이 얼마나 많겠나.

그건 구경꾼들 또한 마찬가지여서 표행단이 강변에 나타난 순간부터 뜨거운 시선이 끊이질 않고 있었다.

“목적지가 어디오?”

“사천성 성도로 가는 중입니다.”

“성도는 무엇 하러?”

“대별산에 깃들어 있던 무림문파 도화곡이 사천성 성도로 터전을 옮겨 가는 중입니다. 부디 관의 너그러운 처분과 협조를 부탁드리겠습니다.”

이종산은 천룡표국주이기 이전에 한 명의 백성으로서 관원인 왕조발에게 충분히 예를 갖추었다.

순간, 모여든 구경꾼들이 크게 웅성거리기 시작했다.

대별산을 넘나드는 사람이라면 도화곡이라는 신비문파에 대해 한 번쯤은 들어보았을 것이다. 그 문파의 제자 수백 명이 갑자기 세상에 등장한 것만으로도 신기한 일인데, 사천성 성도로 문파를 통째로 옮긴다고 하니 다들 놀라 나자빠질밖에.

“숫자는?”

“도화곡의 제자가 삼백아홉 명이고…….”

“한데 무슨 이사가 이렇게 단출하오?”

“어쩌다 보니 그리되었습니다.”

“어쩌다 보니?”

“가까운 거리라면 모를까, 삼천 리나 되는 먼 길을 가져갈 정도로 중요한 물건들은 사실 그리 많지 않은 법이지요."

"다시는 본관의 질문에 그런 식으로 대답하지 않기를 바라오."

"조심하겠습니다."

나는 속에서 무언가 욱 하고 치밀어 오르는 걸 꾹 참았다.

아무리 촌구석 현령이라고 하더라도 그가 다스리는 현(縣) 안에서만큼은 황제와도 같은 권세를 누렸다. 적어도 천룡표국의 깃발을 내세운 상태에서는 함부로 관원의 권위에 도전해서는 안 되는 것이다.

"호패와 노인들은 모두 가지고 있소?"

"물론입니다."

"준비가 철저하시구려."

"감사합니다."

"국주의 말씀은 잘 알아들었소. 그러나 사백여 명이나 되는 무장 병력이 지나가는 걸 홍안현의 현령으로서 묵과할 수 없소. 하니 도검을 하나도 빼놓지 말고 본관의 앞에 가져다 놓으시오. 하면 내 특별히 국주의 얼굴을 보아 이곳까지 도검을 소지하고 온 연유에 대해서는 묻지 않겠소."

무림인에게 도검을 소지하게 된 연유를 묻지 않겠다니. 살다 보니 별 희한한 개소리를 다 들어본다.

나는 왕조발의 계획을 알아차렸다. 그는 명분과 평판을 중요시하는 무림인들이 함부로 도발하지 못하도록 일부러 검문소의 체증을 유발해 군중을 만들었다. 그리고 모두가 보는 앞에서 관의 권위를 내세워 천룡표국과 도화곡을 핍박하고 있는 것이다.

사실 사백 명에 육박하는 무장 병력이 지나가는 걸 모른 척할 수 없다는 그의 말은 하나도 틀리지 않았다. 모든 민란이나 반란이 그렇게 해서 일어나기 때문이다. 노인을 통해 여행을 통제하고 도검의 소지를 엄격하게 규제하는 것 또한 이런 일들과 무관하지 않았다.

이종산의 주변으로 수뇌부가 자연스럽게 모여들었다.

내가 하오문도에게 들은 얘기부터 작은 소리로 전했다.

"조금 전 하오문과 접촉을 했습니다. 그들이 말하길, 저 현령은 화양표국의 거인표사 출신이라고 합니다."

이 한 마디로 사람들은 단숨에 돌아가는 상황을 파악했다. 그러나 여종매와 오대장로는 거인표사가 무엇인지 몰라 내가 짧게 설명을 덧붙여야 했다.

설명을 듣고 나더니 그녀들도 화양표국이 이렇게 치졸하게 나올 줄 몰랐다며 혀를 끌끌 찼다.

"전력을 약화시켜 놓을 속셈이군요. 하면 앞으로의 여정 중에 다른 적들이 공격해 올 경우 우린 속수무책이 될 겁니다."

"실패하든 성공하든 이런 시비 자체가 발목을 잡아 시간을 끌고 있습니다. 그것도 놈들이 의도한 것 중 하나이겠지요."

"대별산을 넘자마자 협봉검을 빼앗기면 제자들의 사기가 땅에 떨어질 것입니다. 검수로서의 자존감에도 상처를 입을 것이고요."

오대장로들이 돌아가며 한 말이었다. 가장 마지막 말은 오대장로 중 막내이자 섭부용의 사부이기도 한 이막하가 한 것이었고.

이막하의 말에 모두가 고개를 끄덕였다.

그때 포두를 만나러 갔던 양진각이 돌아왔다.

한데 아주 희한한 말을 했다.

"포두의 말이, 보는 사람들도 많은 데다 현령의 체면도 있고 하니 일단 시키는 대로 도검을 전부 바치라고 합니다. 하면 홍안현을 벗어날 무렵에 자신이 책임지고 현령을 설득해서 돌려주겠다고요."

무슨 소린지 몰라 한동안 모두가 어리둥절해 했다.

단 한 사람, 이종산만큼은 너무나 태연하게 물었다.

"그래서 얼마를 달라고 하오?"

"은전 오백 냥입니다."

"흉악한 자들이로군."

"분명 현령과 얘기가 된 내용일 겁니다."

"화전양면술이오."

"예?"

"우리와 싸울 자신은 없는데 발목은 잡아야겠고. 하니 일부러 사람들이 많은 곳에서 국법을 들먹이며 윽박지르는 한편 뒤로는 빠져나갈 길을 열어주는 것이오. 그 과정에서 한몫도 챙기고."

나도 이종산과 똑같은 생각이었다.

왕조발의 입장에선 전혀 손해 볼 게 없다. 어쨌든 발목을 잡았고 시간도 지체시켰으며 경제적 타격까지 주었으니까. 게다가 자기는 단단히 한몫 챙기고. 교활하기 짝이 없는 인간이다.

여종매가 이종산에게 물었다.

"어떻게 하실 겁니까?"

"좀 깎아야지요."

"그 말씀은……?"

"아무래도 이번엔 져주어야 할 것 같습니다. 화양표국주가 제법 덫을 잘 놓았군요. 그래도 가는 동안 만나는 현령들이 모두 화양표국의 수족은 아닐 테니 같은 일이 또 일어나지는 않을 겁니다."

"속도 좋으시군요."

"관원들을 다치게 할 순 없습니다. 현령은 까맣게 모르겠지만, 그것이야말로 화양표국이 노리는 것일 수도 있습니다. 어쩌면 양가장이 노리는 것일 수도 있고요."

"무슨 말씀입니까?"

"제가 만약 화양표국주라면 군중 속에 노련한 표사들 몇 명을 섞어놓겠습니다. 그리고 우리가 힘으로 뚫으려고 하면 혼전 중에 끼어들어 현령에게 중상을 입히도록 하겠습니다. 마치 우리가 한 짓인 것처럼."

"……!"

여종매를 필두로 모두가 눈을 번쩍 떴다.

왕조발이 섣부른 칼을 휘두르는 가해자라고만 생각했지, 그가 화양표국이나 양가장이 파놓은 진짜 함정의 미끼일 수도 있다는 생각은 미처 못 했던 것이다.

양가장은 오랜 세월 양가창법을 군문에 보급해 오면서 유력한 군벌들과 밀접한 관계를 맺고 있었다. 만약 현령에게 중상을 입힌 일로 양가장이 암중에서 군부를 움직이기라도 한다면 일이 여간 복잡해지지 않는다.

'생각하는 폭이 다르구나.'

나는 품속에 손을 넣어 동패를 만지작거렸다.

동패는 사람들이 내 신분을 모르는 상황에서나 편하게 쓸 수 있다. 서호삼견이야 동패를 진왕에게 얻은 줄 알지만, 나와 진왕과의 관계를 모르는 사람들은 분명 회시에 합격한 대가로 얻은 줄 알 것이다. 함부로 썼다가 이부시랑의 귀에 들어가기라도 하는 날에는 무슨 날벼락이 떨어질지 모른다.

그때 서호삼견 중 이견이 다가왔다. 그는 이종산에게 살짝 고개를 숙이고는 내게 속삭이듯 말했다.

"쳐다보지는 말고 듣기만 하게. 지금 내 뒤쪽으로 십여 장쯤 떨어진 곳에 죽립을 쓴 네 명의 사내들이 보이나?"

"허리에 칼 찬 자들 말씀입니까?"

"쳐다보지 말라니까."

"보라는 겁니까? 보지 말라는 겁니까?"

"호북사흉(湖北四凶)일세."

"……!"

"여기서 그들을 보는 게 아무래도 우연인 것 같지가 않아서 일단 보고를 하는 것이네."

이견은 그 말만 남기고 밥값은 했다는 듯 의기양양한 표정이 되어 원래 자리로 돌아갔다.

강호인들은 동정호를 기준으로 호광성의 북쪽을 달리 호북성이라도 불렀다. 호광성을 절반으로 쪼갠 것이지만 복건성이나 절강성보다도 컸다.

호북사흉은 바로 그 호북성 일대에서 악명을 떨치는 흉신악살이자 돈만 주면 누구의 목이든지 따다 준다는 유명한 살인청부업자들이었다. 무공도 고강한 데다 그 수법 또한 잔혹하고 지독하기 이를 데 없어

전문 살수들조차도 혀를 내두른다고 들었다.

이종산이 나지막이 말했다.

"저 살인마들이 여긴 왜?"

남궁세옥이 의견을 말했다.

"도화곡과 개인적인 원한이 없다면 누군가의 사주를 받고 왔겠지요. 본래 그렇게 움직이는 자들이니까요."

"누구의 사주를 말인가?"

"배후가 누구인지는 모르나 홍안현 현령과 관련이 없는 것만은 확실한 듯합니다. 호북사흉은 관원이라면 치를 떨 정도로 관부와 원한이 깊습니다."

호북사흉이 쥐약을 처먹지 않은 한 이종산이나 도화곡주 그리고 남궁세옥이 지켜보는 앞에서 기습을 해오지는 않을 것이다.

하지만 만약 도화곡의 무공을 견식해 보고 싶다는 핑계로 정중하게 비무를 청해온다면? 도화곡에서는 나이와 배분을 따져 응해줄 수밖에 없다.

이는 이종산이 이사를 하기 전부터 예고했던 일이다. 안갯속에 감춰져 있던 신비문파가 하산했으니 호전적인 고수들이 숱하게 찾아올 것이라고. 정사마를 구분하지 말고 도전에 응해주어야 할 것이라고.

호북사흉은 백전을 치른 실전의 고수들이었다. 그에 반해 도화곡의 제자들은 실전을 치러본 사람이 몇 명이나 있을까? 산 사람을 검으로 찔러본 경험은? 정말로 숨통을 끊어본 경험은?

여기서 만약 도화곡의 제자가 호북사흉에게 당해 죽기라도 한다면 대번에 사기가 꺾이면서 큰 혼란에 빠질 것이다. 언젠가는 싸워야 하겠지만 지금은 아니다. 저들이 비무를 청해올 수 없게 만들어야 한다. 하지만 어떻게?

도검을 모두 내놓으라는 현령에 이어 생각지도 않은 호북사흉의 등장까지. 난감한 상황에 사람들은 모두 고민이 깊어졌다.

"시간이 얼마 없소이다!"

왕조발이 으름장을 놓더니 촥 하고 쥘부채를 펼쳤다. 그러고는 등받이에 거만하게 기대며 설렁설렁 부치기 시작했다. 그 모습이 어찌나 얄미운지 돌로 면상을 찍어버리고 싶었다.

순간, 나는 번쩍 떠오르는 생각이 있었다.

이종산에게 작은 소리로 얼른 말했다.

"일단 말씀하신 것처럼 검을 전부 갖다 놓도록 하시지요. 대신 소자가 홍안현을 벗어날 것도 없이 지금 이 자리에서 도로 찾아놓도록 하겠습니다."

이종산에게 한 말이지만 가까이 있는 사람들은 모두가 들었다.

갑작스러운 내 제안에 다들 눈동자를 반짝였다. 그동안 내가 했던 활약으로 미루어 이번에도 무언가 묘수가 생겼다고 생각한 것이다.

이종산은 잠시 나를 물끄러미 바라보더니 물었다.

"내가 도와줄 일은?"

"말 탄 관병들을 현령의 옆으로 최대한 바짝 모아주십시오."

이종산이 표마차 아래에서 검 한 자루를 거침없이 뽑아 들었다. 이어 검을 아래로 축 늘어뜨린 채 현령을 향해 저벅저벅 다가갔다.

그 기세에 놀란 현령이 부채질을 뚝 그쳤다. 이종산의 정확한 의중을 모르는 탓에 얼굴은 점점 창백해졌다. 사인교를 멘 장한들도 깜짝 놀라서 뒷걸음질을 쳤다.

말 탄 관병들이 대열을 좁히는 한편 서둘러 왕조발의 앞을 막아섰다.

"이, 이게 무슨 짓이오!"

챙그렁!

걸음을 멈춘 이종산이 현령의 발아래를 향해 검을 던지고 돌아섰다. 뒤이어 여종매도 표마차 아래에서 협봉검을 뽑아 들고 와서는 현령의 발아래로 던졌다.

두 사람을 시작으로 모든 표사와 도화곡의 제자들이 차례로 자신들의 검을 뽑아다 바쳤다. 남궁세옥과 비검대도 행렬에 동참했다.

현령의 발아래에는 협봉검을 비롯해 갖가지 모양의 도검들이 무더기를 이루며 쌓여가고 있었다. 이종산이 고작 일개 현령 따위에게 굴복할 줄 몰랐던 구경꾼들은 끝도 없이 술렁였다. 반대로 왕조발은 이름난 무인이자 절강성을 대표하는 대가문의 수장을 굴복시켰다는 생각에선지 그야말로 감개무량한 표정이었다.

그러면서도 무인들이 검을 내려놓는 척하며 언제 도발해 올지 몰라 말 탄 관병들로 하여금 자신을 이중 삼중으로 둘러싸게 했다.

모두의 시선이 해검식에 쏠려 있을 때 나는 서호삼견과 호리독사를 따로 조용히 불러 모았다.

"조금 있다가 한바탕 소란이 일어날 겁니다. 선배님들께서는 호북사흉에게서 그리 멀리 떨어지지 않은 군중 속으로 숨어들어 가십시오. 그리고 현령이 사인교에서 떨어지면 혼란을 틈타 아무도 몰래 돌멩이를 던져 얼굴을 맞추십시오. 까무러치지 않도록 각별히 주의하시고요."

"그렇게만 하면 되나?"

"현령이 일어서면 잠시 중단했다가 제가 신호를 주면 이번엔 호북사흉의 머리통을 향해 큼지막한 돌을 냅다 던지십시오."

"호북사흉은 또 왜?"

"두고 보면 아실 겁니다. 반드시 제가 신호를 주는 순간이라야 합니다. 아시다시피 호북사흉은 고수들이니 들키지 않도록 각별히 주의하시고요."

나는 표마차에서 검을 뽑아 현령을 향해 다가갔다.

본래 상대의 단전을 더듬기 위해 만든 음공인 망혼소에는 한 가지 심각한 부작용이 있었다. 그건 동물들을 놀라게 한다는 점이었다.

왕조발과 서너 장을 남겨두었을 때쯤 나는 갑자기 관병들이 탄 말의 아래를 손가락으로 가리키며 고함을 질렀다.

"앗, 독사다!"

동시에 구성의 내공을 담아 망혼소를 힘차게 불었다.

휘우우우웅!

인간은 전혀 듣지 못하지만, 말들에게는 흡사 고막을 바늘로 찌르는 것 같을 것이다.

이히히힝!

관병들이 탄 말들이 일제히 비명을 지르며 미쳐 날뛰기 시작했다. 왕조발을 보호하느라 지나치게 대열을 좁힌 탓에 말과 말이 서로를 향해 앞발질과 뒷발질을 해대며 한순간 아수라장이 펼쳐졌다. 몇몇 관병은 말에서 떨어져 바닥을 굴렀다.

왕조발의 사인교를 둘러멘 장한들은 보통 노련한 자들이 아니었다. 그 상황 속에서도 이쪽저쪽으로 피하며 왕조발을 지켰다.

나는 비격쌍뇌창 한 자루를 허공에 슬쩍 던지며 선천오법술을 펼쳤다. 바늘창은 왕조발과 가장 가까이 있던 말의 왼쪽 볼을 뚫었다.

이히히힝!

화들짝 놀란 말이 본능적으로 왕조발 쪽을 향해 펄쩍펄쩍 뛰기 시작했다.

그러다 사인교를 힘차게 들이받아 버렸다. 장한들이 쓰러지고, 사인교가 엎어지고, 왕조발의 거대한 몸뚱어리가 땅바닥을 굴렀다.

쓰러졌다가 일어서는 왕조발의 얼굴에 어디선가 짱돌이 날아와 부딪혔다.

빽!

왕조발이 머리통을 뒤로 확 꺾으며 쓰러졌다. 쓰러진 왕조발의 얼굴로 또 다른 짱돌들이 집요하게 날아들었다.

빽! 빽! 빽!

한편, 관병들의 말이 미쳐 날뛰자 강변에 있는 모든 말들이 동요하기 시작했다. 그 바람에 사람들은 말을 진정시키기 바빴고, 아수라장은 강변 전체로 퍼졌다.

갑작스러운 사태에 구경꾼들은 모두가 어리둥절해했다.

이윽고 내가 망혼소를 멈추었을 때 왕조발의 얼굴은 만신창이가 따로 없었다.

날뛰는 말들을 가까스로 진정시킨 관병들이 황급히 달려와 왕조발을 부축해 일으켰다.

"대인, 괜찮으십니까?"

쫙! 쫙! 쫙!

왕조발이 자신을 부축하던 관병 세 명의 뺨을 사정없이 후려쳤다. 놈들이 말을 제대로 통제하지 못해서 벌어진 불상사라고 생각한 것이다.

"비켜!"

"죄송합니다."

"한심한 놈들 같으니라고!"

뺨을 맞았다고 모른 척할 수 있나. 세 명이 다시 달라붙어 왕조발을 부축해 일으켰다. 왕조발도 못 이기는 척 부축을 받으며 일어났다.

화가 머리끝까지 난 왕조발은 손으로 자신의 얼굴을 소매로 쓱 닦았다. 시뻘건 피가 묻어나는 걸 보고는 눈을 허옇게 까뒤집었다.

나는 얼른 군중 속에 숨어 있는 호리독사와 서호삼견을 향해 고개를 끄덕였다. 네 사람은 구경꾼들의 시선이 왕조발에게 쏠린 틈을 타 호북사흉의 머리통을 향해 냅다 짱돌을 던지고는 딴청을 피웠다.

호북사흉은 보지도 않고 한 손을 뻗어 주먹만 한 짱돌을 허공에서 척척 낚아챘다. 이어 손가락 끝으로 죽립을 슬쩍 들어 올리고는 짱돌과 짱돌이 날아온 방향을 번갈아 살폈다.

그 순간, 왕조발은 돌멩이가 날아온 방향에 있는 구경꾼들을 노려보며 외쳤다.

"어떤 놈이 돌멩이를 던졌……!"

왕조발의 고함이 나오다가 말고 뚝 그쳤다. 동시에 시선은 호북사흉의 손에 들린 네 개의 짱돌에 꽂혀 있었다.

그가 호북사흉을 찢어 죽일 듯이 가리키며 외쳤다.

"저놈들을 잡아라!"

관병들이 호북사흉을 향해 우르르 달려갔다.

조금 전까지 말을 타고 있던 서른 명의 관병, 즉 무관들은 행여나 말이 또 미쳐 날뛸세라 전부 내려서 도검을 뽑아 들고 달려갔다.

놀란 구경꾼들이 메뚜기 떼처럼 흩어지고 호북사흉만 덩그러니 남았다.

관병 백여 명이 도검창을 앞세우고 그들 네 명을 순식간에 에워쌌다.

"덫에 걸렸군."

호북사흉 중 한 명이 중얼거렸다.

그사이 왕조발은 다시 사인교에 올라타서는 호북사흉의 앞으로 다가갔다.

그가 어금니를 갈며 말했다.

"네놈들이 감히 본관을 능멸하고도 살기를 바라진 않았겠지?"

네 명이 죽립을 슬그머니 벗었다. 그러자 저게 과연 사람의 얼굴이 맞나 싶을 정도로 섬뜩한 상판대기들이 모습을 드러냈다.

구경꾼 속에서 누군가 외쳤다.

"호북사흉이다!"

호북사흉이라는 말에 왕조발이 움찔 놀라는 기색을 보였다. 그도 호북성 일대를 돌며 사람 죽이기를 밥 먹듯이 한다는 흉신악살에 대해 한 번쯤은 들어본 것이다.

하지만 곧 눈알을 부라렸다. 백여 명의 무장한 관병들이 있는 데다 앞서 천룡표국과 도화곡을 굴복시킨 일로 자신감을 얻은 탓이다.

"이 자리에서 죽기 싫으면 무기를 버리고 투항하라!"

백여 명의 관병들에게 둘러싸여서도 호북사흉은 주눅 든 기색이 눈곱만큼도 없었다. 오히려 콧방귀를 뀌었다.

한 사람이 말했다.

"멍청하기 짝이 없는 현령이로군."

"네놈이 정녕 미친……."

"닥치고 내가 하는 말 잘 들으시오. 우리는 천룡표국이나 도화곡의 제자들과는 다르오. 조용히 관병들을 물리고 하던 일이나 계속하시오. 하면 더는 수모를 당하는 일이 없을 것이오."

"이, 이런 천인공노할……."

왕조발의 입술이 부르르 떨리고 있었다. 그도 속으로는 뜨끔한 것이다. 하지만 현령의 신분으로 수백 명의 구경꾼이 지켜보는 앞에서 이런 굴욕을 당하고 그냥 물러날 수도 없는 노릇이었다. 천룡표국과 도화곡을 압박하기 위해 모은 사람들이 오히려 지금은 그의 발목을 잡고 있었다.

왕조발은 잠시 망설이는가 싶더니 결국 외쳤다.

"놈들을 잡아라!"

스르릉!

호북사흉이 일제히 네 자루의 칼을 뽑아 들었다. 그 기세에 놀란 관병들이 돌진하려다 말고 움찔 놀라며 멈춰 섰다. 호북사흉이라는 별호가 그들을 계속해서 머뭇거리게 만드는 것이다.

그때였다.

"살인을 한다면 대가를 치르게 해주겠소!"

이종산의 입에서 나직하게 터져 나온 일성이었다.

결코 크지 않은 음성이었음에도 불구하고 좌중의 공기가 떵떵 울릴 지경이었다. 그의 내공이 얼마나 심오한지를 단번에 알 수 있었다.

이는 경고였다. 천룡표국의 깃발 앞에서 흑도들이 관병을 살해하는 걸 결코 지켜보고만 있지는 않겠다는 경고.

왕조발 따위는 발가락의 때만큼도 여기지 않는 호북사흉이었지만, 감히 표왕의 경고까지 무시할 순 없었다. 거기다 조금 떨어진 곳에서는 도화곡의 곡주인 여종매와 창룡검 남궁세옥까지 눈알을 부라리며 지켜보는 중이었다.

"빌어먹을!"

호북사흉이 뽑았던 칼을 전부 도로 집어넣었다. 그러고는 서로 눈을 마주치더니 고슴도치처럼 뻗어 있는 칼과 창들 속으로 신형을 쏘았다.

그들은 먼저 서른 명의 무관들부터 때려눕히기 시작했다. 나름 무공을 익힌 자들의 칼질이었지만, 돌풍과도 같은 호북사흉의 신법과 주먹을 피할 수는 없었다.

뻑뻑 소리가 요란하게 울리길 한참, 십수 명의 무관들이 땅바닥에 대자로 뻗어서는 입으로 피를 질질 흘렸다.

무관들이 격돌을 벌이는 틈틈 창수들이 장창을 찔러갔지만 단 한 번도 위협이 되질 못했다. 오히려 호북사흉은 창을 빼앗아 모가지를 부러뜨린 후 양쪽에 나눠 쥐고는 더욱 맹렬하고 무차별적으로 관병들을 때려눕히기 시작했다.

사태가 심상치 않자 잠수교에서 검문 중이던 포쾌와 관병들도 저마다 무기를 꼬나 쥐고 달려왔지만 다소 늦은 감이 있었다.

동료들이 관병들을 막는 사이 한 명이 사인교를 탄 왕조발에게로 질풍처럼 신형을 날렸다.

퍽! 소리와 함께 일격을 맞은 가마꾼이 거꾸러졌다. 사인교가 또다시 무너지며 왕조발이 우당탕탕 굴러떨어졌다.

그는 벌떡 일어나 앉더니 게처럼 뒤로 기어가며 외쳤다.

"다, 다가오지 마!"

짝!

호북사흉 중 마흔 후반으로 가장 나이가 많아 보이는, 아마도 일흉으로 짐작되는 이가 싸대기를 사정없이 올려붙였다.

왕조발에게는 주먹보다 이게 훨씬 모욕적일 것이다. 게다가 내공을 실었는지 홱 돌아가는 고개를 따라 피가 쭉 뿜어져 나왔다.

일흉은 뒤로 기어가는 왕조발을 따라가며 계속해서 싸대기를 올려붙였다.

짝! 짝! 짝! 짝!

입 주변이 순식간에 피 칠갑으로 변하더니 바닥에 떨어진 핏덩어리 사이로 하얀 이빨도 보이기 시작했다.

왕조발은 거의 울 것 같은 얼굴이었다.

"제, 제발 그만……."

"무림인 무서운 줄 이제 알겠소?"

"내, 내가 잘못했으니 그만."

"고작 이 정도로 끝내면 호북사흉이 아니지. 이빨은 충분히 뽑은 것 같으니 이제 눈알 하나만 더 뽑고 멈추도록 합시다."

그러면서 일흉이 왼손으로 산발이 된 왕조발의 머리카락을 틀어쥐어 머리통이 움직이지 못하도록 했다.

이어 오른손 손가락을 매 발톱처럼 구부려 눈알을 파내려는 찰나 내가 그의 등짝을 향해 신형을 날렸다.

호북사흉의 명성은 결코 헛되이 전해진 것이 아니었다. 기척을 느낀 일흉이 질풍처럼 돌아서며 내 다리를 후려쳤다.

퍼억!

반격을 예상하고 있었던 나는 몸을 비틀어 충격을 완화하는 한편, 착지와 동시에 귀영무를 펼치며 십초박의 선팔초를 소나기처럼 퍼부었다.

빼버버버버벅!

일흉은 비록 뒷걸음질을 칠지언정 한 손으로는 여전히 왕조발의 머리카락을 틀어쥔 채 다른 손으로 나를 상대했다.

마침내 여덟 번째 초식을 펼쳤을 때는 오히려 일보를 깊숙이 집어넣으며 내 목덜미를 움켜쥐려는 과감한 공격까지 해왔다.

나는 벼락처럼 상체를 꺾으며 아슬아슬하게 그의 손을 피했다. 내공이 증가함에 따라 한층 강화된 이능력이 아니었다면 지금쯤 목덜미를 뜯겨 피를 콸콸 쏟아내고 있었을 것이다.

한 걸음 물러난 나는 다시 신형을 박차며 일흉의 심장을 향해 쌍장을 떨쳤다.

기세가 예사롭지 않음을 깨달은 일흉이 그제야 왕조발의 머리카락을 놓아버리고는 같은 쌍장으로 응수해 왔다.

네 개의 장이 허공에서 격돌했다.

꽈앙!

굉음과 함께 일흉은 다섯 걸음을, 나는 세 걸음을 물러난 끝에 멈춰

섰다.

일흉이 눈알을 희번덕거리며 물었다.

"네놈은 누구냐?"

"천룡표국의 십칠각주 이정룡이오."

"풍운비룡?"

"아마도 그럴 것이오."

"한데 왜 방해를 하는 거지? 천룡표국의 입장에선 박수를 치며 좋아할 일 아닌가?"

"눈알을 뽑는 건 좀 과한 것 같소이다만."

그때 왕조발이 체면이고 뭐고 내게로 기어와 발목을 부여잡고 말했다.

"나, 나 좀 살려주시오."

"염려 마십시오. 제가 잘 설득해서 눈알까지는 뽑지 않도록 해보겠습니다."

"놈들을 좀 쫓아 보내주시오. 도검은 전부 돌려드리겠소. 제발."

"무언가 착각을 하시는 것 같은데, 우리는 한가하게 남을 돕고 다니는 사람들이 아닙니다. 정 우리 힘이 필요하시다면 공짜로 부려먹을 생각 마시고 정식으로 호표(護鏢)를 의뢰하시지요."

"의, 의뢰하겠소이다."

"비용은 은전 오백 냥입니다."

"예에?"

"왜 이 액수인지는 아실 텐데요."

"그, 그건……."

"싫으면 어쩔 수 없고요."

"하, 하겠소이다."

"수많은 사람들이 지켜보는 앞에서 홍안현의 현령께서 하신 말씀이시니 따로 계약서를 쓸 필요는 없을 것 같군요."

나는 이어 호북사흉에게 말했다.

"네 분 흑도의 선배님들께서도 후배의 체면을 보아 이쯤에서 물러서 주시는 게 어떨는지요?"

그때쯤엔 남궁세옥과 남궁소소 그리고 섭부용까지 내 곁으로 다가와 어깨를 나란히 하며 선 상태였다. 어느새 도검을 회수한 비검대와 천룡표국의 표사들도 호북사흉을 천천히 에워싸고 있었고.

이러면 호북사흉은 격퇴의 대상이 되어버리면서 비무를 청할 수도 없게 된다.

일흉이 내게 말했다.

"무슨 술수를 어떻게 부렸는지 모르겠으나 오늘은 우리가 헛심을 쓰면서 천룡표국에 열심히 돈만 벌어다 준 것 같군. 다음에 또 보도록 하지."

일흉은 이어 나의 뒤쪽에 있는 이종산에게도 가볍게 묵례를 하고는 그의 아우들과 표표한 신법을 펼치며 사라졌다. 관병들도 피 칠갑이 된 왕조발을 서둘러 사인교에 태우고 사라졌다.

잠수교를 막아선 관병들이 전부 사라져 버렸으니 이제 누구도 발이 묶일 이유가 없었다.

이종산이 몰려든 구경꾼들을 향해 외쳤다.

"잠수교를 건너면 가장 먼저 나타나는 다섯 개 주루에 은전 백 냥씩을 맡겨두도록 하겠소이다. 오늘 하루 동안은 누구라도 술과 고기를 실컷 마시고 먹도록 하시오!"

왕조발에게서 받은 돈으로 여기 있는 사람들은 물론이거니와 먼저 건넌 사람들에게까지도 단단히 한턱을 내겠다는 뜻이었다.

아니, 왜 내가 번 돈으로 인심을 쓰시지?

"와아아!"

갑자기 터져 나온 함성에 강변이 쩡쩡 울렸다.

이종산이 내게 와서 말했다.

"수고했다."

여종매와 오대장로들도 웃으며 고개를 끄덕여 주었다.

협봉검을 다시 찾은 도화곡의 제자들도 비로소 안도의 한숨을 내쉬었다.

남궁세옥이 내 어깨를 툭툭 두들겨 준 후 말했다.

"이따가 내 막사로 오겠어?"

"왜요?"

"술이나 한잔하자고."

"알겠습니다."

"우리도 가도 되나요?"

남궁소소가 물었다.

"우리?"

남궁소소가 그때까지 옆에 있던 섭부용의 소매를 잡아끌었다. 당황한 섭부용의 얼굴이 발개졌다.

남궁세옥이 웃으며 말했다.

"물론이지."

잠시 후, 남궁세옥과 섭부용이 사라지자 남궁소소가 내게 물었다.

"망혼소, 맞죠?"

"그걸 어떻게……?"

"호리독사에게 들었어요."

"그 인간은 또 어떻게!"

홱 고개를 돌려보니 호리독사는 어느새 서호삼견과 함께 군중 속에 섞여 잠수교 위를 꽁지가 빠져라 달려가고 있었다.

주루는 다섯 개밖에 안 되는데, 사람은 강 이쪽저쪽을 모두 합쳐 수백 명에 달할 테니 서둘러 달려가 자리를 잡으려는 것이다.

도화곡을 떠난 지 열흘째 되는 날 우리는 천문(川門)을 지나 당양(當陽)을 향해 가고 있었다.

늦은 오후가 되자 이종산은 이동을 멈추고 숙영을 선언했다.

나는 십칠각의 객원표사들과 함께 사냥을 나갔다.

[하나 둘 셋!]

퓨슝! 퓨슝!

내가 전음으로 보낸 신호에 맞춰 두 대의 화살이 허공을 날았다.

잠깐의 사이를 두고 귀청을 찢는 비명이 골짜기에 울려 퍼졌다.

꿰애애액! 꿰애애액! 꿰애애액!

냇가에 물을 마시러 온 멧돼지 세 마리가 죽겠다고 비명을 지르며 자빠졌다. 나와 남궁소소가 동시에 활을 쏜 것이다.

두 발을 쏘았는데도 불구하고 세 마리가 쓰러진 것은 내가 쏜 화살이 나란히 물을 마시던 두 마리의 목을 한꺼번에 꿰뚫었기 때문이다.

'심장을 노렸는데…….'

대기하고 있던 서호삼견이 득달같이 달려들어 버둥거리는 멧돼지들의 숨통을 단도로 끊어놓았다. 그리고 행여나 다른 사람에게 빼앗길세라 배를 갈라 쓸개부터 떼어냈다.

이어 피가 뚝뚝 떨어지는 쓸개를 생으로 먹으려 했다.

뒤늦게 밧줄을 들고 어슬렁거리며 다가간 호리독사가 쓸개는 술에 타 먹어야 효과가 좋다는 소리를 시전했다.

서호삼견은 잠시 망설이더니 쓸개를 나뭇잎에 정성스럽게 싸서 따로 챙겼다. 저것들 중 하나는 호리독사의 입에 들어갈 거라고 나는 장담할 수 있었다.

남궁소소가 내게 말했다.

"언제나 사람을 놀라게 하는군요."

"운이 좋았소."

"패왕궁(霸王弓)을 운으로 당겼다고요?"

지금 내가 손에 쥐고 있는 활은 양조창과의 대결에서 이긴 후 남궁유룡이 포상으로 준 패왕궁이었다. 최소 육십 년의 내공이 있어야만 당긴다는 초강궁을 아무렇지도 않게 당기니 하는 말이었다.

"반밖에 못 당겼소."

"그래도 두 마리나 꿰뚫었죠."

"믿지 않겠지만, 심장을 노렸소."

"믿어요."

"그렇게 쉽게?"

"궁간을 잡는 법이나 살을 걸고 당기는 동작이 엉성하기 짝이 없는데 어떻게 안 믿겠어요? 아무리 그래도 고작 오 장 앞에서 송아지만 한 멧돼지의 심장도 못 맞추는 건 너무 심한 것 아닌가요?"

"오 장은 더 되는 것 같은데."

"궁술은 어디서 익혔어요?"

노련한 쟁자수들은 겨울이 되면 표행을 갈 적에 표마차에 활 한 자루씩을 꼭 싣고 다닌다. 눈밭에서 행동이 굼뜬 토끼들을 만나면 냅다 쏘아서 잡으려고.

솜씨가 좋은 쟁자수들은 제법 잘 잡는데, 나는 그 정도는 아니었다. 잘 잡는 쟁자수라고 해도 무림인들의 궁술에 비할 바는 물론 아니었고.

"혼자 대충 쏴본 것이오."

"하긴 그걸 궁술이랍시고 누구한테 배웠다는 것도 이상하겠네요."

"소저는 솔직해서 분명 원한도 많이 샀을 것이오."

"그러지 말고 내가 좀 가르쳐 줄까요?"

"이제 사부 노릇까지 하시려고?"

"새벽에 반 시진씩만 일찍 일어나세요."

"왜 하필 새벽이오?"

"밤에 만나면 소문나요."

그사이 서호삼견과 호리독사가 밧줄에 묶은 멧돼지를 질질 끌고 돌아왔다.

순간, 남궁소소가 재빨리 다시 화살을 재어 숲속을 겨누었다. 그 속도가 가히 전광석화와도 같았다.

한데 숲속에서 나타난 건 또 다른 멧돼지가 아니라 사람이었다. 망태기에 도라지와 더덕을 잔뜩 담고 손에는 작은 괭이를 든 것이 누가 보아도 늙은 약초꾼이었다.

하지만 약초꾼이 숨어 있다가 들킨 것도 아니고, 이렇게 제 발로 사냥 중인 무림인들 앞에 나타난다고?

"돼지를 가지고 먼저들 숙영지로 돌아가십시오."

서호삼견과 남궁소소는 알 만하다는 듯 앞서 떠났다.

"무림이 온통 천룡표국과 도화곡 이야기뿐입니다. 홍안현을 시작으로 어디쯤 가고 있는지에 관한 이야기들까지 각각의 정보망을 통해 빠르게 퍼지고 있습니다."

약초꾼 노인의 보고였다.

홍안현 이후 세 번째로 만나는 하오문도였다.

앞서 찾아온 하오문도는 사천성 성도가 발칵 뒤집혔으며, 사천구룡방이 전쟁에 대비해 세를 결집하고 있다는 소식을 전해왔다. 그리고 사천구룡방의 현재 전력과 그동안 벌였던 패악질들을 소상히 적은 소책자를 한 권 주고 돌아갔다.

"눈에 띄는 무림인들이 부쩍 많아졌습니다."

"각각의 문파에서 파견한 척후병들도 있지만, 대부분은 호기심에서 따라다니는 자들입니다. 워낙 안갯속에 가려져 있던 문파인 데다 전부 여제자들이다 보니 구경도 하고 무공도 견식하고 싶은 것이지요."

"싸움이 일어나기만을 바라고 있겠군요."

"직접 도전을 해볼 수도 있지요."

"무언가 알고 하시는 말씀 같습니다만."

"몰려든 무림인들 중에 이름만 대면 알 만한 고수들이 적지 않습니다. 지금은 천룡표국과 표왕이라는 이름 때문에 다들 몸을 사리지만, 곧 송곳처럼 튀어나오는 자들이 있을 겁니다."

"이미 각오했던 바입니다."

"무공비급을 노리는 자들도 있고요."

"무공비급이라고요?"

"아시다시피 도화비검과 천금풍은 구대문파의 대표적인 무공들과 비교해도 손색이 없는 절학들입니다. 탐내는 자가 없다는 것이 오히려 이상한 일이지요."

본래 대별산 도화곡에는 각종 기관진식이 설치되어 있었던 데다 비급이 어디에 숨겨져 있는지도 알 수가 없었다.

그런데 지금은 열 대의 표마차 중 하나에 실려 있었다. 그것도 계속 따라다니며 살피다 보면 식량을 실은 마차들과 금방 구분할 수 있을 것이다.

하지만 한 문파의 비급을 그리 허술하게 옮길 리가 있나.

이종산은 분명 여종매와 의논한 후 모종의 조치를 취했다. 이건 나도 짐작만 할 뿐, 정확히 알지도 못했고 알려고 하지도 않았다.

"그리고……."

"또 있습니까?"

"도화곡의 제자들 셋 중 하나는 엄청난 미녀라는 소문이 돌면서 화화공자, 색마, 음적으로 불리는 자들이 종종 모습을 보이고 있습니다."

셋 중 하나까지는 아니어도 구대 제자 다섯 명 중 하나 정도는 엄청 예뻤고, 열 명 중 하나 정도는 눈이 부시게 예뻤다.

하오문도가 물어다 준 소식을 한마디로 정리하자면 '온갖 잡것들이 다 꼬이고 있다'였다. 그리고 그 잡것들의 접근을 억제하고 있는 것이 다른 무엇보다 천룡표국과 표왕이라는 이름이었고.

한데 이 모든 것들은 출발을 하기 직전 이종산이 수뇌부 회의 때 이미 예견한 것이었다. 심지어 음적들이 나타날 거라는 것까지 정확히 내다본 이종산의 귀신같은 안목에 혀를 내두를 지경이었다.

나는 은전 한 냥을 꺼내 노인의 손에 쥐여주었다.

"이러지 않으셔도 됩니다."

"성도를 계속 주시해 달라고 하십시오. 구룡이 어떻게 세를 불리는지, 다른 흑도 문파들이 어떻게 움직이는지."

"알겠습니다."

하오문도와의 대화를 끝낸 나는 숙영지인 협곡으로 돌아갔다.

곡구에 도착하자마자 고기 굽는 냄새가 진동했다. 사십여 개의 모닥불에서 각각의 조가 먹을 고깃덩어리를 꼬챙이에 꿰어 지글지글 굽는 탓이었다.

한데 고기를 굽는 실력이 천차만별이었다.

표사들과 쟁자수들 그리고 남궁세옥이 있는 비검대는 그야말로 능숙했다. 반면 도화곡의 제자들은 하나같이 어설프기 짝이 없었다. 솥에 삶거나 볶아내는 식으로만 요리를 하다가 이렇게 바깥에서 직화로 구워 먹으려니 낯선 모양이었다.

그 와중에도 유독 쩔쩔매는 사람들이 있었다. 심지어 그들은 직화에 굽지도 않았다. 화공 안여여가 포함된 구대 제자의 한 조였다.

때마침 가는 길목이어서 잠시 들렀다.

"무슨 문제라도 있습니까?"

모닥불에 얼굴을 박고 있던 열 명의 어리고 젊은 여자들이 깜짝 놀라서 일어났다. 주변의 다른 모닥불 앞에서 이른 저녁을 먹던 여자들도 모두 하던 일을 멈추고 이쪽을 바라보았다.

"선배님!"

안여여가 반색을 했다.

"왜 아직 식사들을 안 하시고요?"

"나무가 젖어서 그런지 불이 잘 안 붙어서요."

아침에 보슬비가 내린 탓에 협곡의 나무들은 대부분 조금씩 젖은 상태였다.

하지만 그럼에도 불구하고 다른 조들은 아무런 문제가 없었다. 다들 공기의 유입이 많은 개방형의 모닥불을 피웠기 때문이다. 한데 이 조는 좌우에 돌벽을 좁고 높게 세우고 다시 그 위에 넓은 돌판까지 얹어 고기를 굽고 있었다.

나는 돌판을 좀 치우라고 한 후 연기가 눕는 방향과 일직선이 되도록 돌벽 두 개를 살짝 옮겨놓았다. 그러자 불길이 금방 살아났다.

"와, 신기하다!"

"연기도 잘 빠지네."

"진작 이렇게 할걸."

"그러게 내가 표사님들께 여쭈어보자고 했잖아."

"이런 일은 표사보다는 쟁자수들이 훨씬 잘 압니다. 다음부터 모르는 게 있으면 쟁자수들에게 물어보세요."

내가 조언을 해주었다.

모두가 고맙다는 듯 웃으며 고개를 끄덕였다.

"그럼 이만."

"선배님!"

"뭐 또 필요한 거라도?"

"혹시 식사하셨어요?"

"이제부터 해야죠."

"그럼 저희랑 같이하실래요?"

슬쩍 눈치를 보니 열 명 전부 잔뜩 기대하는 얼굴이었다.

주변의 다른 모닥불 앞에 있는 여자들은 들고 있던 밥그릇이며 젓가락을 슬그머니 내려놓았다. 조금 놀란 모양이었다.

그때 저만치 십여 장 밖에서 신나게 고기를 뜯고 있는 십칠각의 객원표사들이 보였다. 객원표사도 아니면서 걸핏하면 찾아와 함께 밥을 먹는 남궁소소도 보였고. 한데 모닥불 위 꼬챙이에 꿰여 익어가야 할 고깃덩어리가 보이지 않았다.

'저 인간들이 그러면 그렇지.'

반면 여기는 아직 고기가 다 익지도 않았다. 굽는 방식을 바꾸는 바람에 생긴 불상사인데, 오히려 내게는 행운이었다.

"그럼, 그럴까."

"이리로 앉으세요."

"대충 아무 데나 앉지 뭐."

내가 자리에 앉자 그제야 다른 사람들도 앉기 시작했다. 이렇게 해서 돌판을 가운데 두고 열 명의 여자와 내가 둘러앉아 식사를 하게 됐다.

잠시 어색한 침묵이 흐른 후 누군가 조심스럽게 물어왔다.

"그 보법의 이름은 무엇인가요?"

"무슨 보법 말인가요?"

"지난번 홍안현에서 호북사흉을 상대로 싸울 때 펼쳤던 그 보법 말이에요. 굉장히 인상 깊었거든요. 권법도 그렇고요."

"권법과 보법 모두 천룡표국의 무공은 아닙니다. 그리고 사정이 있어서 이름을 말씀드릴 수는 없을 것 같군요."

"제가 괜한 걸 여쭈었군요. 사과드립니다."

"대신 다른 건 얼마든지 물어보십시오."

"정말인가요?"

"물론입니다."

그때부터 여기저기서 질문들이 봇물처럼 쏟아졌다.

"호북사흉 정도면 강호에서 얼마나 강한가요?"

"그들이 다시 올까요?"

"더 강한 무림인들도 나타나겠죠?"

"도화곡의 무공은 어느 정도라고 생각하세요?"

기껏해야 신변잡기에 관한 것들이나 물어올 줄 알았다. 한데 하나같이 도화곡이 처한 현실과 관련된 진지한 질문들이어서 속으로 조금 놀랐다.

그러다 모두의 입을 다물게 만드는 질문 하나가 불쑥 튀어나왔다.

"우리 중 몇 명이나 죽을까요?"

소리가 난 곳을 돌아보니 섭부용 못지않게 예쁜, 하지만 나이는 열예닐곱 살 정도로 비교적 어린 여자가 서 있었다.

주변엔 어느새 다른 모닥불에서 모여든 여자들까지 이십여 명 정도가 둘러싸고 있어서 무슨 약장수라도 된 기분이었다.

"그건 왜 묻는 겁니까?"

"도시를 지날 때마다 만난 무림인들이 수군대는 소리를 들었어요. 성도에 도착하면 전쟁이 일어날 텐데, 그때 저 여자들 중 절반은 죽을 거라고요. 공자님도 그렇게 생각하세요?"

전생에선 성도에 도착한 이후 반년 동안 도화곡의 제자 절반가량이 죽었다. 이번엔 분명 다르겠지만, 그렇다고 해서 단 한 명의 희생도 없을 거라고 자신 있게 말할 수 있을까?

"제가 귀신도 아닌데 어떻게 미래에 일어날 일을 알겠습니까? 다만 한 가지는 확실히 압니다."

모두의 시선이 집중되었다.

"겁을 먹으면 죽을 확률이 훨씬 높다는 것. 그러면 내가 등을 지켜주던 동료도 위험해진다는 것."

나름 마음을 굳게 먹으라고 한 말인데 전혀 효과가 없었다. 다들 여전히 긴장되고 걱정스러운 표정이었다.

그러다 몇 명이나 죽을 것 같냐고 물었던 여자가 다시 물었다.

"천룡표국주님과 공자님께선 끝까지 우리와 함께 싸워주실 건가요? 그러니까 제 말은……. 우리가 성도에 도착한 후 다른 문파들로부터 인정을 받을 때까지요."

대신 싸워줄 것이냐고가 아니라 함께 싸워주겠냐고 물었다.

나는 저 심정을 잘 알고 있다. 전생에서 표행을 나갈 때도 믿을 만한 표사가 한 명 더 있고 없고의 차이로 든든함의 정도가 얼마나 달랐던가.

"물론입니다."

그제서야 굳었던 여자들의 얼굴이 거짓말처럼 활짝 펴졌다. 심지어 옆 사람들과 마주 보며 함께 각오까지 다졌다.

"고기가 다 익었어요."

안여여가 말했다.

누군가 직접 대나무를 깎아 만든 것으로 보이는 젓가락을 얼른 챙겨주었다.

마침내 고기를 한 점 집어 먹으려는 순간 돌판이 눈에 확 들어왔다. 회백색의 바탕에 반점이 가득한 것이 아무래도 눈에 익었다.

'설마?'

나는 얼른 돌판의 양쪽을 손으로 잡아 옆으로 옮겨놓았다.

불에 달궈진 돌판을 맨손으로 옮기자 여자들은 그야말로 경악했다.

안여여가 떨리는 목소리로 물었다.

"왜 그러세요?"

"화맥석(火麥石)이라고 불에 달구면 폭발하는 성질이 있어요. 그러고 보니 왜 갑자기 돌판에 구워 먹을 생각을 한 겁니까?"

"고기를 씻으러 냇가로 갔다가 만난 표사님들이 가르쳐 주셨어요. 얇게 썰어서 소금을 뿌린 다음 널찍한 돌판에다 구워 먹으면 맛이 끝내준다고요. 이 돌판도 표사님들이 주워주신 건데……."

"표사들이 화맥석을 모를 리 없을 텐데."

그때였다.

꽈앙!

굉음과 함께 숙영지 한복판에서 폭발이 일어났다. 소리가 어찌나 큰지 귓구멍이 얼얼할 지경이었다.

황급히 일어나 소리가 난 쪽을 살폈다. 모닥불이 폭탄이라도 맞은 것처럼 사방팔방으로 흩어진 가운데 서호삼견과 호리독사와 남궁소소가 대자로 뻗어 있었다.

대경실색한 사람들이 달려들어 다섯 사람을 부축해 일으켰다. 돌판에 구워 먹던 고기 조각들이 얼굴이며 몸에 붙어 있어서 그렇지, 다행히 다친 곳은 없는 것 같았다.

"그러면 그렇지."

객원표사와 정식표사는 뭐가 달라도 다른 법이다.

그때였다.

한바탕 소란이 일어난 숙영지를 빠르게 관통해 이종산의 막사로 들어가는 그림자가 있었다. 척후를 살피러 간 적룡당의 표두였다.

'무슨 일이 있군.'

예상은 적중했다.

잠시 후, 표사 한 명이 와서 수뇌부 회의가 소집되었음을 알렸다.

이종산의 막사에 모인 사람은 여종매와 오대장로들, 양진각, 남궁세옥 그리고 나였다.

양진각이 척후병으로부터 받은 보고 내용을 설명했다.

"내일 아침에 건널 예정이었던 잠강(潛江)의 배가 모두 자취를 감추었다고 합니다. 인근 포구 세 곳이 같은 상황인 걸로 미루어 잠강 전역이

봉쇄된 것으로 보입니다."

가장 우려했던 일이 벌어졌다. 산은 길이 없어도 어떻게든 넘을 수가 있다. 하지만 강은 배가 없으면 건널 도리가 없다.

오대장로 중 한 명이 물었다.

"대안은 무엇입니까?"

"백 리 정도 상류로 거슬러 올라간 다음, 잠강의 발원지인 복마산(伏馬山)을 넘어가는 길이 있습니다. 하루 정도 더 걸리겠지만, 배를 구하지 않는 한 현재로선 유일한 대안입니다."

복마산이라는 이름이 나오는 순간 나와 남궁세옥은 그대로 표정이 굳었다. 아무리 속세의 사정에 어둡다고 해도 복마산까지 모를 리는 없었다. 오대장로도 안색이 어두워졌다.

양진각의 말이 이어졌다.

"모두 아시는 것처럼 복마산에는 큰 호랑이가 한 마리 웅크리고 있습니다. 바로 흑두산장(黑頭山莊)이라고도 불리는 녹림맹의 총타이지요."

"표국들은 원래 녹림맹과 긴밀한 관계라고 들었습니다. 하면 복마산을 지나는 건 큰 무리가 아니지 않나요?"

"잠표(潛鏢)라는 것이 있습니다. 특정한 지역에 이르면 표기를 내리고, 표사들도 말에서 내리고, 모두에게 금언령을 내린 다음 최대한 조용히 지나가는 것을 말하지요."

용이 사는 연못이나 호랑이가 웅크리고 있는 산을 지날 때 하는 표행 방식이다.

강호에는 이런 곳이 수십 군데도 넘는다. 양주에도 한 곳이 있는데, 바로 남궁세가가 있는 수서호의 서쪽 호반이었다. 그 외 구대문파와 오대세가가 있는 곳이나, 유력한 군벌이 사는 고장도 그렇다. 황제가 사는 북경은 도시 전체가 잠표의 대상이었다.

"복마산도 그중 한 곳이군요."

"그렇습니다."

"잠표를 하면 되는 것 아닌가요?"

"그럴 수는 없습니다."

말을 자르고 들어온 사람은 이종산이었다.

그의 말이 이어졌다.

"이번 표행은 아주 특별합니다. 아시다시피 단순히 물건을 운송하는 것이 아니라 한 문파를 옮기고 있기 때문이지요. 깃발을 내리고 잠표를 하는 순간, 강호인들은 도화곡이 녹림맹의 위세가 두려워 무릎을 꿇었다고 할 것입니다. 하면 성도에 뿌리를 내릴 수 없습니다."

"만약 잠표를 하지 않으면 어떻게 되나요?"

"녹림맹주는 우리가 자신과 흑두산장을 우습게 보았다고 여길 것입니다. 아마도 쉽게 복마산을 통과하지 못하겠지요."

그제야 사태의 심각성을 깨달은 오대장로들의 표정이 더할 나위 없이 굳어졌다.

섭부용의 사부인 이막하가 말했다.

"누군가 우리를 복마산으로 몰고 있군요."

다른 오대장로들의 말이 잇달았다.

"대체 어떤 자들이?"

"혹시 또 화양표국?"

"양가장일 수도 있지요."

"양가장은 아직 개입했다는 확실한 증거가 없어요."

"흑두산장이 벌인 짓일 수도 있습니다."

마지막 말은 내가 한 것이었다.

모두의 시선이 내게로 향했다.

이막하가 물었다.

"왜 그렇게 생각하는 거죠?"

"산적들의 본산인 녹림맹이 이런 큰 표행 건에 한 발을 슬그머니 걸친다고 해서 이상할 것도 없지 않겠습니까. 다만 통행세를 무엇으로 얼마나 받으려 할지를 모를 뿐."

과연 그렇다는 듯 모두가 고개를 끄덕였다.

나는 하오문도에게서 받은 보고를 그대로 전했다. 그리고 조심스럽게 의견을 덧붙였다.

"이럴 때일수록 조금의 동요도 없이 복마산으로 향해야 한다고 생각합니다. 안 그러면 온갖 잡귀신들이 우리를 우습게 보고 달려들기 시작할 겁니다."

말은 이렇게 했지만 나도 속으로는 심장이 두근거렸다. 녹림맹 총타가 어떤 곳인가. 맹주를 비롯해 온갖 괴수들이 우글대는 곳이다. 생각만 해도 심장이 쪼그라드는 것 같았다. 그러나 무사히 복마산을 지나가기만 한다면 도화곡의 위상이 크게 달라질 것이다. 더불어 웬만한 잡귀들은 전부 떨어져 나갈 것이고.

이종산이 남궁세옥에게도 물었다.

"대주의 생각은 어떠신가?"

"초대를 하면 가야지요."

과묵한 성격답게 남궁세옥의 대답은 깔끔했다. 표정에서도 두려움이라곤 찾아볼 수가 없었다.

이종산은 여종매와 잠시 시선을 나누었다. 어차피 모든 결정을 위임받았음에도 불구하고 이렇게 의견을 묻는 것은, 도화곡의 단단한 결심이 필요하기 때문이다.

여종매가 가만히 고개를 끄덕였다.

이윽고 이종산이 결정을 내렸다.

"동이 트는 즉시 복마산으로 가겠습니다."

복마산에 천하 녹림의 본산이랄 수 있는 녹림맹 총타가 들어선 것은 순전히 한 노인의 혜안 때문이었다.

오직 힘의 논리에 의해 서열이 정해지는 흑도방파들은 사승 관계로 이루어진 백도문파들에 비해 배신이 말도 못 할 만큼 많았다.

여기에 독립된 각각의 방파가 모인 연맹이라면 더욱 그러했다.

흑도들의 연맹체 중 가장 큰 곳인 녹림맹은 십 년 이상 권좌를 유지하는 맹주가 거의 없었다. 그러다 30년 전 한 사람이 대파산에 있던 녹림맹 총타를 평원 한가운데 우뚝 솟은 이곳 복마산으로 옮겨 버렸다. 초대형 산채들이 밀집해 있는 북쪽의 진령산맥, 서쪽의 대파산맥, 동쪽의 대별산맥으로부터 수백 리씩 떨어져 있기 때문이었다.

초대형 산채 하나가, 혹은 몇 개가 연합해 복마산으로 쳐들어온다면 반드시 징후를 들키게 마련이었다. 덧붙여 복마산에서는 시간을 벌 수도 있었고. 그래서인지 총타를 옮긴 장본인인 녹림도왕(綠林刀王) 백군악은 녹림맹이 탄생한 이래 가장 오랫동안 맹주를 해먹고 있었다.

녹림맹주의 권좌를 어디 지정학적인 위치만으로 지킬 수 있나. 백군악은 강호인들이 모두 인정하는 천하십검 중 한 명이었다. 천하십검에서의 위치는 말석 정도?

별호에서도 알 수 있듯이 그의 성명병기는 칼이었다.

그러나 강호인들은 검객과 도객만큼은 근접한 무공의 특성상 따로 구분하여 서열을 정하진 않았다.

한마디로 백군악은 지략과 무공을 겸비한 입지전적인 인물이었다. 적어도 여태의 맹주들 중에서는.

길을 막고 나타난 사람은 고작 열 명에 불과했다. 한데도 사백여 명이나 되는 표행단의 걸음을 멈추게 만들었다. 열 명의 사내들 중 한 명이 들고 있는 깃발 때문이었다.

멀리서도 볼 수 있도록 붉은색 바탕에 백호 한 마리가 포효하고 있는 깃발은 바로 녹림맹의 맹기였다.

이로써 저쪽에서는 녹림맹의 맹기가, 이쪽에서는 천룡표국과 도화곡의 깃발이 펄럭이며 대치하게 되었다.

한 사내가 깃발을 뒤로하고 앞으로 걸어 나왔다.

마흔에닐곱 살쯤 되었을까? 떡 벌어진 어깨에 강건한 기세가 흔히 보던 산적 나부랭이들과는 차원이 달랐다. 특히 이종산과 마주하고 서면서도 전혀 위축되지 않는 것이 예사 녹림도가 아니었다.

사내가 이종산을 향해 공손하게 포권지례를 올렸다.

"흑두산장의 삼당주 종추악입니다."

파산신권(破山神拳) 종추악. 녹림맹주의 다섯 의제 중 한 명이자 녹림맹 서열 세 번째의 절정고수다. 수십 년 전 사대명표 중 한 명인 풍운표검 설인탁과 각각 입산식과 입표식을 치른 후 지금은 사실상 친구가 되었다는 낭만적인 사내.

"천룡표국주 이종산이외다."

"국주님의 명성은 어려서부터 천둥소리처럼 들어왔습니다. 이렇게 뵙게 되어 실로 영광입니다."

"과찬의 말씀이시오."

"본 맹의 맹주께서 귀한 손님들이 오셨다는 소식을 듣고 저를 보내어 모시도록 하셨습니다. 산장이 이곳에서 멀지 않으니 잠시 들러 목이라도 축이고 가시지요."

정중한 초대의 형식을 취하지만 이건 경고였다. 순순히 따라오지 않으면 무사히 복마산을 넘어갈 수 없다는 경고.

녹림맹과 천룡표국의 수장들이 일반 산채와 표행단처럼 길바닥에서 만나 돈을 내놓아라 마라 드잡이질을 할 수는 없지 않겠나. 녹림맹주도 그걸 알기에 일부러 산장으로 초대를 하는 것이고.

"그럼 신세를 좀 지겠소이다."

복마산 정상에 자리 잡은 흑두산장은 높은 목책들에 둘러싸여 있어 작은 산성을 방불케 했다.

산장 안쪽엔 통나무를 켜켜이 쌓아 만든 오두막 수십 채가 사방에 자리하고 있었다. 통나무로 지었을 뿐 크기는 천룡표국의 대형 전각들

못지않았다. 심지어 어떤 것들은 사 층짜리였다.

산장의 한가운데 공터에는 백여 개의 통나무 탁자가 오와 열을 맞추어 뿌려져 있었다. 탁자 하나당 열 명 정도 앉는다고 가정했을 때, 족히 천 명이 동시에 앉아 식사를 할 수 있는 규모였다.

백군악은 맹수 같은 녹림도 오백여 명을 거느린 채 누가 보아도 가장 상석인 곳의 커다란 의자에 왕처럼 앉아 있었다.

고목을 연상시키는 거대한 체구, 팔순을 바라보는 나이에 어울리지 않게 형형한 눈빛, 그리고 탈속한 도사 같은 은발의 머리카락이 압도적인 존재감으로 다가왔다. 녹림의 역사를 새로 쓴 전설적 인물을 마침내 내 눈으로 직접 보게 된 것이다.

"어서 오시오. 국주!"

"그간 별래무양하셨습니까?"

"보시다시피 산중에서 시커먼 것들과 재미없게 늙어가고 있다오. 그나저나 이게 대체 얼마 만이외까?"

"백운산에서 뵌 것이 마지막이었으니 이십 년쯤 되었으려나요."

"이십 년이라. 국주의 검던 머리카락이 하얗게 센 것을 보니 과연 그런 듯도 싶구려. 한데 이제는 표행은 않고 경영에만 몰두하시는 줄 알았더니, 이게 대체 무슨 난리외까?"

"사정이 그리되었습니다. 우선 인사들 나누시지요. 이쪽은 도화곡의 곡주이신 여 여협이시고, 이쪽은 녹림맹주이신 백 대인이십니다."

"여종매입니다."

"백군악이외다."

한순간 두 사람 시선이 허공에서 만나며 불꽃이 파팍 튀었다.

이후로도 하나 마나 한 인사치레의 말들이 몇 차례 오갔다. 그사이 술과 고기를 받쳐 든 녹림도들이 개미 떼처럼 줄지어 나타나서는 텅 비어 있던 탁자 위를 빠르게 채웠다.

"천룡표국과 녹림맹은 오래전부터 친구였소. 이십 년 만에 만난 친구들을 그냥 보내줄 수야 있나. 오늘은 밤늦도록 모두 편하게 먹고 마시도록 하십시다. 음하하하!"

표행단 사백여 명이 왼쪽 네 개 줄의 통나무 탁자 사십여 개를 차지하고 앉았다. 녹림도 오백여 명은 오른쪽 네 개 줄의 통나무 탁자를 차지했다.

그리고 본격적인 식사가 시작되었다.

"살다 살다 별 희한한 구경을 다 하는군."

"뭐가 말입니까?"

"표사와 산도적들이 함께 밥을 먹는 거야 공생 관계이니 그럴 수 있다 쳐도. 삼백여 명의 처녀들이 산도적들의 본산이랄 수 있는 흑두산장에 잡혀 온 것도 아니고, 제 발로 걸어 들어와서 같이 밥을 먹는다는 게 말이 돼?"

"처녀요?"

"늙어도 처녀는 처녀니까."

"듣고 보니 그러네요."

이견과 삼견이 숨죽여 나눈 대화였다.

사실 나도 어느 정도 공감했다. 오늘 일은 무림사에 두고두고 기괴한 일로 기록될 것이다.

주변을 둘러보니 도화곡의 제자들은 한참 배가 고플 텐데도 불구하고 고기를 입에도 대지 않았다. 어리고 젊은 여자들을 노골적으로 바라보며 웃고 쑥덕거리고 침 흘리는 오백 마리의 산짐승들 앞에서 산해진미인들 목구멍으로 넘어가겠나.

대충 식사가 끝나자 이종산이 말했다.

"이제 그만 가봐야 할 것 같군요."

"벌써 가시다니요? 그 무슨 섭섭한 말씀이시외까."

"더 늦으면 복마산에서 밤을 보내야 합니다. 아직 해가 남아 있을 때 서둘러야지요."

"밤이 두렵다면 흑두산장을 기꺼이 내어주겠소이다. 오두막은 많으니 국주께서는 아무 걱정 말고 나와 밤새 술이나 실컷 마십시다."

도화곡의 처녀 삼백 명이 산적 소굴에서 굶주린 짐승들과 함께 자라고? 그거야말로 천부당만부당한 일이다. 여종매와 오대장로는 모욕감에 눈까풀을 파르르 떨었다.

"덕분에 식사는 잘했습니다."

이종산은 떠날 의사를 분명하게 밝힌 후 양진각에게 고개를 끄덕였다.

양진각이 작은 나무상자 하나를 백군악의 앞으로 가져다 놓았다. 그러자 종추악이 나무상자의 뚜껑을 열어 백군악의 앞쪽으로 조금 더 밀어놓았다. 나무상자 안에는 번쩍번쩍 빛나는 은전 백 개가 탐스럽게 들어 있었다.

백군악의 얼굴에서 웃음기가 싹 사라졌다.

"이게 무엇이외까?"

"아시다시피 천룡표국과 도화곡은 약간의 사정이 있어 부득불 복마산을 통과하게 되었습니다. 이에 맹주님의 배려와 협조를 부탁드립니다."

은전 백 냥이면 사백여 명의 통행세로 딱 적당한 금액이었다. 산장으로 초대되어 술과 고기까지 얻어먹은 걸 생각하면 오히려 모자란 감도 있었다.

"먼저 바로잡을 것이 한 가지 있소이다. 협조가 아니라 허락이외다."

"하면 허락을 해주시겠습니까?"

"물론이오. 하지만 그전에 두 분께서 노부의 체면부터 좀 세워주셔야겠소이다. 듣자 하니 천룡표국과 도화곡이 오랜 관례를 깨고 깃발도 내리지 않고 복마산을 넘으려 하셨다지요? 강호인들이 이를 알면 노부를 두고 이빨 빠진 호랑이라고 손가락질할까 두렵소이다."

"아시다시피 그건 운송하고 있는 표물이 단순한 물건이 아니라 무림문파 그 자체이기 때문입니다. 역대 조사들의 위패와 현판 그리고 일문의 존장과 장로들도 함께 모셔 가는 중이고요. 함부로 깃발을 내릴 수 없음을 헤아려 주시기 바랍니다."

"하면 복마산으로 오지 말았어야지요."

말과 함께 백군악이 나무상자를 이종산의 앞으로 다시 밀어놓았다.

"이건 도로 가져가시오. 지금 백팔녹림채의 수장인 노부를 고작 일개 산채의 두령 대하듯 하시는 거외까?"

저 늙은이야말로 천룡표국의 수장을 일개 표두 정도로 취급하고 있었다.

나는 피가 솟구쳐 오르는 것 같았다. 표사들도 모두 탁자 아래에서 주먹을 말아쥐고 입술을 부르르 떨었다.

이종산은 조금의 동요도 없이 말했다.

"원하는 걸 말씀해 보시지요."

"천금풍의 비급을 우리에게도 주시오. 어차피 외부인인 남궁세가에 주기로 한 것, 한 부 더 필사한다고 해서 크게 달라질 건 없을 것 같소이다만."

쾅!

"그게 무슨 헛소리요!"

더는 참지 못한 여종매가 탁자를 내려치며 일갈했다.

굵은 통나무를 붙여 만든 탁자가 터지듯 둘로 쪼개져 버렸다. 그 바람에 잔뜩 차려져 있던 음식이 땅바닥으로 와장창 쏟아졌다.

종추악을 비롯해 백군악의 오른쪽 다섯 자리를 차지하고 있던 녹림맹 장로들이 일제히 살기를 끌어 올리며 일어섰다. 이에 질세라 도화곡의 오대장로들을 포함해 양진각과 남궁세옥 역시 자리를 박차고 일어났다.

수뇌부들이 앉은 첫 번째 탁자에서 시작된 파국의 기세는 다른 모든 탁자로 퍼져 나갔다. 오른쪽 줄 탁자에서 식사를 하고 있던 녹림도 오백여 명이 일제히 병장기를 뽑아 쥐고 일어났다.

채채채채채채챙!

그에 대응하여 천룡표국의 표사들과 도화곡의 제자 삼백여 명도 파도처럼 일어나며 도검을 뽑아 들었다.

채채채채채채챙!

그 기세가 흡사 마주 보고 있는 두 개의 벌통에서 동시에 벌 떼가 쏟아져 나오는 것 같았다. 평화롭던(?) 식사는 순식간에 살벌한 대치 상태로 바뀌어 버렸다.

그리고 나는 생각지도 않은 어떤 그림에 동공이 저절로 좁혀졌다. 협봉검을 뽑아 든 삼백여 도화곡 제자들의 전신에서 뿜어져 나오는 투기가 예사롭지 않았던 것이다.

특히 구대 제자들의 투기가 놀라웠다. 좀 전까지만 해도 불안해하고 초조해하던 여자들은 온데간데없고, 금방이라도 상대를 찢어발길 것 같은 사나운 맹수들이 그 자리에 있었다.

'이게 무슨……!'

지난 밤 이종산과 나누었던 대화가 떠올랐다.

"계획이 궁금합니다."

"계획?"

"천하의 표왕이. 그러니까 아버지께서 설마 계획도 없이 범의 아가리 속으로 들어가실 리는 없을 테니까요."

"녹림맹주라면 어떤 계획을 세울 것 같으냐?"

"먼저 웃는 얼굴로 초대를 하고, 시비를 건 다음, 비급을 내놓으라고 협박할 것 같습니다."

"어찌하여?"

"녹림맹이 우리를 복마산으로 유인한 것이 맞다면 결코 돈 때문은 아닐 것입니다. 만약 그렇다면 그것이야말로 강호인들의 비웃음을 살 일이지요. 그건 일개 산채의 두령들이나 하는 짓거리가 아닙니까."

"언제나 기대 이상이구나."

"부끄럽습니다."

"그래서 비급을 받아내는 계획이 단지 초대를 하고, 시비를 걸고, 협박을 하는 것이라고?"

"우선은 비급을 탈취할 명분을 만들려고 하겠지요. 어떤 흉계든 그 범주 안에 있을 것입니다. 우리는 깃발을 내리는 게 아닌 이상 그 덫에 걸려들 수밖에 없을 것이고요."

"복마산으로 들어가는 순간부터 깃발을 내리고 내리지 않고는 더 이상 중요한 문제가 아니게 될 것이다."

"아!"

"네 말처럼 녹림맹주가 확실한 명분을 갖지 못한다면 전면전은 쉽게 일어나지 않을 테니 너무 걱정 말거라."

"어째서요?"

"이 표행단엔 천룡표국과 도화곡만 있는 게 아니다. 남궁세가도 함께 하고 있지. 알다시피 남궁세가는 무림맹의 가장 중요한 맹방이며 가주께서는 존경받는 원로이시다."

"만약 오늘 전면전이 벌어져 남궁세옥과 소소 그리고 비검대의 신상에 문제라도 생기면 남궁세가와 무림맹으로 하여금 참전의 명분을 주겠군요."

"그땐 전쟁이 아니라 녹림맹을 향한 백도무림의 토벌전이 될 것이다. 나름 지략가라는 소리까지 듣는 녹림맹주가 그걸 계산하지 않았을 리 없지."

"하면 아버지의 계획은……?"

"우선은 그가 준비한 명분을 깨버리는 것이다. 하면 다른 시비들은 두렵지 않느니라."

"……!"

"정녕 본맹과 척을 지려는 것이외까?"

"잠강의 중류 산 그림자가 굽이지는 곳에 노화림(蘆花林)이라는 거대한 갈대숲이 있지요. 현지인들도 길을 잃을까 봐 함부로 배를 몰고 들어가지 않는다는 곳."

"……!"

"그곳에 말과 표마차를 실을 수 있는 나룻배 백여 척이 숨겨져 있다고 하더군요. 그 정도면 최소 열 곳의 포구마을에서 운행하는 수량인데. 맹주께선 설마 모르는 일이라고 하시진 않겠지요?"

녹림맹이 비급을 내놓으라고 할 명분은 표행단이 필요에 의해 자발적으로 복마산을 찾아왔을 때에나 그나마 작게라도 만들어진다.

한데 녹림맹이 일부러 몰이를 한 것이라면, 그리고 그 증거를 찾아내 만천하에 알린다면, 명분은 산산이 깨져 버리고 만다.

명분이 깨져 버린 순간부터 비급을 내놓으라는 으름장은 날강도 짓이 된다. 녹림맹주가 본인의 입으로 말한 것처럼 일개 산채의 채주들이나 하는 짓거리가 되는 것이다. 그것도 천룡표국과 도화곡의 수장을 상대로.

백군악의 동공이 크게 흔들렸다.

나는 속으로 감탄을 금치 못했다. 고작 하룻밤 사이에 이종산은 어떻게 배를 찾을 수 있었을까? 잠강 전역을 뒤질 수는 없었을 테니 분명 모든 걸 정확히 예측한 후 척후병에게 가볼 것을 지시했을 것이다. 나로서는 까마득한 경지처럼 느껴졌다.

"모두 자리에 앉아라!"

백군악이 나지막하게 말했다. 녹림도 오백여 명이 일제히 무기를 거두고 자리에 앉았다.

"모두 자리에 앉으십시오!"

이종산도 말했다. 표사와 도화곡의 제자들도 일사불란하게 다시 앉았다.

한바탕의 소동은 일단 싱겁게 끝나는 듯했다.

하지만 이제부터가 진짜였다.

지난 밤 이종산은 또 내게 말했었다.

"여자들이 익히는 무공이라는 편견 때문에 강호인들이 착각하는 게 한가지 있다. 도화비검은 아름다운 이름과 달리 비정하고 잔인하며 무서운 검공이다. 어쩌면 대비를 해야 할 쪽은 우리가 아니라 흑두산장일 수도 있느니라."

"검던 머리가 반백이 되어도 국주의 실력은 전혀 녹슬지 않았구료. 내가 졌소이다. 하하하."

백군악은 별일 아니라는 듯 통쾌하게 웃었다. 그는 권모술수를 통한 싸움조차도 일종의 승부라고 생각하는 것 같았다. 저 뻔뻔함에 기가 차서 말도 나오지 않았다.

이종산은 조금의 동요도 없이 담담하게 받아들였다. 그 모습이 바람 앞에 버티고 선 고목처럼 믿음직스러웠다.

한바탕 웃던 백군악이 돌연 정색을 하고 말했다.

"이렇게 되면 기호지세인 건가?"

"……?"

"어쨌거나 표행단은 복마산으로 들어왔고, 이렇게 된 이상 나나 국주나 아무 일도 없던 것처럼 물러날 수는 없게 되어버렸소이다."

"원하시는 바가 무엇입니까?"

"무림인들이 결국 분쟁을 해결하는 마지막 방식은 하나밖에 없지요. 천룡표국이든 도화곡이든 무공으로 흑두산장을 넘으시오. 하면 표마차도 복마산을 무사히 넘을 수 있을 것이오."

"그리하시지요."

"생사결이 아닌 단순한 비무로 하되 방식은 연승제로 하고, 가장 마지막에 남는 쪽이 이긴 걸로 합시다. 이참에 우리 아이들이 도화곡과 천룡표국의 무공이나 실컷 견식할 수 있도록 해주어야겠소이다."

"그렇게 하지요."

"표행단이 이긴다면 복마산을 무사히 통과하는 것은 물론이거니와 성도에 도착할 때까지 녹림맹 산하 그 어떤 산채의 방해도 받지 않을 것임을 약속하겠소. 그러나 만약 본 맹이 이긴다면 표행단은 왔던 길을 되돌아가거나 합당한 비용에 대해 나와 다시 이야기를 해야 할 것이오."

"알겠습니다."

이종산은 모든 걸 예상하고 있었던 사람처럼 한 번의 딴지도 없이 모두 수용했다.

천룡표국의 표사와 도화곡의 제자들은 크게 술렁이기 시작했다.

연승제는 대결을 할 때마다 몇 번이 됐든 이긴 사람이 남아 다음 도전자를 계속해서 상대하는 방식을 말한다. 지극히 간단해 보이지만, 대

진의 순서를 어떻게 짜느냐에 따라 온갖 경우의 수가 존재하는, 사실은 고도로 복잡한 방식이었다.

그리고 또 하나, 오백여 명이나 되는 녹림도들이 작심하고 지연작전을 펼치면 몇 날 며칠이고 흑두산장에 머물면서 먹고 싸우기를 반복해야 할 수도 있다. 그럼에도 불구하고 이종산이 이렇게 승낙한 데는 분명 이유가 있을 것이다.

이런 생각을 하는 와중에 도화곡의 구대 제자들이 앉아 있는 탁자 한 곳이 크게 웅성거리기 시작했다.

소란이 일어난 곳을 보니 다들 눈동자를 이글거리는 가운데 한 명이 고개를 떨군 채 입술을 꽉 깨물고 있었다. 어젯밤 내게 우리 중 몇 명이나 죽을 것 같냐고 물었던 바로 그 제자였다.

열예닐곱 살 정도의 어린 나이에도 불구하고 용모가 워낙 빼어나서 아까부터 녹림도들의 탐욕스러운 시선을 한 몸에 받던 터였다.

이막하가 물었다.

"무슨 일이냐?"

대답은 옆에 앉아 있던 여자가 대신했다.

"저자가 아까부터 계속 예홍에게 추파를 던지더니 급기야 손을 탁자 밑으로 넣어 차마 입에 담지 못할 짓을 하며 희롱했습니다."

그러면서 녹림도 진영의 가장 가까운 탁자에 앉아 있던 키 작은 중년 사내를 가리켰다. 왼쪽 눈 밑에서 시작해 오른쪽 뺨 아래까지 이어지는 검상을 얼굴에 새긴 자였는데, 안 그래도 흉악한 인상이 더욱 섬뜩해 보였다.

이막하는 탁자 밑으로 무슨 입에 담지 못할 짓을 했다는 건지까지는 묻지 않았다. 그걸 언급하는 것만으로도 다시 한번 치욕스러운 상황이 될 테니까.

한데 지목을 받은 사내가 억울하다는 듯 말했다.

"저는 단지 사타구니가 가려워 바지 속으로 손을 넣어 몇 번 긁었을 뿐입니다. 탁자로 가려져 있었는데 그걸 어떻게 보시고……. 난감하군요."

"탁자 밑이 보이지 않아도 일부러 충분히 유추할 수 있도록 행동했잖아요. 긁고 나서는 보란 듯이 눈까지 마주치며 손톱 밑 냄새도 킁킁 맡고요."

"내가 내 사타구니 냄새 맡는 것도 허락을 받아야 하나?"

사내의 한 마디에 녹림도들이 참았던 웃음을 왁자지껄 터뜨렸다.

도화곡의 제자들은 너 나 할 것 없이 약이 올라서 얼굴이 시뻘게졌다. 그러자 구대 제자들 중 가장 맏언니랄 수 있는 섭부용이 자리에서 일어났다.

그녀는 이막하에게 두 손을 모아쥐며 말했다.

"허락해 주시면 제가 저자에게 예의를 가르쳐 주겠습니다."

이막하가 이종산을 보며 그래도 될는지 눈빛으로 물었다.

이종산이 백군악을 돌아보며 말했다.

"피차 첫 대결의 상대가 정해진 것 같습니다만."

시커먼 녹림도들이 사는 산중에 삼백 명의 여자들이 찾아왔다. 그중 열 손가락 안에 드는 엄청난 미녀가 있다고 치자. 그녀의 얼굴을 가장 잘 볼 수 있는 자리는 과연 어떤 자가 앉을까? 볼 것도 없이 체면을 따지지 않아도 될 정도의 녹림도들 중 가장 높은 서열의 고수가 앉지 않을까?

'확인해 보면 되겠지.'

이제야말로 망혼소를 마음껏 펼칠 수 있게 되었다.

망혼소가 어느 정도 익숙해지고 난 후, 나는 오며 가며 적지 않은 사람들의 단전을 더듬었다.

그 결과 나름의 기준이 생겼다.

단전의 크기가 메추리알만 하면 십중팔구 무공을 수련한 지 10년 안팎의 사람이었다. 달걀 정도 크기면 2~30년, 오리알 크기면 3~40년, 거위알 크기면 4~60년 된 고수들이었다.

참고로 거위알 큰 것은 오리알의 두 배나 된다.

인세에 보기 드문 영약을 먹거나 전이대법을 통해 비정상적으로 큰 알을 배 속에 가질 수도 있다. 하지만 그런 일은 극히 드물기에 기연이라 부르는 것이고, 아직까지는 보지 못했다.

섭부용과 마주하고 선 사내의 배 속엔 작은 달걀이 들어 있었다. 사내의 나이가 서른 중후반 정도임을 감안하면 열대여섯 살 때부터 죽어라 내공을 수련해야 겨우 만들 수 있는 크기였다. 게다가 녹림맹의 본산이랄 수 있는 흑두산장에서조차 상당한 수준의 서열이라면 싸움은 그야말로 이골이 났을 것이다. 그런 고수를 이제 겨우 스물여덟 살에 불과한 섭부용이 감당할 수 있을까?

지금의 상황을 가장 객관적으로 볼 수 있는 사람은 이종산뿐이었다. 녹림도들의 수준과 도화곡의 무공을 모두 알고 있을 테니까.

한데 그는 태연했다.

"적쌍겸(赤雙鎌)이라고 하오."

"섭부용이에요."

"조심하시오. 나는 본래 아름다운 여자는 아까워서라도 함부로 죽이지 않지만, 내 쌍겸은 남자와 여자를 구분하지 못하니 말이오."

"말 섞고 싶지 않으니 덤비기나 하세요."

적쌍겸이 히죽 웃더니 두 팔을 아래로 축 늘어뜨렸다.

무얼 어떻게 했는지, 등에 차고 있던 시퍼런 쌍겸, 즉 낫 두 자루가 툭 떨어지며 그의 양손에 쥐어졌다. 그러자 좀 전의 변태 새끼는 온데간데없고, 날카로운 발톱을 세운 맹수 한 마리가 그 자리에 서 있었다.

'위험하다!'

나는 놈이 살수를 쓴다면 언제든 개입할 수 있도록 비격쌍뇌창 한 자루를 뽑아 소맷자락 속에 숨겨두었다. 그리고 팔을 적쌍겸을 향하도록 해서 탁자 위에 슬그머니 놓았다.

적쌍겸이 말했다.

"선공을 양보하겠소. 귀하와 같이 아름답고 사랑스러운 여인에게 먼저 공격을 했다가는 녹림의 형제들이 두고두고 나를 놀릴 것……."

말이 끝나기도 전에 번쩍하며 섭부용이 신형을 쏘았다.

적쌍겸은 한 발을 가볍게 뒤로 빼면서 두 자루 낫을 힘차게 휘둘렀다. 좌겸은 앞으로 뻗어 섭부용의 오른쪽 어깨를 찍어가고, 우겸은 뒤로 한 바퀴 크게 돌려 위에서 아래로 머리통을 찍어갔다.

망할 놈이 처음부터 살수를 쓰고 자빠졌다.

마침내 두 개의 그림자가 격돌하는 순간.

까깡!

적쌍겸의 얼굴 앞 한 자쯤 되는 위치에서 격렬한 금속성과 함께 불꽃이 튀었다.

놀랍게도 두 자루 낫이 그대로 바깥을 향해 튕겨 나갔다. 동시에 섭부용의 신형이 돌연 솟구쳐 오르더니 적쌍겸의 머리 위에서 질풍처럼 한 바퀴를 돈 후 뒤쪽으로 뚝 떨어졌다.

발작적으로 돌아서며 반격에 대비하는 적쌍겸의 오른쪽 귀가 사라지고 없었다. 귀가 사라진 자리에서는 피가 철철 흘러내리고 있었고.

"이런 썅!"

뒤늦게 상황을 알아차린 적쌍겸이 자신의 귀를 붙잡으며 비명을 질렀다.

그야말로 눈 깜짝할 사이에 벌어진 일이었다.

만약 섭부용이 협봉검을 손가락 한 마디 정도만 더 왼쪽으로 깊이 휘둘렀다면 어떻게 되었을까? 잘린 것은 적쌍겸의 귀때기가 아니라 오른쪽 얼굴이었을 것이다.

좌중이 찬물을 끼얹은 것처럼 고요해졌다. 단 일 합에, 그것도 이렇게 일방적으로 승부가 날 줄 몰랐기에 적아를 구분할 것 없이 모두가 입이 쩍 벌어져서는 한동안 다물지를 못했다.

침묵을 깬 것은 남궁소소의 중얼거림이었다.

"별호가 짝귀로 바뀌겠네."

뒤이어 도화곡의 구대 제자들이 함성을 내질렀다.

"와아아!"

산을 내려와 벌어진 사실상의 첫 번째 싸움에서 녹림의 고수를 상대로 멋지게 첫 승을 거둔 것이다.

처음 녹림의 소굴로 들어왔을 때의 불안감은 어느새 씻은 듯 사라지고 얼굴엔 투지와 자신감이 가득했다.

"모두 자중하거라!"

이막하가 구대 제자들을 조용히 나무랐다. 그러자 소나기 그치듯 함성이 뚝 그쳤다.

이막하는 아는 것이다. 천 걸음 만 걸음 중의 한 걸음으로 이렇게 기뻐하면 언젠가 만나게 될 실패한 한 걸음의 충격 또한 그만큼 커진다는 것을.

섭부용은 이후로도 계속해서 도전자를 맞았고, 그때마다 최대 삼십 초식을 넘기지 않고 쓰러뜨렸다.

도화곡의 무공을 처음 견식하는 나는 그제야 도화비검을 일컬어 비정하고 잔인하고 무서운 검공이라 했던 이종산의 말을 이해할 수 있었다.

어찌 된 영문인지 모르겠지만, 도화비검은 극쾌를 추구하는 동시에 필살을 목적으로 만들어진 검공 같았다. 초식 하나하나가 중요 근골이나 급소를 노리거나 혹은 그것을 위한 포석처럼 보였다. 마치 최소한의 동작으로 상대의 숨통을 끊어놓는 살수문파들의 무공들처럼. 다만 결정적인 순간마다 약간씩 어긋나게 공격을 했다.

문득 도화곡의 뿌리와 아무도 말해준 적 없는 개파조사의 내력이 궁금해졌다.

이런 무서운 초식들 때문에 보기만 해도 피 냄새가 철철 나는 녹림도들조차 몇 번이고 움찔거리며 물러났다.

그나마 나는 한층 강력해진 이능력으로 살폈기에 모든 동작을 볼 수 있었다. 장담하건대 양쪽 각 오십 명 이내의 일류 고수들을 제외하고는 섭부용이 펼친 극쾌의 검초를 전부 다 보지 못했을 것이다.

여섯 명과 싸우는 동안 섭부용은 한 명의 귀를 잘랐고, 두 명의 어깨에 상처를 냈으며, 세 명의 허벅지와 배에도 작게나마 검상을 새겼다. 중상까지는 아니었지만 모두 한동안은 치료를 해야 할 것이다.

“혈부투귀(血斧鬪鬼)라고 하오.”

일곱 번째 녹림도가 등장했다.

마흔 살가량에 체구도 크고 어깨며 팔뚝 근육도 저게 과연 사람인가 싶을 만큼 남달랐다. 다른 걸 떠나 혈부투귀라는 별호가 이미 그의 모든 걸 말해주었다.

혈부투귀는 나도 익히 아는 자였다. 재물을 훔쳐 달아난 맹의 배신자들을 홀로 형주까지 추적한 일이 있었는데, 그때 오십여 명을 막다른 골목에 몰아넣고 도끼로 모조리 도륙한 사건은 강호에 유명했다.

성명병기는 제 팔과 같은 길이의 선화부(宣花斧) 두 자루. 싸움이 벌어지면 도끼가 반드시 피로 물든다고 해서 이름도 혈부투귀다.

혈부투귀를 알아본 천룡표국의 표사들이 동요하기 시작했다. 반면 그가 누구인지 알 리 없는 도화곡의 제자들은 어리둥절해 하기만 했다.

“시작해도 되겠소?”

“물론이죠!”

“갈!”

혈부투귀의 좌부(左斧)가 섭부용의 오른쪽 어깨를 찍어갔다.

섭부용은 깃털처럼 가볍고 바람처럼 빠른 신법을 펼치는 한편 협봉검으로 도끼를 쳐냈다.

깡!

새파란 불똥이 터지며 협봉검이 그대로 튕겨 나가 버렸다. 앞서 내공을 담아 내려친 협봉검으로 상대의 병기를 꺾어 떨어뜨리던 것과는 정반대의 상황이었다.

절체절명의 순간, 섭부용은 허리를 비틀며 옆으로 두 걸음을 급박하게 옮겨 디뎠다.

그때 혈부투귀의 우부(右斧)가 도망치는 그녀를 쭉 따라가며 옆구리를 찍었다. 그와 동시에 쭉 당겨진 좌부는 놀랍게도 그녀의 왼쪽 가슴을 찍어갔다. 그 속도가 지금까지 상대한 자들과는 차원이 달랐다.

대경실색한 섭부용은 발작적으로 물러나는 한편 톱니바퀴처럼 번갈아 날아드는 쌍부를 협봉검으로 다급하게 막아내기 바빴다.

까깡! 깡! 깡! 깡깡!

그게 그녀가 할 수 있는 전부였다.

보법은 순식간에 흐트러지고, 도화비검은 어느새 예리함을 잃어갔다. 적에게 흔들리지 않는 거력과 번개처럼 빠른 초식 그리고 상대의 움직임을 정확히 읽는 눈까지 있으니 그야말로 속수무책이었다. 이래서 무공은 칼보다는 발이고, 발보다는 눈이라고 하는 것이다. 검과 발과 눈은 결국 무수한 실전을 통해서만 단련할 수 있는 것이고.

그러던 어느 순간, 섭부용의 보법이 빠르게 중심을 되찾아갔다. 도화비검도 예리함을 조금씩 되찾기 시작했다.

'놀라운 적응력!'

그때였다. 혈부투귀의 좌우 쌍부가 또다시 섭부용의 양쪽 가슴을 찍어갔다.

여자들과 싸울 때 중요 부위를 공격하는 건 무림의 금기였다.

'저런 개자식이!'

아니나 다를까, 당황한 섭부용의 보법이 또다시 흐트러져 버렸다.

그 틈을 타고 혈부투귀의 좌부가 우부를 막기 위해 향해 쭉 뻗은 섭부용의 목을 그어갔다.

찰나의 순간, 섭부용은 사력을 다해 목을 뒤로 꺾었다. 그사이 혈부투귀의 좌부가 섭부용의 왼쪽 어깨를 스치듯 베고 지나갔다. 옷이 쭉 찢어지며 금방 핏물이 번졌다.

놀란 도화곡의 구대 제자들이 비명을 질렀다.

한 치만 더 깊었어도 중상을 입었을 상황. 섭부용은 더 이상의 반격을 하지 않고 뒤로 물렀다. 누가 보아도 패배를 시인하기 위해 검을 거두고 보법을 정리하는 모습이었다. 한데 혈부투귀가 벼락처럼 따라붙으며 우부로 섭부용의 정수리를 찍어갔다. 저 살인마가 비무를 핑계 삼아 아예 끝장을 보려는 것이다.

혹시나 했던 일이 기어이 벌어지고 있었다.

'지금!'

나는 비격쌍뇌창을 빗살처럼 쏘았다.

정확히는 쏘다가 뚝 떨어뜨렸다. 눈앞에서 무언가 번쩍하며 치고 나갔기 때문이다.

빼엉!

이불을 터는 듯한 굉음과 함께 혈부투귀가 대여섯 장을 날아가 녹림도 진영의 탁자 아래로 쿵 처박혀 버렸다.

탁자가 무너지면서 음식이 와르르 쏟아졌다.

조금 전 그가 서 있던 자리에는 남궁세옥이 검도 뽑지 않은 채 뒷짐을 지고 오롯이 서 있었다. 절체절명의 순간 날아들어 각법으로 혈부투귀의 어깨를 차서 날려 버린 것이다.

두 눈을 똑바로 뜨고도 제대로 보지 못한 남궁세옥의 가공할 신법에 사람들은 또 한 번 입이 쩍 벌어졌다.

남궁세옥이 섭부용에게 물었다.

"다친 곳은 없으십니까?"

"덕분에 무사해요."

"그만하면 도화곡의 예의는 충분히 가르쳐 준 것 같습니다. 이제부터는 제가 남궁세가의 예의를 좀 가르쳐 볼까 하는데, 양보해 주시겠습니까?"

"그럼 뒷일을 부탁드려요."

섭부용이 포권을 쥐고 물러섰다.

그와 동시에 탁자 밑에서 기어 나온 혈부투귀가 이성을 잃고 버럭 고함을 질렀다.

"어떤 새끼가 죽으려고!"

남궁세옥이 말했다.

"귀맹의 맹주께서도 말씀하셨거니와 이 대결은 어디까지나 자웅을 겨루는 비무일 뿐이오. 한데 살수를 쓰다니, 뒷일을 어떻게 감당하시려고."

"내가 감당만 하면 되겠소?"

혈부투귀가 다시 도끼 두 자루를 축 늘어뜨려 잡았다.

순간, 남궁세옥이 신법을 펼치며 달려갔다.

한 걸음, 두 걸음, 세 걸음을 떼는 순간 어찌 된 영문인지 대여섯 장의 거리가 반 장 정도로 좁혀졌다.

뒤이어 들리는 둔중한 타격음.

빠억!

남궁세옥의 다리가 정확히 어떻게 궤적을 그렸는지 사람들은 이번에도 보지 못했을 것이다. 그저 그의 신형이 살짝 떠올랐고, 체공 상태에서 한 바퀴를 옆으로 돌았고, 다시 원위치로 떨어졌을 때 혈부투귀가 나가떨어지는 것만 보았을 뿐.

대자로 뻗은 혈부투귀의 입은 누군가 누워 있는 그를 향해 돌덩이로 내려찍은 것처럼 함몰되어 형체를 알아볼 수가 없었다. 목숨에 지장은 없겠지만 이제 고기는 다 먹었다. 녹림도 대여섯 명이 후다닥 달라붙어 혈부투귀를 업고 안전한 곳으로 옮겼다.

남궁세옥과 혈부투귀의 실력 차가 이렇게까지 날 줄 몰랐던 나는 살짝 당황했다.

남궁세옥은 두 다리를 어깨너비로 벌리고 선 채 좌중을 쓸어 보며 냉혹하게 외쳤다.

"양주의 남궁장에서 온 남궁세옥이라고 하외다. 어느 분께서 제게 녹림의 도를 가르쳐 주시겠습니까?"

감히 함부로 나서는 이가 없었다. 100년에 한 번 나올까 말까 한 검술의 천재이자 서른 살에 이미 초절정의 반열에 올랐다는 그를 누가 선뜻 상대하겠다고 나서겠나.

게다가 남궁세옥은 단 이 초식 만에 혈부투귀를 반병신으로 만들어 놓았다. 이는 자신의 체력을 빼놓을 목적으로 어중이떠중이 덤벼들었다가는 뼈도 못 추리게 만들어주겠다는 경고였다.

남궁세옥은 딱 적절한 시기에 나서주었다. 그 바람에 수백 명의 고만고만한 고수들을 모두 건너뛰게 되었으니까.

내가 볼 때 일반 녹림도들 중에선 남궁세옥을 상대할 만한 자가 없다. 그를 상대하려면 장로급은 되어야 가능했다.

장로급 중에서는 아주 많아 보였다.

그때 정말 뜻밖의 인물이 나섰다.

"종추악이라고 합니다."

산 아래로 표행단을 마중 나왔던 삼당주였다. 백군악의 의제이자 녹림맹 서열 3위의 고수. 설인탁과도 사실상 친구처럼 지낸다던 사내.

별호에서도 알 수 있다시피 그는 권사였다. 한데 지금은 검을 뽑아 들고 있었다.

대체 왜?

남궁세옥이 의아해하며 물었다.

"귀하는 권사인 걸로 압니다만."

"맨주먹으로 창룡검의 검을 어떻게 받겠습니까? 하여 저도 검을 한 자루 준비해 보았습니다."

그런 질문이 아니었다. 종추악도 모르지 않을 것이다.

남궁세옥은 잠시 고개를 갸웃하더니 녹림도와는 길게 말도 섞기 싫다는 듯 검을 뽑았다.

스르릉!

오 척의 장검이 검신에서 뽑히는 순간 남궁세옥의 주변은 절대 사지로 변해 버렸다. 그 가공할 기세에 모두가 숨을 죽였다.

남궁세옥의 입에서 나직한 한 마디가 흘러나왔다.

"들어오시오!"

까앙!

격렬한 첫 합과 함께 막강한 경파(勁波)가 대기를 떨어 울렸다. 단순한 검과 검의 격돌이 아니라 두 고수의 내공이 부딪친 탓이다.

그리고 몰아치는 격검의 굉음들!

까강! 까가가강!

종추악은 권사라는 게 믿어지지 않을 만큼 빠른 속도와 강맹한 검초로 남궁세옥의 검권을 무자비하게 두들겨 댔다.

콩을 볶는 것 같기도 하고, 철판에 우박이 떨어지는 것 같기도 한 소리가 이어지길 한참. 남궁세옥은 어느새 대여섯 장이나 밀려나고 있었다.

그의 눈동자에 기광이 맺혔다. 당혹감이라기보다는 호기심과 놀라움 그리고 감탄의 빛이었다.

까앙!

몇 번째인지 모를 격돌이 크게 한번 일어났다. 고막이 얼얼할 정도로 터져 나오는 경파에 사람들은 모두 얼굴을 찡그렸다.

그사이 종추악은 메뚜기처럼 훌쩍 날아가 삼 장 밖으로 떨어져 내렸다.

두 사람 사이의 허공엔 지면에서 솟구쳐 오른 흙먼지가 뿌옇게 소용돌이치고 있었다.

남궁세옥이 물었다.

"이건 무슨 검법입니까?"

"아직은 이름이 없습니다."

"세상에 이름이 없는 검법도 있습니까?"

"녹림엔 온갖 종류의 검법을 익힌 자들이 갖가지 사연으로 들어오지요. 아무리 별 볼 일 없는 검법이라도 한 초식만큼은 제법 날카롭게 마련인데, 그런 초식들만을 모아 적당한 보법을 깔고 초(招)와 식(式)을 이어보았습니다."

그때였다. 얼마나 집중을 했던지 도화곡의 오대장로들이 속삭이듯 나누는 대화가 내 귓가에도 들려왔다.

"각각의 초식들이 상리(常理)를 벗어날 정도로 변화무쌍하더라니, 그런 사정이 있었군요."

"변화무쌍하기만 하고 매끄럽게 이어지질 않으니 난잡한 검법이라 할 것입니다."

"그래도 대단합니다. 남궁세가의 제왕검에 맞서 저렇게까지 공세를 펼칠 수 있는 검법은 그리 많지 않을 것입니다. 물론 창룡검이 아직 본 실력을 드러내지 않았지만 말입니다."

나는 권사인 종추악이 구태여 검을 들고 남궁세옥에게 도전한 이유를 알 것 같았다. 그는 남궁세가의 제왕검을 상대로 자신들이 창안한(?) 검법을 시험해 보고 싶었던 것이다.

남궁세옥이 종추악에게 물었다.

"구태여 검법을 만드는 이유가 무엇입니까?"

"첫 번째는 작은 검법 여러 개를 모아 큰 검법 하나를 만들어 함께 익히자는 취지이고, 두 번째는 녹림맹에도 면면부절 이어지는 검맥이 하나 있었으면 하는 바람에서입니다."

종추악은 근본이라곤 찾아볼 수 없는 녹림맹에 검맥을 심어 일종의 뿌리와 뼈대를 만들려 하고 있었다.

산적 놈들이 사승의 관계로 이어지는 무림문파를 꿈꾸다니. 이런 해괴한 인간들을 봤나. 한데 무맥이 존재한다고 해서 무림문파가 될 수 있을까? 문파란 과연 무엇일까?

한참을 생각에 잠겨 있던 남궁세옥이 말했다.

"승부를 마저 내도록 할까요?"

"부디 손속에 사정을 두어주시길."

이번엔 남궁세옥이 기다리지 않고 먼저 질풍처럼 신형을 쏘았다.

종추악은 한 걸음을 앞으로 턱 내디뎠다가 다시 물러나는 것으로 상대의 박자를 흔들어놓으려 했다. 노련하기 짝이 없는 임기응변의 한 수.

하지만 결과적으로는 별 소용이 없었다.

오른쪽 어깨 위로 솟구치는 남궁세옥의 검에서 별안간 창룡의 울음 같은 소리가 났다.

꾸르르릉!

뒤이어 두 자루의 검이 허공에서 격돌했다.

꾸앙!

종추악의 장검 위로 떨어진 것은 분명 새파란 벼락이었다.

막강한 경력(勁力)을 감당하지 못한 종추악은 그대로 상체가 내려가고 무릎이 접혔다.

그때쯤엔 무얼 어떻게 했는지, 종추악의 왼쪽 옆구리로 두 번째 벼락이 떨어졌다. 그야말로 눈으로 보고도 믿기지 않을 속도와 위력.

종추악은 허리를 발작적으로 비트는 한편 왼쪽 땅에다 장검을 힘차게 찍으며 가까스로 벼락을 막았다.

꾸앙!

그러자 이번엔 오른쪽 어깨 위로 세 번째 벼락이 떨어졌다. 정신을 차릴 틈도 없이 몰아치는 공격.

종추악은 사력을 다해 검을 뽑는 동작 그대로 벼락을 올려쳐 갔다.

파앙!

이번엔 소리가 다르더라니, 종추악의 검이 수십 개의 파편으로 터져 버렸다.

아직도 벼락을 품은 채 꾸르르 울어대는 남궁세옥의 장검은 정확히 종추악의 오른쪽 목덜미 앞에서 우뚝 멈춰 있었다.

종추악은 손잡이만 남고 터져 나가 버린 검을 망연자실한 표정으로 내려다보았다. 검편(劍片)에 맞은 옷자락은 사방이 찢어져 걸레가 따로 없고, 왼쪽 볼에서는 제법 흥건하게 피까지 흐르는 상태였다. 그야말로 압도적인 실력 차. 그리고 결코 일반적이지 않은 검투의 결과.

지켜보고 있던 사람들은 남궁세옥이 마지막에 펼친 가공할 삼 초식에 모두 얼음장이 되어버렸다.

남궁소소가 내게 조용히 속삭여 왔다.

"뇌공질천산(雷公叱川山)이라는 초식이에요."

"우레가 산천을 질타한다라니. 광오한 작명이군."

"제왕검 최고의 절초니까요."

"최고의 절초?"

"단언컨대 오라버니의 뇌공질천산을 받아낼 수 있는 사람은 강호에 그리 많지 않아요. 한데 저자는 무려 세 번을 연달아 받고서야 비로소 무릎을 꿇는군요. 비록 적일지언정 대단한 고수예요."

남궁소소는 종추악을 칭찬했지만, 나는 오히려 남궁세옥과 제왕검에 대한 그녀의 무한한 자부심을 느낄 수 있었다.

"멋진 승부였습니다."

종추악은 포권을 쥐고 고개를 숙이는 것으로 깨끗하게 패배를 시인했다. 그러나 다시 고개를 드는 순간 그의 눈빛은 돌변해 있었다.

"괜찮다면 권법으로 다시 도전하고 싶습니다만."

순간, 남궁세옥의 표정이 굳었다.

왜 그런가 싶어 남궁소소를 돌아보았더니 그녀 역시 하얗게 질려 있었다.

"왜 그러시오?"

"뇌공질천산을 펼치기 위해서는 막대한 내공을 쏟아부어야 해요. 아시다시피 오라버니는 그걸 세 번이나 연달아 펼쳤고요. 지금쯤 내공의 절반 이상을 소진한 상태일 거예요."

"……!"

앞선 싸움은 누가 보아도 남궁세옥에게 유리한 방식이었다. 그러니 이번엔 권법으로 겨루자고 해도 마땅히 거절할 명분이 없다. 남궁세옥의 성격상 거절하지도 않을 테고.

아무래도 덫에 걸린 것 같았다. 종추악의 나이 마흔 후반. 오직 승부의 결과만이 중요한 흑도에서 30년을 갈고 닦은 노련함이 젊고 올곧은 성품의 남궁세옥을 곤경에 빠뜨린 것이다.

남궁세옥은 검을 꽂아 넣은 다음 천천히 검갑을 풀어 바닥에 내려놓았다.

"시작하시지요."

"기회를 주셔서 감사합니다."

일순간 장내가 쥐 죽은 듯 고요해지며 팽팽한 긴장함이 흘렀다. 앞서 파격적인 선공을 서슴지 않았던 남궁세옥도 이번만큼은 함부로 들어가지 못했다.

그러던 어느 순간, 남궁세옥의 발아래서 '뚝!' 하고 나뭇가지 부러지는 소리가 났다. 발에 지나치게 힘이 들어갔던 모양.

그와 동시에 종추악이 신형을 쏘았다.

남궁세옥은 감히 경시하지 못하고 폭풍 같은 권초를 뿌려대기 시작했다. 종추악의 두 주먹도 동시에 작렬했다.

퍽! 퍼버벅! 퍽퍽퍽!

허공에서 난상으로 얽히고 부딪히는 네 개의 주먹은 전생과 현생을 통틀어 내가 여태껏 보지 못한 속도였다.

거기에 위력이 있었다. 소리만 들어도 내장이 진탕 당하고 팔다리가 뚝뚝 부러지는 것 같았다.

파산신권이라는 별호에서도 알 수 있듯이 종추악이 익힌 파산백팔수(破山百八拳)는 무엇이든 부숴 버리는 파괴적인 힘이 특징이었다. 남궁세옥의 패왕권(霸王拳) 역시 남궁세가의 무공이 대부분 그러하듯 막강한 경력을 앞세운 권법이었다.

한마디로 강 대 강의 대결!

잠깐 사이에 두 사람은 백여 초식의 공방을 나누었다.

누구도 우세를 점하지 못한 상황에서 격돌음은 점점 위력을 더해갔다. 종추악이야 원래 이름난 권사이니 그렇다 쳐도, 남궁세옥의 권법이

이 정도까지일 줄 몰랐던 사람들은 너 나 할 것 없이 혀를 내둘렀다.

그러던 어느 순간, 종추악이 돌연 남궁세옥의 전권을 향해 쌍장을 떨쳤다.

빠엉!

대기가 요동칠 정도의 굉음이 울렸지만, 정작 튕겨 나간 건 종추악 그 자신이었다.

남궁세옥이 그림자처럼 따라붙으며 종추악의 오른쪽 옆구리를 향해 좌장을 뻗었다.

빠엉!

그러나 남궁세옥의 장력은 헛되이 허공을 격했다. 찰나의 순간, 종추악이 약간의 유격이 생긴 틈을 타 질풍처럼 허리를 왼쪽으로 비튼 것이다.

비트는 힘을 이용해 허공으로 솟구친 그는 남궁세옥의 오른쪽 측두부를 향해 벼락같은 일권을 내질렀다.

남궁세옥은 남궁세옥대로 팽이처럼 돌며 우수를 들어 올려 주먹을 막았다. 동시에 종추악의 오른쪽 가슴을 향해 일권을 내질렀다.

퍽!

주먹은 두 개였으나 격타음은 하나만 울렸다. 남궁세옥의 주먹은 아슬아슬하게 빗나간 반면, 종추악의 주먹은 측두부를 막기 위해 뻗은 손목을 정통으로 강타했다.

이어 중심을 잃고 흔들리는 남궁세옥의 얼굴 정면을 향해 종추악의 주먹이 훅 날아가다가 반 뼘 정도를 앞두고 뚝 멈추었다.

잠시 침묵이 흐른 후에 남궁세옥이 말했다.

"멋진 권법이었습니다."

"와아아!"

상대가 술수를 썼든 안 썼든 승부는 승부였다.

사실상 첫 번째, 그것도 천하의 남궁세옥을 상대로 거둔 승리에 녹림도들은 환호성을 질렀다. 반면에 천룡표국의 표사들과 도화곡의 제자들은 표정을 굳혔다. 특히 남궁소소와 비검대의 고수들은 복수심에 어금니를 빠드득 갈았다.

남궁세옥은 또 말했다.

"각자가 일 승과 일 패를 거두었으니 무승부인 셈입니다. 이제 마지막 승부를 내도록 하지요."

그러면서 주먹을 말아쥐고는 다리를 어깨너비로 벌렸다.

놀랍게도 그는 검을 집을 생각이 없는 것 같았다.

종추악이 물었다.

"다시 권법으로 겨루겠다는 겁니까?"

"물론입니다."

"……!"

지독한 호승심과 함께 상대의 불리함을 이용하지 않겠다는 고집이 느껴졌다. 승리를 위해서는 수단과 방법을 가리지 않는 흑도들과는 확연히 다른 모습이었다.

사람들이 간과하는 게 있다.

앞서 검법 대결은 불과 삼십여 초식만에 남궁세옥의 압도적인 승리로 끝났다. 반면 권법 대결은 무려 백사십여 초식 만에 간발의 차이로 승부가 났다. 이 정도면 다시 권법으로 싸운다고 했을 때 종추악이 또

이긴다는 보장이 없다.

그 역시도 남궁세옥과의 두 번에 걸친 대결로 내공을 상당 부분 소모한 상태였다. 특히 뇌력이 실린 패왕권을 감당하느라 모르긴 몰라도 지금은 남궁세옥 못지않을 것이다.

그때 남궁소소가 목구멍을 쥐어짰다.

"안 돼!"

"왜 그러시오?"

"저 손목……."

조금 전 측두부를 보호하기 위해 올렸던 남궁세옥의 손목이 시커멓게 변하고 있었다.

"왜 저런 것이오?"

"암경(暗勁)에 당한 것 같아요."

"하면?"

"뼛속까지 침투했다면 서둘러 치료를 해야 해요. 만약 시기를 놓치면 아예 손을 쓰지 못할 수도 있어요."

"그럼 빨리 말려야지."

"싸움을 앞두고 절대로 남의 말을 들을 사람이 아니에요."

하필 오른손이었다. 우수검(右手劍)인 남궁세옥이 오른손을 쓰지 못한다는 것은 상상조차 할 수 없는 일이었다.

남궁소소는 이러지도 저러지도 못하고 어금니만 깨물었다. 힘껏 말아쥔 주먹에서 뭐라 말할 수 없는 간절함이 느껴졌다.

에라 모르겠다!

일촉즉발의 순간, 나는 무작정 공터로 훌쩍 뛰어 들어갔다.

갑작스러운 상황에 칠백여 쌍의 시선이 나를 향했다. 남궁세옥도 어리둥절한 표정이 되었다.

나는 남궁세옥을 향해 정중하게 포권을 쥐었다.

"제게 양보를 좀 해주십시오."

"이게 무슨 짓인가!"

남궁세옥은 내 의중을 대번에 알아차리고는 불같이 화를 냈다.

"아시겠지만, 저는 천룡표국의 후예이면서도 사실 권법에 더 자신이 있습니다. 녹림맹 삼당주께서는 파산신권이라는 별호로 유명하신 권사. 꼭 제가 겨루어보고 싶습니다."

"하지만……."

"그리고 파산신권은 제가 우러러보는 어떤 표사와 매우 가까운 사이기도 합니다. 이기면 이기는 대로, 지면 지는 대로 제가 싸우고 싶습니다. 부탁드립니다."

그러면서 나는 다시 한번 포권지례를 올렸다.

내 별호인 풍운비룡을 명표 설인탁이 지어주었다는 건 남궁세옥도 남궁소소에게 들어서 알고 있을 것이다. 이쯤 되면 내가 싸워야 할 명분과 이유로 충분하다.

굳게 닫힌 남궁세옥의 입에서 갈등이 느껴졌다.

한참을 망설이던 그가 결국 종추악에게 포권을 쥐며 말했다.

"기권패를 선언하겠습니다."

이어 나를 돌아보며 말했다.

"건투를 비네."

조용히 본래의 자리로 돌아가는 남궁세옥의 등을 바라보다 남궁소소와 눈이 딱 마주쳤다.

그녀는 나를 향해 지금껏 보지 못한 정중함으로 고개를 숙였다. 나도 미세하게 고개를 끄덕여 주었다.

공터엔 이제 나와 종추악만 남게 되었다.

이종산도, 여종매도, 천룡표국의 표사들과 도화곡의 제자들도 모두 놀란 토끼 눈을 뜨고 나를 바라보았다.

현재 대외적인 나의 무공 평가는 일류의 문턱을 약간 넘은 정도. 녹림맹 서열 3위의 고수인 종추악을 상대하기에는 턱없이 무리라고 생각하는 것이다.

"천룡표국의 십칠각주 이정룡입니다."

"명성은 익히 들었네."

"제가 좀 바빠서 그러는데 선공을 해도 되겠습니까?"

"물론이네."

팡!

북해투왕은 말했다. 굳이 귀영무를 언급하지 않더라도 보법은 모든 무공의 시작이자 끝이라고.

수련을 하면 할수록 그게 얼마나 무서운 말인지 알 수 있었다.

순식간에 거리를 좁힌 나는 십초박의 선팔초를 폭풍처럼 펼쳤다. 종추악도 지지 않고 파산백팔수를 힘차게 펼쳐왔다.

빡! 빠버버벅!

산을 부순다는 파산백팔수였지만, 내공이 뒷받침되지 않고서는 저잣거리 왈짜들의 허풍과 다를 바 없었다.

종추악의 내공은 많아야 30년, 그에 반해 내 단전엔 지금 70년에 육박하는 내공이 잠룡처럼 웅크리고 있었다.

뻥!

놀란 종추악이 다급하게 일장을 내지르고는 벌을 떼어내듯 나를 후다닥 떼어냈다. 정확하게는 그 자신이 대여섯 걸음을 물러났다.

"한참 신나는데 왜요?"

"무슨 내공이……."

"뭐든 가리지 않고 잘 먹었더니 이렇게 됐습니다."

"기연을 얻은 모양이군."

"설인탁 대협으로부터 말씀 많이 들었습니다. 이런 식으로 뵙게 되어 유감스럽습니다만, 오늘 승부는 제가 가져가야겠습니다."

"자신 있다면 얼마든지."

나는 다시 신형을 쏘았다.

눈 깜짝할 사이에 거리를 없애고 십초박을 펼치려는 순간, 쭉 뻗는 종추악의 소맷자락 속에서 무언가 번쩍이는 게 보였다.

'암기!'

깜짝 놀란 나는 발작적으로 고개를 꺾었다.

암기는 아슬아슬하게 턱을 스친 후 내 왼쪽 어깨의 끄트머리를 관통했다.

하필이면 용린신갑을 딱 벗어난 곳이었다. 그나마 이능력이 없었다면 그대로 동공에 꽂혔을 것이다

뻥!

이번엔 내가 일장을 내지르며 물러났다.

"어딜!"

그 틈을 놓치지 않고 종추악이 바짝 따라붙으며 소나기 같은 공세를 퍼붓기 시작했다. 암경에 맞은 왼쪽 어깨가 지릿지릿한 것이 주먹을 뻗는데도 좀 전과 같은 속도가 나지 않았다.

"암기 쓰기 있습니까?"

"못 쓸 건 또 무엇이냐."

울고 싶은데 빰 때려 주시네.

종추악이 왼쪽 어깨를 향해 주먹을 힘차게 뻗어왔다. 기세가 예사롭지 않은 것이 암경이 실린 것 같다.

나는 반격할 공간을 만들기 위해 크게 한 걸음 물러났다. 종추악은 딱 그만큼 크게 보폭을 벌리며 따라붙었다.

쭉 내민 그의 발이 땅에 닿는 순간, 발아래에 청동빛 바늘 하나가 허공을 향해 뾰족하게 서 있는 걸 본 사람은 아무도 없었다.

"헛!"

종추악은 엄청난 고수였다.

따끔한 고통을 느끼는 찰나의 순간, 그는 발끝을 치켜드는 대신 발꿈치로 땅을 딛는 신기를 선보였다. 하지만 바늘은 이미 용천혈 주변에 반쯤 꽂힌 후였다.

놀란 종추악은 발바닥에 꽂힌 바늘을 뽑을 사이도 없이 깽깽이걸음으로 황급히 물러났다.

나는 찰거머리처럼 찰싹 달라붙으며 선팔초의 순서를 바꿔 처음부터 다시 난사했다.

퍽! 퍼퍼퍼퍽! 퍽!

오른쪽 어깨를 치고, 왼쪽 옆구리를 가격하고, 다시 가슴과 복부를 수차례 가격하다 왼쪽 팔꿈치로 측두부를 후려쳤다.

한바탕 난타를 한 후, 상대가 정신이 없는 틈을 타 짧게 솟구쳐 오르며 오른쪽 팔꿈치로 정수리를 찍었다.

빽!

"끕!"

종추악은 주먹으로 몇 번 반격을 시도하다가 도저히 안 되겠는지 돌연 죽기 살기로 쌍장을 떨쳤다. 일단 나를 떨어뜨려 놓기 위한 한 수.

나도 그를 향해 쌍장을 출수했다.

뻐벙!

접장의 순간, 흡사 송곳으로 쑤셔대는 듯한 암경이 손목을 타고 전해졌다. 하지만 그 몇 배에 달하는 나의 내공 경력이 그의 장심을 통해 손목과 어깨를 거쳐 내장 속으로 침투한 후 터져 나갔다.

"커헉!"

대여섯 장 밖으로 튕겨 날아가는 그의 입에서 시뻘건 핏물이 뿜어져 나와 허공에 포물선을 그렸다.

쿵!

탁자에 처박히는 종추악의 얼굴 위로 먹다 남은 술이며 돼지고기가 와르르 쏟아졌다.

내장을 진탕 당한 그는 의식이 까무룩 해지더니 이내 고개를 툭 떨구어 버렸다.

나는 선천오법술을 발동, 그의 발바닥에서 재빨리 바늘을 뽑아 땅속으로 박아버렸다. 위치를 정확히 기억해 두었음은 물론이다.

좌중이 찬물을 뒤집어쓴 것처럼 고요해졌다. 예상치 못한 승부도 승부지만, 뭐가 어떻게 돌아가는 건지 알 수가 없는 까닭이다.
"와아아!"
한참 만에야 도화곡의 구대 제자들이 함성을 내질렀다.
반면 녹림도들은 께름칙한 승부에 모두가 벌레 씹은 얼굴이 되었다.
녹림맹에는 아직도 고수들이 많았다. 그들 중 몇 명이 악귀 같은 얼굴로 나를 노려보며 자리에서 일어나고 있었다. 종추악의 복수를 하기 위해 내게 도전하려는 것이다.
하지만 나는 암기에 관통당한 왼쪽 어깨에 마비가 와서 주먹으로든 검으로든 더는 싸우기가 쉽지 않은 상태였다.
'이를 어떡한다!'
그때였다. 여태 잠자코 앉아 있던 도화곡주 여종매가 쓰윽 몸을 일으켰다.
그녀는 백군악을 돌아보며 냉랭한 음성으로 말했다.
"귀하가 원하는 건 결국 도화곡의 무공비급일 터. 애꿎은 아이들은 그만 괴롭히고 나와 건곤일척의 승부를 봅시다."
여종매의 파격적인 제안에 모두가 숨을 죽였다.
한데 또 다른 인물이 딴지를 걸고 나섰다.
"그건 사리에 맞지 않는 말씀입니다."
말을 한 사람은 놀랍게도 이종산이었다.
그의 말이 이어졌다.
"어떤 미사여구를 갖다 붙인다고 한들, 이건 법과 식을 갖춘 문파들 간의 정식 비무가 아닙니다. 표물을 빼앗으려는 녹림을 상대로 한 표국의 방어전이지요. 하니 호위와 관련된 모든 책임과 의무는 본 표국에 있다고 할 것입니다."

물론 명분도 확실하지만, 이종산은 여종매가 질 경우를 생각한 것 같았다. 만약 여종매가 패배한다면 도화곡의 성도 이전은 그야말로 한 치 앞이 보이지 않는 캄캄한 길이 될 것이다.

이종산이 내가 서 있던 공터의 한가운데로 저벅저벅 걸어왔다. 걸음을 내디딜 때마다 흡사 산이 밀고 들어오는 것 같았다.

"그만 들어가거라."

"아버지……."

"이제부터는 내게 맡겨라."

나는 무거운 마음으로 인사를 하고는 자리로 돌아왔다.

이종산이 백군악을 향해 천천히 돌아섰다. 이어 허리춤에 매여 있던 장검의 손잡이에 한 손을 척 올리고는 오연하게 말했다.

"이 정도면 서로 어깨는 충분히 견주어본 것 같습니다. 결국엔 맹주님과 제가 승부를 보아야만 끝나는 싸움. 이쯤에서 주장전으로 결판을 내는 것이 어떨는지요?"

이종산은 지금 모두가 지켜보는 앞에서 백군악에게 도전장을 내밀었다.

녹림도왕 백군악은 비록 말석일망정 천하십검의 일석을 차지한 초절정의 고수였다. 그에 반해 이종산은 천하십검에 한 자리가 나면 반드시 들어갈 인물이라고 평가받는 고수이고.

만에 하나 도전이 받아들여져 이종산이 이기기라도 하면 백군악을 몰아내고 당당히 천하십검의 한 자리를 차지하게 된다. 이는 강호가 발칵 뒤집힐 일대 사건이 될 것이다.

반대로 진다면? 이종산은 천하십검이라는 이름에서 더욱 멀어질 것이고, 천룡표국은 녹림맹의 집요하고도 노골적인 핍박을 받게 될 것이다.

장내에 태풍이 몰아쳤다.

여태 의자에 몸을 묻고 있던 백군악이 천천히 일어났다.

거대한 체구와 이글거리는 눈빛 그리고 은발의 머리카락이 뿜어내는 위압감은 단번에 장내를 압도해 버렸다.

"내 칼을 가져와라."

동굴 깊은 곳에서 범이 으르릉거리는 듯한 음성.

녹림도 하나가 커다란 칼을 무슨 통나무 짊어지듯 어깨에 짊어지고 나타났다.

백군악은 녹림도의 어깨에서 도파(刀把), 즉 용머리 모양의 손잡이를 잡고 천천히 뽑았다.

스르릉!

묵직한 금속성과 함께 사람 키만 한 대도가 모습을 드러냈다.

시퍼런 예광을 토해내는 도신을 보자 나도 모르게 목이 간질간질했다. 30년 전 백군악이 제왕의 자리에 오르기까지 수많은 녹림 고수들을 지옥으로 보낸 전설적인 칼이었다. 제왕의 자리에 오르고 난 이후에는 끊임없이 도전해 오는 배신자들과 살수들을 마찬가지로 지옥에 보낸 칼이었고.

백군악이 공터로 천천히 걸음을 옮기며 말했다.

"국주를 처음 만났을 때가 생각나는구려."

"……?"

"40년쯤 전이었나? 그때 혈기방장한 표사였던 국주께서는 선대인이신 전대 국주를 따라 진령을 넘던 중이었지요. 나와 선대인이 겨루는 걸 지켜보며 가슴 졸이시던 모습이 어제처럼 생생하구려."

지금으로부터 40년 전이면 백군악이 삼백여 명의 수하를 거느린 대형 산채 귀왕채(鬼王寨)의 채주였을 때였다.

그때 백군악은 이종산의 부친, 즉 내게는 조부가 되는 송해일검(松海一劍) 이적명과 진령에서 일전을 겨룬 모양이었다.

천룡표국의 역사에 관해서는 웬만큼 안다고 자부했다. 한데 이건 나도 처음 듣는 얘기였다.

문득 이종산의 표정이 궁금해 오른쪽을 돌아보았다. 그는 여전히 일말의 동요도 없었다. 하지만 나는 느낄 수 있었다. 그의 눈동자 깊은 곳에 도사리고 있는 승부욕의 근원을.

'졌었구나!'

혹시 이적명으로 하여금 왼팔을 제대로 쓸 수 없게 만들었다던 부상이…….

아무래도 맞는 것 같다.

상황이 묘하다. 이종산은 나와 비슷한 나이였을 때 자신의 아버지가 산적 두령에게 패하는 모습을 지켜보았다. 나는 과연 어떤 모습을 보게 될까?

마침내 백군악이 공터로 완전히 들어섰다. 둘 사이의 거리는 무려 오 장, 한데도 뭐라 말할 수 없이 강렬한 투기로 꽉 찼다.

스르릉!

이종산의 오척장검도 뽑혔다. 그가 표왕이라 불리기까지 평생을 함께해 온 애검이었다.

이종산이 검을 아래로 늘어뜨린 상태에서 옆으로 비스듬히 서며 말했다.

"선공을 양보해 드리겠습니다."

"무어?"

"나이를 초월해 고수가 하수에게 선공을 양보하는 것이 강호의 도리라고, 오래전 맹주님께서 말씀하셨지요."

백군악은 잠시 고개를 갸웃하더니 이내 광소를 터뜨렸다.

"음하하하!"

대기가 떵떵 울리고 초목이 부르르 떨렸다.

고막이 터질 것 같은 경파에 내공이 약한 사람들은 손으로 귀를 틀어막아야 했다. 본격적인 싸움을 앞두고 내공을 끌어 올리는 것이다.

한참을 웃던 백군악이 돌연 정색을 하고 말했다.

"어디 40년 동안 얼마나 컸는지 볼까나?"

순간, 백군악의 신형이 환영처럼 쭉 늘어났다.

그나마 나는 이능력을 최대로 발동한 탓에 그 정도라도 볼 수 있었다. 다른 사람들의 눈에는 백군악의 신형이 그 자리에서 번쩍하고 사라지는 것 같았을 것이다.

그리고 번쩍이는 섬광과 함께 터져 나오는 굉음들!

꽝! 꽈과과광! 꽝꽝!

백군악이 성명절기는 녹광마혈도(綠光魔血刀)라는, 이름만 들어도 방문좌도의 냄새가 물씬 풍기는 마공이었다. 얼마나 많은 흑도와 백도의 고수들이 저 녹광 아래에서 피를 뿌리며 죽어갔는지 나로서는 상상조차 할 수 없었다.

무지막지한 기세로 숨 쉴 틈도 없이 몰아붙이는 백군악의 공세는 흡사 수십 대의 대포를 이종산의 얼굴에다 연달아 쏘아대는 것 같았다.

이종산은 감히 반격할 생각을 못 하고 방어를 하기에만 급급했다. 그러나 이 역시 내게 보이는 광경일 뿐, 사람들의 눈에는 그저 흐릿한 잔영을 남기며 얽히는 두 개의 그림자 주변으로 천둥과 번개가 꽝꽝 치는 것 같을 것이다.

'이 무슨 엄청난 내공이!'

나는 상상했던 것보다 훨씬 빠르고 강력한, 아니, 상상할 수 있는 영역 밖에 존재하는 백군악의 가공할 도법에 입안이 바싹 타들어 가는 것 같았다.

만약 이종산이 지기라도 한다면? 눈앞이 캄캄해졌다.

그때였다.

꽈과과과광! 꽝꽝꽝!

도검 부딪히는 소리가 갑자기 두 배로 빨라졌다. 그나마 흐릿한 잔영으로 존재하던 두 사람의 모습이 이제는 아예 보이지 않을 정도였다. 막강한 기세에 주변의 흙이 소용돌이치며 솟구쳐 올라 두 사람을 에워싸 버린 탓이다. 마치 두 마리의 늙은 용이 먹구름 속에서 서로를 향해 벼락을 때리며 싸우는 것 같았다.

나는 두 눈을 부릅뜨고 사력을 다해 흙먼지 속 두 사람의 궤적을 쫓았다. 놀랍게도 이종산이 반격을 시작하고 있었다.

갑자기 전세가 역전되었다. 이종산이 백군악을 그야말로 무자비한 속도로 몰아붙이고 있었다.

앞서 수십 대의 대포를 이종산의 얼굴에다 대고 쏘는 것 같았다면, 지금은 흡사 벼락을 동반한 폭우가 백군악을 향해 퍼부어대는 것 같았다.

대경실색한 백군악이 반전을 노리며 가공할 내공을 도초에 담아냈다. 하지만 그때마다 이종산은 훨씬 빠르면서도 예측을 할 수 없는 보법과 검초로 백군악의 급소를 노렸다.

천룡표국의 비전절기인 천무십검(天武十劍)은 본래 만년설로 뒤덮인 천산(天山)에서 그 뿌리가 시작되었다고 했다.

한마디로 새외의 무공을 개파조사께서 항주로 가지고 와서 발전시킨 것이 지금의 천무십검이었다.

십검에서의 십(十)은 12성까지 익혔을 때 나타난다는 열 개의 검영(劍影) 때문에 붙은 이름이라고 곽석산이 내게 말했다. 그렇게 되면 상대는 혼자서 열 명의 절정고수와 싸우는 듯한 공포를 맛보게 된다고.

그러나 천룡표국의 역사를 통틀어 12성의 성취를 이룬 사람은 없다고도 했다. 지금 이종산이 구현해 내는 검영은 일곱 개 혹은 여덟 개? 한데도 백군악은 계속해서 뒷걸음질을 치고 있었다.

두 사람의 신형은 어느새 더욱 짙어진 흙먼지 속으로 완전히 자취를 감추어 버렸다.

그러던 어느 순간.

까르르릉 따앙!

두 개의 톱니바퀴가 돌아가는 것처럼 물고 물리던 금속성이 갑자기 기괴한 소리를 내며 깨졌다. 동시에 백군악의 대도가 흙먼지를 뚫고 허공을 향해 날아올랐다.

질풍처럼 휘몰아치던 싸움도 뚝 그쳤다.

허공으로 날아오른 대도는 우리 쪽 진영 하고도 객원표사들이 있는 통나무 탁자 위로 묵직하게 떨어져 박혔다.
쾅!
한참 싸움에 집중하고 있던 서호삼견이 화들짝 놀라서는 만세를 부르며 뒤로 넘어갔다.
잠시 후, 흙먼지가 걷히면서 드러나는 광경은 충격 그 자체였다.
백군악이 한 발을 뒤로 크게 내디딘 상태에서 고개를 쳐들고 있었고, 이종산은 백군악의 턱밑에 오척장검을 척 붙이고 있었다.
좌중의 공기가 요동쳤다.
누구 하나 말소리를 입 밖으로 내지 않았지만, 수백 명이 동시에 아우성을 치는 것보다 더 요란하게 대기가 출렁였다. 무려 30년 동안이나 녹림의 제왕으로 군림하던 절대자가 절강성을 대표하는 표국의 국주이자 표왕으로 알려진 늙은 표사에게 패한 것이다. 그것도 고작 삼백여 초식 만에.
천하십검이 새롭게 탄생하는 순간이었다.
너무나 큰 충격에 오백의 녹림도들도, 사백여 명의 표사와 도화곡 여제자들도 좀처럼 벌어진 입을 다물지 못했다. 심지어 한 명씩 승리를 거머쥘 때마다 양쪽에서 번갈아 터져 나오던 함성도 쏙 들어가 버렸다.
사람들이 받은 충격이 아무리 큰들 당사자만 할까.
철컥!
이종산이 검을 검갑에 회수한 후 공손하게 포권을 취었다.
"양보를 해주셔서 감사합니다."
진짜 양보를 해주었다는 뜻이 아니다. 패배한 상대의 체면을 세워주려는 승자의 겸손일 뿐이다. 누가 승자이고, 누가 패자인지가 더욱 분명해지는 순간이었다.

그때였다.

"그 손 놓지 못할까!"

갑작스러운 일갈과 함께 녹림맹의 장로 중 한 명이 무서운 기세로 탁자 위를 나는 듯 달려왔다. 이견이 탁자 위에 박힌 백군악의 대도를 뽑기 위해 도파를 잡고 낑낑댔던 것이다.

깡!

지척에 이르러 힘차게 내려친 녹림맹 장로의 낭아봉(狼牙棒)은 일견의 검에 의해 가로막혔다. 그와 동시에 바닥으로 뚝 떨어지는 녹림맹 장로의 허리를 삼견의 단창이 찔러갔다. 그리고 다시 장검을 회수한 일견이 가세했다.

까강! 깡깡!

눈 깜짝할 사이에 대여섯 차례의 공방이 벌어졌다. 그건 마치 바람 부는 가을 들판에 누군가 불씨를 댕긴 것과도 같았다.

오백여 명의 녹림도들과 사백여 명의 표행단이 일제히 도검을 뽑느라 맹렬한 금속성이 울려 퍼졌다.

채채채채채챙!

한바탕 피의 살육전이 벌어지려는 찰나.

"누가 감히 흑두산장에서 내 허락 없이 칼을 뽑는가!"

천지를 울리는 사자후가 백군악의 목구멍에서 터져 나왔다.

칠백여 명의 무인들이 거짓말처럼 뚝 멈추었다.

백군악이 이종산을 돌아보며 천천히 말했다.

"장강후랑추전랑(長江後浪推前浪)이라더니 놀랍기 그지없군. 맹주가 된 후에도 수련을 게을리한 날이 없었거늘."

"흐르는 세월을 누가 붙잡을 수 있겠습니까."

"이 정도 실력이면 얼마든지 내 한쪽 팔을 못 쓰게 만들 수 있었을 터인데……."

"복수할 생각이었다면 진작에 찾아뵈었을 것입니다."

"내게 묵은 감정이 전혀 없단 말이오?"

"아버지께서 제게 말씀하셨지요. 산중엔 산중의 도(道)가 있고, 길에는 길의 도(道)가 있다고요. 그날의 대결은 정당한 것이었습니다."

백군악의 눈동자가 한없이 깊어졌다.

불과 한 시진 전만 해도 눈동자에서 태양이 이글거리는 것 같았는데, 지금은 저물어 가는 노을이 보였다.

"충분히 선공을 양보하실 만한 검법이었소."

"기회를 주셔서 영광이었습니다."

"국주께서 한 가지 아셔야 할 것이 있소."

"경청하겠습니다."

"잠강의 나룻배를 숨긴 것은 내가 맞소. 하지만 그 방법을 제시해 준 자들은 따로 있소. 그들의 진짜 신분은 나도 알 수가 없소."

"……!"

"강호인들은 우리를 흑도라고 손가락질하지만, 흑도는 세상 어디에나 존재하는 법이오. 심지어 백도무림의 결사체인 무림맹에도."

그들의 진짜 신분은 모른다고 했지만, 백군악은 어느 정도 짐작을 하는 것 같았다.

십중팔구 화양표국일 것이다. 우리 길을 방해할 이유가 있는 세력 중에 잠강의 사정을 이토록 자세히 아는 곳은 화양표국밖에 없으니까. 문제는 과연 화양표국 선에서 결정한 일이냐 하는 것일 뿐.

"녹림맹은 계속 천룡표국의 친구로 남을 것이오. 부디 성도까지 안전하게 가시길 바라외다."

"녹림맹과 맹주님의 배려에 감사드립니다."

흑두산장에서의 한나절은 엄청난 파장을 가져왔다.

우선은 암중에서 따라다니던 무림인들의 수가 훨씬 많아졌다.

그럼에도 불구하고 누구 하나 함부로 눈앞에 나타나지 못했다. 새로운 천하십검의 일석을 차지한 초절정 검사가 이끄는 표행을 감히 누가 무슨 배짱으로 막아서겠나. 장담하건대 녹림맹에서의 대결로 말미암아 우리는 수많은 불필요한 싸움을 피하게 되었을 것이다.

여섯 번째 찾아온 하오문도의 말이 그걸 증명해 주었다.

"강호인들이 온통 녹림맹주와 표왕의 일전에 대해 떠들어대고 있습니다. 아시다시피 녹림과 표국은 물과 불처럼 천적인 동시에 공생도 하는 묘한 관계인지라 더욱 사람들의 흥미를 자극한 모양입니다."

"표행길이 생각보다 순탄한 것도 그 때문입니까?"

"염라대왕이 상여의 맨 앞줄에 서서 가고 있으니 잡귀가 얼씬도 하지 않는 것과 같은 이치지요."

"무슨 말씀이 그렇습니까?"

"헛, 죄송합니다. 소인이 배운 게 없다 보니 그만."

이번에 찾아온 하오문도는 여러모로 촐싹맞았다.

아무리 그래도 그렇지, 염라대왕과 상여라니. 이종산을 염라대왕에 비유한 건 그렇다고 쳐도, 도화곡의 행렬을 상여라고 하는 건 도화곡의 제자들이 들었다면 칼부림이 났을 일이다. 신세를 지는 입장인 데다 매용초의 얼굴을 봐서 참는다.

한데 하오문에서도 도화곡의 성도행을 죽으러 가는 길이라고 여기는 걸까?

나는 은전 한 냥을 꺼내 하오문도에게 주었다.

"수고하셨습니다."

"어이쿠, 뭐 이런 걸 다."

"귀하는 말을 좀 조심하셔야겠습니다."

"명심하겠습니다."

대별산을 떠난 지 이십 일째 되던 날, 우리는 자연의 거대한 장벽 대파산맥을 앞두고 있었다. 이 산맥만 넘으면 사천성이고, 거기서 다시 열흘 정도를 더 가면 마침내 성도가 나타난다.

"무슨 생각을 그렇게 골똘히 하세요?"

남궁소소가 나타나 옆에 앉으며 물었다. 눈앞에서는 멧돼지고기가 모닥불에 노릇노릇하게 구워지고 있었다. 모닥불 주변에선 서호삼견이 열심히 군침을 흘리고 있었고.

"성도에서의 일을 생각하고 있었소."

"무슨 문제라도 있나요?"

"오늘 아침에 다녀간 하오문도가 이르길, 사천구룡방이 다섯 개 흑도방파에서 무려 일천여 명에 달하는 무인들을 끌어모았다고 하오. 시간이 흐를수록 더 늘어나겠지."

"사천구룡방을 특정해 선전포고하는 것만으로도 성도 무림문파의 절반은 우리 편으로 만들 수 있을 거라고 하셨잖아요."

"그건 큰 그림일 뿐, 보다 구체적이고 확실한 계획이 필요하오."

"며칠 전부터 수뇌부 회의가 잦더라니, 모두 그걸 의논하느라 그러셨군요. 한데 아직까지는 무릎을 치게 만드는 방법이 안 나온 거고요. 맞나요?"

"그렇소."

그때 호리독사가 주변을 힐끔거리며 나타났다. 이어 배 속에서 호리병 대여섯 꺼내 다른 모닥불 사람들이 보지 못하도록 얼른 나와 서호삼견에게 한 병씩 찔러주었다.

이견이 깜짝 놀라서 물었다.

"이게 아직도 남았어?"

"드시고 호리병은 도로 주십시오. 내일 또 담아 마셔야 하니까요."

"대체 얼마나 훔친 거냐?"

"항아리로 열 개 정도요."

"미쳤군. 미쳤어."

흑두산장에서 모두가 모여 한창 비무를 하던 그때, 호리독사는 녹림도들이 숨겨놓은 술 항아리들을 귀신같이 찾아내서는 열심히 훔쳐다가 표마차에 실어두었다. 그게 열 항아리나 되는 모양이었다. 정말 어떤 면에서는 독보적인 인간이었다.

"제가 소싯적에 수적질을 좀 해봐서 아는데 말입니다. 수적들도 그렇고 산적들도 그렇고. 언제 쓸 일이 생길지 모르기 때문에 술만큼은 일단 남자들한테 좋은 거 위주로 마시고 봅니다."

"또 약 파는 거 봐라."

"산적 놈들이 벌집을 통째로 따다 담그는 노봉방주(露蜂房酒)는 그중 최고입니다. 농축된 봉독 때문에 가끔 생사를 왔다 갔다 하는 것도 별미고요."

"고작 술 한 병이 무슨 큰 도움이 된다고."

"모르시는 말씀. 돌 하나가 천 겹 물결을 일으키고 작은 불티 하나가 온 산을 태우는 법입니다."

옛날 같으면 남궁소소 앞에서 이런 음탕한 이야기를 한다고 화를 버럭 냈을 것이다. 하지만 노인네들과 친해지더니 지금은 남궁소소가 오히려 한술 더 떴다.

"정말 그렇게 좋은가요?"

"저는 도둑질은 해도 거짓말은 안 합니다."

"차라리 거짓말을 하세요."

"소저께서 잘 모르시는 것 같은데, 원래 도둑질보다 거짓말이 훨씬 나쁜 겁니다. 세 명이 입을 맞추면 없는 멧돼지도 만들어낸다지 않습니까."

"호랑이겠죠."

"아무튼요."

순간, 머릿속에 번쩍 떠오르는 생각이 있었다.

나도 모르게 자리에서 벌떡 일어나며 말했다.

"모두 성도로 갈 준비를 하십시오. 저는 국주님을 뵙고 허락을 맡아 오겠습니다."

일견이 물었다.

“지금도 성도로 가고 있는 것 아닌가?”

“우리만 선발대로 사나흘 정도 먼저 갈 겁니다.”

그리고 이종산의 막사로 막 뛰어가려 했다.

한데 문득 떠오른 기억이 있어서 걸음을 멈추고 모닥불 위의 멧돼지 고기를 바라보았다. 얼추 익은 것이 금방 먹을 수 있을 것 같았다.

남궁소소가 말했다.

“제가 지키고 있을게요.”

“그럼 잠깐만 부탁하오.”

계속